Herzlichst

Marina Wood

VERLAG TORSTEN LOW

Das Buch:
Ein gebrochenes Versprechen. Unerklärliche Vorgänge.
Ein Familiengeheimnis. Eine alte Goldmine.

1952: Als drei Kinder den Eingang einer verlassenen Goldmine entdecken und sich Zugang verschaffen, ahnen sie
nicht, welches Unheil ihr Handeln heraufbeschwört. Eine
dunkle Macht wird befreit und hegt nur ein Ziel: Rache.

2010: Diana musste ihrer Mutter versprechen, niemals nach
Goldhain zurückzugehen. Doch als ihre Tante im Sterben
liegt, muss Diana als letzte Verwandte ihr Versprechen brechen und mit ihren drei Kindern in das Elternhaus ihrer
Mutter zurückkehren. Die Menschen im Ort verhalten sich
merkwürdig abweisend. Nur Michael, der sich um ihre Tante
kümmerte, ist freundlich. Zu freundlich? Eine dunkle Prä-
senz streckt bereits die Hände nach ihnen aus …

Sarina Wood (Herausgeberin der Anthologie »Geister der
Vergangenheit«, 1. Platz des Horror Award Vincent Preis
2019), nimmt den Leser in ihrem Romandebüt mit in den
fiktiven Ort Goldhain im Fichtelgebirge. Dabei verwebt sie
Fiktion mit realen Schauplätzen zu einer unheimlichen Geschichte.

Weitere Titel aus unserem Verlagsprogramm:

Düsteres Fichtelgebirge

Die Mine

von

Sarina Wood

Besuchen Sie uns im Internet
www.verlag-torsten-low.de

PHANTASTIK-AUTOREN-NETZWERK E.V.

Der Verlag Torsten Low ist Fördermitglied bei
PAN – dem Autorennetzwerk.
Mehr Informationen finden Sie hier:
www.phantastik-autoren.net

ISBN 978-3-96629-028-9

Inhalt

Für meine Eltern, meinen Mann und meine Tochter.
Danke, dass ihr immer an mich geglaubt habt.
Ich liebe Euch!

Die Mine

Sarina Wood

***

Prolog

1952

»Peter, Karl! Kommt her! Ich glaube, hier werden wir fündig.«

Uwes Stimme vibrierte freudig erregt. Sein Urgroßvater hatte ihm erzählt, wo sich die verlassene Goldmine ungefähr befand, in der ihre Vorfahren gearbeitet hatten. Daher suchte Uwe mit seinen Freunden seit Tagen den Stollen, bisher ohne Erfolg. Doch diesmal war der Zwölfjährige sich sicher, denn sie standen auf einer Ebene am Berghang, die zu den Erzählungen seines Urgroßvaters passte. Solche geraden Flächen gab es hier an den Berghängen eigentlich nicht. Die Berge des Fichtelgebirges waren von dunklen Wäldern überzogen. Riesige Felsen und Gesteinsformationen ragten zwischen den Bäumen überall aus dem Boden. Doch nicht an dieser Stelle. Uwe war sich sicher, dass dieser Platz einmal begradigt wurde. Hier musste das Gestein abgelagert worden sein, welches von den Minenarbeitern aus dem Berg auf der Suche nach Gold geschlagen wurde. Der Platz war auch groß genug, dass hier ein Schmelzofen hingepasst hätte, mit dem das Gold vom Gestein getrennt wurde. So einer, wie sein Urgroßvater es Uwe erzählt hatte. Der Mineneingang konnte nur in unmittelbarer Nähe sein. Uwe sah sich um. Die Sonnenstrahlen blitzten zwischen den Baumwipfeln hervor. Vor ihm versperrten hochgewachsene Büsche den Blick auf den Felsen. Der Stollen musste dahinter verborgen sein.

Uwe strahlte bei dem Gedanken an das Gold, welches sie finden würden. Bald wären sie reich und seine Mutter würden nie wieder Geldsorgen plagen. Sie müsste nicht mehr für ganz Goldhain Näh- und Wascharbeiten annehmen, um ihren Lebensunterhalt zu bestreiten. Sein Vater war im letzten Krieg gefallen – für eine Sache, die der junge Vater für nicht richtig hielt. Seitdem war Uwes Mutter wie so viele andere Menschen auch auf die Mildtätigkeit ihrer Schwiegereltern und Nachbarn angewiesen. Aber durch seine Entdeckung würde das bald vorbei sein. Bald wären sie in der Lage, anderen zu helfen. Uwe lächelte bei diesem Gedanken.

»Dahinter, da muss der Eingang sein.« Stolz klang in seiner Stimme mit.

»Aber wie sollen wir durch das Gebüsch kommen? Das sieht sehr eng bewachsen aus.« Peter runzelte skeptisch die Stirn, während Karl begann, Äste abzubrechen. Uwe hielt grinsend ein Taschenmesser in die Höhe. »Das habe ich heute früh aus der Tasche meines Bruders geklaut. Ich hatte so ein Gefühl, dass es uns nützlich sein wird.«

Die anderen Jungs klopften ihm anerkennend auf die Schulter.

»Hast du keine Angst vor Klaus?«, fragte Peter. »Der wird dich verprügeln, bis du grün und blau bist.«

Uwe seufzte. »Als ob mein Bruder dafür einen Grund braucht. Er schlägt mich doch eh.« Er spuckte aus. »Spielt sich auf, als wäre er sonst wer.« Nun klappte er das Messer auf und begann, die dickeren Äste anzuritzen und abzubrechen. Die beiden anderen nahmen diese und warfen sie hinter sich auf einen Haufen. Es dauerte nicht lange, bis

Uwe jubelte. »Ich habe die richtige Stelle gefunden! Hinter diesem Busch ist kein Fels.« Nach wenigen Handgriffen hatte er einen mit Balken abgestützten Eingang vom Gestrüpp befreit. Dahinter führte ein schmaler Gang durch das Gestein in den Berg hinein. Dicke Holzbalken stützten die Decke und die Wände. Uwe beseitigte hastig ein paar dünnere Zweige und kroch durch das Gestrüpp. Peter und Karl riefen: »Was siehst du?« und »Ist da der Eingang?«

Uwe richtete sich auf. Sein Herz pochte aufgeregt, als er zwei Schritte auf den dunklen Gang zu trat. Ein innerer Drang breitete sich plötzlich in ihm aus, gegen den er nicht ankam. Etwas lockte ihn, zog ihn an. Normalerweise überlegte er sich seine Handlungen genau, doch bevor er nachdenken konnte, trat er einen weiteren Schritt nach vorn. Und noch einen. Mit zittrigen Händen berührte er das Holz, das sich alt und feucht anfühlte. Es schien mit ihm zu reden, ihn zu locken.

»Komm, Junge. Trau dich. Wir halten den Berg schon seit langem. Du bist doch kein Angsthase. Also geh ruhig rein in die Mine.«

Ein kühler Wind bereitete ihm Gänsehaut. Wer sprach da mit ihm? War das ein dummer Scherz?

»Du wirst erwartet! Das Gold wartet auf dich. Nie wieder Geldsorgen.«

Hörte er ein Lachen?

»Dein Bruder wird es nicht mehr wagen, dich anzufassen. Du wirst der Ernährer sein.«

Was war hier nur los?

Da schrie die Stimme in sein Ohr: *»Komm schon. Mach schon! Worauf wartest du?«*

Uwe zitterte. Der innere Drang weiterzugehen verstärkte sich. Er wollte hinein, auch wenn die Dunkelheit ihm die Sicht raubte. Warum nur war es nach wenigen Schritten so finster? Er hob seinen Fuß für den nächsten Schritt. Da spürte er eine fremde Hand auf seiner Schulter. Sie hielt ihn fest. Sein Herz hämmerte vor Angst und Schweißperlen bildeten sich auf seiner Stirn. Er schrie und schlug die Hand weg, doch da waren noch mehr Hände, die sich an ihn klammerten. Sie zogen ihn fort, er wehrte sich. Er fiel zu Boden. Starr vor Angst schloss er die Augen. Sein ganzer Körper zitterte. Er zog Arme und Beine zusammen und wimmerte jämmerlich.

Plötzlich spürte er den Schlag einer flachen Hand auf seiner Wange.

»Komm zu dir! Was hast du?«

Wie aus weiter Ferne drang die besorgte Stimme von Karl in sein Bewusstsein.

Uwe schlug die Augen auf und blinzelte. Das Sonnenlicht blendete ihn. Langsam erkannte er seine Freunde, die über ihm knieten und bang auf ihn hinabblickten. Verzögert kehrte die Erinnerung zu ihm zurück. Wie konnte er nur vergessen haben, dass er nicht allein war?

»Dir ist wohl die Dunkelheit da drinnen nicht bekommen. Warum hast du nicht auf uns gewartet? Warum bist du vorgegangen – und dann ohne die Taschenlampen?«

Peter schüttelte den Kopf und hielt ihm eine blaue Lampe hin.

»Und wenn du wieder bei Sinnen bist, steh auf, schalte sie ein und dann gehen wir hinein.«

Schlagartig war dieser innere Drang in Uwe verschwunden. Stattdessen schien sich etwas in ihm zu wehren. Nun spürte er einen Widerstand in sich. Er wollte dort nicht noch einmal rein. Der Eingang erschien ihn wie ein Maul, das ihn verspeisen möchte. Aber Peter und Karl waren seine Freunde, vor denen er keine Schwäche zeigen durfte. Wenn er sich jetzt zierte, würden sie es ihm ewig vorhalten.

Also stand er auf, nahm eine Taschenlampe und folgte seinen Freunden dicht auf den Fersen in den Schacht.

Erleichtert stellte Uwe fest, dass die Stimme stumm blieb. Es war wohl doch alles nur Einbildung gewesen. Befreit atmete er auf. Er hatte nichts zu befürchten. Doch warum klopfte sein Herz immer noch so wild?

Da blieben seine Freunde stehen, so dass Uwe beinahe in sie hinein gelaufen wäre. Vor sich hörte er Karl fluchen. Sie waren nicht mehr als drei oder vier Meter gegangen, doch der Weg endete. Eine alte dunkle Holztür, die mit Brettern vernagelt war, versperrte ihnen den Weg. Tatsächlich war sie in der Dunkelheit kaum zu sehen gewesen. Im Schein der Taschenlampe sah Uwe, wie Karl mit dem Finger über eingeschnitzte Linien entlangfuhr. Was diese Zeichen wohl bedeuteten?

»Es hat nicht zufällig jemand eine Axt dabei?« Peters Stimme klang bitter. »Was machen wir jetzt?«

»Aufgeben. Lasst uns an einem anderen Tag wiederkommen. Besser ausgerüstet.« Es war Uwe klar, dass er nie wieder hierher kommen wollte. Die Gedanken an diese unheimliche Stille, der innere Drang und die Dunkelheit ließen ihn erschaudern. Irgendetwas stimmte nicht mit dieser Mine. Uwe hatte kein Bedürfnis danach, herauszufinden, was dahintersteckte. Kein Goldschatz der Welt war ihm das wert. Umso besser, wenn sie jetzt gingen, lieber früher als später. Doch Karl hatte nicht vor, so schnell aufzugeben.

»Gib mir mal das Taschenmesser, Uwe, und leuchtet mal auf die Bretter. Seht ihr, wie morsch die sind und wie verrostet die Nägel?«

Widerwillig gab Uwe das Messer nach vorn. Karl versuchte sogleich, die Nägel herauszubekommen, und stocherte an ihnen herum. Gerade wollte Uwe aufatmen, da es nicht so aussah, als würde es seinem Freund gelingen, doch da löste sich der erste Nagel. Und der Zweite. Einer nach dem anderen fiel auf den steinigen Boden. Dann hatte Karl auch schon das erste Brett in der Hand und reichte es Peter, der es an die Wand lehnte, und bald waren alle Holzbretter entfernt. Die Tür war immer noch verschlossen.

»Und nun?«

Uwes Instinkt sagte ihm, dass es besser so war. Wer weiß, was hinter dieser Tür lauerte? Er hätte es niemals vor seinen Freunden zugegeben, aber diese Mine jagte ihm eine Heidenangst ein, obwohl ihn eigentlich nichts so leicht verängstigte. Doch Karl steckte die Messerspitze in das Schloss und stocherte wild darin herum.

»Hey, das bringt doch nichts.« Peter legte seine Hand auf Karls Schulter. »So bekommst du die Tür doch nie auf. Um ein Schloss zu öffnen, braucht man ...«

Plötzlich stieß Karl die Hand weg und funkelte seine Freunde bösartig an. Im Taschenlampenlicht verzog sich sein Gesicht zu einer furchtbaren Fratze.

»Ihr Dummköpfe! Ich öffne jetzt die Tür und wenn ihr zu feige seid, dann macht, dass ihr Land gewinnt!«

Entsetzt wichen die anderen zurück. Im nächsten Augenblick stand wieder der Karl vor ihnen, den sie kannten. Die Dunkelheit kann dem Hirn schon manchen Streich spielen, dachte Uwe. Dennoch, eine kleine Stimme in seinem Kopf sagte ihm, dass es kein Hirngespinst gewesen war. Er schob den Gedanken weg.

»Versuch es damit.« Peter bückte sich und hob einen verbogenen Nagel auf, den er triumphierend hochhielt. Anschließend klemmte er seine Taschenlampe unter den Arm und begann, den Nagel ein Stück weiter zu verbiegen. Dann hielt er sie Karl hin, der hastig danach griff. Das Messer hatte Karl fallen lassen. Uwe richtete seine Taschenlampe auf den Boden. Dort lag es verbogen im Dreck neben den verrosteten Nägeln. Er seufzte. Sein Bruder würde ihn umbringen.

»Jetzt noch ...«

»Klappe«, unterbrach Karl Peter barsch, während er bereits mit dem Nagel das Schloss bearbeitete. »Ich muss mich konzentrieren.«

»Aber, Karl. Hör mir doch zu«, sagte Peter genervt. Er hasste es, wenn man ihm nicht richtig zuhörte.

»Es funktioniert nicht«, brummte Karl.

»Dann lass mich endlich mal an das Schloss.« Peter zog eine Haarnadel aus seiner Hosentasche. Er hatte sie seiner Schwester gestohlen und benutzte sie regelmäßig, um das Schloss am Vorratskeller seines Onkels zu öffnen. »Man braucht immer zwei Teile.« Mit diesen Worten zog er Karl nach hinten, während er sich an ihm vorbei zwängte. Karl grummelte. »Das hättest du auch gleich sagen können.«

»Es hatte den Anschein, als wenn du mich nicht gelassen hättest. Und du weißt doch, dass ich so etwas kann. Oft genug hast du doch Onkels Kartoffeln abbekommen.« Peter grinste in sich hinein. Er spielte gerne den Retter in der Not. »Ich bitte jetzt um Ruhe, denn ich brauche meine Konzentration.«

Ein paar Minuten später öffnete sich knarrend die Tür. Peter strahlte seine Freunde an und deutete Karl, vorzugehen. Es war seine Art, es wieder gutzumachen. Dann wandte sich Peter an den erbleichten Uwe: »Komm schon! Das Gold wartet!«

Der Gang hinter der Tür war schmal und niedrig, sie konnten gerade so aufrecht stehen. Teilweise mussten sie seitwärts gehen, um durch die enge Höhle zu gelangen, die einst die Bergleute per Hand in den Berg gehauen hatten.

Der Boden war uneben und es roch modrig. Als Uwe seine Hand auf die Felswand legte, bemerkte er einen feuchten Film. Sie kamen nur langsam voran, denn selbst das Taschenlampenlicht wurde in dem langen Tunnel beinahe vollständig von der Dunkelheit verschluckt. Zumindest kam es Uwe so vor. Bis auf ihre Schritte war es still. Keiner der Jungen traute sich etwas zu sagen. Uwe konnte sein Blut in den Ohren rauschen hören. Sie gingen immer tiefer in den dunklen Stollen. Hin und wieder zweigte links oder rechts ein Nebenstollen ab. Als die Freunde hineinleuchteten, erkannten sie, dass sie nur zwei oder drei Meter tief waren, so dass die Jungen dem Hauptstollen folgten.

Ein plötzliches Geräusch ließ die Drei zusammenzucken. Erschrocken hielten sie inne. Da war es schon wieder. Ein Klopfen schallte vor ihnen aus dem Stollen.

»Das kann nicht sein!«

Welcher seiner Freunde diesen Gedanken laut ausgesprochen hatte, wusste Uwe nicht. Oder war er es selbst gewesen? Er spürte, wie das Blut aus seinem Gesicht wich. Vorsichtig gingen sie weiter. Immer wieder lauschten sie und fragten sich, was der Ursprung des Pochens sein konnte. Da trat Karl an den nächsten Nebenstollen heran. Das Geräusch schien von dort zu kommen. Langsam beugte er seinen Kopf nach vorn und sah hinein.

Karls Schrei hallte von den Wänden. Uwe sah, wie sein Freund kreidebleich zurückschreckte und sich seinen Kopf an der Stollenwand stieß. Uwe wollte schon umkehren und raus aus dem Stollen rennen, doch Peter hielt ihn fest. Nun trat er neben Karl und richtete seine Taschenlampe in den Stollen. Und fing an zu lachen.

»Da ist doch nichts, Karl. Nur eine Figur.«

Peter hielt sich den Bauch vor Lachen. Als er sich wieder beruhigte, sprach er weiter.

»Die heilige Barbara, glaube ich. Die Schutzpatronin der Bergleute. Sie ist kaputt, aber doch kein Geist.«

Uwe atmete erleichtert auf und besah sich Karl.

»Du blutest!«

Er kramte in seiner Tasche, holte ein Schnäuztuch hervor und begann Karls Wunde abzutupfen.

»Halt still. Ansonsten alles okay?«

Karl brummte nur.

»Karl, du bist echt ein Angsthase«, lachte Peter. »Wie kann man so panisch auf eine Heiligenfigur reagieren.«

»Halt die Klappe!« Karl entwand sich Uwes Fürsorglichkeit und holte aus, um Peter eine zu verpassen. Doch Uwe hielt seinen Arm fest.

»Beruhige dich«, versuchte Uwe, Karl zu beschwichtigen. »Wir sind doch alle Freunde. Wenn du Peter hier drin zu stark schlägst, dann verletzt er sich auch an den Wänden.«

Karl schloss die Augen und zählte innerlich bis zehn. Als er seine Augen öffnete, hatte er seine Fassung wiedererlangt und versah Peter mit einem bösen Blick, während er Uwes Taschentuch nahm und es selbst auf seine Wunde drückte. Dann murmelte er: »Gehen wir weiter, oder was?«

»Meinst du nicht, wir sollten umkehren?« Uwe hoffte inständig, sie würden den Rückweg antreten.

Doch Karl lachte nur und Peter übernahm die Führung. Uwe öffnete seinen Mund, um seine Freunde darauf hinzuweisen, dass eine Heiligenfigur das Klopfgeräusch keineswegs erklärte. Aber die Anderen waren weitergegangen. Deshalb verdrängte Uwe den Gedanken. Vielleicht hatten sie es sich nur eingebildet? So wie er am Eingang als einziger diese unheimliche Stimme gehört hatte?

Die drei Jungen gingen weiter durch die Dunkelheit. Keiner wagte es, etwas zu sagen. Nur das Tappen ihrer

Schritte zeugte davon, dass sie hier waren. Immer tiefer liefen sie in den engen Stollen hinein. Abrupt blieb Peter stehen.

»Was ist los?«, fragte Karl. »Warum gehst du nicht weiter?« Ungeduldig trat er von einem Bein auf das andere.

»Ich dachte nur ... Da war ein Licht. Vor uns. Ganz klein und schwach.« Peter schüttelte den Kopf und drehte sich zu seinen Freunden um. »Tut mir leid. Ich habe es mir sicher nur eingebildet.« Er zwang sich zu einem Lächeln.

»Wer ist hier der Angsthase?« Karl feixte.

»Natürlich du.« Grinsend wandte Peter sich erneut dem Gang zu. Sein Taschenlampenlicht leuchtete wieder nach vorn. Wie aus dem Nichts stand dort ein Mann, schwarz vor Dreck und blutverschmiert. Seine Augen funkelten böse im schwachen Licht der Taschenlampen und es umgab ihn der Geruch nach verwestem Fleisch. Die Jungen schrien auf. Karl ließ vor Schreck seine Lampe fallen. Uwe wollte wegrennen, doch er konnte sich nicht bewegen. Die anderen Jungen prallten bei ihrer versuchten Flucht gegen Uwe, der gegen die Felswand knallte. Ein stechender Schmerz in der Schulter trieb Uwe Tränen in die Augen. Die Taschenlampen flackerten. Der Fremde trat zu ihnen, griff Peters Arm und verdrehte ihn. Der Schmerzensschrei des Jungen schallte durch die Gänge. Karl drehte sich zu Uwe um. Er war blass, aus seiner Kopfwunde strömte das Blut und rann über sein Gesicht. Karl öffnete den Mund, um etwas zu sagen, aber kein Laut verließ seine Kehle. Uwe ließ seine Taschenlampe fallen, deren Licht augenblicklich ausging. Auch Peters erlosch.

Endlich konnte Uwe sich wieder bewegen. »Wir müssen weg«, rief er seinen Freunden zu, drehte sich um und rannte. Die Felswände schienen immer enger zu werden, so dass er Mühe hatte, voranzukommen. Nach ein paar Metern übersah er einen Felsvorsprung. Als sein Kopf dagegen knallte, fiel er auf das feuchte Gestein.

»Danke, dass ihr mir die Tür geöffnet habt, ihr Bengel!«

Wie aus weiter Ferne hörte er den Fremden. Die Bösartigkeit in der tiefen Stimme des Mannes ließ das Blut in Uwes Adern gefrieren.

»Aber ihr werdet diese Mine nicht mehr lebend verlassen!«

Von den Wänden schallte lautes Gelächter.

1. Kapitel

2010

Traurig stand Diana vor dem Einfamilienhaus ihrer Tante Sophie. Der graue Himmel spiegelte ihre Stimmung wider. Sie hatte ihre Tante seit zweiunddreißig Jahren nicht mehr gesehen. Damals hatte ihre Mutter sich mit ihrer Schwester gestritten und kein Wort mehr mit ihr gewechselt. Diana hatte zwar weiterhin Sophie zum Geburtstag und zu Weihnachten geschrieben, aber sie hatte ihrer Mutter versprochen, nie wieder nach Goldhain zurückzukehren. Auch nachdem Dianas Mutter vor zwei Jahren an Krebs verstorben war, hatte sie trotz vieler Einladungen von der Tante ihr Versprechen gehalten. Bis heute.

Sophie lag im Sterben. Da Dianas Tante unverheiratet und kinderlos war, oblag es nun Diana als einzige Angehörige, sich um Sophies Angelegenheiten zu kümmern.

Stumm betrachtete sie das Massivhaus mit dem roten Ziegeldach. Der Duft von Blumen lag in der Luft, der blühende Vorgarten war von einem niedrigen Lattenzaun umgeben. Einige der Bretter standen schief und durch ein ebenso verwahrlostes Gartentor führte ein Weg aus Natursteinen zur roten Haustür. Genau wie die Fenster war die Tür voller Spinnweben. Diana schüttelte den Kopf. In ihrer Erinnerung strahlte das Haus vor Sauberkeit. Tatsächlich schien es, als wenn das Gebäude den Zustand ihrer Tante widerspiegelte.

Seufzend wandte sie sich zu ihrem Skoda.

»Kinder, steigt endlich aus.«

Die Türen öffneten sich. Der zwölfjährige Jona stieg als Erster aus und half dann der sechsjährigen Leah aus ihrem Kindersitz. In der Hand hatte die Kleine ihren heißgeliebten Plüschlöwen Leo, den sie an ihr Herz presste, während sie sich mit großen Augen umschaute. Jona nahm sie bei der Hand. Es war zu süß, wie der ältere Bruder mit den strubbligen rotblonden Haaren sich um seine kleine Schwester kümmerte. Aus dem Nachbargarten kam ein junger Kater angelaufen und ließ sich direkt vor Leah auf den Asphalt fallen. Sogleich kniete sich das blondgelockte Mädchen neben ihn hin und begann ihn zu streicheln. Auch Jona kniete sich daneben und kraulte ihn hinter den Ohren. Der Kater dankte mit einem lauten Schnurren.

»So weich, sein Fell«, flüsterte Leah. »Wie heißt du denn?«

»Der kann dir doch gar nicht antworten«, belehrte ihr Bruder sie.

»Natürlich kann er«, flüsterte Leah.

Diana lächelte. Die beiden waren erst einmal beschäftigt. Jedoch saß ihre älteste Tochter immer noch im Auto.

»Madame, brauchst du eine Extraeinladung?«

Widerwillig stieg Toni aus. Die Popmusik aus ihren Kopfhörern klang zu Diana herüber. Mit ihren sechzehn Jahren war sie gerade in der »Null-Bock«-Phase. Auch jetzt, als sie zögerlich aus dem Auto stieg und ihre Mutter mit bösen Blicken strafte, ließ sie daran keinen Zweifel. Sie zog die Stirn in Falten, verschränkte die Arme und sah sich missmutig um.

»Und wegen dieses Kaffs haben wir Mallorca abgesagt? Wie ätzend.«

Sie wischte sich über den für Dianas Geschmack viel zu kurzen Rock. Diana seufzte.

»Toni, du weißt genau, dass ich mir das nicht ausgesucht habe. Aber deine Großtante hat nur noch uns.«

»Pah!« Tonis Stimme wurde ärgerlicher.

»Was geht mich eine entfernte Tante an, die ich noch nie gesehen habe.«

»Aber ihre Shoppinggutscheine hast du gern zu Geburtstagen und Weihnachten genommen, Antonia!« Diana wusste, dass Toni es hasste, mit vollem Namen angesprochen zu werden. Sofort sah sie das Mädchen nach Luft schnappen. Daher sprach sie gleich beschwichtigend weiter: »Glaube mir: Ich wäre jetzt auch lieber am Strand.«

Sie trat zu ihrer Tochter, um ihr besänftigend die Hand auf die Schulter zu legen. Toni wehrte sie ab.

»Dir ist es doch egal, dass ich die Einzige in der Klasse bin, die nach den Ferien weiß wie Schnee sein wird.«

Diana betrachtete ihre Tochter. Das wallende, schwarzgefärbte Haar fiel ihr über die Schulter. Der blutrote Lippenstift strahlte aus ihrem blassen Gesicht. Mein Schneewittchen, dachte Diana für sich und unterdrückte ein Lachen. Stattdessen sagte sie: »Ich denke nicht, dass wirklich alle deine Mitschüler sich den Strandurlaub leisten können. Aber wenn es dir hilft: Hier scheint auch die Sonne. In den Bergen wird man ebenfalls braun. Und hinter dem Haus ist ein Garten. Dort kannst du dich auch sonnen.«

»Das ist nicht dasselbe. Hier ist es öde.« Toni zog einen Flunsch.

»Ich kann das doch auch nicht ändern.« Diana seufzte. »Im Moment läuft es für uns alle nicht, wie wir es geplant hatten. Ich versuche wirklich aus dem ganzen Mist das

Beste für unsere Familie zu machen. Aber ich brauche jetzt wirklich deine Hilfe.« Noch einmal versuchte Diana ihre Tochter in den Arm zu nehmen, doch auch dieses Mal wehrte das Mädchen sie ab.

»Ich geh 'ne Runde durch das Kaff.«

Mit diesen Worten drehte sich Toni um und ging. Hilflos zuckte Diana mit den Schultern. Seit dem Tod ihres Vaters kam sie an Toni nicht mehr heran. Sie war schon immer ein Papakind gewesen. Diana vermutete, dass Toni ihr die Schuld an seinen Tod gab.

»Komm aber wieder! In einer Stunde muss ich ins Krankenhaus und brauche dich, damit du dann auf Leah aufpasst.«

Ohne sich umzudrehen, hob ihre Tochter die Hand. Diana wusste, dass sie keine andere Antwort zu erwarten hatte. Für einen Moment schaute sie ihr noch nach, dann drehte sie sich zu ihren anderen Kindern um. Inzwischen hatte ihre Jüngste den Kater hochgehoben. Seine Vorderpfoten lagen auf ihrer kleinen Schulter, während die Hinterpfoten in der Luft hingen. Er sah nicht sehr glücklich aus. Jona stand daneben und gestikulierte wild.

»Leah, lass ihn herunter. Siehst du nicht, dass du ihm wehtust?«

»Dann würde er sich wehren. Ich tu' ihm gar nicht weh.« Sie lehnte ihren Kopf an sein Fell an. »Nicht, ich hab dich lieb. Würde dir nie weh tun.«

Jona rollte mit den Augen.

Wenn sie doch für immer so bleiben könnten, dachte Diana. Die kleine Leah mit ihrem rosa Sommerkleidchen sah aus, wie eine kleine Prinzessin. Und Jona, mit Jeans und Batman-Shirt, sah schon so groß aus.

»Leah, lass den Kater herunter. Lasst uns reingehen«, rief sie ihren Kindern zu.

Widerwillig setzte das Mädchen den Kater auf den Boden. Der lief gleich die Straße entlang und verschwand hinter einer Hecke. Leah sah ihre Mutter mit großen, traurigen Augen an. Ein Blick, der sich wie ein Pfeil in Dianas Herz bohrte.

»Ich bin sicher, du kannst später mit ihm spielen. Aber nun müssen wir erst einmal unsere Sachen reinbringen und dann muss ich ins Krankenhaus.«

Während sie sprach, lief Diana zum Hauseingang. Für einen Moment sah sie sich nachdenklich um. Was hatte die Frau am Telefon gesagt? Der große Stein verbarg den Schlüssel. Sie kniete nieder und hob den größten Stein auf. Er war viel leichter, als er aussah, denn er war hohl. Darin war der Schlüssel verborgen, genau wie man es ihr beschrieben hatte. Triumphierend drehte sie sich zu ihren Kindern um, die ihr zum Hauseingang gefolgt waren. Jona zwang sich zu einem Lächeln. Leah hatte immer noch ihren traurigen Dackelblick, mit dem sie sich umsah. Von Toni fehlte jede Spur.

»Wollen wir?«, fragte sie ihre Kinder.

»Ja.«

Die Begeisterung hielt sich in Grenzen. Seufzend drehte sich Diana um und schloss die Tür auf.

Das Erste, was Diana im Inneren des Hauses wahrnahm, war der merkwürdige Geruch. Die Luft war nicht nur abgestanden und verbraucht. Nein, es roch viel zu intensiv nach Salbei, Engelwurz, Holunder und Weihrauch. Der Duft war so unangenehm, dass ihre Atmung stockte. Sie schaute sich zu ihren Kindern um, die gleich nach ihr eingetreten waren. Leah kräuselte ihre Nase.

»Iiihh!«

Auch ihr Bruder verzog das Gesicht und hustete.

»Jona, hilf mir bitte, alle Fenster zu öffnen!«

»Gerne, Mama.«

Diana stürzte zum erstbesten Fenster und stieß es auf. Sie spürte den kühlen Lufthauch in das Zimmer strömen. Sie atmete tief ein und genoss für einen Moment die frische Landluft. So sauber war die Luft in Hamburg nicht. Schnell eilte sie mit Jona von Raum zu Raum und sie rissen alle Fenster auf. Anschließend nahm er die Autoschlüssel, um ihre Taschen ins Haus zu holen. *Großer Junge*, dachte Diana stolz.

»Was machen Sie hier?«

Eine herbe Männerstimme hinter Diana ließ sie erstarren. Langsam drehte sie sich in Richtung Küche um. Ein Fremder stand lässig mit verschränkten Armen am Türrahmen gelehnt und betrachtete sie von oben bis unten. Was bildete der sich ein? Tief durchatmend hob sie angriffslustig ihre Augenbrauen.

»Was ich hier mache? Wer sind Sie?« Diana richtete sich auf und trat einen Schritt auf ihn zu. »Was suchen Sie in diesem Haus?« Dabei blickte sie direkt in seine grauen Augen.

Er lächelte. »Du musst Diana sein.«

Sie runzelte die Stirn. »Wer sind Sie?«

Sein Lächeln wurde breiter. »Michael Sieber.« Er sah sie erwartungsvoll an.

Das verwirrte sie noch mehr. »Und was machen Sie hier?«

Er kräuselte die Stirn. »Ich hab das Haus im Auge, wo doch Sophie im Krankenhaus ist.« Michael seufzte. »Kümmere mich um den Garten und die Blumen. Ich dachte, du weißt das ...«

Diana atmete tief durch, bevor sie mit leiserer Stimme antwortete: »Wieso duzen Sie mich?«

Er sah sie verwundert an.

»Und nein, das wusste ich nicht«, sagte Diana. Woher auch? Sie hatte ihre Tante seit Jahrzehnten nicht mehr gesehen oder gesprochen. Eigentlich waren sie völlig Fremde.

Michael räusperte sich. Erst jetzt sah Diana die ausgestreckte Hand. Schnell ergriff sie sie und murmelte: »Freut mich.«

»Mama.«

Diana blickte hinter sich. Leah stand mit ihrem Kuschellöwen an der Treppe.

»Was ist, Liebes?«

Doch ihre Tochter hatte Michael entdeckt. Sie lächelte und lief auf ihn zu. »Wer bist denn du?«

Noch bevor der Fremde antworten konnte, nahm die Kleine ihn bei der Hand und zog ihn ins Wohnzimmer. Ratlos beobachte Diana, wie ihre Tochter auf Michael einredete. Das Mädchen war viel zu vertrauensselig. Wie oft hatte sie Leah ermahnt, Fremden gegenüber verhaltener zu sein. Aber es nützte nichts.

»Maus, er hat sicher noch etwas zu tun. Belästige ihn nicht.«

»Aber sie belästigt mich doch nicht.«

Als wenn es das Normalste der Welt wäre, streichelte er Leah über den Kopf. Obwohl die Kleine solche Gesten nicht ausstehen konnte, strahlte sie Michael nun an, was Diana ein unangenehmes Ziehen im Magen bescherte. Ihre Tochter suchte seit dem Tod ihres Vaters immer die Nähe von Männern. Die Trauerbegleitung, die Leah einige Zeit besuchte, hatte es Diana erklärt. Sie wünschte sich eine Vaterfigur. Darum vereinnahmte sie jeden Mann, den sie kennenlernte.

Es war noch nicht lange her, als der Anruf kam, der ihre Welt auf den Kopf stellte und ihren Kindern den Vater nahm.

Tränen stiegen in Dianas Augen und sie drehte sich zum Kamin. Darauf standen alte Familienfotos in goldenen Rahmen. Sie wischte sich über ihre Augen. Sie nahm ein Bild in die Hand und betrachtete es genauer. Es zeigte ihre Mutter und sie bei ihrem letzten Besuch in Goldhain. Ihre Mutter trug ihr Lieblingsblümchenkleid. Sie saß mit der 6-jährigen Diana auf der Treppe und strahlte in die Kamera.

Diana konnte sich nicht erinnern, ihre Mutter jemals danach wieder so fröhlich gesehen zu haben. Dann betrachtete sie ihr kindliches Ich. Auch sie sah sehr glücklich aus. Die Erinnerung an diese Zeit war längst verblasst. Sie wusste nur, dass ihre Oma kurz darauf gestorben war und ihre Mutter nie wieder nach Goldhain zurückkehrte und auch von ihr verlangt hatte, niemals diesen Ort erneut zu betreten. Was wohl vorgefallen war?

Das altmodische Klingeln des Telefons holte Diana aus ihren Gedanken. Ein kurzer Blick, und sie sah das alte Gerät auf einem Beistelltisch gegenüber an der Wand. Es war tatsächlich ein Modell mit Schnur. Mit wenigen Schritten hatte sie den Raum durchquert. Sie hob den Hörer ab und meldete sich: »Bei Jungkunz?«

Nervös spielten die Finger ihrer freien Hand mit dem Telefonkabel. Am anderen Ende meldete sich eine Männerstimme. Es war der Arzt, der sie über die Gesamtsituation informiert hatte. Da er sie am Handy nicht erreicht hatte, hatte er bei der einzigen Festnetznummer in der Akte angerufen. »Gut, dass Sie inzwischen angekommen sind, Frau Fuchs.«

»Was mache ich denn jetzt nur?« Diana sprach mehr zu sich selbst, als zu Michael. Ihrer Tante ging es schlechter. Diana sollte daher direkt ins Klinikum nach Bayreuth kommen. Doch konnte sie ihre Kinder allein im fremden Haus lassen? Sie kannte den Anblick, der im Krankenhaus auf sie wartete. Ihre Mutter war ebenfalls an Krebs gestorben. Sie wollte ihren Kindern das Trauma unbedingt ersparen. Abgesehen davon hatte der Arzt ihr bereits gesagt, dass Kinder auf der Station nur bei enger Verwandtschaft geduldet werden. Viren und Keime konnten die Patienten dort umbringen. Daher hatte Diana sich auf Toni als Aufpasserin verlassen.

»Kann ich helfen?«

Beim Klang von Michaels Stimme zuckte Diana zusammen. Ihn hatte sie für einen Moment völlig vergessen. Sie sah zu ihm hinüber. Leah hockte neben ihrem offenen Spielkoffer und hielt ihm ihre Barbies hin.

»Ich muss ins Krankenhaus. Aber ich habe keinen Sitter für Leah. Kann sie aber schlecht mitnehmen. Und Toni ist noch unterwegs ...«

»Toni ist dein ... pardon ... Ihr Mann?«

Diana wusste nicht, ob sie lachen oder weinen sollte. »Mein Mann ist tot. Toni ist meine ältere Tochter.«

Er atmete tief durch. »Das tut mir leid. Ich kann auf die Kleine aufpassen.«

Diana schüttelte den Kopf. »Ich kenn' Sie doch gar nicht.«

»Aber Ihre Tante kennt mich sehr gut, denn sie hat mir ihr Haus anvertraut.«

Diana biss sich auf die Lippen. Unsicher verschränkte sie die Arme und ging zum Fenster. Doch von Toni keine Spur. Eilig nahm sie das Handy aus ihrer Tasche und wählte die Nummer ihrer Tochter. Sofort meldete sich die Mailbox.

»Mist.«

»Handys haben hier oft keinen Empfang. In diesem Haus muss man schon in den Garten gehen, um ohne Störungen telefonieren zu können.« Er atmete durch, bevor er weiter-

28

sprach: »Zu Ihrem Problem: Ich kann wirklich so lange aufpassen, bis Ihre Tochter oder auch Sie wieder da sind.«

»Nein, es bleibt dabei. Ich kenne Sie nicht.« Diana schüttelte ihren Kopf.

Michael griff in seine Jacke und holte seine Brieftasche hervor. »Das Wetter ist toll. Ich würde mit den Kindern in den Garten gehen. Wenn etwas wäre, würden es die neugierigen Nachbarn von nebenan mitbekommen. Außerdem zeige ich Ihnen meinen Ausweis. Den können Sie abfotografieren. Und dann schauen Sie bitte mal dort drüben ins rote Fotoalbum.« Er deutete auf ein Regal. »Dort werden Sie Fotos von Sophies letztem Geburtstag finden. Da bin ich mit ihr drauf.«

Diana trat zum Regal und öffnete das Album. Tatsächlich fand sie dutzende Bilder von ihrer Tante mit Michael. Sie sahen in der Tat recht vertraut aus. Sie sah ihn an, während die Gedanken in ihr rasten. Die Verzweiflung drückte ihr die Kehle zu. Gab es denn wirklich keine andere Lösung?

Inzwischen hatte Michael eine Barbie in der Hand und spielte mit Leah, die laut lachte.

»Mama, fahr ruhig. Ich bin doch auch noch da.«

Sie hatte nicht gemerkt, wie Jona in das Wohnzimmer getreten war. Doch nun stand er neben ihr, zwei Koffer in der Hand und nickte ihr aufmunternd zu. Mit seinen zwölf Jahren wollte er den Platz seines Vaters füllen. Sie seufzte resigniert. Welche Wahl hatte sie? »Mir gefällt es immer noch nicht. Aber mir fällt einfach keine andere Lösung ein. Ich kann euch ja schlecht im Auto auf dem Krankenhausparkplatz lassen.« Sie biss sich auf die Lippen. »Wenn etwas ist, rufst du mich sofort an. Jona, ist das klar?«

2. Kapitel

Allein ging Diana mit klopfendem Herzen den weißen Flur der Onkologie entlang. Eine Schwester hatte sie gebeten, am Ende des Ganges vor dem Zimmer ihrer Tante zu warten. Der Arzt würde gleich zu ihr kommen, um mit ihr zu sprechen.

Da war es. Die Tür war geschlossen. Davor stand ein Spender mit Desinfektionsmittel. Darüber hing ein Schild mit der Bitte, es vor und nach Betreten des Zimmers zu benutzen. Der Sprühstoß fühlte sich kalt an und es roch nach Chemie. Langsam verrieb sie die Flüssigkeit in den Händen.

»Frau Jungkunz? Dort kommt der diensthabende Arzt.« Diana hatte die Krankenschwester neben sich gar nicht bemerkt.

Diana drehte sich um. Der Arzt, der auf sie zutrat, hatte kurze graue Haare. Auf seiner Nase befand sich eine Hornbrille. Sein glattrasiertes Gesicht lächelte freundlich.

»Mein Name ist Fuchs, Jungkunz ist der Mädchenname meiner Mutter.«

Die Schwester nickte und zog sich zurück.

»Guten Tag, Frau Fuchs. Ich bin Dr. Stefan Weiler.«

»Guten Tag. Wie geht es meiner Tante?«

»Wie ich schon am Telefon sagte, geht es Ihrer Tante schlechter. Sie ist nicht mehr klar und phantasiert durch das Morphium. Wie ich Ihnen bereits in unserem ersten Telefonat mitgeteilt habe, liegt keine Patientenverfügung vor. Aber kurz danach brachte ein Nachbar noch eine Vorsorgevollmacht mit der erforderlichen Entbindung der ärztlichen Schweigepflicht vorbei. Frau Jungkunz hat darin Ihnen die medizinischen Entscheidungen übertragen.« Der Arzt seufzte. »Deswegen bin ich in der Lage, Sie nun über den Zustand ihrer Tante aufzuklären.«

Diana legte die Stirn in Falten. Warum nur hatte die Tante sie eingesetzt und nicht etwa ihren Nachbarn? Als sie angerufen wurde, sagte man ihr nur, dass sie sich um einige Angelegenheiten kümmern müsste. Und ja, Diana hatte die Hoffnung, ihre Tante doch noch einmal lebend zu sehen. Aber nun soll sie über Sophies Leben verfügen?

Der Arzt schien ihre Verwunderung nicht wahrzunehmen und schilderte Sophies Krankenverlauf. Es sah nicht gut aus. »Daher obliegt es Ihnen, wenn es sich verschlimmert, zu entscheiden, wie es weitergeht.« Sein Mundwinkel zuckte. »Leider muss ich Ihnen sagen, dass Sie sich auf das Schlimmste einstellen sollten und darüber nachdenken. Es wird nicht mehr lange dauern.«

Diana schluckte. Sie hatte keine Ahnung, was ihre Tante gewollt hätte. Wie soll sie nur in ihrem Sinne eine Entscheidung treffen? Sie musste sie sehen. »Kann ich zu ihr?«

»Selbstverständlich. Wenn Sie Fragen haben, dann wenden Sie sich an mich.«

Er nickte ihr noch einmal zu, drehte sich um und verschwand um die nächste Ecke.

Diana griff nach der Türklinke, hielt aber inne. Würde Sophie ansprechbar sein? Hatte sie überhaupt eine Ahnung, wer sie ist? Einmal atmete sie tief durch, bevor sie die Tür öffnete und eintrat.

Es war ein kleiner Raum. Das Fenster war zu. Der Geruch von Desinfektionsmittel lag in der Luft. Für einen

Moment fühlte sich Diana in die Zeit zurückversetzt, als sie weit entfernt in einem anderen Krankenhaus ein anderes Zimmer betrat und ihre Mutter das letzte Mal lebend gesehen hatte. Diana erinnerte sich, wie sie an ihrem Bett gestanden hatte. Das Gesicht ihrer Mutter war eingefallen und blass gewesen. Der Beatmungsschlauch hatte ihr ein wenig Zeit gespendet. Die Geräusche der lebenserhaltenden Geräte hallten in ihren Ohren nach: das rhythmische Piepen der Herzmonitors und das regelmäßige Zischen der Beatmungsmaschine. Das Piepsen war immer langsamer geworden, bis ein stetiger Warnton den Raum erfüllt hatte. Die Schwestern und Ärzte kamen herangeeilt und sie wurde vor die Tür geschoben. Dort wartete sie allein auf die Todesnachricht. Als sie wieder hinein durfte, schlug das Herz ihrer Mutter wieder im Takt.

Mit einem Kopfschütteln vertrieb Diana die Erinnerung und sah sich um. Ihr fiel die Stille auf. Keine Lebenserhaltungsmaschinen piepten.

Zwei Betten standen in dem Zimmer, doch nur das Bett am Fenster war belegt. Sie trat näher. Im ersten Moment dachte Diana, ihre Mutter würde darin liegen. Ihr war nicht klar, wie ähnlich sich die Schwestern waren. Doch Sophie hatte eine kleine Narbe auf der Wange, die Dianas Mutter nicht hatte. Ihre Haare umrahmten ihr Gesicht. Die tiefliegenden Augen waren geschlossen und ihr Brustkorb hob und senkte sich regelmäßig. Für eine Weile stand Diana nur da und beobachtete ihre Tante. Sie versuchte sich an sie zu erinnern, doch bei ihrem letzten Besuch war sie selbst so alt wie Leah gewesen. Nicht das erste Mal fragte sie sich, warum ihre Mutter die Verbindung zu ihren Wurzeln durchschnitten hatte. Über ihre Gründe wollte sie partout nicht mit Diana sprechen. Nun aber stand Diana hilflos am Sterbebett ihrer Tante und wusste nicht, was sie tun sollte.

Da schlug Sophie die Augen auf. Zögerlich öffnete sie den Mund.

»Wer ... Andrea?«

Diana schluckte. Sophie hielt sie für ihre Schwester.

»Nein, Sophie. Ich bin Diana, Andreas Tochter.«

Mühsam lächelte sie ihre Tante an. Für einen Moment runzelte die Kranke die Stirn. Dann aber schoben sich ihre Mundwinkel zu einem Lächeln nach oben und ihre Augen strahlten.

»Die kleine Diana!« Es war mehr ein Nuscheln. Sie streckte ihr die Hand hin, die die junge Frau ergriff. Plötzlich gefroren Sophies Gesichtszüge und ihre Atmung beschleunigte sich. Diana runzelte die Stirn. Was war los?

»Du ... bist in großer Gefahr«, nuschelte ihre Tante, während ihr Blick im Zimmer umherwanderte. Dabei wurden ihre Worte immer unverständlicher »Vorsicht ... Gold ... Mine ... Er kommt ... Tod. Alle sterben!«

Gänsehaut bildete sich auf Dianas Haut. Sie verstand nur wenig, doch die Worte hinterließen ein nervöses Ziehen in ihrem Magen. Wen hatte sie mit »Er kommt« gemeint?

»Wer kommt? Michael?« Diana schluckte. Hatte sie ihre Kinder in Gefahr gebracht?

Doch bei seinem Namen beruhigte sich Sophie sofort. »Michael ... wird ... aufpassen ...« Da schloss sie wieder ihre Augen und schlief ein. Tausend Fragen schossen Diana durch den Kopf: Was hatte das zu bedeuten? Zumindest schien die Gefahr nicht von Michael auszugehen. Doch von wem dann?

Eine Weile saß Diana an Sophies Bett, ohne dass ihre Tante noch einmal erwachte.

Es klopfte und eine junge Schwester trat ein. Sie blieb überrascht an der Tür stehen und musterte Diana einen

Moment lang, dann setzte sie ein mitleidiges Lächeln auf. »Ach wie schön, dass Frau Jungkunz nun auch endlich mehr Besuch bekommt. Abgesehen von ihrem Nachbarn war bisher nämlich niemand da.«

Diana zog die Luft ein. War das ein Vorwurf? Die Schwester sprach weiter: »Ich bin Schwester Agatha. Wie die Schriftstellerin.« Nun fing sie Dianas Blick auf. »Alles in Ordnung bei Ihnen?«

Sollte sie der Schwester erzählen, was ihre Tante gesagt hatte? Doch bevor sie eine Entscheidung getroffen hatte, sprach Schwester Agatha schon mit einem Nicken in Richtung Bett weiter: »War sie wach?«

»Ja, bis eben.«

»Ich hoffe, Sie haben sich nicht beunruhigen lassen. Sie redet nur noch Unsinniges. Mit Verlaub, sie ist nicht zurechnungsfähig.«

Diana wollte etwas sagen, doch die Schwester winkte ab.

»Ich kann es in Ihrem Gesicht lesen. Das Morphium, müssen Sie wissen. Frau Jungkunz hat bestimmt wieder vom schwarzen Mann gesprochen, der die ganze Familie holen wird.«

Sie senkte die Stimme zu einem Flüstern: »Gut, dass der junge Doktor Smith es bisher nicht gehört hat. Der hat afrikanische Wurzeln.«

Nun aber atmete Diana tief durch und erzwang sich das Wort. »Ich glaube nicht, dass sie das so gemeint hat. Meine Familie hat keine Vorurteile. Meine Großtante wurde von Nazis getötet, weil sie geholfen hatte, Juden zu verstecken.«

Die Schwester verzog das Gesicht. »Wie Sie meinen. Jetzt muss ich Sie bitten, zu gehen. Ich muss Frau Jungkunz waschen.«

War das ein Rausschmiss? Was bildete sich diese Schwester ein? Es brodelte in Diana. Doch sie schluckte es runter.

Nicht jetzt. Sie wandte sich zu ihrer schlafenden Tante um, beugte sich herunter und gab ihr einen Kuss auf die Stirn.

»Ich komme wieder!«

3. Kapitel

Jona lag auf einem Handtuch auf der Wiese hinter dem Haus. Die Wolken hatten sich verzogen und die Sommersonne strahlte auf ihn herab. Durch seine Kopfhörer drang »I Gotta Feeling« von The Black Eyed Peas in sein Ohr. Er nickte im Takt, während er zu Leah und Michael hinübersah, die auf der Terrasse saßen und »Doktor Bibber« spielten. Sie hatten ihn gefragt, ob er mitspielen wollte, doch er genoss lieber die Musik aus seinem Smartphone und die Sonnenstrahlen auf seiner Haut. Natürlich war er sich im Klaren, dass sie Michael nicht kannten und er ein Auge auf ihn und seine kleine Schwester haben musste. Aber der Fremde schien einfach nur ein freundlicher Mensch zu sein, so dass Jona es lieber mal genoss, sich nicht um seine kleine Schwester kümmern zu müssen. Als der Song zu Ende war und die ersten Takte von Shakiras »Waka Waka« erklangen, setzte er sich auf. Er hob die Coca-Cola-Flasche, die neben ihm im Gras lag, hoch und schraubte sie auf. Die süße Flüssigkeit rann seinen Hals hinunter. Er grinste, als er die Flasche zuschraubte. Zuhause gab es keine Cola. Umso erfreuter war er, dass seine Großtante welche im Kühlschrank hatte. Auch wenn er jetzt nicht am Strand lag, so war er fest entschlossen, das Beste aus der Situation zu machen. So war er, Jona Fuchs, nun einmal. Und Michael hatte etwas von den Badeseen im Fichtelgebirge erzählt. Die sind schließlich besser als gar nichts.

Da piepte sein Handy.

»Mist.«

Sein Akku machte schlapp. Er holte das Smartphone aus der Tasche. Tatsächlich erblickte er das Fragezeichen über dem Akkustand. Also nahm er die Ohrstöpsel heraus. Schon schallte Leahs Lachen zu ihm herüber. Er könnte jetzt aufstehen, sein Smartphone drinnen laden lassen und mitspielen, doch er war zu faul. Er schloss die Augen und richtete sein Gesicht den Sonnenstrahlen entgegen.

Knack.

Erschrocken drehte sich Jona um. Doch hinter ihm ragte nur eine Wand aus riesigen Rhododendren in die Höhe. Vermutlich hatte nur ein Tier einen Ast zum Krachen gebracht. Jona atmete durch. Als er sich zurückdrehte, hörte er erneut einen Ast brechen. Nun wurde er doch neugierig. Ob es der Kater war? Er schaute sich um. Keiner der Zweige wackelte. Merkwürdig. Plötzlich, als er sich wieder abwenden wollte, war ihm so, als würde der Wind seinen Namen rufen. Ganz leise hörte er »Jona«. Seine erste Eingebung war, dass Toni ihm einen Streich spielte. Sie wusste, dass er gerne die Stephen-King-Bücher las. Daher versuchte sie ständig, ihn zu erschrecken. Doch als er erneut seinen Namen hörte, wurde ihm schlagartig bewusst, dass sie es nicht sein konnte. Es war eine tiefe Männerstimme. Er schaute zurück zum Haus. Was er sah, bestätigte ihm, dass Michael noch immer auf der Terrasse am Tisch saß. Als dieser Jonas Blick bemerkte, schaute er zu ihm herüber.

»Hast du mich gerufen?«, fragte Jona.

Michael runzelte die Stirn und schüttelte seinen Kopf.

»Nein, hab ich nicht.« Dann lächelte er, bevor er weitersprach: »Aber wenn du willst, setz dich zu uns und spiel mit.« Aber Jona schüttelte nur seinen Kopf und blickte erneut zu den Rhododendren.

»Jona!«

Er zuckte zusammen. Ein Blick über seine Schulter zeigte ihm, dass Leah Michaels volle Aufmerksamkeit genoss. Die Stimme schien sowieso von der anderen Seite der Büsche zu kommen. Er sah sich um. Einen Meter entfernt befand sich zwischen den Rhododendren ein Durchgang. Der Boden dort war mit altem Laub bedeckt. Er sah, dass der Garten dahinter bergauf ging. Große Steine ragten aus der Erde hervor, die eine Art Treppe bildeten. Wo der Weg wohl hinführte? Er schaute noch einmal zurück. Michael und Leah bauten gerade das Spiel »SOS Affenalarm« auf. Er trat in den Durchgang und sah sich um. Vom Rufer war nichts zu sehen. Hatte er sich die Stimme nur eingebildet? Gerade als er sich umdrehte, erklang sie erneut.

»Jona, komm zu mir.«

Von seinen Nackenhaaren ausgehend breitete sich Gänsehaut über seinen Körper aus. Er zwang sich, wieder hinter die Büsche zu sehen, doch da stand niemand. Er spürte sein Herz wild in seiner Brust pochen. Sollte er diesem Ruf folgen? Langsam trat er einen Schritt vorwärts. Schweiß perlte auf seiner Stirn, da packte ihn etwas am Arm und eine andere Stimme erklang hinter ihm: »Jona! Wo willst du hin?« Mit geweiteten Augen drehte er sich um und blickte in Michaels fragendes Gesicht.

»Ich wollte nur mal sehen, was dahinter ist.« Jona konnte dennoch ein Aufatmen nicht unterdrücken. Michael legte ihm die Hand auf die Schulter und führte ihn zur Terrasse, wo Leah schon mit strahlenden Augen wartete. »Spielst du nun mit?«

Jona lauschte, doch die Stimme war verstummt.

»Ok«, sagte er und setzte sich hin. »Wer fängt an?«

4. Kapitel

Die Nacht ist auf dem Land etwas völlig anderes als in der Großstadt. Diese Erkenntnis erlangte Toni, als sie zur späten Stunde wach auf ihrem Bett lag. Na ja, eigentlich war es das Bett und das ehemalige Kinderzimmer ihrer Großtante. Ihre Mutter hatte es für sie neu bezogen. Ihre Schwester lag im Nebenzimmer, das frühere Zimmer ihrer Oma. Toni fand, es war eine Hölle aus Rosa, denn alles war in Rosatönen gehalten: das Bett, die Schränke, die Tapete und die Vorhänge. Ein Albtraum. Auch das dritte Zimmer, in dem nun Jona schlief und das einmal das Schlafzimmer ihrer Urgroßeltern war, fand der Teenager scheußlich. Ihre Tante hatte scheinbar seit dem Tod ihrer Eltern darin nichts verändert. Die Blümchentapete tat Toni in den Augen weh. Die Matratze war hart und ungemütlich. Ihre Mutter schlief unten auf der Couch, da Toni allein sein wollte und ihre Schwester sich im Schlaf hin und her wälzte, so dass niemand neben ihr nächtigen konnte. Auch nicht sehr bequem. Daher war das doch recht schlichte Zimmer von Sophie die beste Alternative. Nein, sie hätte mit niemandem tauschen wollen. Dennoch war es ein komisches Gefühl, im Bett einer Sterbenden zu liegen, auch wenn Tante Sophie im Krankenhaus lag. Es hatte etwas Makabres. Aber das war nicht der Grund, warum sie nicht schlafen konnte.

Es war diese ungewohnte Stille, die sie wach hielt. Unruhig drehte sie sich von einer Seite auf die andere. Dann angelte sie nach ihrem Smartphone auf dem Nachttisch. Vielleicht würde ihr Musik helfen. Mit geübten Fingern öffnete sie ihr Musikprogramm und ging ihre Ordner durch. Adele, Taylor Swift, Of Monsters and Men waren jetzt nicht das Richtige. Da haftete ihr Blick fest auf einem Namen. Michael Jackson. Ihr Vater war ein großer Fan gewesen. Die Erinnerung an ihn schmerzte. Sie vermisste ihn. Schnell wischte sie sich eine Träne weg. In ihren Gedanken war sie wieder sechs Jahre alt und er brachte ihr »Heal the world« bei. Der Geruch seines Aftershaves stieg ihr unwillkürlich in die Nase.

»Papa«, flüsterte sie und, ohne darüber nachzudenken, drückte sie auf Play. Aus ihren Handylautsprechern erklangen die ersten Töne von »You Are Not Alone«. Seufzend zog sie die Decke enger an ihren Körper und sank langsam in einen unruhigen Schlaf.

Ein Knarren riss Toni aus ihren Träumen. *Was war das?* Verschlafen öffnete sie die Augen. Das Zimmer lag ruhig und in völliger Dunkelheit da. Das Album war bereits abgespielt und das Smartphone hatte sich abgeschaltet. Sie griff nach ihrem Handy und leuchtete den Raum aus. Niemand war zu sehen. Aber was hatte so geknarrt?

Da!

Da war es erneut. Toni setzte sich auf. Es kam nicht aus diesem Zimmer, sondern aus dem Flur. Langsam kletterte sie aus dem Bett, glitt in ihre Hausschuhe und schlich zur Tür. Vorsichtig legte sie ihr Ohr an das alte Holz und lauschte. Es knarrte erneut. Irgendjemand war im Haus unterwegs. Ob ihre Geschwister wachgeworden waren oder ihre Mutter heimlich erneut nach ihnen gesehen hatte? Aber in Tonis Zimmer hatte sie nicht geblickt. Auch wenn

Toni dazu eigentlich zu alt war und sie mit Sicherheit protestiert hätte, stach es doch in ihrem Herzen. Manchmal wollte sie einfach wieder ein Kind sein und die ganze Aufmerksamkeit bekommen, die nun ihre kleinen Geschwister erhielten. Sie seufzte. Gerade als sie sich zurück ins Bett legt, hörte sie plötzlich Leahs Stimme: »Warte, ich kann nicht so schnell.«

Wo wollte die Kleine denn hin? Und mit wem redete sie? Rasch öffnete Toni die Tür. In dem Moment hörte sie ihre Schwester aus dem Erdgeschoss flüstern: »Pssst! Mami schläft hier. Wir müssen leise sein.«

Redete sie mit Jona? Da sie nicht rufen und damit ihre Mutter wecken wollte, ging sie zu der Tür, hinter der ihr Bruder schlafen sollte. Vorsichtig öffnete sie sie und sah Jona schnarchend auf dem Bett liegen. Tonis Herz klopfte schneller. Mit wem zum Teufel sprach ihre kleine Schwester? Und wohin waren sie unterwegs? Vor ihrem inneren Auge sah sie die Nachrichtenberichte, in denen nach vermissten Kindern gesucht und die wenig später tot aufgefunden wurden. Das durfte ihrer kleinen Schwester nicht passieren. Leise eilte Toni die Treppe hinunter. Die Tür zum Wohnzimmer war zu. Schnell wandte das Mädchen sich zur Küche um, deren Tür offen stand. Dort hörte sie Schritte. Rasch trat sie ein und sah gerade noch Leah aus der Hintertür treten. Doch außer ihr war niemand zu erkennen. Stirnrunzelnd rief Toni nach ihrer Schwester, doch schon schlug die Tür vor ihr zu. Panisch trat sie hinüber und griff nach der Klinke. Toni erschauderte, als sie sich nicht öffnen ließ. Wie konnte sie abgeschlossen sein? Der Schlüssel steckte von innen und eben ist ihre Schwester noch hindurchgegangen. Warum also war sie plötzlich zu?

Keine Zeit, dachte der Teenager und schob das aufkommende ungute Gefühl zur Seite. Nachdenken konnte sie später. Nun musste sie ihre kleine Schwester zurückholen. Eilig drehte sie den Schlüssel um, öffnete die Hintertür und trat auf die Terrasse. Im Dämmerlicht konnte sie schemenhaft die Gartenmöbel erkennen. Doch keine Spur von ihrer Schwester und dem Unbekannten.

Toni biss sich auf die Lippe und trat von einem Bein auf das andere. Was sollte sie nur tun? In welche Richtung war ihre Schwester so schnell verschwunden?

Knack.

»Leah?«

Keine Antwort.

»Leah, wo bist du?«

Knack.

Das Geräusch kam von den Rhododendren. Schnell lief sie hinüber und stand vor dem Durchgang. Hätte sie doch nur eine Taschenlampe mitgenommen. Oder ihr Handy. Aber wie konnte sie auch ahnen, dass ihre kleine Schwester in den Garten gehen würde. Unsicher schaute Toni durch das dunkle Loch im Gebüsch.

Knack.

Vorsichtig trat sie hindurch, setzte einen Fuß nach dem anderen. Ihr Herz klopfte wie verrückt. Es war eine sternenklare Nacht, doch die Bäume verdeckten in diesem Teil des Gartens den Mond und seine Begleiter. Langsam tastete sie sich vor, während sie in Gedanken einige Schläge und Tritte aus dem jahrelangen Taekwondotraining durchging.

»Aua«, entfuhr es ihr, als sie mit dem Zeh gegen etwas Hartes stieß. *Wenn ich meine Schwester in die Finger bekomme*, dachte Toni. Sie bückte sich und ertastete kleine Felsen unter sich, etwa fußballgroß. Auf dem Weg weiter nach oben fühlte sie immer neue Steine.

»Das muss eine Art Treppe sein«, flüsterte sie. Ob Ihre Schwester tatsächlich dort oben war? Es brachte ja nichts, wenn sie im Dunkeln den Hang hochkletterte und sich den Hals brach. Und würde ihre kleine Schwester sich im Dunkeln dort hoch trauen? Sicher nicht.

Als Toni gerade umkehren wollte, noch unschlüssig, ob sie ihre Mutter wecken oder einfach nur eine Taschenlampe holen sollte, hörte sie Leahs Stimme: »Nein, nicht. Ich darf da nicht hin. Mama wird sauer sein.«

Es kam eindeutig von der Rückseite des Gartens. Und irgendjemand versuchte, ihre Schwester vom Grundstück zu locken. Toni hatte keine Wahl. Seufzend machte sie sich daran, die Felsenstufen hochzuklettern. Dabei stützte sie sich an den Felsen ab. Endlich war sie oben und konnte schemenhaft erkennen, dass sich vor ihr etwas bewegte.

»Leah?«

Das Etwas verharrte in der Bewegung. »Toni? Was machst du denn hier draußen?«

Toni atmete auf und trat auf ihre Schwester zu. Über ihr schaute der Mond durch eine Lücke im Geäst und sie sah in Leahs verwirrtes Gesicht. Erleichtert darüber, dass es ihr gut ging, atmete sie tief durch »Das wollte ich eigentlich dich fragen.« Das Mädchen biss sich auf die Lippe.

»Leah? Mit wem hast du geredet?«

Leah setzte ihren unschuldigen Gesichtsausdruck auf. Ein klares Zeichen, dass sie etwas ausgefressen hatte. »Mit niemandem.«

Toni seufzte. »Leah, ich hab dich doch sprechen hören. Lüg mich nicht an.«

Dieser Satz hätte auch von ihrer Mutter kommen können. Sie unterdrückte den Drang, mit den Augen zu rollen und konzentrierte sich wieder auf ihre Schwester. »Also, rück damit raus oder es gibt Ärger.«

Das Kind blickte sie mit großen Augen an, blieb jedoch stumm.

»Ist er weg?«

Leah zuckte mit der Schulter.

Toni erhob ihre Stimme: »Wenn du noch da bist, komm raus!«

Nichts rührte sich. Aber in Leahs Gesicht fand eine Veränderung statt. Sie sah ängstlich aus.

»Sei leise, Toni. Bitte sei leise.«

Schon umschlangen Toni die zitternden Arme ihrer Schwester und sie spürte, wie sich der kleine Körper an sie heran presste. Da niemand sich zu erkennen gab, schüttelte sie den Kopf. Vielleicht hatte ihre Schwester auch nur geträumt und ist schlafwandelnd hier herausgekommen. *Ich werde besser auf sie aufpassen*, dachte Toni.

»Lass uns reingehen. Und mach das nie wieder, gehe niemals heimlich hier nachts raus. Egal, wer dich nach draußen ruft, ok?«

Leah wimmerte: »Ok. Versprochen.«

5. Kapitel

Die Sonne blendete Diana, die gerade aus dem Haus trat. Vögel zwitscherten und zogen am Himmel ihre Kreise. Auch Schafe blökten irgendwo. Sie hörte einen Traktor in der Nähe arbeiten und spürte eine Brise Landluft. Es roch schwach nach gedüngtem Feld. Dennoch atmete sie tief ein. So ein Morgen auf dem Land war doch etwas völlig anderes als in der Stadt. Die Frau trug ihre Laufklamotten und ihre Turnschuhe. Gestern hatte sie keine Zeit gehabt, den Ort zu erkunden. Da ihre lauffaulen Kinder weiterhin fest schliefen, war dies ein guter Zeitpunkt für einen kurzen Run durch die Nachbarschaft. Vielleicht kam sie mit jemand anderem außer diesem Michael ins Gespräch, der für sie ein einziges Rätsel war. Er benahm sich so, als wären sie alte Freunde. Doch daran würde sie sich erinnern, oder nicht? Wobei manchmal etwas in seinem Blick lag, dass ihr vertraut vorkam. Diana schüttelte den Kopf. Vermutlich erinnerte er sie an jemand anderes.

Noch war es angenehm kühl, denn die Sonne schaute gerade so über den Berg und hatte ihr volles Potenzial noch nicht erreicht.

Schnell trugen sie ihre Füße die Straße entlang, den Berg hinab an den Vorgärten der Einfamilienhäuser vorbei. Es war ruhig und kein Mensch war zu sehen. *Komisch*, dachte

Diana. *So früh ist es auch wieder nicht.* Kopfschüttelnd bog sie in eine Seitenstraße ein. Da hörte sie ein Gackern. Diana verlangsamte ihren Schritt, bis sie vor einem Maschendrahtzaun zum Stehen kam. Dahinter liefen fünf Hühner und ein stolzer Hahn kreuz und quer über die Wiese. Weiter hinten entdeckte sie ein paar Gänse. Diana lächelte. Hierher würde sie mit Leah gehen. Sie liebte Tiere und würde ganz verzückt sein. Als Stadtkind war sie solche Tiere in der Nachbarschaft nicht gewohnt.

»Hey«, erklang es von rechts. Diana schaute sich nach dem Ursprung der Stimme um. Es war ein älterer Herr, der sie verkniffen ansah. »Verschwinde und irritier mir meine Hühner nicht.« Diana zog verwundert die Augenbrauen hoch. »Aber ich tu' Ihren Tieren nichts. Ich bin Diana, die Nichte von ...« Der alte Mann schnaubte. »Ich weiß, wer Sie sind. Verschwinden Sie, bevor ich den Hund rauslasse.« Er deutete auf einen Zwinger, in dem ein Rottweiler hin und her streifte. Der Mann machte die ersten Schritte in dessen Richtung. Resignierend hob Diana ihre Hände. »Ich geh ja schon.«

Etwas später lief sie an einer Auffahrt zu einem wunderschönen alten Haus vorbei. Auch diesmal verlangsamte sie ihre Schritte und betrachtete die Türmchen und Erker. Der Vorgarten blühte in allen Farben und wirkte sehr gepflegt. Eine Frau ihres Alters trat aus dem Tor. In der Hand hielt sie eine Leine, an dessen Ende ein kleiner Jack Russell Terrier um ihre Beine sprang. Diana räusperte sich, um die Frau nicht zu erschrecken. Sie schaute auf. Auch der kleine Hund schien sie zu bemerken und lief mit wedelndem Schwanz auf sie zu. Diana kniete sich herab und hielt ihm die Hand zum Schnüffeln hin. Schon sprang er an ihr Knie und ließ sich streicheln.

»Worf, aus! Komm zurück!«

Diana sah zu der Besitzerin hoch und stellte überrascht fest, dass diese leicht panisch aussah. »Keine Sorge, ich mag Hunde.« Sie kraulte ihm hinter dem Ohr. »Ist Worf nicht aus ›Star Trek‹? Ein Klingone?« Vielleicht würde etwas Smalltalk die Frau beruhigen. »Wie? Äh ... Ja. Schon. Auf Wiedersehen.« Mit diesen Worten öffnete sie erneut das Tor und trat hindurch. »Worf, komm! Wir gehen später Gassi. Wenn du jetzt reinkommst, gibt es ein Schweineohr.« Als ob der Hund jedes Wort verstanden hatte, sprang er auf und folgte seinem Frauchen ins Haus. Verwundert blieb Diana zurück. Was war nur in diesem Ort los? Dass Fremde nicht gemocht oder zumindest misstrauisch beäugt werden, damit hatte sie gerechnet. Aber so ein Verhalten? Schulterzuckend schaute sie auf die Uhr. Es war kurz vor acht. Zeit zum Frühstück machen. Also trat sie den Rückweg an. Bald merkte sie, wie sehr sie außer Form geraten war. War der Berg vorhin schon so steil? Schweißperlen bildeten sich auf ihrer Stirn. Ihr Herz hämmerte in ihrer Brust. Endlich sah sie das Haus ihrer Tante. Die letzten Meter ging sie langsam. Die Sonne stand inzwischen über dem Berg und heizte mit ihren Strahlen den Tag auf. Als sie vor dem Grundstück zum Stehen kam, sah sie gegenüber den Nachbarn zum Auto gehen. Außer Atem nickte sie zum Gruß, doch der Mann stieg nur schnell in seinen alten Opel Corsa und setzte auf die Straße. Kopfschüttelnd sah sie dem Wagen hinterher. Als er hinter einer Kurve verschwand, drehte sie sich um. Sie schob den Gedanken an diese merkwürdige Nachbarschaft zur Seite. *Duschen. Und Frühstück. Nach einem Kaffee sieht die Welt schon wieder anders aus.*

Eine Stunde später saß die gesamte Familie auf der Terrasse. Diana und Toni tranken Kaffee, während Jona und Leah Kakao genossen. Vor ihnen stand ein Berg von Eierkuchen.

Diana hatte am Vortag nicht eingekauft und musste aus den vorhandenen Zutaten ein Frühstück zaubern. Ihre Kinder freute es, dass kein Brot da war und sie so in den Genuss ihres Lieblingsfrühstücks kamen. Das Zwitschern der Vögel schallte von den Bäumen herunter. Es schien ein wunderschöner Tag zu werden. Dianas Gedanken wanderten zu den Nachbarn. War Tante Sophie im Ort irgendwie verschrien? Oder warum wurde sie mit so viel Abweisung behandelt? Das konnte nicht normal sein.

»Guten Morgen!« Die plötzliche Stimme hinter ihr ließ Diana zusammenzucken. »Michael!« Leahs Stimme sprudelte vor Freude und versetzte ihrer Mutter einen Stich. Noch bevor Diana sich umdrehen konnte, war ihre jüngste Tochter aufgesprungen und auf ihn zu gerannt. Sie umarmte ihn, während Jona ihm zunickte, was bei ihrem Jungen eine hohe Sympathiebekundung war. Michael stand lächelnd in der offenen Küchentür. *Das wird noch Tränen geben*, dachte Diana mit einem Blick auf Leahs strahlenden Augen. *Spätestens, wenn wir wieder nach Hause fahren.* Diana erhob sich ebenfalls und zwang sich zu einem Lächeln. Ihr gefiel nicht, mit welcher Selbstverständlichkeit er scheinbar mit seinem Schlüssel ins Haus getreten war. Diana war heilfroh, dass er nicht früher gekommen ist und sie beim Anziehen erwischt hatte. Sie versuchte ihren aufkommenden Ärger herunterzuschlucken, als sie ihn begrüßte: »Guten Morgen, Michael. Was führt Sie so früh am Morgen zu uns?«

Er setzte ein breites Lächeln auf. »Ich wollte sehen, ob ihr auch etwas zum Frühstücken habt.« Er hob eine Bäckertüte hoch. »Aber ich sehe, ich komme zu spät.« Diana schluckte einen bissigen Kommentar herunter und sagte stattdessen: »Sie sind wohl Langschläfer. Aber setzen Sie sich doch. Kaffee?« Misstrauisch beäugte sie ihren Gast, der sich neben sie ans Ende des Tisches setzte. Ja, sie war für seine gestrige Hilfe sehr dankbar. Aber warum war er jetzt hier? Wirklich nur aus Freundlichkeit? Die abweisende Haltung der anderen Nachbarn ließ sie Michael gegenüber misstrauisch werden. War er tatsächlich nett oder führte er etwas im Schilde? Vielleicht war sie auch nur mit der Situation überfordert. Ihr Mann Ben hatte immer gesagt, sie würde zu viel grübeln.

»Jona, bist du so lieb und holst unserem Gast einen Teller und eine Tasse?« Ihr Sohn verdrehte die Augen. Als er sich erhob, murmelte er etwas, das sich nach »Warum immer ich?« anhörte. Diana sendete ihm einen Kuss hinterher, als er durch die Terrassentür verschwand. »Ich hätte es mir auch selbst holen können. So oft wie ich bei deiner, äh ... Ihrer Tante war, kenne ich mich bestens aus.« War das ein Vorwurf? Sie öffnete ihren Mund, um etwas zu erwidern, doch da meldete sich Toni zu Wort: »Wer zum Teufel sind Sie?« Diana zog die Luft ein. »Das ist nicht sehr nett, Antonia!« Michael räusperte sich. »Ich bin ein Nachbar und guter Freund deiner Großtante. Und als deine Mutter gestern ins Krankenhaus musste, habe ich auf deine Geschwister aufgepasst.« Toni verschränkte die Arme und lehnte sich in ihren Stuhl weit zurück. »Ach, Sie sind dieser Kerl.«

»Welcher Kerl?« Jona war zurückgekehrt und stellte das Geschirr vor Michael ab.

»Na, der da.« Mit einem Nicken deutete Toni auf Michael. »Was geht es Sie überhaupt an, ob wir was zum Futtern haben oder nicht?«

»Antonia, nimm dich bitte zusammen.« Diana versuchte, streng zu klingen, obwohl sie insgeheim dankbar für die Frage war. Schließlich flatterte genau diese auch in ihrem Hirn herum, seit Michael aufgetaucht war. Der lächelte nur weiter. »Nächstenliebe?«

Ihre Blicke mussten komisch ausgesehen haben, denn Michael brach in schallendes Gelächter aus. Vielleicht dachte er, er hätte den Witz des Jahrzehnts gerissen. Diana verdrehte genervt die Augen. Als er sich beruhigt hatte, wischte er sich eine Träne aus dem Augenlid. »Jetzt mal im Ernst. Ich sagte doch, dass ich mich um Sophie gekümmert habe. Nun ist sie im Krankenhaus und ihre Nichte ist mit ihren Kindern allein hier.« Er atmete durch. »Sophie würde es mir nie verzeihen, wenn ich mich nicht um euch kümmere. Ich weiß, dass sie sich mit ihrer Schwester verkracht hatte und sie euch nicht sehen durfte. Sie hätte gewollt, dass ich schaue, dass ihr zurechtkommt.« Also handelte er aus Pflichtgefühl der Tante gegenüber.

»Das ist sehr freundlich«, begann Diana. »Aber es ist nicht nötig.« Sie sah ihre Kinder an. Toni hatte sich auf die Lippen gebissen. Vermutlich unterdrückte sie es, ihrer Mutter zuzustimmen. »Wir kommen klar.« Sie blickte wieder zu Michael und lächelte. »Auch ohne Ihre Hilfe.«

»Aber Mama!« Leah setzte zum Protest an. »Michael ist doch so nett. Ist doch schön, wenn er hier ist.«

Diana unterdrückte einen Aufschrei. Wie konnte Leah sich so schnell an einen völlig Fremden gewöhnen und ihn dermaßen ins Herz schließen? Diana wusste die Antwort. Doch wollte sie sich das nicht eingestehen. Zu sehr schmerzte es. Leah wollte die Lücke in ihrer Familie schließen. In Hamburg hatte sie es auch schon bei ihrem Erzieher versucht und es fing genauso an wie jetzt. Leah war drauf und dran, in Michael eine Art Papa-Ersatz zu sehen. Diana musste mit Michael reden. Ohne die Kinder. Doch sie machten gar keine Anstalten, vom Tisch aufstehen zu wollen. Selbst Toni saß nur da und beobachtete, wie Michael die restlichen Pfannkuchen verputzte. Natürlich setzte sie alles daran, dass sie stark gelangweilt aussah. Diana goss

Kaffee nach, während sie Small Talk über das Wetter hielt und überlegte, wie sie ihre Kinder für das Gespräch loswerden könnte. Sonst konnten sie es kaum erwarten, vom Tisch aufzustehen. Nun schienen sie an den Stühlen zu kleben. Verdammt.

Aber lief da unter dem Busch nicht der kleine Kater von gestern entlang? Würde das funktionieren?

»Oh wie süß!« Sie starrte auf den Kater. »Ist das der gleiche?«

Leah blickte sich um. »Oh, das Katerchen. Darf ich aufstehen, Mama?« Diana konnte ihr Grinsen nicht unterdrücken. »Wenn du Jona mitnimmst?« Der Junge murrte, während seine kleine Schwester ihn anstrahlte und an seinem Ärmel zog. »Komm Jona. Bitte.« Der Junge machte ein Gesicht, als ob es die größte Strafe wäre, mit seiner kleinen Schwester mitzugehen und aufzupassen. Er seufzte theatralisch. »Oh bitte, ich tu' auch alles, was du willst. Oh, bitte«, bettelte Leah weiter.

»Alles?« Er stöhnte. »Nun gut, mir wird da schon etwas einfallen.«

Leah sprang auf, drehte sich um, Ihre Hand erwischte die Kanne Kakao, die von ihrem Stövchen herunterrutschte. Der restliche Kakao ergoss sich über den Tisch und auf die kreischende Toni. »Du Trottel! Das ist mein Lieblingsshirt.« Diana nahm ihre unbenutzte Serviette und half ihrer Tochter, die Flecken wegzuwischen. »Toni, das war doch keine Absicht.«

»Ja, klar. Wenn ich das gewesen wäre, dann hätte ich mir sonst etwas anhören können. Der Kakao hätte auch noch heiß sein können. Und ich hätte Verbrennungen bekommen können. Aber das ist dir ja egal.« Mit diesen Worten stampfte ihre Tochter zur Tür.

»Toni, wo willst du hin?«

»Mich umziehen und die Flecken auswaschen. Was sonst?« Schon war sie durch die Tür verschwunden. Diana sah zu ihrer anderen Tochter herüber. Sie stand schluchzend da und Tränen rannen ihr über das Gesicht. »Das ... wollte ... ich ... nicht.«

Diana ging um den Tisch herum, nahm sie in den Arm und schaukelte sie leicht, so wie sie es mit all ihren Kindern getan hatte, wenn sie getröstet werden mussten. »Alles gut. Toni hat nur einen Schreck bekommen. Sie beruhigt sich schon wieder. Nachher können wir auf den Wiesen hier Blumen pflücken und dann schenkst du ihr einen Strauß. Dann wird alles gut.« Zärtlich streichelte sie ihrem Nesthäkchen über den Kopf. Langsam entspannte die Kleine und ihre Atmung wurde ruhiger. Allmählich löste Diana die Umarmung. Aus der Tasche nahm sie ein Taschentuch und wischte die Tränen ihrer Tochter weg. Dann schaute sie in den hinteren Teil des Gartens. Der Kater war noch da. Das würde sie auf andere Gedanken bringen. »Leah, schau mal: Dort drüben wartet jemand auf dich.« Das Mädchen schaute sich um und ihre verweinten Augen strahlten wieder. »Katerchen«, rief sie und lief hinüber.

»Jona?«

Er blickte seine Mutter fragend an.

»Du wolltest sie doch begleiten?«

»Ach ja. Ok, ich renn ja schon.« Betont langsam erhob er sich. Diana unterdrückte ein Augenrollen. »Ich bring' dir nachher auch noch eine Cola mit.« Nun begann auch er zu lächeln. »Zu Befehl, Captain!« Mit diesen Worten lief er seiner Schwester hinterher. Diana schmunzelte.

»Captain?« Sie zuckte zusammen, denn sie hatte Michael völlig ausgeblendet. Diana drehte sich um. Er sah sie erwartungsvoll an. »Er mag ›Star Trek‹«, erklärte sie lachend. »Seitdem nennt er mich manchmal so.«

»Ach so. Das habe ich früher auch gerne gesehen.«

Diana lächelte, als sie sich wieder hinsetzte. Leahs Miss-geschick hatte ihr geholfen, mit Michael allein reden zu können. Doch wie sollte sie mit dem Thema nur anfangen?

»Ich weiß, es geht mich nichts an«, ergriff Michael das Wort. »Aber die Kinder vermissen ihren Vater, oder?« Er-staunt hob Diana ihre Augenbrauen an. »Ja, sehr.«

»Das merkt man. Besonders die Kleine ist sehr anhäng-lich.« Konnte er ihre Gedanken lesen? »Ich hoffe, es stört dich ... Sie nicht. Es ist bestimmt schwer zuzusehen, wenn die Kleine einem Fremden gegenüber so ... anhänglich ist.«

Diesmal war ihr Lächeln ehrlich. »Oh ja.« Diana biss sich auf die Lippen. »Ich fürchte, wenn sie jeden Mann gleich in ihr Herz schließt, wird das immer wieder in Trä-nen enden.« Sie seufzte.

»Das kann ich verstehen. Du ... Sie meinen, wenn Sie wieder nach Hause fahren.« Diana nickte. Michael schaute gedankenverloren durch den Garten. Er räusperte sich, be-vor er weitersprach: »Wie kann ich da helfen? Leah ist ein tolles kleines Mädchen. Sie wird später einmal alle Män-nerherzen im Sturm erobern. Außer mich von euch allen fernzuhalten, wüsste ich keinen Weg, sie auf Distanz zu halten. Zumindest nicht, ohne sie zu verletzen.«

Für einen Moment war Diana versucht, ihn tatsächlich zu bitten, auf Abstand zu gehen, doch dann kamen ihr die Nachbarn in den Sinn. Wenn er ihnen nun aus dem Weg ging, würde sie vermutlich die Ferien allein mit den Kin-dern und ihren Sorgen verbringen, ohne ein erwachsenes Gespräch zu führen. Er schien wirklich nett zu sein. Er hatte einer völlig Fremden in einer Notsituation geholfen und zeigt Verständnis für ihre Ängste. War sie ihm nicht einen Vertrauensbonus schuldig? Und vielleicht braucht sie auch noch seine Hilfe, so wie gestern. Sie musterte ihn von der Seite. Hatte ihre Tante sich nicht beruhigt, als sie seinen Namen gehört hatte? Diana atmete tief durch, als sie sich entschied. »Nein, bleiben Sie. Bisher sind Sie die einzige Person, die uns freundlich entgegengekommen ist.«

Er runzelte die Stirn und sah sie fragend an. »So schlimm?«

»Schlimm ist kein Ausdruck.« Sie seufzte. »Ein Nachbar wollte heute Morgen seinen Hund auf mich hetzen, andere sind mir ausgewichen, als hätte ich eine schwere, ansteckende Krankheit.« Er sah ihr fest in die Augen. Sein Blick beschleunigte ihren Herzschlag. Wie konnte sie diesen Ausdruck deuten? Machte er sich um sie Sorgen?

»Das würde ich an deiner Stelle ... Ich meine, an Ihrer Stelle nicht überbewerten.« Er zögerte. »Die Menschen hier sind sehr, wie soll ich es sagen, misstrauisch. Das gibt sich schon.«

»Sicher? Mir kam es eher vor, als wäre ich eine Aussätzige.« Sie blickte auf ihre Kaffeetasse, die sie festhielt. Sie merkte erst jetzt, dass sie völlig angespannt war. »Was, wenn sie meinen Kindern genauso begegnen?«

»Kann ich mir nicht vorstellen. Das sind so liebe Kinder.«

»Danke.« Diana lächelte wieder. Vielleicht hatte sie die Nachbarn auf dem falschen Fuß erwischt und es war Zufall, dass alle heute so abweisend waren. Vielleicht machten sie sich Sorgen, wer in Sophies Haus einziehen würde, wenn es mit ihr zu Ende ging. Darüber hatte sie noch gar nicht nachgedacht. Aber das hatte Zeit. Auch wenn die Ärzte keine Chancen sahen, so passierten Wunder in dieser Welt. Das hatte zumindest Ben immer gesagt. Wie sehr sie ihn vermisste.

»Diana?«

Völlig aus den Gedanken gerissen, sah sie auf und biss sich auf die Lippe. Normalerweise achtete sie darauf, vor

Fremden nicht abwesend dumm durch die Gegend zu starren. Ohne dass sie wusste warum, fühlte sie sich in Michaels Gegenwart wohl.

»Ja?«

»Ich sagte gerade, dass Sie sich keine Sorgen machen sollten ...«

»Entschuldige. Es ist alles gerade etwas viel.« Als sie seinen verständnisvollen Blick sah, traf sie einen Entschluss. »Ich weiß nicht, warum Sie mich immer duzen wollen. Vielleicht erzählen Sie es mir irgendwann. Aber bis dahin biete ich Ihnen das Du an.«

Seine Augen strahlten, oder bildete Diana es sich nur ein? Ihr Herz machte einen Sprung.

»Gerne. Dann muss ich mich nicht immer verbessern.« Er lachte und sie stimmte mit ein.

Das Telefon klingelte!

Dianas Lachen gefror.

»Sophie!«

Sie sprang auf. Wie in Zeitlupe bewegte sie sich zum Telefon. Ihr Herz klopfte wild, als sie abnahm und sich meldete.

»Hier ist Doktor ...«

»Wie geht es Sophie ... Sophie Jungkunz?« Ihre Stimme zitterte.

»Ich muss Ihnen leider mitteilen, dass Frau Jungkunz in der vergangenen Nacht mehrere Schlaganfälle erlitten hat.«

Diana wurde bleich.

»Wir mussten sie in ein künstliches Koma versetzen. Es sieht nicht gut aus.«

Sie schluckte und kämpfte mit den Tränen. Plötzlich bemerkte sie eine Hand auf ihrer Schulter. Erschrocken drehte sie sich um und sah in Michaels mitfühlende Augen. Seine Oberlippe zitterte.

»Wie geht es nun weiter?« Ihre Stimme brach.

»Ich bitte Sie, so schnell es geht herzukommen. Dann besprechen wir das lieber persönlich.«

»In Ordnung. Ich bin gleich da.«

Sie legte auf.

»Ihr Zustand hat sich verschlechtert?« Seine Stimme klang sanft, beinahe zärtlich.

»Ja, sie hatte mehrere Schlaganfälle und liegt nun im Koma. Jetzt, wo ich hier bin und sie endlich hätte kennenlernen dürfen. Das ist nicht fair.«

Mit der Hand fuhr er ihr über das Haar, führte ihren Kopf an seine Schulter, während er den anderen Arm um sie legte. Für einen Moment ließ sie die Nähe zu, lehnte sich an Michael und schluchzte. Dann kam sie wieder zu sich und löste sich von ihm. »Ich muss sofort ins Krankenhaus«, sagte sie und wischte sich die Tränen weg.

»Fahr. Ich geh zu deinen Kindern und pass auf sie auf.«

Diana zwang sich zu einem Lächeln. »Danke!«

6. Kapitel

Die Bäume spendeten Schatten, den selbst die Vögel zu suchen schienen. Sie zwitscherten im Wald fleißig drauflos und entlockten Toni ein Lächeln. Das Mädchen atmete tief ein und genoss das Alleinsein. So sehr sie ihre Geschwister auch liebte, verursachten diese immer wieder einen großen Tumult. Kein Wunder, dass Toni, so oft es ging, die Einsamkeit suchte.

In Hamburg war sie viel unterwegs, um der Enge ihrer Dreizimmerwohnung zu entfliehen, in die sie vor einigen Monaten eingezogen waren, als sie nach dem Tod ihres Vaters die teure Fünfzimmerwohnung nicht mehr bezahlen konnten. Nun musste Toni ihren Raum mit ihrer kleinen Schwester teilen, die ihre Spielsachen überall auf dem Boden verstreute. Ruhe war für sie ein Fremdwort geworden. Daher zog sie allein um die Häuser, ohne jedoch irgendwo Seelenfrieden zu finden. Wie vermisste sie ihren eigenen Raum! Warum konnte Jona nicht das Zimmer teilen? War es wirklich so schlimm, dass er ein Junge ist? Aber vielleicht dachte Mama auch, dass sie eh in zwei Jahren ausziehen würde. Ja, das hatte Toni ihr des Öfteren bei dem einen oder anderen Streit an den Kopf geworfen. Aber das war nicht ernst gemeint. Immer gingen ihre Geschwister vor. Sie war doch auch Mamas Tochter, warum musste sie stark sein und alles zugunsten der Jüngeren ertragen? Toni seufzte, als sie sich eine Träne wegwischte. Immerhin schlief ihre Mutter hier auf der Couch, damit Toni einmal noch ein eigenes Zimmer hatte.

Sie blieb stehen und schaute sich um. Einige Meter vom Weg entfernt gab es eine kleine Lichtung, wo die Sonnenstrahlen märchenhaft ihren Weg zwischen den Stämmen suchten. Das Mädchen atmete tief den Duft von Nadeln und Erde ein, hielt die Luft ein wenig in ihren Lungen, bevor sie sie langsam wieder hinauspustete. Das beruhigte sie etwas und ihre Gedanken wanderten zur letzten Nacht.

Leah.

Was hatte die Kleine sich nur gedacht, mitten in der Nacht aufzustehen und rauszugehen? Toni war sich sicher, dass da niemand war, der ihre Schwester herausgelockt hatte. Sie hätte doch sonst jemanden sehen müssen, oder?

Das erinnerte sie an einen alten Film, den sie vor ein paar Jahren zusammen mit ihrem Vater gesehen hatte. »Mein böser Freund Fred« handelte von einem imaginären Freund eines Mädchens. Konnte dies die Antwort sein? Hatte ihre kleine Schwester einen imaginären Freund, der sie herausgelockt hatte? Was ging bloß in ihrem Unterbewusstsein vor, dass sie sich so in Gefahr brachte? Sollte sie doch mit ihrer Mutter darüber sprechen? Nein, Toni verwarf den Gedanken. Am Ende bekäme sie den Ärger, weil sie ihre Mutter nicht gleich geweckt hatte.

Ein kräftiger Wind kam auf und ließ die Äste rauschend tanzen. Es knackte und Toni bekam eine Gänsehaut. Wurde sie beobachtet? Ihr Herz klopfte wild in ihrer Brust, als sie sich schnell umdrehte. Doch der Weg war leer und bei den dünnen Baumstämmen gab es keine Möglichkeit, dass jemand sich verstecken konnte. Merkwürdig.

Langsam ging Toni weiter, während sie tief die Waldluft einatmete und sich ihr Herz beruhigte.

Knacks.

Erschrocken drehte sie sich um, doch wieder sah sie niemanden. Dennoch wurde das Gefühl stärker. Ihr Herz raste in ihrer Brust, als sie sich umdrehte und mit schnellen Schritten weiterging.

Knacks.

Knack.

»Es ist nur der Wind«, sagte Toni laut, um sich selbst zu beruhigen. Doch da drang ein Huster an ihr Ohr. Ohne stehen zu bleiben, sah sie über ihre Schulter zurück. Da stand ein Mann auf dem Weg. Seine Kleidung war schwarz vor Dreck und sein Gesicht mit Ruß beschmiert. Seine großen Augen starrten das Mädchen an, während sein Mund zu einer grinsenden Grimasse verzogen war. Selbst aus der Entfernung konnte sie die schlechten, gelben Zähne erkennen.

In diesem Moment stolperte Toni über eine Wurzel und fiel auf den harten Waldboden. Ihr Knie brannte, ihre Ellenbogen schmerzten. Schnell rappelte sie sich auf und sah zurück. Der Mann hatte die Zeit genutzt und den halben Weg zu ihr zurückgelegt. Doch schon bevor sich das Mädchen umgedreht hatte, war er wieder stehen geblieben. Eigenartig. Toni nahm ihren ganzen Mut zusammen: »Was wollen Sie von mir?«

Der Fremde legte seinen Kopf schief, bevor er antwortete. »Was will ein armseliger Bergarbeiter von dir?« Der Fremde spuckte aus. »Das werde ich dir gleich zeigen, Miststück!«

Er setzte sich wieder in Bewegung. Bevor Toni ebenfalls loslief, erkannte sie das böse Funkeln in seinen Augen. Ihr Herz setzte aus, als sie sich umdrehte und weiter hastete.

Der Schweiß rann ihr über die Stirn und auch ihr Shirt war bereits durchtränkt. Schon setzte das elendige Seitenstechen ein. Sie atmete durch den Mund und die kühle Luft brannte in ihrem Hals. Hinter sich hörte sie das Lachen des Mannes näher kommen. Tränen liefen über ihr Gesicht. Der rasende Herzschlag in ihrer Brust schmerzte. Gleich würde der Fremde sie eingeholt haben. Sie drehte sich um und tatsächlich war er dicht hinter ihr. Er hob die Arme, um sie zu packen ...

Da prallte sie unerwartet gegen etwas, riss es mit sich und fiel der Länge nach darauf.

Game over!

Hatte er sie in eine Falle getrieben? Verzweifelt schrie sie, als sie Hände auf ihrem Körper spürte. Sie zappelte und wehrte sich, so gut es ging.

»Hey, was bist du denn für eine Verrückte? Geh gefälligst von mir runter. Sofort!«

Das war nicht die tiefe Stimme des Fremden. Toni hielt inne. Sie hatte gar nicht bemerkt, dass sie beim Fallen die Augen geschlossen hatte. Vorsichtig öffnete sie sie und sah in das verärgerte Gesicht eines Jungen in ihrem Alter. Mit seinen grauen Augen sah er sie verwirrt an.

Das war nicht ihr Verfolger.

»Ich brauch' Hilfe«, schrie sie panisch den Jungen an. »Der Mann ... Ich musste weglaufen ...« Sie sah zurück, doch der Fremde war verschwunden.

Der Junge folgte ihrem Blick. »Da ist doch keiner.«

Toni traute ihren Augen nicht. »Eben war er noch direkt hinter mir. Wo ist der so schnell hin?«

»Da er jetzt fort ist: Könntest du bitte von mir runter gehen?«

Das Mädchen errötete. Schnell rappelte sie sich auf. »Entschuldige.«

»Wäre ich du, würde ich hier nicht fremde Menschen umrennen. Das mögen wir Einheimischen nämlich nicht.«

Verlegen blickte sie auf den Boden. »Ich hab dich nicht gesehen. Bin einfach nur in Panik weggelaufen. Es tut mir leid.« Rollten Tränen über ihre Wange?

Der fremde Junge beäugte sie. Toni senkte verschämt ihren Blick. Sie sah den Dreck auf ihrer Kleidung und versuchte ihn abzuklopfen. Sie atmete noch immer schnell, ihre Hände zitterten und ihre Augen brannten.

»Ist schon ok. Mir ist ja nichts passiert. Du bist wirklich aus Angst so gerannt, oder?«

Toni nickte.

»Dann begleite ich dich am besten. Vorausgesetzt, du hast nicht auch vor mir Angst?« Er lachte und auch das Mädchen lächelte.

Vielleicht war es ihr Glück gewesen, dass sie in ihn hineingerannt war. Er hatte feine Gesichtszüge, freundliche, graue Augen und strubbelige, schwarze Haare. Ihr Herzschlag beschleunigte sich wieder. »Ja. Nein, ich meine ... Ich habe keine Angst und ich ... wäre dankbar, wenn du mich begleiten würdest.«

Er fummelte in seiner Hosentasche und holte eine Packung Taschentücher hervor, die sie dankend entgegennahm, um sich die Tränen abzutupfen.

»Was machst du eigentlich hier? Wolltest du das Goldbergwerk besichtigen?«

»Goldbergwerk?« Gänsehaut breitete sich über ihren ganzen Körper aus, als in ihrem Kopf die Worte des Fremden nachhallten: *»Was will ein armseliger Bergarbeiter von dir?«*

Ihre Beine knickten ein. Schnell griff der Junge zu und verhinderte einen erneuten Sturz. »Was ist los? Fehlt dir etwas?«

»Mir ist nur etwas komisch.« Toni seufzte. »Ich denke, es geht mir besser, wenn ich aus diesem Wald raus bin.« Sie zwang sich zu einem Lächeln. »Es geht schon wieder. Danke.«

Der Junge nickte und ließ sie vorsichtig los. »Ich bin übrigens Paul.«

»Toni.«

Er bot ihr den Arm an, in den sie sich einhakte. Als sie weitergingen, fragte Paul noch einmal: »Und wenn du nicht als Tourist das Bergwerk ansehen wolltest, was führt dich her?«

»Meine Großtante Sophie. Sie liegt im Sterben und wir sind hier, damit meine Mutter sich um alles kümmern kann.«

Abrupt blieb er stehen. »Sophie Jungkunz?«

Fragend hob sie die Augenbrauen. »Ja, wieso?«

Für einen Moment starrte Paul ins Leere. Doch dann schüttelte er seinen Kopf und sah sie an. »Du solltest hier nicht allein rumlaufen. Hast du ein Handy?«

Toni musste grinsen. »Natürlich.«

»Dann geb ich dir mal meine Nummer. Ruf an, wenn du das nächste Mal spazieren gehen möchtest.«

Tonis Herz machte einen Freudensprung. »Das werde ich machen.«

Endlich ließen sie den Wald hinter sich und erreichten die ersten Häuser. Erleichtert atmete Toni tief ein, während sie aus dem Augenwinkel heraus ihren Begleiter betrachtete. Er sah wirklich sehr gut aus. Welch Glück, dass sie in ihm hineingerannt war. Ihre Laune hob sich das erste Mal seit ihrer Ankunft in dieser Einöde. Goldhain schien doch etwas für sie in petto zu haben.

7. Kapitel

Wieder saß Jona auf einem Handtuch im Garten. Durch seine Kopfhörer dröhnte gerade »Geboren um zu leben« von Unheilig, während er auf seinem Smartphone Blumenketten bildete, um möglichst viele Punkte zu erlangen. Als eine Spielrunde vorbei war, sah der Junge auf. Ein paar Meter weiter im Schatten einer Hecke saßen Michael und Leah, die mit Leahs Barbiepuppen spielten.

Langsam verhallten die letzten Töne des Songs, doch zu seiner Überraschung ließ das nächste Lied in seiner Playlist auf sich warten. Schnell schloss er das Spiel und öffnete den Player. Laut dem Display lief »Bad Romance« von Lady Gaga. Mit ein paar Handgriffen überprüfte er die Lautstärke und ob der Kopfhörstecker richtig saß. Alles schien in Ordnung zu sein. Er seufzte schwer, als er schlussfolgerte, dass seine Kopfhörer defekt sein mussten. Er schloss den Player. Genervt riss er die Stöpsel aus seinen Ohren und den Stecker aus seinem Smartphone. Dann schleuderte er die Kopfhörer vor sich auf den Boden. Resignierend legte er das Telefon zur Seite, lehnte sich zurück und starrte in den Himmel.

»Jona!« Es war mehr ein Flüstern.

Genervt schaute er zu den anderen hinüber. Doch sie waren so in ihr Spiel vertieft, dass sie seinen Blick nicht be-

63

merkten. War es wieder die gleiche Stimme von gestern? Von der Stimmlage war dies möglich.

»Jona, nein, hier drüben.«

Der Junge wandte seinen Kopf und sah an den Rhododendren entlang bis zu dem kleinen Durchgang.

»Ja, schon besser. Komm zu mir, Junge.«

Er stand auf und sah zu Michael zurück. Er schien die Stimme nicht zu hören und er hatte auch nicht bemerkt, dass Jona aufgestanden war. Für einen Moment überlegte der Junge, ob es klug war, der Stimme zu folgen. Vor seinem inneren Auge erschienen Zeitungsüberschriften mit verschwundenen Kindern. Er schüttelte seinen Kopf, um sie zu vertreiben.

»Jona!« Die Stimme wurde eindringlicher und seine Beine setzten sich in Bewegung. Vor der Öffnung in den Büschen blieb er stehen. Wie am Vortag sah er hindurch, ohne jemanden dahinter zu sehen.

»Ist da wer?« Seine Stimme zitterte leicht.

»Ja, ich. Dein neuer Kumpel. Das heißt, wenn du herkommst.«

Dann bückte sich Jona und durchschritt das Schlupfloch. Ein kühler Wind kam auf, der sich wie ein leichter Atemhauch in Jonas Nacken anfühlte. Schnell sah er sich um, doch da war niemand.

Er trat einen Schritt nach vorne, so dass er die Rhododendren hinter sich ließ und sich wieder aufrecht hinstellen konnte. Er blickte sich um. Die Böschung war verwildert. Blaubeersträucher wuchsen dort genauso wie Unkraut und Farn. Es war kein Tier zu sehen. Er stieg über die Steine nach oben. Hier war eine weitere Ebene, die ebenso verwachsen war wie der Hang. Er erkannte in wenigen Metern Entfernung eine Hecke. Dort musste das Grundstück enden. Ein Stück hinter der Hecke ragten hohe Bäume in den

Himmel. Dort musste sich der Wald befinden. Der Wind verstärkte sich und für einen Moment schien Jona ein Flüstern zu vernehmen.

»Komm!«

Schnell drehte sich der Junge um, doch er war hier allein. Er konnte nicht einmal mehr das Lachen seiner Schwester hören. Gänsehaut breitete sich über seinen Körper aus und sein Herzschlag beschleunigte sich. Er war nur ein paar Meter gegangen. Warum also konnte er die Stimmen nicht mehr hören? Er kehrte um und wollte wieder über die Steine zurück zu den Rhododendren klettern, als er erneut glaubte, einen Ruf zu hören.

»Jona, lauf nicht weg.« Die tiefe Stimme klang enttäuscht.

Schnell wandte er sich um. Doch er konnte niemanden entdecken. »Wo bist du und wer bist du?«

»Komm zu mir. Folge meiner Stimme. Ich will dir etwas zeigen.«

Gänsehaut überzog Jonas Körper und der Junge wusste genau, dass er besser zurückgehen sollte.

»Du bist doch kein Feigling. Folge meiner Stimme. Ich warte auf der anderen Seite der Hecke auf dich.« Jona schluckte, als er ein paar Meter vor sich in der Hecke ein altes verrostetes Gartentor erblickte. Neugierde stieg in ihm auf. Was würde es schon schaden, wenn er einen Blick auf den mysteriösen Sprecher werfen würde? Vielleicht musste er nicht mal durch das Tor gehen, um zu erfahren, wer da zu ihm sprach. Also ignorierte er seine innere Stimme, die ihm sagte, er sollte lieber zurückgehen. Langsam trat er auf das Tor zu.

Plötzlich packte eine Hand ihn fest an den Schultern und ließ ihn erschrocken zusammenzucken. Schnell drehte sich Jona um und sah in Michaels Augen.

»Wo willst du hin?« Die Stimme des Mannes war fest und bestimmt. Sein Tonfall erinnerte Jona an den seines Vaters, wenn er wieder einmal Mist gebaut hatte. Verwirrt runzelte der Junge seine Stirn.

»Ich wollte nur mal sehen, wo das Grundstück endet.« Michael schaute ihn besorgt an. »Dahinter ist nur Wald. Langweiliger Wald. Kein Märchenwald oder Abenteuerwald. Nur Bäume.« Der Erwachsene seufzte. »Aber wer sich nicht auskennt, verläuft sich schnell. Also wenn du in den Wald gehen willst, dann nimm einen der Wege. Versprochen?«

Jona verstand immer noch nicht die Aufregung. Er blickte einen Moment zur Hecke. Sollte er Michael von der Stimme erzählen? Lauschend stand er da, ohne dass sie zu ihm sprach. Hatte er sie sich nur eingebildet? Er spürte, wie Michael ihn immer noch ansah und auf eine Antwort wartete.

»Ich wollte doch nur einen Blick durch das Tor werfen. Was ist daran so schlimm? Und Toni läuft ja auch ohne Aufpasser rum.«

»Deine Schwester hat die Erlaubnis deiner Mutter. Und wie ich schon sagte: Wenn du auf den Wegen bleibst, ist auch alles in Ordnung. Nur hinter diesem Tor ist kein Weg. In diesem Teil des Waldes gibt es viele Bewetterungsschächte von den alten Minen, die diesen Berg durchziehen. Glaub mir, du möchtest da nicht hineinfallen.«

Jona seufzte resignierend. »Ist ok. Ich werde nicht abseits der Wege durch den Wald laufen. Zufrieden?«

»Sehr vernünftig.« Michael biss sich auf die Lippe. »Und nun gib mir dein Handy.«

»Was? Warum sollte ich? Du kannst es mir nicht wegnehmen. Du bist nicht mein Vater!« Seine Wut trieb die Röte in Jonas Gesicht. Michael unterdrückte ein Lachen,

66

während er belustigt den Kopf schüttelte. Jona sah ihn unsicher an und wusste nicht, ob er seine Wut verrauchen lassen oder noch wütender werden sollte.

»Ich will es dir doch nicht wegnehmen. Alles, was ich will, ist meine Nummer einzuspeichern, damit du mich anrufen kannst, wenn etwas ist. Zum Beispiel, wenn ein Loch dich verschluckt hat, weil du doch nicht auf mich, alten Mann, gehört hast.«

Jona lächelte wieder. »Ach so, klar. Danke. Aber du bist doch noch nicht alt. Zumindest nicht so, dass man von dir als alten Mann sprechen sollte.«

Nun lachte Michael.

»Mein Telefon liegt aber auf der Wiese.«

»Behalte es lieber bei dir, wenn du in der Gegend Ausflüge machst. Lass uns zurückgehen. Nicht dass deine Schwester dem erstbesten Kätzchen hinterherläuft, während wir hier trödeln.« Michael zwinkerte ihm zu. Schnell kletterten sie den Abhang hinab und traten durch die Lücke zwischen den Rhododendren, wo Leah auf sie wartete.

8. Kapitel

Es war ruhig im Haus, als Diana allein bei einem Glas Rotwein auf der Couch saß. Die Kinder lagen bereits im Bett und Michael, der zum Abendessen geblieben war, hatte sich verabschiedet. Sie genoss die Ruhe, die sie umgab, denn nun hatte sie Zeit zum Nachdenken.

Michael hatte abgestritten, dass die Einheimischen sich ihnen gegenüber merkwürdig verhalten würden. Es wäre doch nur die für kleine Orte so typische Skepsis gegen Fremde gewesen. Aber konnte das sein? Sie erinnerte sich an ihre Begegnungen beim Joggen. Da musste noch mehr dahinter stecken. Doch was?

Michael war ihr ein ebenso großes Rätsel. Er war nett und lieb zu ihren Kindern. Leah vergötterte ihn und auch sie musste zugeben, dass sie ihn gut leiden konnte. Das war noch untertrieben, denn, auch wenn sie versuchte, es zu verdrängen, sprachen die Schmetterlinge in ihrem Bauch, wenn er sie anlächelte, nur allzu deutlich. Allerdings konnte Diana eindeutig spüren, dass er etwas vor ihr verheimlichte. Wenn sie nur rausbekommen könnte, was es war. Sie seufzte, bevor sie den letzten Schluck aus ihrem Glas trank, um es dann auf dem Couchtisch abzustellen. Die alte Standuhr schlug Mitternacht. Vielleicht sollte sie sich hinlegen. Die Grübelei würde sie nicht schlauer machen. Also stand sie auf und ging zur Treppe, um erst noch mal nach ihren Kindern zu sehen und sich dann im Bad für die Nacht fertig zu machen.

Vor Tonis Zimmer blieb sie horchend stehen. Sie wusste, dass Toni es nicht schätzte, wenn man sie stören würde. Erleichtert hörte Diana das leise Schnarchen ihrer Tochter und öffnete vorsichtig die Tür. Leise drang aus dem Smartphone neben dem Bett ein Michael-Jackson-Song. Diana wischte sich eine Träne fort, als sie an ihren verstorbenen Mann dachte. Sie hatte ihn mit sechzehn Jahren auf einem Michael-Jackson-Konzert kennengelernt. Er war ein großer Fan und hatte Toni von klein auf dessen Lieder vorgespielt. Nie wäre Diana auf die Idee gekommen, dass ihre Tochter diese Musik nun freiwillig hörte. Der Sänger war vor ein paar Jahren gestorben und viele in ihrem Alter dürften kaum mehr als seinen Namen und ein, zwei Lieder kennen.

Toni vermisste ihren Vater sehr. Diana lächelte bei dem Gedanken, dass Toni offensichtlich versuchte, ihrem Vater durch dessen Lieblingsmusik nahe zu sein.

Sie sah ihrer Tochter einen Moment beim Schlafen zu, wie sie es immer getan hatte, als diese noch klein war. Toni sah so friedlich aus. Ihr kleiner Engel. Warum verstanden sie sich nicht mehr? Lag es nur an der Pubertät?

Endlich löste sie sich von dem Anblick und zog leise die Tür zu.

Dann trat sie zum Zimmer, in dem Jona schlief. Auch hier öffnete sie vorsichtig die Zimmertür. Ihr Sohn lag quer über dem Bett und atmete regelmäßig. Geräuschlos schloss sie die Tür und ging zu Leahs Zimmer weiter. Doch als sie hineinsah, erstarrte Diana. Das Bett war leer!

»Leah?« Ihre Stimme zitterte, als sie durch den Raum schritt. »Hast du dich versteckt? Komm raus! Ich bin dir nicht böse, dass du wach bist!«

Schnell kniete sie sich vor das Bett, um zu sehen, ob ihre Tochter darunter lag. Doch sie war nicht da. »Es ist nicht die Zeit zum Verstecken spielen.«

Sie suchte den Raum ab, doch fand von dem kleinen Mädchen keine Spur.

Da fiel ihr ein, dass Leah möglicherweise wach geworden und nur auf die Toilette gegangen war. Erleichtert atmete sie tief durch, bevor sie raus auf den Flur und zum Badezimmer lief. Dort drang kein Lichtschein unter der Tür durch.

»Leah?« Ihre Stimme zitterte, als sie die Hand hob und an die Tür klopfte. Da gab die Tür auch schon nach und gab den Blick auf ein leeres Bad frei. Keine Spur von Leah.

Panik schnürte Diana den Hals zu. Sie spürte, wie das Blut durch ihre Adern raste. Wo konnte ihre Tochter nur sein?

»Leah?« Sie eilte durch das Haus und rief immer wieder ihren Namen.

»Was ist denn los?« Toni war aus ihrem Zimmer gekommen und rieb sich verschlafen die Augen.

»Leah ist weg.« Dianas Stimme brach.

Schuldbewusst blickte ihre ältere Tochter auf den Boden und biss sich auf die Lippe.

»Was ist?« Die Stimme der Mutter wurde ungeduldig.

»Vielleicht ... Möglicherweise ist sie ...«

»Lass dir nicht jedes Wort aus der Nase ziehen«, schrie Diana unwirsch und unterdrückte den Drang, Toni durchzuschütteln.

»Na ja, gestern Nacht ist sie raus in den Garten gegangen. Ich bin ihr gefolgt und habe sie wieder ins Bett gebracht.«

»Was? Und das sagst du mir erst jetzt?« Diana brüllte. Ihrer Tochter traten Tränen in die Augen.

»Es war doch alles in Ordnung gewesen. Sie musste mir versprechen, das niemals wieder zu tun. Ich hätte nicht gedacht, dass sie noch mal auf ihn hört.«

Dianas Gesicht wurde weiß vor Schreck. »Von wem sprichst du? Michael?«

Toni sah ihre Mutter irritiert an. »Michael? Was hat denn Michael damit zu tun?«

Das Mädchen blickte zum Boden, als ihr bewusst wurde, warum ihre Mutter an ihn dachte. Sie schluckte bei dem Gedanken. Dann vergegenwärtigte sie sich, dass Leah allein im Garten gewesen war. Michael war groß und hätte sich nicht so schnell dort verstecken können.

Diana verlor die Geduld.

»Toni, sag mir jetzt, was genau gestern mit Leah war.«

»Sie hat mit jemandem gesprochen, der sie in den Garten gelockt hat. Er wollte wohl mit ihr spielen. Ich bin wachgeworden und bin hinterher. Hinter den Rhododendren habe ich sie eingeholt. Aber da war niemand. Sie hat einen imaginären Freund.«

Diana atmete einmal tief durch. Dann sah sie ungläubig ihre älteste Tochter an. »Und du bist nicht auf die Idee gekommen, mir das zu sagen? Meinst du, das wäre nicht wichtig?«

Toni schluckte. »Ich dachte, sie vermisst Papa. Und dass es sich legen wird, wo doch Michael jetzt so viel Zeit mit ihr verbringt. Sie hatte mir hoch und heilig versprochen, dass sie nicht nochmal allein rausgeht. Erst recht nicht nachts. Ich wusste doch nicht ...« Toni weinte in ihre Hände. So hatte sie nicht mehr seit dem Tod ihres Vaters geweint. Diana trat einen Schritt zu ihrer Tochter und nahm sie in den Arm. Ihre Wut war vorbei, als Toni es geschehen ließ und sich an ihre Mutter anlehnte.

»Wir klären das später. Jetzt müssen wir die Kleine finden.«

Knarrend ging eine Tür auf und der verschlafene Jona trat aus der Dunkelheit seines Zimmers. Er sah die beiden blinzelnd an. »Was ist los? Warum macht ihr so einen Krach?«

Diana ließ von Toni ab und wischte sich die Tränen aus dem Gesicht. »Leah liegt nicht im Bett. Toni vermutet, dass sie in den Garten gegangen ist. Bleib bitte im Haus und setz dich auf die Couch. Toni wird mit mir rausgehen und Leah suchen.«

»Ich will aber nicht allein bleiben. Lasst mich mitgehen!« Jona stampfte mit dem Fuß auf. Genauso hatte er es als kleiner Junge getan, wenn er seinen Willen durchsetzen wollte. Unter anderen Umständen hätte Diana schmunzeln müssen.

»Nein, du musst hierbleiben. Stell dir vor, Leah kommt zurück und findet das Haus verlassen vor. Außerdem muss uns doch jemand Bescheid geben, wenn sie wieder da ist.«

Jona schnaufte. »Aber ...«

»Kein Aber. Jona, sei der tolle Junge, der du sonst auch immer bist und höre auf mich. Wir dürfen keine Zeit verlieren.«

Der Junge seufzte theatralisch und fügte sich in sein Schicksal. »Ich hol' mein Smartphone und setz mich runter ins Wohnzimmer.«

»Gut.«

Inzwischen war Toni in ihr Zimmer zurückgegangen und hatte sich eine Hose und einen Pulli übergezogen. Gerade kam sie zurück.

»Ich bin so weit, Mama.«

Diana zuckte zusammen. Seit dem Tod ihres Vaters hatte Toni das Wort Mama vermieden.

»Dann also los.«

Wenig später traten Mutter und Tochter in den dunklen Garten. Diana hatte eine alte Taschenlampe mitgenommen, die sie beim Saubermachen im Schrank gefunden hatte.

Die Nacht war warm und sternenklar. Der Vollmond spendete etwas Licht.

»Leah«, rief Diana, als sie sich umsah. Von ihrer kleinen Tochter war nichts zu sehen. Zielsicher stampfte Toni durch den Garten zu den Rhododendren. An der Öffnung rief nun auch sie: »Leah!«

Keine Antwort. Diana trat hinter ihre Tochter und leuchtete den Hang empor. Von dem verschwundenen Mädchen fehlte jede Spur.

»Wir müssen da hoch.« Toni seufzte. Wenigstens hatte sie jetzt eine Taschenlampe.

»Aber da kann sie doch wohl kaum im Dunkeln hinauf sein.«

»Leider doch. Gestern hatte sie es ganz gut hinbekommen.«

Diana schüttelte hilflos den Kopf.

Jona saß allein auf der Couch im Wohnzimmer. Die Standuhr tickte. Ansonsten war alles dunkel und still. Sein Herz klopfte wild in seiner Brust, so dass er begann, sämtliche Lampen im Erdgeschoss einzuschalten. Als alles hell erleuchtet war, atmete er erleichtert aus. »So ist es besser.«

Er setzte sich zurück auf die Couch und versuchte ein Buch zu lesen. Seufzend legte er es wieder beiseite. Ein Roman von Stephen King war in dieser Situation vielleicht nicht die beste Idee. Hoffentlich fanden sie Leah bald und sie würden morgen über diese Geschichte gemeinsam lachen können. Hauptsache, er war nicht mehr allein hier im Haus. Er brauchte eine Geräuschkulisse. Daher stellte er den Fernseher an. Er zappte durch die Kanäle, doch nichts weckte sein Interesse, wenn man von einem Horrorfilm absah. Normalerweise liebte er es, wenn der Mann mit den Klingenhänden Teenager in ihren Träumen verfolgte. Schon der Klang der unheilvollen Musik löste dieses Mal bei Jona eine Gänsehaut aus. Wenn die kleine Schwester verschwunden und man in einem fremden Haus allein ist, dann fehlten Jona dafür doch die Nerven. Daher schaltete er den Fernseher wieder aus.

Ein Knarren ließ ihn zusammenschrecken.

Was war das? Vorsichtig sah er sich um, doch er war immer noch allein.

Stille.

»Einbildung«, sagte er zu sich selbst und griff nach seinem Smartphone.

Musik.

Mit geübten Fingerbewegungen öffnete er seinen Player und ...

Da knarrte es erneut. Diesmal schien es aus dem ersten Stock direkt über ihm zu kommen. Das war das Zimmer, in dem normalerweise Leah schlief.

»Alte Häuser machen Geräusche«, beruhigte der Junge sich. »Das ist völlig normal.« Doch das Herz raste in seiner Brust.

Schnell tippte er auf seinem Smartphone herum, öffnete seine Kontakte und suchte nach Michaels Nummer. Da war sie, aber sollte er tatsächlich anrufen, weil er ein Geräusch gehört hat? War das nicht lächerlich?

Womöglich war seine Schwester auch nur zurückgekommen?

»Leah?« Keine Antwort.

»Kleine, bist du da?«

Krachend schlug oben eine Tür zu.

»Antworte mir bitte!«

Langsam schlich Jona in den Flur. Vorsichtig blickte er die Treppe hinauf. Dort war alles dunkel.

»Leah«, rief er erneut. »Komm, mach keinen Blödsinn und antworte mir.«

Tapp, tapp, tapp.

Schritte.

»Was soll der Mist? Die anderen suchen schon nach dir.«

Er setzte seinen Fuß auf die erste Stufe, immer nach oben schauend.

»Leah, komm gefälligst raus.«

Ein plötzliches Geräusch aus dem Wohnzimmer ließ den Jungen zusammenfahren. Er drehte sich zur offenen Tür um und erkannte, dass der Fernseher wieder angeschaltet war. Jona sah gebannt auf das Geflacker der Mattscheibe. Unsicher ging er langsam zurück. »Leah? Toni? Mama?« Seine Stimme zitterte.

Kaum betrat er das Wohnzimmer, polterte es über ihm, als wenn jemand oben im Zimmer herumtrampelte. Die Geräusche bewegten sich zur Treppe. Jonas Herz setzte einen Schlag aus, denn es schien, als würde jemand die Stufen herunterstampfen. Gleichzeitig lösten sich die gerahmten Familienfotos von der Wand und zerbrachen beim Aufprall auf den Treppenstufen. Doch Jona konnte niemanden sehen.

Panisch rannte er zur Haustür und riss sie auf. Ohne sich umzusehen, stürmte der Junge die Stufen hinunter zur Straße. Erst jetzt bemerkte er, dass er schrie. Keuchend blieb er stehen. Tränen rannen ihm über das Gesicht und vermischten sich mit dem Schweiß auf seiner Haut.

Als er die kühle Abendluft auf seiner Haut spürte, atmete er durch und schaute zurück. Gerade rechtzeitig, um zu sehen, wie das Unsichtbare die Wohnungstür aufschlug. Schnell hob der Junge seine Hand, um endlich Michael anzurufen, doch sie war leer. Er musste sein Telefon losgelassen haben. Verzweifelt stöhnte er auf und bemerkte, dass er zitterte. Wer sollte ihm jetzt helfen?

Da hörte er das Quietschen einer Tür und dann das Zuschlagen. Er drehte sich zum Nachbarhaus um und sah erleichtert, wie ein Mann seine Auffahrt entlang rannte.

»Hast du so geschrien?«, rief er dem Jungen zu. »Brauchst du Hilfe?«

»Ja ... Da ist etwas im Haus.« Ein paar Meter vor Jonas blieb der Nachbar stehen und sah vorsichtig zum Gebäude hinüber. »Ich konnte nicht sehen, was es ist«, erklärte Jona weiter und ging ein paar Schritte auf den Mann zu. »Ich habe Angst.«

»Das Haus sieht normal aus. Niemand am Fenster. Bist du denn allein?«

»Ja, meine kleine Schwester ist weggelaufen und meine ältere Schwester und meine Mama suchen nach ihr.«

»Dann hat dein Kopf dir wohl einen Streich gespielt.« Die Stimme des Nachbarn zitterte oder bildete sich Jona das nur ein?

»Ich glaub' nicht. Die Bilderrahmen sind alle runtergeknallt. Aber ich war in einem anderen Zimmer.« Jona sah den Nachbarn bittend an. *Halte mich nicht für verrückt. Bitte hilf mir*, bat er ihn stumm.

»Ist das so? Na ja, auch wenn meine Frau mich gleich zusammenstaucht, komm doch zu uns herüber und trink einen Kakao. Und wenn deine Mutter wieder zurück ist, reden wir mit ihr. Du hast bestimmt zu viele Horrorfilme geschaut.«

Der Mann zwang sich zu einem Lächeln. Jona zögerte. Irgendetwas stimmte hier nicht. Die Tür des Nachbarn ging erneut auf und seine Frau trat einen Schritt heraus. »Alfred, komm wieder rein. Was geht uns der Fremde an. Der bringt nur Unglück.« Die Tonlage wechselte in ein Flehen. »Alfred, komm zurück. Schnell.«

»Elfriede, wir nehmen ihn mit rein.« Der Nachbar drehte sich zu dem Jungen um. »Komm jetzt schnell.«

Bevor Jona über die Worte der Nachbarin nachdenken oder auch nur einen weiteren Schritt gehen konnte, passierte alles sehr schnell: Die inzwischen vertraute Stimme aus dem Garten drang in sein Ohr: »Du ... bist ... mein!«

Da packte eine unsichtbare Hand Jona und schleuderte ihn zurück in den Vorgarten. Sein Kopf prallte hart auf eine Stufe und ein stechender Schmerz durchdrang seinen Schädel. Hinter ihm rumste es und als er in Richtung Straße sah, bemerkte er, wie die Mülltonnen von Geisterhand auf seinen Nachbarn geworfen wurden. Der Schrei der Nachbarin schallte herüber, als ihr Mann am Kopf getroffen wurde und stürzte. Doch er rappelte sich wieder auf und mit wackligen Beinen flüchtete er auf sein Grundstück und lief auf den Hauseingang zu. »Alfred!« Der Nachbar duckte sich noch rechtzeitig, die Papiertonne verfehlte ihn um Haaresbreite. Endlich erreichte er die Stufen zu seiner Haustür. Plötzlich stürzte er zur Seite, als hätte ihn ein unsichtbarer Schlag getroffen. Er fiel die Stufen hinab und blieb bewusstlos liegen. Blut quoll aus einer Kopfwunde hervor und verfärbte seine Haare rot.

Seine Frau schrie wie am Spieß. Sie wollte zu ihrem Mann rennen, verharrte aber in der Bewegung. Unter Tränen und Gekreische trat sie rückwärts in ihr Haus zurück und schloss die Tür mit einem Knall. Jona konnte sie dennoch weiter schreien hören.

Jona ertrug den Anblick des bewusstlosen Nachbarn nicht mehr und drehte sich zur Seite. Lebte er überhaupt noch oder war er tot?

Mit ängstlichem Blick suchte er seine Umgebung ab. Wenn er doch nur sein Handy wieder fände. Da bemerkte er, wie etwas im Mondlicht funkelte. Jonas Herz hämmerte in seiner Brust, denn nun erkannte er sein Smartphone direkt vor der Eingangstür. Er vermied es, sich umzusehen. Den Angreifer würde er sowieso nicht bemerken, selbst wenn er direkt vor ihm stehen würde. Daher stierte er nur auf sein Handy und kroch langsam die Stufen hinauf. Er ignorierte die Schmerzen, die die scharfen Kanten verursachten. Sein Körper tat ihm ohnehin schon weh, da kam es darauf auch nicht mehr an. Er konzentrierte sich, an sein Handy zu kommen. Stufe für Stufe zog er sich hoch. Schweiß stand auf seiner Stirn, als er den Treppenabsatz erreichte und sich auf die flachen Steine zog. Kurz verweilte er und lauschte. Immer noch hörte er den Klang von umhergeworfenen Mülltonnen, daher riskierte er einen Blick zurück. Der Nachbar lag nach wie vor auf seiner Treppe und regte sich nicht, obwohl seine eigenen Tonnen immer wieder über ihn rüber gegen die Haustür geworfen wurde. Der Unsichtbare war also noch beschäftigt. Schnell drehte sich Jonas zu seinem Smartphone um und robbte über den Boden darauf zu. Gleich würde seine Hand es erreichen, nur noch wenige Zentimeter. Da, gerade als er mit den Fingerspitzen sein Telefon berührte, hörte er von der Straße ein Brüllen.

»NEIN!«

Er musste sich beeilen, denn er spürte das Etwas auf ihn zu eilen. Hastig griff er nach seinem Handy und entsperrte das Display. Heilfroh stellte er fest, dass Michaels Kontaktdaten noch immer aufgerufen waren.

»Wage es ja nicht«, hörte Jona die zornige Stimme hinter ihm. »Lass es sofort fallen.«

Da hatten seine Finger auch schon auf das Anrufsymbol gedrückt. Erleichtert atmete der Junge auf. Dann spürte er einen dumpfen Schlag auf dem Hinterkopf. Noch ehe sein Kopf auf den Boden prallte, wurde alles um ihn herum schwarz.

9. Kapitel

Der Wald lag ruhig da. Hin und wieder durchdrang ein Flügelschlagen oder der Ruf einer Eule die Stille. Den beiden Frauen stand der Angstschweiß auf der Stirn. Der schmale Pfad war im Schein der Taschenlampe kaum zu erkennen. Toni konnte ihren eigenen Herzschlag hören.

»Wo ist sie nur?« Diana wischte sich die Tränen aus dem Gesicht. Der Lichtstrahl ihrer Lampe wanderte nach allen Seiten. Toni sah sie sorgenvoll an. »Wir werden sie finden.«

Als Leah nicht im Garten war, entdeckte Toni, dass die kleine Gartentür am Ende des Grundstücks einen Spalt offenstand. Daher lag die Vermutung nahe, dass das kleine Mädchen dort hindurchgeschlüpft und in Richtung Wald gelaufen war. Darum wählten auch sie diesen Weg. Von der Tür folgten sie einem halb zugewachsenen Trampelpfad, der über eine Wiese direkt in den Wald führte. Sie wussten nicht, wie lange sie schon nach der kleinen Leah suchten.

»Mama, bleib mal stehen«, rief Toni und packte ihre Mutter am Arm, die abrupt anhielt.

»Was ist? Hast du was gesehen?« Diana suchte mit der Taschenlampe hastig die Umgebung ab, doch außer den Bäumen und einigen Blaubeersträuchern konnte sie im schwachen Schein ihrer Taschenlampe nichts erkennen.

»Mama, sei doch mal ruhig. Hörst du das nicht?«

Diana lauschte in die Dunkelheit. Der Ruf eines Uhus hallte von den Bäumen. Eine Maus raschelte im Gebüsch. Ansonsten nahm sie nichts wahr.

»Was soll ich hören?«

»Ihre Stimme. Ganz leise.«

Diana hörte angestrengt, doch jetzt, ganz leise, drang eine Kinderstimme an ihr Ohr.

»Le...«

Da hielt ihr Toni auch schon den Mund zu. »Mama, falls sie schlafwandelt, sollten wir sie nicht durch lautes Gerufe wecken.«

Erstaunt sah Diana ihre älteste Tochter an. »Da hast du natürlich recht. Doch aus welcher Richtung kommt es?«

Toni richtete die Taschenlampe nach links. »Von dort drüben. Denke ich.«

Diana lauschte und nickte zögerlich. »Ich denke, du hast recht. Dann müssen wir wohl den Pfad verlassen.« Sie seufzte. Hoffentlich würden sie sich nicht verlaufen.

»Keine Angst. Mein Smartphone kann uns orten. Wir finden den Weg auch wieder zurück.«

Überrascht sah Diana ihre Tochter an und Gänsehaut machte sich auf ihren Körper breit. Entweder konnte Toni Gedanken lesen, oder sie kannte ihre Mutter besser, als sie zugeben würde.

»Wir müssen dennoch sehr vorsichtig sein. Als ich klein war und meine Mutter noch hierher zu Besuch gefahren ist, hat sie mich immer davor gewarnt, allein in diesen Wald zu gehen. Bei gemeinsamen Spaziergängen durfte ich den Weg nicht mal wenige Schritte verlassen.«

Toni, die gerade einen Schritt weg vom Pfad gemacht hatte, blieb erschrocken stehen. »Das ist doch kein Moor?«

Dianas Mundwinkel zuckten. »Nein, aber im Mittelalter gab es hier sehr viele Bergwerke, in denen Gold abgebaut wurde. Daher gibt es immer noch einige tiefe Löcher im Boden, die mal Luftschächte waren. Ein unbedachter Schritt lässt dich von der Erde verschlucken.« Diana biss sich auf die Lippen, als sie an ihre kleine Tochter dachte, die allein im Wald herumirrte.

»Dann sollten wir uns beeilen.«

Diana leuchtete den Boden aus und die beiden verließen vorsichtig den Weg. Sie sprachen nicht, um die Richtung nicht zu verlieren. Leahs Stimme wurde immer deutlicher und es schien, als wenn sie sich mit jemandem unterhalten würde.

»Leah«, flüsterte Diana und wollte losstürmen, doch ihre Tochter hielt sie am Arm fest. »Warte, Mama. Wir sollten uns ranschleichen.«

»Du hast recht.« Diana atmete hörbar tief durch und Toni lächelte erleichtert.

Langsam pirschten sie sich vorwärts. Der Lautstärke nach mussten sie jeden Moment Leah erblicken können. Plötzlich flatterte ein schwarzes Etwas um ihre Köpfe. Toni schrie entsetzt auf und fuchtelte wild mit ihren Armen. Auch Diana stieß einen Schrei aus und versuchte, dieses Etwas mit der Taschenlampe zu beleuchten. »Toni, beruhige dich«, flüsterte sie ihrer Tochter zu. »Das ist nur eine Fledermaus.«

»Eine ... Was?« Tonis Stimme wurde schrill. »Igitt! Ich hasse Fledermäuse.«

Diana griff nach ihren Armen und hielt sie fest.

»Mit dem Rumgewedel machst du die Fledermaus nur noch wilder. Ganz ruhig. Immer schön einatmen.«

»Und wann darf ich ausatmen?«

Diana atmete erleichtert auf. Wenn ihre große Tochter Witze machte, war mit ihr alles in Ordnung.

Die Fledermaus flog noch eine Runde über ihre Köpfe, dann verschwand sie in der Nacht.

»Siehst du, Schatz, alles halb so schlimm.« Im Licht-strahl bemerkte Diana den schnellen Atem ihrer Tochter. Um sie zu beruhigen, nahm sie Toni in den Arm und war wieder überrascht, dass sie dies zuließ. Die Frau konnte ih-ren rasenden Herzschlag spüren. Einen Moment verharrten sie, bis ihr Herz wieder zu seinem normalen Takt zurück-gekehrt war.

»Geht es wieder?«

»Ja«, murmelte Toni und löste sich widerwillig von ihrer Mutter, die sie prüfend ansah.

»Ich wusste nicht, dass du vor Fledermäusen Angst hast.«

»Hab ich eigentlich auch nicht«, brummte Toni und drehte sich um.

»Dann lass uns weitergehen. Welche Richtung?«

Einen Moment schwiegen sie und lauschten in die Nacht. Doch Leahs Stimme war verklungen. Diana biss sich auf die Lippe. Wer auch immer bei ihrer kleinen Tochter war, er musste sie gehört haben. Schnell wischte sie sich ein paar Tränen weg.

»Mist, warum ist sie denn jetzt ruhig? Ob wir sie ver-scheucht haben?«

»Und was machen wir jetzt?«, wich Diana der Frage ih-rer Tochter aus. Toni deutete in eine Richtung. »Bevor uns die Fledermaus erschreckte, kam ihre Stimme von dort.«

»Dann gehen wir dorthin. Etwas Besseres fällt mir auch nicht ein.«

Nachdem sie eine Weile gelaufen waren, schaute Toni hoff-nungsvoll auf ihr Smartphone, aber ihr Bruder hatte sich nicht gemeldet. Leah war also nicht nach Hause gegangen. Seufzend steckte sie das Telefon wieder in ihre Jackenta-sche. Der Schrei einer Eule ließ sie zusammenfahren.

Da blieb Diana stehen und deutete nach vorn. Ein paar Meter vor ihnen gab es eine große Mulde. In deren Mitte saß Leah und spielte mit ihrem Leo.

Da knackte es laut, als Toni auf einen morschen Ast trat. Leah zuckte erschrocken zusammen.

»Leah«, rief ihre Mutter und lief zum Rand der Mulde. Das Mädchen schaute sich ängstlich um. Ihr Gesichtsausdruck wechselte zu zornig. »Jetzt habt ihr Otto verscheucht! Warum habt ihr das getan?«

»Aber da ist doch keiner.« Toni sah sich um und sah fragend ihre Mutter an.

»Doch, eben war er noch da. Er passt auf mich auf. Wie habt ihr uns gefunden? Hat er euch auch hergeführt? Gehen wir zusammen zur Höhle?« Ihre Wut war genauso schnell wieder fort, wie sie aufgetaucht war.

Alarmiert schaute Diana sich um, und auch Toni blickte nervös umher. Doch sie waren allein. »Wo ist denn dieser Otto?«

Leah deutete neben sich ins Leere. »Dann hat er euch nicht zu mir geführt?« Sie zog einen Flunsch. »Ihr habt ihn verscheucht. Eben saß er noch bei mir. Dabei wollte er mich doch in Sicherheit bringen.«

»Imaginärer Freund«, flüsterte Toni ihrer Mutter zu. Doch hier draußen im dunklen Wald war sie sich dessen nicht mehr so sicher. Sie hätte vielleicht nicht »Blair Witch Project« schauen sollen. Ob es hier Hexen gegeben hatte? Gänsehaut breitete sich auf ihrem Rücken aus.

»Leah, Maus. Komm jetzt. Wir müssen zurück. Steh auf und kletter ganz vorsichtig zu uns.«

»Warum hol' ich sie nicht einfach?«, fragte Toni.

»Weil das ein alter Minenschacht ist, der zugeschüttet wurde. Ich habe keine Ahnung, wie stabil das ist.« Diana

84

wandte sich wieder ihrer kleinen Tochter zu. »Maus, komm schon.«

»Aber ... ich soll hier warten. Otto bringt uns in Sicherheit.«

Ihre Mutter atmete tief durch. »Du bist bei mir sicher. Ich bin deine Mutter, das ist mein Job.« Sie zwang sich zu einem Lächeln.

»Aber ...« Leah biss sich auf die Lippe. »Na gut. Ich komme.«

Langsam stand sie auf.

»Du kannst mir Leo zuwerfen«, bot Toni an. »Dann hast du die Hände frei.«

Nachdenklich kniff Leah die Augen zusammen und blickte von ihrer Schwester zu ihrem Stofftier, seufzte theatralisch, zuckte mit den Schultern. »Ok, aber du musst ihn ganz vorsichtig festhalten und mir gleich zurückgeben, ja?«

Toni rollte mit den Augen. »Aber klar doch.«

»Ehrenwort?«

»Ja, Ehrenwort. Sonst soll mich die Hexe holen.«

Prüfend sah die Kleine ihre Schwester an, warf ihr dann Leo entgegen. Gekonnt fing Toni das Stofftier auf und streichelte es, um Leah zu zeigen, dass es ihm gut ging.

»Leah, kommst du nun?«

Das kleine Mädchen sah sich noch einmal um. Es murmelte etwas, was sich nach »Otto?« anhörte. Doch ihr imaginärer Freund schien nicht zu antworten, denn Leah begann, aus der Mulde herauszuklettern. Diana leuchtete ihr mit der Taschenlampe, und sobald ihre Hände sie erreichen konnten, packte sie ihre Tochter am Arm und zog sie zu sich hoch.

»Aua!«

»Entschuldige.«

Nun drückte die Mutter ihre jüngste Tochter fest an sich.

»Das darfst du nie wieder tun. Nachts allein in den Wald. Nie wieder!«

»Aber ich war nicht allein ...«

»Otto zählt nicht.«

Leah grummelte und wand sich aus der Umarmung.

»Gib mir Leo zurück! Sofort!« Mit großen Augen sah sie Toni an, die das Kuscheltier prompt hochhielt.

»Wie lautet das Zauberwort?«

»Bitte. Und nun gib her.«

Toni zögerte. »Das sagst du nicht sehr nett.«

»Du hast dein Ehrenwort gegeben.«

»Meinst du, die Hexe kommt und holt mich, nur weil ich auf etwas Höflichkeit bestehe?«

»Aber ...«

»Nun gib ihr schon Leo, damit wir zum Haus zurückkehren können«, schaltete sich Diana ein. »Ich will endlich aus diesem Wald raus.«

»Du hast ja recht.« Toni gab ihrer Schwester das ersehnte Tier zurück.

»Und nun gib mir deine Hand, Leah.« Zögerlich nahm die Kleine die angebotene Hand ihrer Mutter, während Toni ihr Smartphone zückte und die Ortungsfunktion aktivierte. »Da geht es lang.«

Und die drei traten den Rückweg an.

10. Kapitel

»Jona?«

Nicht schon wieder diese Stimme.

»Jona, mach die Augen auf!«

Nein, ich schlafe lieber weiter.

»Ich bin es: Michael.«

Michael?

Mühsam öffnete Jona seine Augen und blinzelte. Helles Licht blendete ihn und er schloss sie gleich wieder. Er atmete ein paar Mal tief durch, zuckte jedoch zusammen, als er den Schmerz in seiner Brust wahrnahm. Erschrocken öffnete er die Augen wieder.

»Was ist passiert?« Jona sah Michaels Gesicht dicht über seinem. Der Mann atmete erleichtert auf. Das grelle Licht kam von einer Lampe in Michaels Hand.

»Das wollte ich dich gerade fragen, Jona.« Väterlich strich er über Jonas Haare. »Du hast mich angerufen, aber hast nichts gesagt. Lediglich ein Flüstern konnte ich vernehmen. Aber es war eine tiefere Stimme, als du hast.«

Michael hatte auch die Stimme gehört?

»Ich bin gleich hergeeilt und habe dich hier bewusstlos vor dem Haus gefunden.«

Die schrecklichen Bilder der Nacht tauchten vor Jonas Augen auf und die Erinnerung ließ ihn zittern.

»Wie geht es ... dem Nachbarn?«

Er wollte sich aufsetzen, doch ein furchtbarer Schmerz durchzuckte seinen Körper. Daher sah Jona Michael fragend an, der sich daraufhin umsah.

»Ich sehe niemanden. Was ist passiert? Und wo sind deine Mutter und deine Schwestern?«

Jona öffnete den Mund, um etwas zu sagen, doch Michael schüttelte den Kopf.

»Warte, ich bring' dich erst einmal ins Haus.«

Er nahm Jona auf seinen Arm, trug ihn ins Wohnzimmer und legte ihn vorsichtig auf die Couch. Dann holte er zwei Gläser und eine Flasche Cola, die er zischend öffnete. Vorsichtig goss er ein und reichte Jona ein Glas, welcher es gierig austrank. Ein Rülpser entwich Jonas Kehle und er lächelte verlegen.

»Was ist passiert?« Prüfend sah Michael den Jungen an, doch der zögerte.

»Das würdest du mir eh nicht glauben.« Seufzend stellte er sein Glas auf den Tisch.

»Versuch es. Du wärst überrascht, was ich alles glauben würde.«

»Also gut. Aber sag später nicht, ich hätte dich nicht gewarnt. Alles begann damit, dass Leah plötzlich aus ihrem Bett verschwunden war ...«

»... Und dann hast du mich geweckt.«

Jona sah Michael abschätzend an. Würde er ihm glauben? Aber wie sollte er? Seine Geschichte klang viel zu sehr nach einem Horrorroman, als dass Michael ihn ernst nehmen könnte. Doch zu Jonas Überraschung sah der Mann besorgt aus. *Natürlich, er denkt, ich spinne.*

»Es tut mir sehr leid, was du da erlebt hast. Hier auf diesem Berg sind schon immer merkwürdige Dinge passiert.«

Verwundert sah Jona auf. Michael blickte zur Tür.

»Deine Mutter kommt wieder. Erzähl ihnen nichts. Wir sprechen morgen weiter, in Ordnung?«

Jona nickte stumm und sah ebenfalls zur Tür. In diesem Moment traten Toni und seine Mutter ein, die die eingeschlafene Leah auf dem Arm trug. Diana hielt inne, als sie Michael wahrnahm und sah ihn misstrauisch an.

»Was machst du denn hier?«

»Jona hat mich angerufen. Er dachte, ich könnte vielleicht helfen.« Er blickte zu Leah. »Aber wie ich sehe, ist die verschwundene Tochter zurückgekehrt. Das war bestimmt ein großer Schreck. Soll ich dir ein Glas Wasser holen? Oder einen Wein?«

»Es ist Wein im Haus?«

»Ja, sicher. Deine Tante hatte immer welchen da, zumindest wenn man ihn lieblich mag. Allerdings hat sie ihn versteckt.«

»Lieblich wäre okay. Ich bring' nur Leah wieder ins Bett.« Sie blickte zu Jona. »Und du solltest auch schlafen. Du siehst so blass aus. Ich hoffe, du wirst nicht krank.«

»Nein, mir geht es gut.« Er blickte zu Michael. »Ich habe mir nur Sorgen gemacht.«

»Das haben wir alle. Jetzt ist sie wieder da und du kannst ins Bett.« Sie sah zu Toni. »Und was ist mit dir?«

Das Mädchen verdrehte die Augen.

»Ich hau' mich auch hin.« Sie unterdrückte ein Gähnen.

Nun wandte sich Diana erneut Michael zu. »Ich bin gleich wieder da.« Dann ging sie mit ihren Kindern nach oben, während er in der Küche verschwand.

»Was zum...«, drang ihre Stimme vom Flur herüber. »Jona, was hast du mit den Bildern gemacht?«

Eine viertel Stunde später saßen Diana und Michael auf der Couch und tranken den lieblichen Rotwein. Er hatte im Kamin ein Feuer entzündet und die Flammen ließen die Schatten an den Wänden tanzen.

»Was machst du hier?« Dianas Wangen waren vom Wein gerötet und ihre Zunge gelockert.

»Ich lebe hier.« Er sah sie irritiert an.

»Nein, so meine ich das nicht. Warum bist du hier? Anscheinend kann niemand in diesem Ort meine Familie leiden. Warum hast du dich um Tante Sophie gekümmert? Und was schert es dich, wie es meinen Kindern und mir geht?«

Einen Moment lang sah er zum Feuer hinüber und überlegte sich seine Worte.

»Na, deinetwegen.«

Diana blieb der Mund offen stehen.

»Was? Aber du kanntest mich doch nicht?«

»Tatsächlich nicht? Du weißt es nicht mehr?«

»Was sollte ich wissen?«

»Dass wir uns kennen.« Er deutete auf das Foto, welches Diana als Kind mit ihrer Mutter zeigte. »Damals hast du jeden Tag mit mir gespielt. Als deine Großeltern starben, tröstete ich dich. Stundenlang weintest du in meinem Arm. Und wir haben beide geheult, als deine Mutter sagte, dass ihr fortgeht und nie wieder kommen werdet. Du musst dich doch erinnern?«

Diana stutzte. Irgendetwas in ihr erinnerte sich, es war mehr ein Hauch einer Erinnerung. Da nahm Michael ihre Hand, streichelte sie und summte dabei ein Kinderlied.

»Das Lied. Ich kenne das. Das habe ich immer gesungen. Mit einem Freund.« Tausend Bilder flackerten in ihrem Bewusstsein auf. Der kleine Junge, der ihr aufhalf, als sie mit ihren Rollschuhen hingefallen war. Der Junge, mit dem sie über die Felder getobt war, der sie hielt und tröstete, der auf sie aufpasste.

»Michael?« Mit Tränen in den Augen sah sie ihn an. Auch seine Augen waren feucht. Sie schluckte, als er seine Hand hob und ihr vorsichtig eine Träne von der Wange wischte.

»Du erinnerst dich wieder?« Er lächelte, als sie nickte.

»Ich ... habe dich nicht erkannt.« Noch mehr, sie hatte die Erinnerung an ihn verdrängt. Er war damals ihr bester Freund. Zu schmerzhaft war die Trennung gewesen.

»Aber warum hast du mir nicht einfach gesagt, dass wir als Kinder miteinander spielten? Warum die Geheimniskrämerei?«

Michael zuckte mit den Schultern. »Du, ich war mir einfach unsicher. Erinnerst du dich wirklich nicht an mich, oder wolltest du dich nicht erinnern? Ich hatte mir gewünscht, dass es dir wieder einfällt bzw. dass du irgendwann lachend vor mir stehst, und sagst, dass du natürlich weißt, wer ich bin. Von allein.«

»Es tut mir leid, dass ich nicht wusste, wer du bist, dass wir uns kennen.« Alle Dämme brachen und er nahm sie in die Arme. Sanft strich er ihr über den Kopf.

»Alles ok. Jetzt erinnerst du dich ja wieder.«

So saßen sie noch lange auf der Couch, sprachen über alte Zeiten, bis sie erschöpft einschliefen, während Dianas Kopf auf Michaels Schulter ruhte.

11. Kapitel

Ring! Ring!

Diana schreckte hoch und sah auf die Uhr. Es war erst sechs Uhr am Morgen. Wer würde so früh anrufen? Eine Vorahnung ergriff sie und ihr Herz fühlte sich an, als würde es zusammengepresst werden.

Ring! Ring!

Sie löste sich aus Michaels Arm, der nun auch die Augen aufschlug.

»Wie spät ist es?« Er streckte sich.

»Früher Morgen. Wir müssen auf der Couch eingeschlafen sein.«

Diana erhob sich und ließ das Telefon nicht aus den Augen.

Ring! Ring!

Die Welt schien sich langsamer zu drehen und auch ihre eigenen Bewegungen wirkten, als würden sie nur in Zeitlupe ablaufen. Viel zu träge machte sie einen Schritt nach dem anderen auf das Telefon zu. Als sie an der Kommode stand, griff sie nach dem Hörer.

»Hallo?«

»Hier ist Dr. Stefan Weiler. Spreche ich mit Frau Fuchs, der Angehörigen von Frau Jungkunz?«

»Ja, das bin ich.« Diana biss sich auf die Unterlippe und sah zu Michael hinüber, der sie traurig ansah. Sie wussten beide, was jetzt kam.

»Ich muss ihnen leider mitteilen, dass Sophie Jungkunz vor einer Stunde verstorben ist. Sie war jedoch nicht allein, eine Schwester war bei ihr. Mein Beileid.«

Tränen sammelten sich in Dianas Augen. All die verlorene Zeit. All die nicht gestellten Fragen. Warum hatte sie nur damals ihrer Mutter dieses Versprechen geben müssen?

Ihr Blick wanderte umher, da entdeckte sie Toni an der Tür, die sie besorgt ansah.

»Ist es Ihnen möglich, vorbeizukommen? Möchten Sie Ihre Tante noch einmal sehen?«

Die Stimme aus dem Telefonhörer holte sie wieder in die Gegenwart zurück.

»Ja, ich komme gleich.«

Nur wenig später saß Diana auf dem Beifahrersitz und ließ sich von Michael nach Bayreuth in das Krankenhaus chauffieren. Er hatte darauf bestanden und wenn sie ehrlich zu sich selbst war, wäre es unverantwortlich gewesen, allein zu fahren. Toni passte derweil auf ihre jüngeren Geschwister auf und hatte versprochen, insbesondere Leah nicht aus den Augen zu lassen.

Endlich fuhren sie vor. Die Sonne schien und ein leichter Wind ließ die Baumkronen tanzen. Michael stellte das Auto auf dem Parkplatz ab und er stützte Diana, als sie zum Krankenhaus hinübergingen.

Mit klopfendem Herzen ließ sich Diana von Michael über die Krankenhausflure und in den Fahrstuhl führen. Sie fühlte sich wie betäubt und war selbst über die Heftigkeit ihrer Reaktion verwundert. Schließlich hatte sie ihre Tante kaum gekannt. Andererseits war sie die letzte lebende

Verwandte gewesen. Nun gab es nur noch Diana und ihre Kinder. Wenn sie nicht mehr wären, wäre die ganze Familie ausgestorben. Bei dem Gedanken fröstelte es sie und sie begann zu zittern. Woher kam nur dieser morbide Einfall?

»Ist dir kalt? Soll ich dir meine Jacke geben?«

Sie sah zu ihm hinüber. Für einen Moment hatte sie ihn komplett ausgeblendet. Schnell zwang sie sich zu einem Lächeln.

»Nein, das geht schon. Es sind die Gedanken, die mir Gänsehaut machen.«

»Welche Gedanken?« Michael sah sie fragend an. Als sie die Sorgen in seinem Gesicht bemerkte, erwärmte es ihr Herz. Es war ein gutes Gefühl, dass da jemand war, der sich um sie sorgte. Das hatte sie schon lange nicht mehr gehabt.

»Ach, es waren nur in letzter Zeit so viele Tote. Meine Mutter, mein Mann. Nun Tante Sophie. Und meine Schuldgefühle ihr gegenüber. Ich hätte sie gerne besser gekannt.«

Er sah sie prüfend an. Daher fügte sie noch ein »Wirklich!« hinzu.

Da öffnete sich die Fahrstuhltür und sie betraten die Onkologie, wo eine Schwester sie gleich in Empfang nahm und zu einer Sitzgruppe führte. Dr. Weiler kam auch schon um die Ecke.

»Frau Fuchs, Herr Fuchs! Ich möchte Ihnen mein Beileid aussprechen.«

Michael nickte nur und schien das Missverständnis nicht ausräumen zu wollen.

»Danke«, sagte Diana und ergänzte: »Allerdings ist das Michael Sieber, ein Freund der Familie.«

Sie spürte Michaels Blick auf sich ruhen und als sie zu ihm hinübersah, bemerkte sie einen unergründlichen Gesichtsausdruck. So hatte er sie noch nie angesehen. Hatte sie etwas Falsches gesagt?

94

»Oh, verzeihen Sie«, sprach Dr. Weiler zu Michael, der nur abwinkte. »Also, wie ich bereits am Telefon gesagt hatte, ist Ihre Tante gegen fünf Uhr ganz friedlich entschlafen und ihr Herz ist stehengeblieben aufgrund ihrer Krebserkrankung. Sie dürfte durch das Morphium keine Schmerzen ertragen haben. Haben Sie noch Fragen?«

»Nein, die habe ich nicht.« Diana nahm ein Taschentuch aus ihrer Handtasche und trocknete ihre Augen. »Das heißt, darf ich sie noch einmal sehen?«

Diana trat allein in das Patientenzimmer, denn sie hatte Michael gebeten, draußen zu warten. Einen Moment lang dachte sie an den Tag, an dem ihre Mutter gestorben war. Das Krankenhaus in Hamburg hatte das Bett so dringend benötigt, dass Diana sich in einer Abstellkammer von ihrer toten Mutter verabschieden musste. Sie schluckte die Erinnerung an diese würdelose Behandlung herunter und konzentrierte sich auf das Hier und Jetzt. Auf dem Bett lag der leblose Körper von Tante Sophie. Sie wirkte nicht tot. Diana sah zu ihrem Brustkorb und hätte sich nicht gewundert, wenn er sich gehoben und gesenkt hätte. Doch sie konnte kein Anzeichen für eine Atmung ausmachen. Sie trat näher heran und strich ihr über die Wange, so wie es ihre Tante immer bei ihr getan hatte, als sie ein kleines Mädchen war.

»Es tut mir so leid, dass ich nie da war, dass ich dich nie richtig kennenlernen durfte.« Tränen flossen ihr über das Gesicht. »Was war da nur zwischen dir und Mama? Warum konntet ihr nicht mehr miteinander reden?«

Alle Dämme brachen und sie schluchzte in ein Taschentuch. »Ich hoffe, da wo ihr nun seid, könnt ihr das endlich klären. Nur für mich ist es zu spät. Wie gerne hätte ich dich auch in meinem Leben gehabt.«

Für einen Moment stand sie da und weinte.

»Kennst du einen ordentlichen Bestatter?«

Michael hätte fast das Lenkrad rumgerissen. »Willst du wirklich jetzt darüber reden?«

»Habe ich denn eine andere Wahl? Ich muss mich jetzt um alles kümmern, kenne mich aber nicht aus.« Sie seufzte. »Und vor den Kindern möchte ich nicht über diese Dinge reden. Das erinnert sie nur an ihren Vater.« Diana wischte sich eine Träne fort. »Kannst du mir also helfen?«

Stirnrunzelnd sah Michael zu ihr hinüber. Diana saß zusammengesunken auf dem Beifahrersitz. Sie sah stur aus dem Fenster und in ihren Augen glitzerten Tränen. Sie hatte ihm nicht gesagt, warum sie keinen Kontakt zu Tante Sophie hatte. Er hatte sie auch nicht danach gefragt. Für einen Augenblick kam ihm der Gedanke, sie hätte nur um eine Bestatterempfehlung gebeten, um Sophie schnell los zu sein und an das Erbe heranzukommen. Als Kinder waren sie zwar unzertrennlich, aber seitdem war viel Zeit vergangen. Menschen ändern sich und sie hatte ihn sogar vergessen. Doch der kurze Blick zur Seite öffnete ihm die Augen. Sophies Tod nahm sie mit, vermutlich gerade, weil sie keinen großen Kontakt zu ihr hatte. Sie konzentrierte sich jetzt auf die Dinge, die nun mal getan werden mussten.

Er räusperte sich.

»Natürlich helfe ich dir. Wozu sind Freunde denn da?«

Wieder blickte er zu ihr hinüber, aber sie lächelte nicht. Gedankenverloren sah sie auf die Straße.

»Darf ich dir einen Vorschlag machen? Wenn ich dich abgesetzt habe, machst du dich frisch, ich mich ebenso und um zwölf Uhr hole ich dich und die Kinder ab. Wir fahren nach Bayreuth und ich lade euch ins Roxanne ein.«

Aus dem Augenwinkel nahm Michael wahr, dass Diana ihren Mund öffnete, um etwas zu sagen. Schnell sprach er weiter: »Das wird auch deiner Toni gefallen, Teenager hin oder her. Das ist ein American Diner mit leckeren Burgern. Genau das Richtige für Kids und Teenager.« Er zwinkerte zu ihr hinüber. »Und es befindet sich gleich neben dem Kino. Ich spendiere ihnen anschließend einen Film und wir zwei kümmern uns in der Zwischenzeit um die Beerdigung. Wie hört sich das an?«

»Wunderbar. Aber ich kann schon selbst für meine Kinder zahlen. Die Einladung kann ich nicht annehmen.«

»Aber warum nicht? Ich möchte euch eine Freude machen und mir tut es wirklich nicht weh.«

Er spürte ihren prüfenden Blick.

»Meine Kinder haben erst vor Kurzem ihren Vater verloren. Sie brauchen keinen Ersatz.«

Schnell bog Michael mit dem Auto in einen Feldweg ein und blieb stehen. Langsam drehte er sich zu Diana um.

»Ich will doch nicht deinen Mann ersetzen. Alles, was ich damit beabsichtige, ist, einer Familie, die in letzter Zeit einige Todesfälle verkraften musste, eine Freude zu machen. Außerdem möchte ich mein Versprechen an Sophie einhalten und auf euch aufpassen. Du selbst, eine Freundin aus Kindertagen, hast mich doch auch um Hilfe gebeten. Dann nimm sie gefälligst auch an.«

Er sah ihr fest in die Augen.

»Ich habe keine Hintergedanken, wenn du das meinst.«

Zumindest nicht die, die du vermutest, setzte er in Gedanken hinzu. Es war besser, die Kinder mit in die Stadt zu nehmen, als sie allein in dem Haus zurückzulassen.

»Na gut. In Ordnung. Tut mir leid, aber ich liebe meine Kinder und will sie nur beschützen.«

»Das verstehe ich.«

Sie setzten ihre Fahrt fort, bogen schließlich in die Sackgasse ein, die zu Sophies Haus führte und hielten dann an.

Jetzt wird es bald leer stehen, dachte Diana. *Was wohl damit passieren wird? Wer wird dort als Nächstes einziehen?*

»Was machen denn die Völkls dort?«

Diana sah auf die andere Straßenseite. »Verreisen, würde ich sagen. Was ist daran ungewöhnlich?« Sie zuckte mit den Schultern und sah Michael an.

»Weil es Herr und Frau Völkl sind. Die verreisen nie. Nicht ein einziges Mal. Sie hassen das Reisen.« Er schüttelte ungläubig den Kopf. »Und schau sie dir an, wie sie vom Haus zum Auto rennen. So schnell bewegen sie sich sonst auch nicht.«

Sie blickte wieder zu den Nachbarn hinüber. Sie schienen panisch alle möglichen Dinge in ihr Auto zu laden.

»Stimmt, als wäre der Teufel hinter ihnen her.«

Michael nuschelte vor sich hin. Diana war es so, als hieß es »Das könnte man sagen.« Doch warum sollte er so etwas von sich geben?

»Lass uns aussteigen.« Er zog den Schlüssel aus dem Zündschloss, schnallte sich ab und öffnete die Tür. Seufzend löste auch Diana ihren Gurt und folgte ihm ins Haus.

Ich dachte, er wollte sich zu Hause frisch machen?

Michael hielt Diana die Haustür auf. Sie ging direkt in das Wohnzimmer, wo ihre Kinder einen Animationsfilm sahen. Toni und Jona schauten auf, als sie die beiden bemerkten. Leah war dagegen völlig in den Film vertieft.

Jona stand auf und lief zu seiner Mutter. Liebevoll nahm er sie in den Arm. Für einen Moment hielten sie sich fest umschlungen, dann löste sie sich von ihm.

»Ich geh mal duschen.« Mit diesen Worten ging sie die Treppe hinauf und verschwand im Bad.

Michael legte eine Hand auf Jonas Schulter.

»Lass uns einen Moment in den Garten gehen.«

Der Junge nickte und folgte ihm.

Draußen setzten sie sich auf die Terrasse.

»Jona, hast du heute schon mal zu den Nachbarn rübergesehen?«

Der Junge zuckte die Achseln. »Nein. Warum? Hat der ... Geist ihn umgebracht?«

»Das nicht. Aber das Ehepaar scheint panisch ihr Haus zu verlassen.«

Michael sah den Jungen an und bemerkte, dass seine Unterlippe zitterte. Die Erinnerungen an die letzte Nacht mussten schrecklich sein.

»Aber er lebt?« Große Augen sahen Michael an.

»Ja, er hat nur einen Verband um den Kopf.«

Erleichtert atmete Jona aus. »Und ich dachte schon, er wäre tot, weil er mir helfen wollte. So sah es nämlich gestern aus.«

»Es tut mir so leid, was du erlebt hast. Ich verspreche dir, dass ich euch jetzt nicht mehr aus den Augen lasse. Mit etwas Glück haben wir in den nächsten Tagen Ruhe.«

Jona runzelte die Stirn. »Warum?«

»Weil deine Großtante gestorben ist. Nun gibt es eine Jungkunz weniger. Ich würde dir das eigentlich nicht sagen. In deinem Alter solltest du Videospiele spielen oder Bücher lesen. Aber es hat dich angegriffen. Daher ist es besser, wenn du weißt, dass dieses etwas es auf deine Familie abgesehen hat. Sophies Tod sollte euch eine Atempause verschaffen.« Michael sah Jona besorgt an. Der Junge blickte zu den Rhododendren. Aber er schien die neuen Informationen zu verkraften. Erleichtert atmete Michael durch. Er hatte schon befürchtet, dass er dem Jungen zu viel gesagt haben könnte.

Für einen Moment hingen beide ihren Gedanken nach. Dann stand Michael auf.

»Denke bitte daran: Erzähle erst einmal niemandem etwas von dem, was du erlebt hast. Wir setzen diese Unterhaltung später fort. Glaube mir, dass ich euch beschützen werde. Wenn du es doch erzählst, würdest du demjenigen eine wahnsinnige Angst machen. Wenn er dir überhaupt Glauben schenkt.«

»Ist okay. Aber warum passiert das uns?«

»Das bekommen wir schon noch raus. Ich muss mich frischmachen und komme dann gleich wieder. Halt die Ohren steif, ja?«

Mit diesen Worten ging Michael um das Haus herum zur Straße.

Sei froh, dass du nicht weißt, warum das passiert.

Um 13 Uhr saßen sie zusammen auf den roten Ledersitzbänken am Fenster des American Diners. Gerne hätten sie draußen gesessen, aber zum einen wurde dort geraucht und zum anderen störte sie der rege Verkehr auf der angrenzenden Straße. Daher hatten sie sich drinnen einen Tisch in der Nähe der offenen Tür gesucht.

Die Kinder bewunderten die sportliche Deko an den Wänden: Die Trikots, den Basketballkorb, die Fernseher, auf denen Sportsender liefen. Nachdem sie Cola und Burger bestellt hatten, begann die Diskussion, welchen Film sie sehen wollten.

»Ich will Minions«, stellte Leah gerade fest.

»Nein, bitte nicht.« Toni zog genervt ihre rechte Augenbraue hoch. »Ich hasse Minions.«

»Aber ich liebe, liebe, liebe sie. Die sind so komisch. Und in meiner Lieblingsfarbe. Ich liebe, liebe, liebe Gelb.« Leah grinste ihre Schwester herausfordernd an.

»Also ich würde mir die Minions auch anschauen«, schaltete sich Jona ein und flüsterte Toni zu: »Immer noch besser als einer dieser anderen Kinderfilme.«

»Aber ich hasse Minions. Die nerven mich eh schon die ganze Zeit.«

»Kannst du das nicht deiner Schwester zuliebe durchstehen? Sonst läuft doch nichts, wo ich euch zusammen rein bekomme.« Diana sah ihre älteste Tochter bittend an.

»Da bekommst du mich auch nicht rein.«

»Und wenn ich noch einen weiteren Kinogutschein obendrauf lege? Einschließlich Fahrt zum Kino und wieder zurück? Ohne deine Geschwister?«, schaltete sich Michael ein. Bevor ihre Mutter reagieren konnte, begann Toni schon zu verhandeln:

»Darf Paul mitkommen?« Ihre Augen blitzten auf.

»Welcher Paul?«, fragte Diana.

»Ach, das ist ein Junge, den ich hier kennengelernt habe.«

»Den solltest du aber vorher deiner Mutter vorstellen.« Michael wandte sich an Diana. »Dann wäre es dir doch sicher recht?«

Sie biss sich auf die Lippe und nickte zögerlich. Es war ja nur Kino.

»Dann ist es abgemacht«, stellte Toni klar und zückte ihr Handy, um Paul zum Kino einzuladen.

Einige Stunden später befanden sie sich wieder im Auto. Leah saß zwischen ihren Geschwistern, mampfte ihr restliches Popcorn und erzählte vergnügt von dem Film. Diana hörte nur am Rande zu. Sie war mit ihren Gedanken noch bei dem Gespräch mit dem Bestatter. Woher sollte sie wissen, welchen Sarg ihre Tante bevorzugt hätte. Sie war sich ja nicht mal sicher, wie viel Geld da war und wenn es nicht reichte, wie sie es bezahlen sollte. Nach dem Tod ihres Mannes kam sie gerade so über die Runden.

Michael versuchte, ihr bei den Entscheidungen zu helfen und erwähnte, dass Sophie in ihren Unterlagen eine Versicherung haben musste, mit der die Beerdigungskosten gedeckt sein sollten. Also würde sie ihren Abend mit der Sichtung von Sophies Unterlagen verbringen. Dabei war sie so müde nach der letzten Nacht. Hoffentlich würde Leah nicht wieder auf Wanderschaft gehen. Ob sie heimlich ein Glöckchen an ihre Tür binden sollte? Konnte sie das machen?

Endlich hielt Michael den Wagen vor dem Haus an. Sofort öffneten sich die Türen und die Kinder stiegen aus. Als Diana es ihren Kindern gleich tun wollte, hielt Michael sie für einen Moment am Arm fest.

»Warte bitte. Ich wollte dich noch etwas fragen, ohne dass die Kinder etwas mitbekommen.«

Überrascht hob sie ihre Augenbrauen.

»Nach dem, was letzte Nacht war. Ich meine, dass Leah abgehauen ist. Meinst du, es wäre eine gute Idee, wenn ich die Nacht über bleiben würde?«

Zornesröte stieg in Dianas Gesicht.

»Willst du mir unterstellen, dass ich nicht allein auf meine Kinder aufpassen kann?«

»Aber nein«, versuchte Michael abzuwiegeln. »So habe ich es doch gar nicht gemeint.«

Mit gekrauster Stirn sah sie ihn wütend an. »Wie dann? Dass du die Nacht mit mir verbringen willst? Das kannst du knicken. Ich bin eine alleinerziehende Mutter. Ich habe kein Sexleben.«

»Nein, das wollte ich auch nicht sagen ...«

»Du findest mich also abstoßend, dass du nicht mit mir schlafen willst?«

Michael unterdrückte den Wunsch, ins Lenkrad zu beißen.

»Nein, du bist eine tolle, begehrenswerte Frau. Im Moment etwas anstrengend...«

»Ich bin anstrengend?« Diana hielt inne und überdachte die Situation. Was war nur in sie gefahren? Sie atmete tief durch, bis sie sich wieder im Griff hatte.

»Entschuldige. Ich hatte einfach zu wenig Schlaf. Was genau hast du denn gemeint?«

Erleichtert atmete Michael auf.

»Alles, was ich wollte, war, mit im Haus zu übernachten, dir vielleicht mit dem Papierkram zu helfen und aufzupassen, dass sich die Ereignisse der letzten Nacht nicht wiederholen. Zwei Augenpaare sehen mehr als eines und du findest vielleicht etwas mehr Schlaf.«

»Oh Mann! Bitte verzeih mir. Danke für das Angebot. Ich nehme es gerne an, wenn du meine Entschuldigung akzeptierst.«

Michael nickte lächelnd.

»Warum tust du das alles?«

Ihre Frage hatte ihn kalt erwischt.

»Und sag jetzt nicht, weil du es Sophie versprochen hattest.«

Mist.

Wie sollte er es ihr erklären, dass er sich für die Sicherheit ihrer Familie verantwortlich fühlte? Er verstand es ja selbst kaum.

»Weil ich euch mag.«

12. Kapitel

Mühsam kämpfte sich Diana durch die Akten ihrer verstorbenen Tante. Sophie schien alles unsortiert weggeheftet zu haben. Die Kammer, in der sich Regale voller Aktenordner und ein Schreibtisch befanden, lag unten neben dem Wohnzimmer. Immer wieder brachte der Staub, der alles bedeckte, Diana zum Husten. Leider hatte der Raum kein Fenster, so dass frische Luft nur durch die offene Tür hereinkam.

Sie hatte Michael gebeten, sich mit ihren Kindern zu beschäftigen, da der Raum für zwei Personen zu klein war. Sie hörte den Fernseher und lautes Gelächter aus dem Wohnzimmer herüberschallen. Diana war froh, dass Michael da war, obwohl sie nicht verstand, warum er sich dermaßen um sie bemühte. Ja klar, als Kinder waren sie unzertrennlich gewesen, aber das war lange her. Ob er sich in sie verliebt hatte? Bei der Vorstellung erhöhte sich ihr Herzschlag und sie errötete. Der Gedanke hinterließ ein Lächeln auf ihrem Gesicht. Konnte das sein? Die Kinder schien er zu mögen, doch was bringt ein Kerl, wie ihn dazu, sich eine ganze Familie ans Bein zu binden?

Sie zuckte zusammen, als sie im Augenwinkel eine Bewegung in der hinteren Ecke wahrnahm. Schnell drehte sie sich um, doch dort stand niemand. Alles war noch wie vorher. *Merkwürdig.*

Diana erhob sich und trat zu der Stelle. Dort standen einige Pappröhren, mit denen Poster verkauft wurden. Alle waren genauso eingestaubt wie der Rest der Kammer, doch eine Rolle war sauber. Langsam griff sie nach ihr, bereit, jeden Moment die Hand zurückzuziehen, als fürchtete sie, es würde nach ihr greifen. Als Diana sie hervorzog, lachte sie über diese seltsamen Gedanken und schob diese auf ihre Müdigkeit. Schnell trat sie zurück, öffnete das Versandrohr und holte eine große Papierrolle hervor. Neugierig breitete sie sie auf dem Schreibtisch aus.

»Eine Ahnentafel«, rief sie begeistert aus.

Ihr Blick wanderte über das gelbliche Papier und besah sich die Namen. Ganz unten war sie mit ihren Kindern eingetragen. Darüber ihre Eltern und Tante Sophie. Über ihrer Mutter und Sophie standen deren Eltern. Nachdenklich betrachtete Diana die angegebenen Daten. In ihrer Familie schien niemand besonders alt geworden zu sein. Ihre Mutter und Sophie waren mit Abstand die Ältesten.

»Keine guten Aussichten«, dachte Diana laut und seufzte. Vorsichtig rollte sie das Dokument wieder ein. Nachher würde sie es ihren Kindern zeigen.

In der Zwischenzeit hatten Toni und Leah ›Frozen‹ geschaut, während Michael mit Jona in der Küche saß und sie sich leise über die vergangene Nacht unterhielten.

»Was war das nur?« Schon bei dem Gedanken an die Vorkommnisse wurde Jona kreidebleich.

»Ich bin mir nicht sicher, was es ist. Aber ich bin da, um euch zu beschützen, so wie es meine Familie schon vor mir getan hat.«

Jona sah ihn mit zusammengekniffenen Augen an.

»Tatsächlich ist es so, dass kaum jemand aus deiner Familie so alt wie Tante Sophie geworden ist. In den letzten sechzig Jahren wurde kaum einer über fünfzig.«

»Du verarschst mich doch?« Ungläubig schaute der Junge ihn an.

»Leider nein. Es ist, als ob ein Fluch über dieser Familie liegt und als wäre es meine Bestimmung, euch zu beschützen.«

»Ein Fluch?« Jona dachte nach. Konnte das der Grund dafür sein, warum sie nie hier zu Besuch waren?

»Ich vermute, dass deine Oma deswegen den Kontakt hierher abgebrochen hatte.«

»Aber ein Fluch? Ich weiß nicht. Das hört sich so sehr nach einem schlechten Horrorfilm an. Meinst du nicht?«

»Da gebe ich dir recht, Jona. Aber hier passieren merkwürdige Dinge. Und wie würdest du dir die Vorkommnisse erklären?«

»Keine Ahnung.« Er zuckte mit den Schultern. »Woher soll ich das wissen?«

Michael blickte zum Wohnzimmer, da er Schritte gehört hatte. Er lächelte, als er Diana eintreten sah, die ihren Töchtern gerade fröhlich eine Papprolle präsentierte.

»Dann hilfst du uns also, weil du glaubst, dass unser Schutz deine Bestimmung ist?«

Jona runzelte die Stirn und sah ihn fragend an.

»Ja, genau. Man könnte sagen, dass es eine Art Familienauftrag ist, auf euch acht zugeben.«

Die Miene des Jungen versteinerte.

»Schade, ich hatte gehofft, es ist wegen Mama.«

»Wie meinst du das?«

»Na ja, seit Papa tot ist, ist Mama immer so allein und traurig. Seitdem du da bist, lacht sie wieder wie früher.«

»Tut sie das?« Michael unterdrückte ein Grinsen.

»Oh ja. Aber sie wird sehr unglücklich sein, wenn wir wieder fortgehen. Oder du. Wenn du deine Bestimmung erfüllt hast.«

»Wer sagt, dass ich jemals aufhören möchte, auf euch aufzupassen?«

Er schluckte, als Diana zu ihnen herübersah.

»Wir sollten das Thema wechseln«, schlug Michael vor. Gerade noch rechtzeitig, denn Toni stellte den Player auf Pause und alle drei kamen zu ihnen herüber. »Schaut, was ich gefunden habe.« Diana öffnete die Rolle und breitete das darin enthaltene Papier über dem Küchentisch aus.

»Was ist das?«, fragte Leah.

»Ein Stammbaum«, erklärte Toni und beugte sich interessiert darüber. »Da ist Mama«, zeigte sie ihrer kleinen Schwester, die daraufhin fragte: »Und wo bin ich?«

Michael beugte sich zu Jona und flüsterte ihm ins Ohr: »Schau dir die Jahreszahlen an.«

Der Junge blickte auf die Daten. Tatsächlich hatte kaum einer von Ihnen die fünfzig erreicht. Fragend sah er zu Michael, doch der schüttelte fast unmerklich den Kopf.

»Sag es ihnen nicht. Das würde deine Mutter und deine Schwestern nur beunruhigen.«

»Geht klar.« Jona sah wieder zurück zu seiner Familie, wie sie ganz aufgeregt die Ahnen entlanggingen. Ihnen schien die kurze Lebenserwartung nicht aufzufallen. Jonas Herz begann schneller zu schlagen, als ihm das Ding in der letzten Nacht in den Sinn kam. Hatte es auch seine Vorfahren geholt? Aber warum sind Oma Andrea und Großtante Sophie erst im höheren Alter an Krebs gestorben? Und weshalb war dieses Ding hinter ihrer Familie her?

13. Kapitel

Die Sonne ging über dem Berg auf und beschien die Nebelschleier, welche die Grabsteine umgaben. Diana stand mit ihren Kindern und Michael am offenen Grab. Der Pfarrer war auf der anderen Seite und hielt die Grabrede. In einiger Entfernung standen vereinzelt vier Nachbarn. Mehr waren zu Sophies Beerdigung nicht erschienen. Diana fröstelte es bei dem Gedanken, dass nur so wenige Anteil am Tod ihrer Tante nahmen, obwohl sie ihr ganzes Leben in Goldhain verbracht hatte. Bei dem Trauergottesdienst waren sie sogar allein gewesen. Sie seufzte und Michael legte tröstend den Arm um sie.

Für Toni schien die Rede des Pfarrers ewig zu dauern. Dabei waren kaum Menschen hier. Sie und ihre Geschwister hatten ihre Großtante noch nicht mal gekannt. Warum wurde die Beerdigung nur so in die Länge gezogen? Verstohlen sah sie sich um. Hinter ihnen standen ein paar Nachbarn, die wohl nur hier waren, um den Schein zu wahren und nicht, um zu trauern. Toni war es ein Rätsel, warum sie dann überhaupt gekommen waren. Ihr Blick schweifte umher und sie zuckte zusammen, als sie hinter einem der Grabsteine zwei Augen im Nebel sah, die Toni zu fixieren schienen. Die Gestalt hob die Hand zum Gruß und trat hervor. Erleichtert atmete sie durch, als sie Paul erkannte. Er lächelte herüber und mit Schmetterlingen im Bauch lächelte sie zurück. Es tat gut, ihn zu sehen. In den letzten Tagen hatte sie sich täglich mit ihm getroffen. Sie gingen herum und redeten über alles Mögliche. Sie erzählte ihm vom Tod ihres Vaters und dass sie eigentlich den Sommer in den Süden fliegen wollten, aber Sophies Zustand dazwischenkam. Er erzählte ihr, wie es ist, auf dem Land groß zu werden. Seine Eltern betrieben einen kleinen Bauernhof auf dem Berg. Sie war froh, dass sie ihn getroffen hatte und mit ihm Zeit verbringen konnte. Und nun war er auch jetzt bei ihr.

Endlich kam der Pfarrer zu dem Teil »Asche zu Asche, Staub zu Staub«. Ihre Mutter trat nun an die Grube heran, in der Sophie in ihrem Sarg lag. Erstaunt bemerkte Toni, dass ihre Mutter weinte, als sie ebenfalls eine Hand voll Erde auf den Sarg herunterrieseln ließ. Merkwürdig, sie hatte ihre Tante doch kaum gekannt.

Als Nächstes winkte sie Leah heran, die es ihrer Mutter gleich tat. Dann gingen sie zur Seite und Jona war an der Reihe. Als auch er beiseitetrat, drehte sich Toni noch einmal zu Paul um, doch er stand nicht mehr dort. Seufzend schritt sie zum Grab und warf etwas Sand hinunter. Plötzlich hatte sie das Gefühl, Atem an ihrem Nacken zu spüren, so dass sich ihre Nackenhaare sträubten. Schnell blickte sie zurück, doch da war niemand. Also sah sie wieder auf das Grab und warf auch den restlichen Sand in die Grube. Da spürte sie eine Hand auf ihrer Schulter. Wind kam auf und Toni hörte die Stimme einer Frau dicht an ihrem Ohr flüstern. Doch sie verstand nur Wortfetzen: »Gefahr ... Pass auf ... Toni!«

Hastig drehte sie sich wieder um. Ihr Atem ging schnell, als sie sich zu allen Seiten umblickte. Natürlich stand niemand hinter ihr. Hatte sie sich die Hand auf ihrer Schulter nur eingebildet? Woher kam diese Stimme und warum sahen sie alle so merkwürdig an?

Michael trat zu ihr und hielt ihr seine Hand hin. Als Toni sie ergriff, zog er sie vom Grab weg.

»Geh zu deiner Mutter«, flüsterte er. Sie sah ihn verwirrt an, folgte aber entgegen ihrer Natur und trat zu Diana, die sie sogleich in die Arme nahm. Was war nur los?

Als die wenigen Gäste es der Familie gleichgetan hatten und ihnen anschließend ihr Beileid bekundeten, bewegte sich die kleine Trauergemeinde in Richtung Ausgang. Sie würden im Haus von Sophie belegte Brötchen und Suppe essen. Toni folgte ihnen völlig in ihre Gedanken versunken.

»Hey!«

Das Mädchen zuckte zusammen. Dann erkannte sie Paul und lächelte.

»Eine schöne Grabrede«, stellte er fest. »Ich wusste allerdings nicht, dass dir Sophie so viel bedeutet hat.« Er runzelte die Stirn. »Das war schon irgendwie gruselig, wie du vor dem offenen Grab standest und panisch umher gesehen hast. Gerade so, als würdest du einen Geist sehen.«

Toni lief rot an. Sie hatte panisch umhergeschaut? Warum war ihr das nicht bewusst gewesen?

Wenn du eine unheimliche Frauenstimme flüstern gehört und eine unsichtbare Hand gespürt hättest, hättest du dich ebenso zum Idioten gemacht, dachte Toni. Laut sagte sie: »Entschuldige, so lange ist die Beerdigung meines Vaters auch nicht her. Da kann schon mal etwas hochkommen.«

»Tut mir leid.« Paul legte seinen Kopf schief. »Das war taktlos von mir. Ich wollte dich nicht ärgern. Nur ein wenig necken.«

Was sich neckt, das liebt sich!

Das Sprichwort kam ihr so unvermittelt in den Sinn, dass sie errötete. Schmetterlinge wirbelten in ihrem Bauch herum. Sie drehte sich um und sah über die Grabsteine hinweg in das Tal. Der Nebel hatte sich verflüchtigt und die Sonne überstrahlte alles. Dieser Friedhof am Berghang hatte eine wundersame Schönheit. Ergriffen wischte sich Toni eine Träne weg. Erstaunt blickte sie auf ihren nassen Handrücken. So gefühlsduselig kannte sie sich gar nicht.

»Toni?«

Sie drehte sich um und blickte in Pauls blaue Augen, die sie sorgenvoll anschauten. Richtig, sie hatte nichts erwidert.

»Ist schon ok.« Sie zwang sich zu einem Lächeln.

»Willst du wirklich zum Leichenschmaus?«

Toni zuckte die Schultern. Eigentlich hatte sie weder Hunger noch Lust, sich mit diesen Fremden in einem Raum aufzuhalten und sich womöglich mit ihnen unterhalten zu müssen.

»Ansonsten, können wir ein wenig spazieren gehen. Über den Friedhof und quatschen?«

Sie lächelte. Das wäre jetzt genau das Richtige, wenn sie noch ein wenig die morbide Schönheit dieses Ortes genießen könnte.

»Gerne.«

Toni erblickte Jona, der sie gerade überholte. »Hey, sagst du Mama, dass ich nachkomme?«

Ihr Bruder sah sie fragend an. »Warum? Was hast du vor? Noch mehr rumspuken?«

Toni zog die Luft ein. »Sei nicht so frech. Das geht dich gar nichts an.«

Einige Minuten später schlenderten die beiden zwischen den Gräbern entlang.

»Schöne Grabsteine.« Toni blieb stehen.

»Ja, je weiter man nach oben kommt, desto älter sind sie. Die hier sind schätzungsweise dreißig bis vierzig Jahre alt. Die richtig Beeindruckenden kommen erst noch. So mit Engelsfiguren.«

Toni überflog die Namen auf den Grabsteinen. Bei einer Helene Jungkunz blieb ihr Blick hängen. »Ich glaube, sie ist mit mir verwandt. Nach Sophies Tod hat Mama eine Ahnentafel gefunden. Da stand eine Helene mit drauf. Die Schwester meines Urgroßvaters oder so.«

»Das kann sein. Deine Familie lebt seit Ewigkeiten hier.«

Toni runzelte die Stirn. »Woher weißt du das?«

»Ehrlich gesagt, es wird über euch gesprochen. Also, nicht direkt über euch im Einzelnen, sondern über eure Familie.«

»Warum?« Toni blieb stehen und starrte Paul an.

»Na ja, da ist so eine Geschichte, die hier im Ort kursiert. Ich glaube nicht, dass du das wirklich wissen willst. Schließlich seid ihr bald wieder weg.«

Seine Augen blickten sie traurig an, bevor er sich umdrehte und langsam weiterging.

»Komm, ich zeige dir die schönsten Grabsteine.«

Toni stapfte ein paar Meter hinter ihm her, bis ihr Blick bei einem weiteren Grabstein hängen blieb.

»Ilse Scherm? Der Name tauchte auch im Stammbaum auf.« Sie blickte auf die Daten und rechnete kurz.

»Oh Gott, sie ist 1984 in meinem Alter gestorben!«

Mit vor Entsetzen aufgerissenen Augen starrte sie Paul an.

»Ist das nicht merkwürdig?«

Er zuckte nur mit den Schultern. Sie ging zum nächsten Grabstein.

»Axel Scherm. Das muss ihr Bruder oder Cousin gewesen sein. Der stand ebenfalls drauf.«

Sie atmete ein paarmal tief ein, um ihr schnell schlagendes Herz zu beruhigen.

»Er ist nur so alt wie Jona geworden.«

Sie trat zu Paul, der sich auf die Lippe biss und nervös von einem Bein auf das andere trat.

»Sag mir jetzt bitte, was die Leute sich erzählen!«

Als er versuchte, an ihr vorbeizugehen, packte sie ihn am Arm.

»Glaub mir, ich bin stärker, als ich aussehe. Sag mir endlich die Wahrheit!«

Paul atmete tief durch.

»Lass uns ein Stück weitergehen. Dahinten ist eine Bank. Wir sollten uns setzen.«

Stumm folgte sie ihm und tatsächlich kamen sie zu einer Bank mit herrlichem Blick über das Tal. Sie ließen sich darauf nieder und Toni sah ihn erwartungsvoll an.

»Ich fürchte, wenn ich dir das erzähle, hältst du den ganzen Ort für verrückt.« Er schluckte. »Allen voran mich, weil ich dir diesen Unsinn erzähle.«

Sie sah ihn von der Seite an. Er starrte in das Tal hinab.

»Keine Angst. Da müsste schon deutlich mehr geschehen, damit ich dich für verrückt halte. Schließlich glaubst du ja nicht an Geister oder so einen Quatsch.«

Sie hatte einen Scherz zur Aufheiterung der Situation machen wollen, doch bei ihren Worten fuhr Paul zusammen.

»Entschuldige, wenn ich etwas Falsches gesagt habe.«

Paul zuckte mit den Schultern.

»So falsch liegst du mit deinem Scherz leider nicht. Und wenn ich es dir erzähle, lässt du mich hier sitzen und meldest dich nie wieder.«

Toni schüttelte den Kopf. »Ich mag dich viel zu sehr, als dass ich das tun würde.«

»Das sagst du jetzt. Sophie wusste davon. Ich habe ihr früher den Rasen gemäht und sie hat mir persönlich die Geschichte eurer Familie erzählt.«

Er blickte Toni in die Augen und wieder waren diese Schmetterlinge da.

»Als meine Mutter das mitbekam, hatte sie mir verboten, Sophie weiter zu besuchen.«

»Und was war das für eine Geschichte?«

Er atmete tief ein und ließ nur langsam die Luft entweichen, gerade so, als ob er Zeit schinden wollte.

»Die Menschen hier glauben, dass in diesem Berg das Böse lauert. Immer wieder passieren merkwürdige Dinge. Besonders deine Familie ist seit den fünfziger Jahren betroffen. All die Menschen, die viel zu früh gestorben sind. Sophie war überzeugt, dass irgendwann das Böse käme, um auch sie zu holen ... Daher hat sie jeden Tag irgendwelche Kräuter angezündet und ihr Haus damit vollgequalmt, um das Böse fernzuhalten.«

»Der Krebs hat sich davon aber nicht abschrecken lassen.« Toni versuchte zu lächeln, doch bis auf ein Zucken ihrer Mundwinkel wollte es ihr nicht gelingen.

Paul sah sie abschätzend an, gerade so, als wenn er überlegte, ob sie sich über ihn lustig machen wollte.

»Immerhin wurde sie älter als die anderen Familienmitglieder seit den frühen fünfziger Jahren.«

Toni musste zugeben, dass er damit recht hatte. Aber es musste dafür eine rationale Erklärung geben. Geister gab es nicht. Bloß welche? Sie brauchte mehr Informationen.

»Aber angenommen, das stimmt alles: Warum ist das Böse hinter meiner Familie her?«

»Das weiß ich leider auch nicht. Man sagt nur, dass ein Ahne von dir eine tiefe Schuld auf sich geladen hat. Und jeder, der sich zwischen das Böse und euch stellt, ist selbst in Gefahr. Darum war Sophie recht einsam. Vielleicht hast du mitbekommen, dass man euch hier auch nicht herzlich empfängt.«

114

Toni nickte. Auch wenn es ihr schwerfiel, an das Böse zu glauben, war es offensichtlich, dass die Nachbarn das taten. Ihr war in den vergangenen Tagen nicht nur einmal aufgefallen, dass die Leute in ihre Häuser verschwanden oder die Straßenseite wechselten, wenn sie Toni sahen. Ein Schauer fuhr ihr über den Rücken.

»Das würde einiges erklären.« Nun schaffte sie es, ihn anzulächeln. Er sah sie fragend an, doch sie führte es nicht näher aus.

»Keine Angst, ich halte dich nicht für verrückt.«

Paul atmete erleichtert auf und grinste.

Verrückt ist er nicht. Aber es kann nicht sein ernst sein. Der nimmt mich doch auf den Arm. Toni wurde sauer. *Das kann ich auch.*

»Weißt du, meine kleine Schwester hat nämlich einen Geisterfreund, der mit ihr in der Nacht im Wald spielen will. Ist er dann das Böse oder ist er nur irgendein Geist? Was meinst du?«

Ihre Augen funkelten ihn herausfordernd an. Als sie jedoch pures Entsetzen in seinem Gesicht erkannte, wurde sie unsicher. Sie hatte sein Lachen erwartet, aber nicht das. Er zitterte. Konnte er das spielen?

»Paul?«

»Ich habe dir nicht alles gesagt. Falls das mit deiner Schwester kein Scherz war, würde ich mir richtig Sorgen machen. Das war doch kein Scherz?«

Tonis Herz schlug schneller.

»Na ja, ich habe etwas übertrieben. Sie hat wohl einen imaginären Freund.«

»Ob der wirklich imaginär ist ... Da wäre ich mir an deiner Stelle nicht so sicher.«

»Aber sie hat doch nur mit der Luft geredet.«

»Weißt du, deswegen habe ich dir das verschwiegen. Du glaubst es einfach nicht. Selbst dann, wenn du es mit eigenen Augen siehst. Es könnte wirklich ein Geist gewesen sein. So viele Menschen sind hier in den Tunneln gestorben. Man sagt, sie gehen hier noch um.«

»Ach, du verarschst mich doch.«

»Ich kann es beweisen. Wir brauchen nur einen Computer mit Internet.«

»Warum zeigst du mir deinen Beweis nicht am Smartphone?«

»Weil hier auf dem Friedhof und überhaupt auf dem Berg kaum Empfang ist.«

»Ok. Im Haus steht mein Laptop. Auf den Beweis bin ich gespannt.«

Eine halbe Stunde später betraten die beiden Sophies Haus. Auf der Terrasse konnten sie Diana mit Michael, Leah und Jona sehen, die ›Mensch ärgere dich nicht‹ spielten. Toni steckte den Kopf hinaus.

»Ich bin wieder da. Sind die anderen schon weg?«

Diana sah auf. »Keiner wollte das Haus betreten. Es ist, als ob sie denken würden, dass es hier spukt.« Sie verzog das Gesicht zu einer Grimasse, während Toni sich zu einem Lachen zwang. Irritiert zog Diana ihre Augenbraue hoch.

»Ich habe Paul mitgebracht. Ist das ok?«

»Natürlich, solange ihr die Tür nicht hinter euch zumacht.«

»Was glaubst du, was wir anstellen?«

»Das, was unsere Generation auch im Kopf hatte, als wir so jung waren wie du jetzt«, schaltete sich Michael ein und lachte. Dann wandte er sich an Diana: »Entschuldige bitte. Ich konnte nicht widerstehen.«

116

Nun lachten alle, bis auf Leah, die natürlich noch nicht verstand, worum es ging.

»Können wir bitte weiterspielen?« Es war keine Frage, sondern eine Aufforderung.

»Na gut. Dann viel Spaß.« Ihre Mutter zwinkerte Toni zu, die wieder im Haus verschwand.

»Also gut, Paul. Dann zeig mir deine Beweise!«

»Wenn du es so haben willst, gerne. Wo ist dein Laptop?«

»Komm mit.«

Toni ging die Treppe rauf und verschwand in ihrem Zimmer. Sie legte sich auf das Bett und angelte ihren Laptop vom Nachtschrank.

»Schickes Zimmer.« Paul stand unschlüssig vor der Zimmertür und sah Toni zu, wie sie es sich bequem machte.

»Komm schon rein, aber lass die Tür offen. Es sei denn, du hast irgendwelche Hintergedanken.« Für einen Moment setzte sie eine kokette Miene auf und als sie sah, dass er errötete, lachte sie. »Sei kein Frosch und setz dich neben mich. Ich beiße auch nicht. Versprochen.«

Zögerlich trat er ein. Die Matratze wackelte, als er sich neben ihr niederließ.

»Also hier.« Sie schob ihm den Computer vor die Nase. »Dann mal los.«

Er nickte, während er den Browser öffnete und blitzschnell ein paar Begriffe in die Suchmaschine eingab. Bevor Toni sie lesen konnte, hatte er Enter gedrückt und die ersten Ergebnisse tauchten auf.

»Eine Goldmine? Was hat das mit meiner Familiengeschichte zu tun?«

»Das ist eine Seite zur Geschichte von Goldhain. Die Goldmine ist nur der prominenteste Teil. Sie wurde in den fünfziger Jahren wiederentdeckt. Heute ist sie Teil des Goldbergbaumuseums der Stadt und Besucher können sie sonntags besichtigen. Da sie keinen Einheimischen gefunden haben, werden dafür Studenten des Bayrischen Geoinstituts an der Uni Bayreuth dafür angestellt. Wie die meisten Anwohner war ich selbst auch noch nicht dort, aber es heißt, dass man das Böse im Quarz spüren kann. Meine Oma, die sehr esoterisch veranlagt war, hatte mir erzählt, dass es ein aufzeichnendes Mineral ist, welches die Empfindungen aufnimmt und wiedergibt. So entstehen Geister. In der Mine müssen hunderte von Menschen gestorben sein. Qualvoll. Zum Teil Kinder. Wenn man für Schwingungen sensibel ist, spürt man dort das Böse.«

Toni schluckte. Glaubte Paul wirklich an den ganzen Mist?

»Aber wo ist der Beweis? Ich glaube nicht an so ein Zeug.«

»Der Unglaube kann hier gefährlich sein, Toni.« Mit einem merkwürdigen Blick sah er sie an.

»Du wolltest mir doch einen Beweis liefern? Wo ist er?«

»Hier.« Mit dem Mauszeiger ging er auf einen Link und eine neue Seite öffnete sich. In großen, blutunterlaufenen Buchstaben stand da: Der Fluch der Familie Jungkunz.

Alle Haare an Tonis Körper stellten sich auf und das Herz wummerte schnell in ihrer Brust, als sie zu lesen begann:

»Die Familie Jungkunz ist eine alteingesessene Familie, deren Wurzeln in Goldhain vierhundert Jahre zurückverfolgt wurden. Doch die Jungkunz-Familie scheint unter einem Fluch zu leiden. Aufzeichnungen der Stadtchroniken zufolge starben seit 1683 alle Familienmitglieder vor ihrem dreißigsten Geburtstag. Der Letzte, der ein Alter von fünfzig Jahren erreichte, war Merten Jungkunz, Vorsteher der

118

Goldmine in Goldhain. Während seiner dreißigjährigen Amtszeit starben insgesamt sechsundvierzig Männer, zwölf Frauen und achtunddreißig Kinder in den Stollen.

Seine Familie war nicht mit Glück gesegnet. Seine Frau Barbara starb mit 29 Jahren im Kindbett. Ihre gemeinsamen Kinder starben ebenfalls früh: Agnes (neun Jahre), Else (zwanzig Jahre), Wilhelm (sieben Jahre), Martha (fünfundzwanzig Jahre), Kasper (neunundzwanzig Jahre) und Eva (fünf Tage). Mertens Enkelkindern erging es nicht besser. Es schien, als wenn einige sich gerade fortpflanzen konnten, bevor sie starben.«

Toni sah Paul an. »Das ist ja schrecklich.«

Er nickte. »Es geht noch weiter: Das endete überraschenderweise 150 Jahre später, als Wilhelmina Jungkunz erst im Alter von 66 Jahren starb. Auch ihr unehelicher Sohn und ihre Enkelkinder erreichten ein höheres Alter. Der Fluch schien gebrochen. Doch seit 1952 hält eine zweite Welle des Fluches an. Mertens Nachfahren, die immer noch in Goldhain heimisch sind, starben wie die Fliegen, bevor sie die dreißig Jahre erreicht hatten.«

»Aber könnte das nicht ein Zufall sein?« Tonis Stimme zitterte.

»Wäre schon ein merkwürdiger Zufall, oder?«

»Sorry, aber ich kann es immer noch nicht glauben. Und sowohl meine Oma als auch meine Großtante lebten länger. Mama ist auch schon über dreißig.«

»Aber weder deine Oma noch deine Mutter lebten hier.« Er hob fragend seine Augenbrauen. »Hast du mir nicht erzählt, dass deine Oma sogar den Kontakt hierher abgebrochen hatte und deine Mutter ihr versprechen musste, nie nach Goldhain zu kommen? Warum wohl?«

Toni rollte die Augen. »Weil sie sich mit ihrer Familie verkracht hat?« Seufzend lehnte sie sich zurück. »Es muss nicht alles übersinnlich sein. So etwas gibt es einfach nicht.«

Plötzlich zuckten sie zusammen, als sie aus der Wand ein Kratzen hörten.

»Was kann das sein?«, fragte Paul.

»Eine Maus in den Wänden? Sicher kein Geist. Buhuu!« Toni zog eine Grimasse.

»Das ist nicht witzig.« Paul verdrehte die Augen.

Wieder kratzte es im Gemäuer und dieses Mal schien es sich zu bewegen.

»Ich sagte doch, eine Maus.«

»Sei doch mal still!«

Paul hatte sich erhoben und schlich zur Wand hinüber. Vorsichtig legte er sein Ohr dagegen und lauschte.

»Das ist keine Maus, da bin ich mir sicher.«

Plötzlich pochte etwas von der anderen Seite gegen die Wand, gerade an der Stelle, an der Paul horchte. Er zuckte zusammen und sprang nach hinten. Auch Toni war zusammengezuckt und starrte die Stelle an.

»Was zur Hölle?« Ihr blieb der Mund offen stehen. »Ok, du hast gewonnen. Es ist keine Maus. Aber was ist das?«

Wieder polterte es, so dass einige Bücher aus dem Regal herunterfielen. Toni stand auf und trat darauf zu. Sie hatte etwas gesehen, mehr im Augenwinkel, aber irgendetwas stimmte mit diesem Regal nicht. Sie klopfte dreimal gegen die Wand.

Tock, Tock, Tock.

»Hat es geantwortet?« Zitternd klopfte sie zweimal, machte eine kurze Pause, um dann ein drittes Mal zu klopfen.

Tock, Tock ...

Tock.

Erschrocken trat sie zurück und prallte gegen Paul. Schockiert schrie sie auf, als sie beide übereinander auf das Bett fielen.

»Oh mein Gott, es hat geantwortet!« Ihre Gesichter waren nur wenige Zentimeter voneinander entfernt. Toni wusste nicht, ob ihr Herz wegen der Aufregung so raste, oder weil sie auf Paul lag, seine Lippen so nahe an den ihren ...

Tock.

Das weitere Klopfen holte sie wieder in die Gegenwart zurück. Schnell erhob sie sich und trat zur Wand, dabei flüsterte sie immerzu: »Ich glaube nicht an Geister.«

Sie hörte Pauls Schritte hinter sich. Er ließ sie nicht allein, obwohl er daran glaubte. Es kribbelte in ihrem Bauch und sie fühlte sich gleich viel mutiger.

Sie tastete das Bücherregal ab. Plötzlich kam es ihr entgegen, so dass sie zur Seite springen musste. Erstaunt sah sie, dass es sich wie eine Tür geöffnet hatte und sich ein kleiner Raum dahinter verbarg. Ein Geheimraum im Haus ihrer Tante?

»Warum zum Teufel ...«, entfuhr es ihr.

»Hallo?«, fragte sie. Vielleicht war ja jemand dort drinnen, der sich einen schlechten Scherz mit ihnen erlaubte?

Keine Antwort. Sie sah über ihre Schulter zu Paul, der mit offenem Mund dastand und den Durchgang anstarrte. Wie in Zeitlupe hob er seine Hand und deutete auf die Innenseite der nun offenstehenden Tür. Toni folgte seinem Blick und zuckte zusammen. Jemand hatte mit einer blutroten Farbe einen Kreis gezeichnet, in dem sich eine waagerechte und eine senkrechte Linie befanden, die sich in der Mitte kreuzten. Darunter war ein einfacher senkrechter Strich.

»Was zur Hölle soll das sein? Das sieht aus wie Blut.«
Angeekelt verzog sie das Gesicht. »Das ist ein Symbol«,
stellte Paul fest. »Ich habe sie schon mal gesehen. Meine
Großmutter hatte mir mal welche gezeigt. Wenn ich mich
nur erinnern könnte, was sie bedeuten.« Er seufzte.

»Ein geheimes Zimmer? Geheimnisvolle Symbole an der
Tür? Das will ich jetzt genau wissen.« Toni zückte ihr Handy und öffnete ihre Taschenlampen-App. Es war eine kleine
Kammer, ähnlich groß wie unten das Arbeitszimmer. Staub
lag auf dem Boden. Fußabdrücke waren keine zu sehen.
Ein Schauer lief ihr über den Rücken, als sie bemerkte, dass
niemand, der hätte klopfen können, darin war.

»Leuchte mal bitte die Wand neben der Tür an«, bat
Paul. »Oben hängt eine Glühbirne. Vielleicht finden wir
einen Lichtschalter.«

Tatsächlich entdeckten sie einen Schalter. Mit einem lei-
sen Klirren ging die Leuchtstofflampe an, flackerte einen
Moment und erhellte dann die Kammer. Doch auf das, was
sie nun sahen, waren sie nicht vorbereitet. Die Wände waren vollgehangen mit alten Zeitungsausschnitten, Todesanzeigen und alten Fotos. Ein kleiner Tisch stand in der
Mitte, auf dem einige Fotoalben lagen. Eine dicke Staubschicht überlagerte alles. Wer auch immer für diesen Raum
verantwortlich war, er war lange Zeit nicht mehr hier gewesen. Toni trat auf den Tisch zu und schlug das erste Album auf. Der Staub wirbelte empor und brachte die beiden
Teenager zum Husten. Als Tonis Hustenanfall endlich vorüber war, besah sie die darin enthaltenen Bilder. Es waren
Gruppenbilder ihrer Ahnen. Sie meinte, ihre Oma als Kind
erkannt zu haben. Dann musste das Mädchen daneben
Tante Sophie und die Erwachsenen weitere Verwandte sein.
Vielleicht ihre Urgroßeltern? Aber etwas an dem Foto ließ
sie nervös von einem Bein auf das andere treten, denn bis

122

auf Sophies Gesicht waren alle mit einem Kreuz markiert. Sie blätterte auf die letzte Seite und fand ein Bild von ihren Eltern, sich und ihren Geschwistern. Leah war noch ein Baby. Entsetzt stellte sie fest, dass auch ihr Vater durchgestrichen war.

»Nein!« Mit einem Knall schlug sie das Album zu. Tränen rannen ihr über das Gesicht und sie atmete viel zu schnell. Paul trat zu ihr, nahm sie in die Arme und drückte ihren Kopf an seine Schulter.

»Schhht. Keine Angst. Ich bin bei dir und pass auf dich auf.« Zärtlich strich er ihr über den Kopf. »Alles gut.«

Toni ließ nun ihren Tränen freien Lauf. »Was hat das alles zu bedeuten?«

»Ich weiß es nicht. Alles, was ich weiß, ist, dass ich dich beschützen werde.«

»Aber die Gesichter sind alle durchgestrichen. Auch das meines Vaters. Und sie sind alle tot.«

»Beruhige dich. Atme tief ein und aus.«

Auch wenn ihr Atem sich langsam beruhigte, ihr Herz schlug immer schneller. Allmählich versiegten ihre Tränen und Paul ließ sie los.

»Wenn du willst, geh zurück und ich schau mich allein weiter um.«

Aber Toni schüttelte gleich den Kopf. »Zusammen oder gar nicht.«

Sie traten an die Wand gegenüber vom Eingang und besahen sich die Zeitungsausschnitte. Es waren Berichte von seltsamen Unfällen mit Todesfolge. Es war von einer Frau die Rede, die in ihrem eigenen Kamin verbrannt war. Oder von einem Mann, der grundlos auf einen Baum geklettert, heruntergefallen war und sich das Genick gebrochen hatte. Ein weiterer Artikel beschrieb, wie zwei Geschwister in einen alten Grubenschacht gefallen waren. Daneben hingen die Todesanzeigen.

Seltsam.

Die Namen kamen Toni bekannt vor.

»Warte mal! Ich muss etwas überprüfen.« Sie eilte aus dem Zimmer und rannte die Treppe hinunter. Wenige Minuten später kehrte sie in den geheimen Raum zurück, in der Hand die Ahnentafel.

»Was ist das?«, fragte Paul nervös.

Toni breitete das Papier auf dem kleinen Tisch über den Alben aus. In der Hand hielt sie einen Bleistift.

»Die Ahnentafel. Ich hatte dir doch davon erzählt.«

»Und was willst du damit?«

Genervt rollte Toni mit den Augen.

»Ist es nicht offensichtlich? Ich will die Namen abgleichen. An einige kann ich mich erinnern. Aber ich will sichergehen. Nenn sie mir bitte. Fang am besten in einer Ecke an.«

»Das ist viel Arbeit«, seufzte Paul. »Aber gut. Hier ist ein Alfons Scholz gestorben. Er war Page und später Rezeptionist im Hotel König und ist 1954 vom Dach gestürzt. Er starb mit achtunddreißig Jahren.«

»Scholz ... Scholz ...« Toni suchte auf der Ahnentafel.

»Den wirst du nicht finden. Der hieß doch nicht Jungkunz.«

»Hier sind auch die Nebenzweige drauf. Schwestern, die heirateten und Kinder bekamen.« Sie seufzte. »Da! Ich habe ihn.«

Sie zückte ihren Bleistift und strich ihn aus. Triumphierend sah sie Paul an.

»Das war der Neffe eines Jungkunz. Den nächsten Toten, bitte.«

»Karin, acht Jahre, und Werner, zehn Jahre. Zusammen mit der Mutter, Ursula Richter, sind sie im Wald spazieren gegangen und verschwunden. Das war 1960. Die Kinder fand man zwei Wochen später tot im Wald. Von der Mutter fehlte jede Spur und sie wurde einige Jahre später für tot erklärt.«

»Da sind sie. Die Mutter war eine geborene Jungkunz. Weiter!«

»Die fünfzehnjährige Monika Riedel fand man erhängt im Garten ihrer Eltern vor. Das war ... Moment ... 1968.«

»Ich finde sie nicht.« Toni klang enttäuscht. »So ein Mist, ich war mir sicher ... Halt! Alles zurück. Da ist sie. Sie war eine geborene Jungkunz, ist jedoch als kleines Kind von den Riedels adoptiert worden, als ihre Eltern gestorben waren.«

»Helga und Hans Jungkunz?«, fragte Paul.

»Woher ...?«

»Die hängen auch hier. Die sind 1955 bei einem Autounfall mit Fahrerflucht gestorben.«

»Das ist so krass... Sag mir den nächsten Namen!«

Zwei Stunden später waren alle Namen der Personen durchgestrichen, die in den 50er Jahren oder später gelebt hatten. Lediglich Tonis Großtante sowie ihre Mutter, ihre Geschwister und sie selbst hatten keinen Strich. Gänsehaut überzog ihren Rücken und Übelkeit breitete sich in Tonis Magen aus. Jeder dieser Todesfälle, deren Zeitungsartikel hier an den Wänden hingen, waren mysteriös und unnatürlich gewesen. Ein Unfall nach dem anderen. Oma Andrea war die erste Person, die an einer Krankheit gestorben war, Tante Sophie die zweite. Irgendetwas stimmte ganz und gar nicht mit ihrer Familie. So sehr sie sich eben noch in die Arbeit vertieft hatte, stand sie nun geschockt da und starrte auf die Ahnentafel. Die Angst schnürte ihr die Kehle zu und erschwerte ihr das Atmen. Toni unterdrückte den

Drang, einfach fortzulaufen. Ihre Mutter, Jona, Leah, sie selbst. Sie waren in Gefahr!

»Schau mal Toni. Das hier scheint der älteste Ausschnitt zu sein. Von 1952.«

Schnell trat sie mit wild klopfendem Herzen zu ihm und sah auf den vergilbten Zeitungsausschnitt mit dem Foto von drei Jungen.

»Da geht es um drei verschwundene Jungen. Peter Purucker, Karl Eibl und Uwe Sieber. Sie sollen hier auf dem Berg verschwunden sein.«

»Komisch, die Namen sind nicht auf der Ahnentafel. Ich habe ja alle durchgestrichen.«

Toni seufzte. »Noch mehr Rätsel. Was haben diese Jungen mit meiner Familie zu tun?«

»Vielleicht uneheliche Kinder? Aber ... Moment ... Sieber?« Pauls Stimme zitterte vor Aufregung. »Michael heißt Sieber. Vielleicht ist er mit diesem Uwe verwandt?«

»Wir müssen ihn fragen.« Toni war im Rätselfieber. Auch wenn sie nicht an Geister oder das Böse – wie es Paul genannt hatte – glaubte, so war es offensichtlich, dass irgendetwas in ihrer Familie nicht stimmte. Vielleicht wurden sie ja von einem von Rache getriebenen Irren umgebracht?

Für einen Moment wurde ihr kalt. Hauptsache, es war nicht Michael und seine Familie. Womöglich waren ihre Vorfahren am Verschwinden seines Verwandten schuld und er sinnt jetzt auf Rache? Sie würden vorsichtig sein müssen. Ohne darüber nachzudenken, löste sie die Pins und nahm den alten Zeitungsausschnitt ab.

14. Kapitel

Michael seufzte, als er Jona und Leah dabei zusah, wie sie Ball spielten. Als er zu Diana hinüberschaute, sah sie ihn fragend an. Sie trug noch ihr schwarzes Trauerkleid, das ihre Augen betonte. Unvermittelt musste er an Audrey Hepburn in »Frühstück bei Tiffany« denken. Diana sah wunderschön aus. Er hob seine rechte Augenbraue. »Warum schaust du mich so an?«

»Ich frage mich, warum du keine eigene Familie gegründet hast?«

»Wer sagt, dass ich keine habe?«

Er sah, wie Diana schluckte und einen Krümel auf dem Tisch anstarrte. Verunsicherung sprach aus ihren Augen.

Sie mag mich, schoss es ihm durch den Kopf und er fühlte sich wie ein Teenager. Er atmete tief durch.

»Die Wahrheit ist«, begann er. »Als ich einundzwanzig war, heiratete ich eine gute Freundin, Nina. Wir hatten ein Kind zusammen. Eine Tochter.« Er blickte zu Leah hinüber. »Ronja hieß sie. Nach der Räubertochter. Das war das Lieblingsbuch meiner Frau.«

»Wo sind sie jetzt?«, fragte Diana mit belegter Stimme. Michael seufzte.

»Was Nina betrifft, so weiß ich es nicht. Eines Tages kam ich nach Hause. Ronja lag leblos in ihrem Bettchen und von Nina war nichts zu sehen. Sie ist einfach verschwunden.« Er spürte, wie Tränen seine Wangen hinunterliefen. Aber er schämte sich ihrer nicht und sprach weiter. »Der Notarzt hatte nur noch Ronjas Tod festgestellt. Heute liegt sie auch auf demselben Friedhof wie Sophie.« Er schluckte und blickte nun wieder Diana an. »Nina wird weiterhin vermisst. Die Polizei konnte keine Hinweise auf eine Entführung finden. Es gab eine große Suchaktion. Leider erfolglos. Keine Ahnung, ob sie überhaupt noch lebt. Aber vielleicht macht sie sich auch irgendwo weit weg ein schönes Leben, ohne an Ronja oder an mich zu denken. Sie lief immer gerne vor ihren Problemen weg.«

Plötzlich spürte er eine kleine Hand, die seinen Arm streichelte. Als er sich umsah, erkannte er Leah, die ihn mit großen Augen ansah.

»Bist du traurig?«

Er lächelte sie an und wischte sich die Tränen weg.

»Ja, aber wenn ich in deine Augen sehe, geht es mir gleich besser, meine Kleine.« Daraufhin strahlte sie Michael an, beugte sich vor und schmatzte einen Kuss auf seine Wange. »Und geht es dir jetzt noch besser?«

»Ja.«

»Schön!« Damit drehte sie sich wieder um und lief zu ihrem Bruder hinüber, der mit dem Ball in der Hand auf sie wartete.

»Michael, das tut mir so leid. Jetzt kann ich auch verstehen, warum du so toll mit meinen Kindern umgehst.«

Das kannst du nicht, dachte er und sagte laut: »Als ich merkte, dass Nina nicht mehr zurückkam, fiel ich in ein noch größeres Loch als nach Ronjas Tod. Wir hatten uns geliebt und anstatt mit mir zu trauern, ließ sie mich in Stich. Dazu kam, dass alle mich mit Samthandschuhen anfassten. Meine Freunde haben mich nur allein getroffen.

Einladungen zu Geburtstagen und Familienfeiern blieben aus. Niemand wollte mich mit der eigenen Familie konfrontieren.« Er seufzte. »Was mir zu Beginn guttat, entwickelte sich zu einem abgeschiedenen Leben. Man mied mich und ich wurde immer depressiver, da ich mich selbst zurückzog.«

»Aber du hast es überwunden.« Es war mehr eine Frage.

»Sophie sei Dank.« Er lächelte Diana an. »Ohne sie wäre ich heute nicht hier. Eines Tages klingelte sie Sturm an meiner Tür. Ich will dir lieber nicht genau beschreiben, in welchem Zustand ich ihr öffnete. Es roch sicherlich erbärmlich, denn ich hatte nicht nur mich, sondern auch das ganze Haus vernachlässigt.« Er schmunzelte bei der Erinnerung. »Sie hatte eine Brotzeit mit Tee dabei und sagte, dass es nun wieder Zeit wäre, zu leben. Nach dem Essen half sie mir, mein Leben wieder in Ordnung zu bringen. Und als sie krank wurde, lag es bei mir, ihr zu helfen.«

»Und ich dumme Kuh habe dich am Anfang echt falsch eingeschätzt. Tut mir so leid.«

Er winkte ab. »Wenn Ronja noch leben würde und es andersherum gewesen wäre, hätte ich vermutlich ähnlich reagiert. Mach dir keine Gedanken.«

Sie verzog das Gesicht, sagte aber nichts mehr. Diana schaute wieder zu ihren Kindern. Für einen Moment saßen sie still da. Es gab nicht viele Menschen in Michaels Leben, mit denen er zusammen sein konnte, ohne dass gesprochen wurde. Mit den meisten wurde die Stille schnell unangenehm. Mit Nina wäre das sogar unmöglich gewesen, denn sie redete viel zu gern. Aber mit Diana hätte er ewig so dasitzen können und es fühlte sich wunderbar an. Er wischte sich die letzten Tränen weg.

»Das muss hart sein«, ergriff Diana wieder das Wort. Er sah sie fragend an. »Nicht zu wissen, ob man noch irgendwo eine Ehefrau hat, meine ich.«

»Ja. Man ist abgeschottet von der Welt. Denn welche Frau würde sich auf mich einlassen? Die meisten Frauen haben mit meiner Situation ein Problem. Und verheimlichen will ich es nicht. Ich hasse Lügen in einer Beziehung.«

»Und hast du mal über eine Scheidung nachgedacht? Wenn sie schon so lange fort ist, muss das doch irgendwie möglich sein.«

»Ja, ist es. Aber ... es fällt mir ... trotz alledem schwer. Wir hatten uns mal geliebt und irgendetwas in mir hatte gehofft, dass sie doch eines Tages wieder vor meiner Tür steht.« Er verzog das Gesicht zu einer Grimasse. »Aber das wird sie nicht. Ich bin ein hoffnungsloser Fall, nicht wahr?« Er sah Diana in die Augen. »Wobei ich die Scheidung jetzt angehen werde. Ich bin bereit für den Schlussstrich. Endlich.«

Diana stand auf und trat hinter ihn. Sie schlang die Arme um seinen Oberkörper, beugte sich zu ihm hinab und drückte ihm einen Kuss auf die Wange. Er roch die Vanille ihrer Bodylotion, den lieblichen Duft ihres Shampoos.

»Du bist ein Schatz. Diese Nina weiß anscheinend nicht, was für ein Glück sie mit dir hatte. So lange zu warten ... wer würde das heute noch für eine Frau machen?«

Als sie ihn wieder losließ, brannte die geküsste Stelle auf seiner Haut weiter. Ein Gefühl, was er sehr lange nicht mehr gespürt hatte, ergriff ihn und sein Herz schlug schneller, als er ihr Lächeln sah. Durch Dianas Auftauchen schien das erste Mal in all den Jahren Nina zu verblassen. Gerade jetzt glaubte er, über sie hinwegzukommen und loslassen zu können, wenn ...

Er schüttelte den Gedanken ab, denn er durfte sein Ziel nicht aus den Augen verlieren. Diese Familie war auf seinen

Schutz angewiesen. Eine Affäre oder gar eine Liebesbeziehung würde ihn zu sehr ablenken. Diana und ihre Kinder mussten ihre Zeit in Goldhain überleben.

»Ich geh dann mal rein. Der Salat macht sich nicht von selbst.«

Kaum war Diana drinnen, machte sie die Tür zu und lehnte sich mit dem Rücken dagegen. Ihr Herz pochte wild und die Tränen, die sie eben noch mühsam zurückgehalten hatte, liefen ihr über die Wangen. So verharrte sie einen Moment, stets darauf bedacht, keinen Laut von sich zu geben, der sie verraten könnte.

Er ist verheiratet.

Ja, seine Frau ist seit langer Zeit fort, aber er liebt sie noch immer.

Sonst wäre er doch schon längst geschieden.

Oder?

Sie atmete ein paarmal tief durch. Als sie Schritte die Treppe runterrennen hörte, wischte sie sich die Tränen ab, trat an die Küchentheke und tat so, als wäre sie beschäftigt.

Aus den Augenwinkeln sah sie Toni und Paul, die an der Küchentür stehenblieben.

»Hey Mama, wo ist Michael?«

Diana hoffte inständig, dass ihre Stimme nicht zitterte. Sie wagte es nicht, sich umzudrehen.

»Draußen auf der Terrasse. Paul, isst du mit uns?«

»Ja, gerne. Danke für die Einladung.«

Sie hörte die Schritte der Jugendlichen die Küche durchqueren. Dann wurde die Tür geöffnet und flog gleich danach mit einem Knall zu. Diana war wieder allein und die Tränen flossen erneut über ihre Wange, während sie einen Eisbergsalat wusch.

Die Aufregung drohte Toni die Luft abzuschnüren.

Michael saß weiter auf der Terrasse und schaute Jona und Leah beim Spielen zu. Er war so in seine Gedanken vertieft, dass er Toni und Paul nicht zu bemerken schien.

Paul räusperte sich und Michael zuckte zusammen. Er drehte sich um und sah zu ihnen hinüber. Er lächelte, doch es wirkte erzwungen.

Mama hatte sich in der Küche nicht umgedreht. Ob sie sich gestritten haben?

»Na ihr zwei.« Michaels Stimme klang belegt.

»Dürfen wir dich etwas fragen?« Tonis Stimme vibrierte nervös.

Michael runzelte die Stirn.

»Na klar. Was hast du auf dem Herzen?«

»Na ja, wir wollten Mama helfen und haben ein paar Sachen durchgesehen. Da ist mir so ein alter Zeitungsartikel in die Hände gefallen.«

Sie holte ihn hervor und hielt ihn Michael mit pochendem Herzen hin. Er nahm ihn und betrachtete ihn nachdenklich.

»Und wie lautet deine Frage?«

Er gab ihr den Artikel zurück und sie steckte ihn wieder ein.

»Der vermisste Junge ... Uwe Sieber ... War das ein Verwandter von dir?«

»Ja, er ist mein Onkel.«

»Wirklich?« Tonis Herz schlug schneller.

»Aber«, unterbrach Paul sie. »Du sagtest, dass er es ist. Wie meinst du das? Er ist doch nicht gefunden worden.«

Michael kaute einen Moment auf seiner Unterlippe.

»Das ist so nicht korrekt. Eigentlich fand man ihn einen Monat später. Er war beinahe verhungert und ist seitdem nicht recht bei Sinnen. Noch heute faselt er ständig von seinen abstrusen Wahnvorstellungen, die er damals hatte. Er lebt ein paar Orte weiter in einer psychiatrischen Klinik.«

»Und die anderen Jungen?« Toni wurde immer aufgeregter.

»Sie blieben verschwunden. Niemand weiß, was damals geschehen ist. Onkel Uwe ist der Einzige, der wieder auftauchte.«

»Können wir mit deinem Onkel reden?« Pauls Augen blitzten auf.

»Das ist keine gute Idee. Er würde euch nur Angst machen.«

»Aber ...«

»Kein aber.« Michael stand auf. »Ich musste mir als Kind die Geschichten von dem verdreckten Minenarbeiter, den er gesehen haben will, anhören. Glaubt mir, ihr wollt davon nichts wissen.«

Toni erstarrte. Die Erinnerung an die Gestalt, von der sie an dem Tag verfolgt wurde, als sie Paul kennenlernte, nahm ihr den Atem. Konnte das Zufall sein? War das möglich?

»Mir fällt gerade ein, dass ich etwas Wichtiges vergessen habe. Ich muss noch mal nach Hause.« Michael ging um den Tisch herum, winkte Leah und Jona zu und ging los. »Ich bin später wieder da.«

Paul schaute Toni an, die Michael hinterher starrte. Ihre Augen waren weit aufgerissen und sie stand stocksteif da.

»Alles in Ordnung?«, fragte Paul besorgt.

»Nein. Weißt du noch, wie wir uns begegnet sind?«

»Natürlich.«

»Ich bin vor jemandem weggelaufen, den ich kaum erkennen konnte. Aber er war in jedem Fall dreckig.« Sie holte tief Luft. »Ich glaube, das könnte der Minenarbeiter gewesen sein, von dem Michaels Onkel gefaselt hat.«

»Was? Aber wenn es ihn tatsächlich gegeben hat, dann ist der doch mit Sicherheit bereits lange tot.«

Toni rollte die Augen. Sie konnte es selbst kaum glauben, was sie nun sagen würde. »Vielleicht war er ja damals schon längst tot. Schau mich nicht so an. Wer von uns glaubt noch mal an Geister?«

15. Kapitel

Am nächsten Tag drehte Diana morgens ihre Runde. Die Kinder schliefen länger als sie, so konnte sie ihren Pfunden den Kampf ansagen. Auch Michael schlummerte noch auf der Couch, wie in jeder Nacht, seit Leah fortgelaufen war. Sie selbst wachte neben ihrer kleinen Tochter, um zu verhindern, dass dieser Albtraum sich wiederholte. Das kostete Diana jedoch den Schlaf. Ständig wurde sie aus dem Halbschlaf gerissen, da die schlafende Leah ständig um sich trat und schlug. Seitdem hatte Leah aber nicht ein einziges Mal ihr Bett verlassen. Dennoch fühlte sich Diana sicherer, wenn Michael unten schlief. Irgendetwas Merkwürdiges passierte hier. Wenn sie nur wüsste, was es war, doch sie hatte keinen Ansatzpunkt außer diesem bizarren Gefühl, dass etwas Dunkles vor sich ging. Daher verbrachte sie fast jeden Morgen mit einem Lauf, um ihren Kopf freizubekommen. Jeden Tag rannte sie einen anderen Weg entlang. Dieses Mal nahm sie eine Straße, die den Berg weiter nach oben führte.

Da stellte sich ihr plötzlich eine alte Frau in den Weg. Sie war dürr und klein. Sie lächelte nicht, als sie Diana ansprach: »Die Beerdigung ist vorbei. Verschwinden Sie von hier. Am besten noch heute.«

»Warum sollte ich? Die Ferien sind nicht vorüber und die Testamentseröffnung ist erst am Freitag.« Diana runzelte die Stirn. »Und, was geht es Sie an? Wer sind Sie überhaupt?«

Die alte Frau kratzte sich hinter dem Ohr. »Gretel. Gretel Scherm ist mein Name. Hören Sie auf mich. Nie hört jemand und dann ist das Theater groß. Ich beschwöre Sie!« Die betagte Dame packte Diana unsanft am Oberarm. »Nehmen Sie Ihre Kinder und kehren Sie in Ihr früheres Leben zurück, bevor es zu spät ist!«

»Lassen Sie mich los.« Diana versuchte, sich aus dem Griff der erstaunlich kräftigen Frau zu befreien. »Sind Sie verrückt?«

Da ließ Gretel Scherm sie abrupt los, sah Diana traurig und entsetzt an. Ihre Augen funkelten böse. »Dann rennen Sie doch in ihr Unglück.« Die Frau drehte sich um und verschwand in einem Hauseingang. Irritiert blieb Diana zurück und sah ihr nach.

Die Menschen hier werden immer sonderbarer. War das eine Drohung oder eine Warnung? Aber weswegen?

Sie konnte sich keinen Reim auf dieses Verhalten machen. Jetzt fiel ihr ein, wo sie diese merkwürdige Frau bereits gesehen hatte. Sie war eine der wenigen Besucher von Sophies Beerdigung gewesen.

Sehr seltsam.

Kopfschüttelnd rannte sie weiter die Straße entlang.

Die letzten Häuser hatte sie hinter sich gelassen, der Weg wurde schmaler und die Felder rechts und links endeten in einem Wald, da sah sie durch die Bäume etwas Großes weiß aufblitzen. Der Weg machte eine Biegung und sie befand sich vor einem verlassenen, stattlichen Gebäude mit Balkonen und verzierter Eingangstür. Mit Efeu berankte Marmorsäulen trugen das Vordach. Scheiben waren eingeworfen worden und der Außenputz bröckelte ab. Braune Buchstaben hingen schief über dem Eingang und bildeten die Worte »Ho el König«, das ›t‹ musste heruntergefallen sein. Der Vorplatz war völlig überwuchert.

Diana blieb einen Moment stehen und ließ den verlorenen Ort auf sich wirken. Warum das Hotel wohl aufgegeben worden war? Es lag so malerisch da ... Vor ihrem inneren Auge entstand ein Bild des Gebäudes in seinen besten Jahren. Gäste mit altmodischer Kleidung flanierten über den Vorplatz und aus den geöffneten Fenstern schallte Swingmusik zu ihr herüber.

Diana schüttelte das Bild ab. So einen Tagtraum hatte sie noch nie gehabt und daher musste sie lachen. Der Ort schien ihre Fantasie zu beflügeln.

Ob dies das Hotel war, in dem an Samstagen zum Tanz aufgespielt wurde? Sie erinnerte sich, dass ihre Mutter vom Ballsaal eines Hotels geschwärmt hatte. Die Spiegel gingen vom Parkett hoch bis zur Decke und über allem thronte ein großer Kristallleuchter. Es gab Säulen aus Marmor mit Goldverzierungen und ihre Mutter hatte ihre Kindheit und Jugend dort verbracht, bevor es geschlossen wurde. Es soll der Dreh- und Angelpunkt von Goldhain gewesen sein. Ihre Ahnen arbeiteten hier und haben versucht, Juden vor den Nazis zu verstecken. Genaueres wusste Diana nicht. Nun konnte sie weder ihre Mutter noch ihre Tante darauf ansprechen. Der Gedanke stach wie eine lange, spitze Nadel in ihr Herz. Sie waren die Letzten dieser Familie. Niemand war mehr da, um ihre Fragen beantworten zu können. Ihr war, als wenn eine Hand ihr Herz zerquetschte, und eine dunkle Ahnung schien sich aus dem Unterbewusstsein hochzukämpfen.

Seufzend sah sie sich um und entdeckte einen kleinen Waldweg. Diana wollte plötzlich nur noch weg. Sie setzte sich wieder in Bewegung und joggte durch den Wald und ihren traurigen Gedanken davon.

Nach einer Weile hielt sie an, um kurz zu verschnaufen. Die Sonne schien durch das Laubdach und Vögel zwitscherten. Diana roch das Moos auf dem Boden und schloss die Augen. Für einen Moment leerte sie ihren Kopf von allen Gedanken und genoss die friedliche Stille.

Hinter ihr erschallte ein lautes Knacken, als wenn ein dicker Ast abbrach. Erschrocken fuhr sie herum und öffnete die Augen. Doch der Wald lag weiter ruhig dort.

Es muss ein Vogel oder so gewesen sein.

Doch der Gedanke beruhigte sie nicht und ihr Herz schlug so schnell, dass es beinahe in ihrem Brustkorb weh tat. Auch waren die Vögel nach diesem Geräusch verstummt.

Vielleicht haben sie sich von mir gestört gefühlt?

Diese plötzliche Stille kam ihr dennoch merkwürdig vor. Aber was war an diesem Ort nicht sonderbar? Die komischen Nachbarn, Leahs nächtlicher Ausflug mit ihrem unsichtbaren Freund und dieses beängstigende Gefühl, das sich immer wieder auf Dianas Brust legte.

Sie atmete ein paarmal tief ein, schluckte die beklemmende Empfindung herunter, drehte sich um und ging im Schritttempo weiter. Doch ihr Instinkt sagte ihr noch immer, dass sie nicht allein war. Ihr fröstelte, trotz der sommerlichen Temperaturen.

Es raschelte und knackste. Was auch immer es war, es näherte sich.

Diana drehte sich erneut um, ohne stehenzubleiben. Doch immer noch konnte sie niemanden entdecken. Sie beschleunigte ihre Schritte. Sie atmete schnell, bis ein merkwürdiger Geruch sie zum Husten brachte.

Was ist das? Schwefel?

Sie rümpfte die Nase.

Was zur Hölle konnte in einem Wald derartig nach Schwefel riechen?

Durch den Hustenanfall war sie gezwungen, einen Moment stehenzubleiben. Das Herz hämmerte in ihrer Brust und der Gestank nahm ihr die Luft zum Atmen. Tränen stiegen ihr in die brennenden Augen.

Plötzlich spürte sie einen Atemzug in ihrem Nacken. Entsetzt schrie sie auf, als sie sich umdrehte. Hinter ihr stand ein dünner Mann, von oben bis unten verdreckt. Sein Gesicht war rußgeschwärzt und sein breites Grinsen entblößte Zahnlücken und verfaulte Zähne.

»Wer sind Sie?« Ihre Stimme zitterte. »Sie haben mich erschreckt.«

Er verzog keine Miene.

»Wer ich bin?« Er klang derb und hasserfüllt. »Dein Schicksal.«

Mit blutigen Händen griff er nach ihr. Geistesgegenwärtig entwand Diana sich seinen Armen und sprang fort. Hastig versuchte sie wegzurennen, aber der Gestank ließ sie kaum atmen. Sie sah zurück, doch die Gestalt war verschwunden. Auch der Geruch hatte sich verzogen. Irritiert blieb sie stehen. *Habe ich mir das nur eingebildet, so wie bei der Hotelruine? Konnte dieser ekelhafte Kerl ein Tagtraum gewesen sein? Also ein Tagalbtraum? Gab es so etwas?*

Unbewusst griff sie in ihre Hosentasche, nahm mit zittrigen Fingern ihr Handy heraus und öffnete Michaels Kontaktdaten. Dann zögerte sie, während sie sich noch einmal umsah, erneut tief die Waldluft einatmete und den Vögeln lauschte, die wieder munter in den Bäumen sangen.

Kopfschüttelnd steckte sie ihr Smartphone zurück. Sie hatte sich das nur eingebildet und damit würde sie Michael jetzt nicht belästigen. Das war doch albern. Aber warum raste ihr Puls noch immer in ihren Schläfen?

Mit wackligen Beinen ging sie weiter, ohne ihre Umgebung aus den Augen zu verlieren. Vielleicht würde sie es ihm später erzählen, wenn sie gemeinsam darüber lachen könnten, nach einem Glas Wein. Oder zwei ...

Hoffentlich führt der Weg bald aus dem Wald hinaus.

Am Abend, als die Kinder zu Bett gegangen waren, saß Diana mit Michael auf der Couch. Er hatte einen bulgarischen Rotwein besorgt, den sie gemeinsam tranken.

»Wann willst du mir eigentlich erzählen, was heute mit dir los ist? Hast du immer noch Angst, dass ich deine Situation ausnutzen will?«

Er klang traurig und sein Blick traf sie mitten ins Herz.

»Oh nein, wie kommst du darauf?«

»Na ja, du bist heute den ganzen Tag schon so schreckhaft und erzählst nicht, warum. Ehrlich, ich mach mir Sorgen um dich.«

Tausend kleine Schmetterlinge flatterten in Dianas Bauch herum. Er machte sich um sie Sorgen und ihm ist aufgefallen, dass etwas mit ihr nicht stimmte. Wie aufmerksam er war.

Oh Mann, ich fühl' mich wie ein verliebter Teenager.

Diana errötete und sah in eine andere Richtung.

»Jetzt schaust du mich nicht mal an?« Er beugte sich zu ihr hinüber, legte seine Hand auf ihre Wange und drehte ihr Gesicht zu sich rum. Nur wenige Zentimeter trennten sie und ein angenehmer Schauer ergriff ihren Körper. Sie zwang sich, nicht ihrem Instinkt zu folgen und sich weiter vorzubeugen, um ihn zu küssen. Dafür genoss sie diese wunderbare Spannung zwischen ihnen. Ob er es auch so fühlte?

»Es war nichts. Ehrlich«, hauchte sie aus Angst, die Stimmung könnte kippen.

An seinem skeptischen Blick erkannte sie, dass er ihr das nicht abnahm.

»Ich habe mir da nur etwas eingebildet, als ich durch den Wald gejoggt bin.«

Er richtete sich auf und der Moment war vorbei.

Mist.

»Was hast du dir eingebildet?«

»Ach, nichts. Mir war so, als wenn es nach Schwefel stinken würde, und dann war da so ein unheimlicher Kerl, total verdreckt, der versucht hatte mich zu packen.«

Entsetzt sprang Michael auf.

»Geht es dir gut?«

Jetzt hält er mich für verrückt.

Tränen stiegen ihr in die Augen.

Bloß nicht weinen. Nicht jetzt. Nicht vor ihm.

»Klar. Es war doch eh nur Einbildung. Vermutlich war ich noch nicht richtig wach.«

»Dir fehlt also nichts?« Er setzte sich wieder und nahm besorgt ihre Hand.

»Nein, wirklich nicht. Vielleicht hätte ich als Teenager nicht kiffen sollen.« Sie versuchte zu lachen, doch Tränen stiegen ihr in die Augen. Auch er lachte nicht. Michael sah sie nur prüfend an.

Ob er gleich die Menschen mit den weißen Kitteln holt?

Die Angst, nicht ernstgenommen zu werden, ergriff sie und ließ Tränen über ihre Wange laufen. Diana verfluchte still ihre Sensibilität und wischte das Gesicht mit ihrem Ärmel trocken.

»Psst. Nicht weinen.« Michael beugte sich zu ihr, drückte den Kopf auf seine Schulter und streichelte sie. »Keine Angst, du bist bei mir in Sicherheit.«

Komisch, dass er nichts von dieser merkwürdigen Geschichte in Frage stellt.

Doch Diana schob den Gedanken beiseite und genoss seine Nähe, das Geräusch seines Herzschlages, das sie vernahm. Sie roch seinen herben Duft und ihr wurde klar, dass sie restlos verloren war. Sie hatte sich in ihn verliebt, liebte ihn vielleicht schon immer, schon als Kind.

Langsam entspannte sie sich und der Tränenfluss versiegte. Er ließ ihren Kopf los und widerwillig richtete sie sich auf.

Waren das Tränen in seinen Augen?

»Nächstes Mal rufst du mich sofort an. Das musst du mir versprechen.«

Das wollte ich ja.

»Aber meine Fantasie hat mir doch nur einen Streich gespielt.«

»Darum hast du auch gerade geweint.«

Er hob seine Hand und wischte Diana eine letzte Träne fort.

»Das doch nur, weil es in letzter Zeit alles einfach etwas viel gewesen ist.«

Nun streichelte er sanft über ihre Wange. Dann beugte er sich vor, so dass seine Stirn die ihre berührte.

»Ich mache mir wirklich Sorgen um dich.«

Mit klopfendem Herzen versank sie in seinen Augen und das, was sie dort fand, war ein Teil ihrer selbst. Sie atmete hastig und ihr wurde schwindelig. Da näherten sich seine Lippen den ihren. Es glich einer Erlösung, als sie sich endlich berührten, sanft und zaghaft, dann, als sie den Kuss erwiderte, immer fordernder. Sie konnte ihren Herzschlag am

142

ganzen Körper spüren. Oder war es seiner? Seine Hände schienen überall zu sein und hinterließen ein loderndes Feuer in ihr. Auch ihre Hände wanderten über seinen Körper, als sie sich ihm ganz hingab.

16. Kapitel

»Diana!«

Sie schlug die Augen auf und sah in Michaels Gesicht. Er lächelte im Schlaf und hatte seinen Arm um sie gelegt. Sie spürte seine nackte Haut auf ihrer.

Hoffentlich haben uns die Kinder nicht gehört. Oder gesehen.

»Diana!«

Sie horchte auf. Das war deutlich ihr Name. Ob ihre Kinder wach waren? Aber nein, das konnten sie nicht sein. Nur Toni nannte sie beim Namen, wenn sie verstimmt war. Aber das eben war eine männliche Stimme, für Jona zu alt. Eine dunkle Ahnung ergriff ihr Herz und drückte zu.

»Diana!«

Wer rief sie denn da? Michaels Schlaf war so fest, dass auch er es unmöglich gewesen sein konnte. Vorsichtig, damit sie ihn nicht weckte, entwand sie sich Michaels Umarmung. Er drehte sich murmelnd um und schlief weiter. So weit, so gut.

»Diana!«

Sie stand auf, zog schnell ihr langes Nachthemd über und lauschte. Woher kam diese Stimme?

»Diana!«

Aus der Küche vielleicht? Leise tastete sie sich durch das Wohnzimmer zur Küchentür. Die Diele unter ihr knarrte.

Erschrocken sah sie zu Michael hinüber, der aber immer noch tief und fest schlief. Also ging sie weiter, darauf bedacht, keine Geräusche zu machen. An der dunklen Küche angekommen, sah sie sich um. Der Mond schien durch das Fenster, doch sie konnte niemanden erkennen. Sie war völlig allein.

Spielt mir mein Verstand schon wieder einen Streich? Sie seufzte. *Vielleicht sollte ich doch mal zum Arzt gehen.*

»Komm!«

Knarrend öffnete sich die Tür zur Terrasse. Diana zuckte erschrocken zusammen.

»Wer war das?«

Ihr eigener Herzschlag schallte in ihren Ohren, doch die Stimme blieb stumm. Durch die offene Tür konnte sie niemanden erkennen.

Konnte das ein Windstoß gewesen sein? Habe ich tatsächlich vergessen, die Tür zu verriegeln?

Sie versuchte, sich zu erinnern, konnte es aber nicht mit Gewissheit sagen. Entschlossen, dem auf den Grund zu gehen, trat sie zu einem Schubfach und holte eine Taschenlampe heraus. Diana spürte, wie ihr kalter Schweiß auf der Stirn perlte. Langsam näherte sie sich der Tür und spähte in den Garten hinaus, der ruhig in der Dunkelheit da lag. Schnell schaltete sie die Taschenlampe ein und leuchtete in alle Richtungen.

Nichts.

Gerade wollte sie aufgeben und wieder zurück zu Michael unter die Decke schlüpfen, als ein kühler Windhauch ihr eine Gänsehaut bereitete.

»Wo willst du hin? Komm!«

Beinahe wäre sie über ihre eigenen Füße gestolpert. Hastig drehte sie sich um und leuchtete in die Richtung, aus der sie die Stimme vermutete. Doch vor den Rhododendren stand niemand.

Vielleicht dahinter?

Ohne darüber nachzudenken ging sie hinüber. Der Rasen fühlte sich feucht unter ihren nackten Füßen an. Ein paar Glühwürmchen flogen um sie herum und zauberten Diana trotz ihrer Anspannung ein Lächeln ins Gesicht. Vor der Lücke in den Büschen blieb sie stehen und leuchtete hindurch.

»Wer ist da?«

Sage nie ›wer ist da‹, das ist der Todeswunsch.

Der Gedanke an den 90er-Jahre-Horrorfilm ließ sie zusammenzucken.

Das hier ist kein Film, schalt sie sich. Dennoch fühlten sich ihre Beine wie Wackelpudding an.

Als die Stimme stumm blieb, trat sie durch die Rhododendren und beleuchtete den Hang. Auch dort war niemand zu sehen. Ratlos stand sie da und überlegte, was sie tun sollte. War die Stimme real oder auch nur ein Streich ihrer Fantasie?

»Worauf wartest du, Diana?«

Da war sie wieder. Sie hallte den Hang hinab zu ihr. Unschlüssig beleuchtete sie die Steine, die stufenartig nach hinauf führten.

Also gut. Probiere ich oben mein Glück.

Mühsam kletterte sie hinauf. Dabei rutschte sie mit ihrem Fuß ab und fiel auf ihr Knie. Sie biss sich auf die Lippe, um nicht laut aufzuschreien. Leise fluchend richtete sie sich wieder auf, zog ihr Nachthemd hoch und leuchtete auf ihr verschrammtes Knie. Etwas Blut floss hinunter.

Mist.

Aus Ermangelung eines Tuches wischte sie das Blut mit ihrem Nachthemd ab.

Das geht vermutlich nie wieder raus.

Seufzend kletterte sie weiter nach oben, bis sie auf der kleinen Wiese ankam, die in den Wald mündete. Erneut leuchtete sie die Gegend ab, sah jedoch niemanden.

Ich bin so dämlich und renne eingebildeten Stimmen hinterher.

Kopfschüttelnd setzte sie sich in das taunasse Gras und atmete lautstark durch.

Da hörte sie hinter sich die alte Gartentür quietschen. Erschrocken zuckte sie zusammen und sprang auf. Ihr Knie brannte. Der Schmerz ließ sie aufkeuchen. Sie leuchtete in die Richtung und sah gerade noch, wie die Tür zuschlug. Es war ein hüfthohes Eisentor mit rankenartigen Verzierungen, an das sie sich nicht erinnern konnte. Andererseits war sie vermutlich als Kind nie hier oben gewesen. Doch warum hatte sie es nicht bemerkt, als sie mit Toni nach Leah gesucht hatte? Diana war sich sicher, dass sie durch eine einfache Holztür getreten waren.

Sie humpelte darauf zu und leuchtete hinüber, doch auf der kleinen Rasenfläche, die die Gartenhecke von dem Wald trennte, war niemand. Sie hörte nur die Grillen im Gras zirpen und irgendwo von den Bäumen ertönte der Ruf einer Eule.

Ich sollte zurückgehen, dachte sie, doch ihre Beine gehorchten ihr nicht. Anstatt sich umzudrehen, ging sie einen Schritt nach dem anderen auf das Tor zu. Ohne zu überlegen, griff sie nach der Klinke und öffnete die quietschende Tür. Ihr Herz hämmerte wild in ihrer Brust, als sie hindurchtrat und sich umschaute.

»Diana!«

Da war wieder dieses merkwürdige Rufen, das ihr einen Schauer über den Rücken jagte.

»Diana! Diana! Diana!«

Der unheimliche Ruf schallte aus allen Richtungen. Ein kühler Wind setzte ein und wirbelte Blätter auf, die um sie herum zu tanzen schienen. Sie drehte sich im Kreis, um den Ursprung des Rufens ausfindig zu machen, doch ihr wurde schwindelig und ihre Beine klappten zusammen, so dass sie aufs nasse Gras fiel. Aber ihre Umgebung drehte sich weiter. Die dunkle Stimme rief nicht mehr, sie lachte finster. Gerade erkannte sie ein rotglühendes Augenpaar zwischen den Bäumen, als sie das Bewusstsein verlor.

»Diana!«

Wieder diese Stimme. Sie spürte Hände, die nach ihr fassten. Hektisch versuchte Diana, sie abzuschütteln. Sie kratzte, biss und schlug verzweifelt um sich.

»Nein!«

Sie hatte es herausschreien wollen, doch aus ihrer Kehle klang es wie ein Flüstern.

»Was ist mit dir? Beruhige dich.«

Das war nicht die Stimme, die sie aus dem Haus gelockt hatte. Diese hier wirkte freundlich und vertraut, wenn auch besorgt. Woher kannte sie diese Stimme?

Sie verharrte in der Bewegung und öffnete vorsichtig ihre Augen, die in Michaels sahen.

»Ich bin es doch nur. Du hast schlecht geträumt.«

Diana richtete sich auf.

Nur geträumt?

Aber sie hatte doch eben noch das feuchte Gras gespürt, wie auch das brennende aufgekratzte Knie?

Mit offenem Mund sah sie Michael an. Sie versuchte, die Situation zu begreifen. So realistisch hatte sie noch nie geträumt. Sie hätte schwören können, dass sie tatsächlich das Haus verlassen hatte.

Michael hob eine Hand und wischte ihr eine Träne von der Wange. Sie hatte gar nicht gemerkt, dass sie weinte.

»Diana, alles ist gut.« Er nahm sie in die Arme. Sie legte ihren Kopf auf seine Schulter und hörte auf seinen rhythmischen Herzschlag, der sie beruhigte. Langsam entspannte sie sich.

Es war nur ein Traum.

»Geht es wieder?« Seine Stimme klang immer noch besorgt.

»Ja. Der Albtraum war nur so real.« Bei dem Gedanken spürte sie, wie sich ein Schauer über ihrem Rücken ausbreitete und sich ihre Haare aufstellten.

Er löste die Umarmung und sie zwang sich zu einem Lächeln.

»Soll ich dir einen Beruhigungstee machen?«

»Gerne. Ich zieh' mir inzwischen etwas an.«

Er küsste sie zärtlich auf den Mund. Tausend Käfer krabbelten in ihrem Bauch und ließen den Albtraum verblassen.

Viel zu schnell löste er sich von ihr und ging in die Küche. Sie atmete tief durch, bevor sie die Decke zurückzog. Erstaunt stellte sie fest, dass sie ihr Nachthemd trug. Der untere Rand war blutverschmiert. Mit wild klopfendem Herzen hob sie den Saum über das Knie. Um nicht laut aufzuschreien, biss sie sich in die Faust. Ihr Knie war blutig aufgekratzt und ihre Füße waren beschmutzt, als wenn sie barfuß durch den Garten spaziert wäre.

Diana sprang auf, und zog das Nachthemd über den Kopf. Schnell warf sie es in eine Ecke. Tränen liefen ihr die Wangen hinunter, als sie die Treppe nach oben eilte und in das Bad stürmte.

Wie konnte das sein?

149

Endlich spürte sie das warme Wasser der Dusche auf sich niederprasseln. Sie nahm die Lavendelduschcreme und versuchte, die Erinnerung an die letzte Nacht abzuwaschen. Die Seife brannte in ihrer Wunde.

Was war das?

Tausend Fragen schossen ihr durch den Kopf, doch sie verdrängte sie. All ihre Konzentration bündelte sie und richtete diese auf das Säubern ihres Körpers.

»Diana?«

Sie zuckte zusammen und drehte sich wie in Zeitlupe um. In der Tür stand Michael mit einer dampfenden Tasse in der Hand. Er sah sie mit großen Augen an und hatte fragend seine Augenbrauen angehoben.

»Wirklich alles in Ordnung?«

Wieder zwang sie sich zu einem Lächeln.

»Ja, es ist nur dieser Albtraum gewesen.« Sie stellte das Wasser ab.

»Wirklich? So wie du deinen Körper schrubbst, frage ich mich, ob es an letzter Nacht lag. Allerdings habe ich bisher noch nie so eine Reaktion bei einer Frau ausgelöst.« Er seufzte. »Das verunsichert mich. Vielleicht warst du noch nicht so weit?« Er stellte die Tasse auf eine Ablage und nahm ein Badetuch vom Handtuchstapel und reichte es ihr. Verwirrt sah sie ihn an.

»Wie? Ich versteh’ nur Bahnhof.«

»Na ja, anscheinend reagiert dein Kopf auf unsere gemeinsame Nacht mit einem so furchtbaren Albtraum, dass du ewig unter der Dusche stehst und dich abschrubbst, als wärst du …« Er schluckte, bevor er weitersprach. »Als hätte ich dich … vergewaltigt.« Er sah verschämt zu Boden, als er ihr das Handtuch reichte. »Du bist nicht über deinen Mann hinweg und das war zu früh. Ich hätte es wissen müssen. Es tut mir so leid.«

Diana wurde bleich, als sie begriff, was Michael da gesagt hatte. Das dachte er doch nicht im Ernst?

Gedankenverloren nahm sie ihm das Handtuch ab. Sie öffnete den Mund, um etwas zu sagen, doch ihr fehlten die Worte. Wie kommt er auf so eine Idee?

»Es ist wohl besser, ich gehe.« Während er das sagte, drehte er sich um und verließ das Bad. Sie hörte, wie er die Treppe hinunterrannte und die Haustür zuschlug.

Da ließ sie ihren Tränen freien Lauf.

17. Kapitel

»Können wir da einfach so rein?« Toni runzelte die Stirn.

»Natürlich, die Klinik ist doch kein Gefängnis.«

Paul sah sie abenteuerlustig an.

»Ich habe doch nicht so lange recherchiert, damit wir vor der Klinik aufgeben. Was soll denn schon passieren?«

»Dass sie die Polizei rufen?«

»Weil wir einen Patienten besuchen wollen? Unwahrscheinlich. Im schlimmsten Fall schicken sie uns wieder weg.« Er seufzte theatralisch. »Aber warum sollten wir ihn nicht besuchen dürfen?«

Toni schluckte. So euphorisch sie war, als Paul ihr erzählt hatte, dass er durch einige Anrufe herausbekommen hatte, wo der Mann lebte, umso mulmiger war ihr zumute, wo sie nun vor der Privatklinik stand. Sie waren mit Pauls Motorroller tiefer ins Fichtelgebirge hineingefahren und hatten die Klinik auf einer Anhöhe vorgefunden. Der nächste Ort war fünf Minuten mit dem Auto entfernt und lag auf der anderen Talseite. Das Haus war kleiner, als sie es sich vorgestellt hatte. Es bestand aus roten Backsteinen und hatte nur zwei Etagen. Links blickte man durch große Fenster auf die Cafeteria, während rechts an der Seite einige Stufen zum Eingang führten. Auf der Website stand, dass es einmal eine Kurklinik war, die jedoch geschlossen wurde, als die Kurgäste ausblieben. Nachdem Asylbewerber, die Anfang der 90er Jahre dort untergebracht waren, auszogen, verkaufte die Stadt das inzwischen stark renovierungsbedürftige Gebäude an einen Arzt, der dort die private Nervenklinik gründete. Er behandelte neben wenigen Dauerpatienten vor allem Manager mit Burnout. Toni überlegte kurz, bis ihr der Name wieder einfiel: Dr. Roland Schäfer. Unter dem Namen auf der Website befand sich das Bild eines Mannes um die 50, der freundlich über seine Lesebrille hinwegsah und lächelte.

Würde er immer noch lächeln, wenn zwei Teenager in seiner teuren Privatklinik auftauchten, um einen Patienten zu sprechen und diesen vermutlich aufregen würden?

»Vom Rumstehen erfahren wir es nicht.« Paul hing die Helme rechts und links über den Lenker seines Motorrollers und sah sie an. »Wollen wir?«

Mit klopfendem Herzen stieg Toni die Stufen zum Eingang hoch. Am liebsten hätte sie Pauls Hand gehalten, doch sie wagte nicht, nach ihr zu greifen.

Oben angekommen, zwinkerte Paul ihr zu und öffnete die Tür. Wie gerne wäre sie umgekehrt, doch da griff er nach ihrer Hand. Die Berührung löste ein Kribbeln in ihrem ganzen Körper aus.

»Nicht weglaufen«, flüsterte er, als er sie hineinzog.

Heute ließ Diana ihre Laufrunde ausfallen. Zu sehr steckte der Albtraum in ihren Knochen und in ihrem Kopf tummelten sich so viele Gedanken, dass sie erst einmal Zeit für sich brauchte. Toni war ungewöhnlich früh zu einem Tagesausflug mit Paul weggefahren. Der Junge war freundlich und zuvorkommend, half, wenn er da war, beim Tischdecken und Abräumen. Er machte einen vernünftigen Eindruck und war netter als die Typen, mit denen Toni sonst zu Hause herumhang. Je öfter Toni ihn traf, umso verträglicher wurde sie. Vielleicht hatte diese Umgebung einen besseren Einfluss auf ihre Tochter, als die Großstadt.

Nachdem Toni mit Broten versorgt und mit Paul weggefahren war, machte sich Diana daran, das Haus zu putzen. Der eigentümliche Geruch, der ihnen bei der Ankunft den Atem genommen hatte, war zwar erheblich schwächer, aber immer noch präsent. Ob ein Großputz ihn beseitigen würde?

Als Erstes war das Wohnzimmer dran. Erstaunlich, wie viel Staub sich hier angesammelt hatte. Mechanisch putzte sie, während sie über alles nachdachte.

Michael hatte mich aus einem Albtraum geweckt. Hatte er zumindest gesagt und ich lag ja auch zugedeckt auf der Schlafcouch. Andererseits trug ich das Nachthemd, welches ich aber gestern gar nicht angezogen hatte.

Sie schaute in die Ecke, in die sie es geworfen hatte. Sie ließ das Putztuch fallen und zog die Handschuhe aus. Ihre Hände waren verschwitzt und glitschig. Vorsichtig ging sie hinüber, gerade so, als wäre ihr Nachthemd ein wildes Tier, das sie beißen würde. Mit zwei Fingern hob sie es auf und betrachtete es nachdenklich. Deutlich konnte sie die eingetrockneten Blutflecken erkennen. Diana sah an sich herab auf den Verband, den sie sich nach dem Duschen angelegt hatte.

Ich könnte mich auch nur gestoßen haben. Es wäre nicht das erste Mal, dass ich mich beim Sex verletzt hätte.

Aus einem Impuls heraus drehte sie das Nachthemd um. Da, wo sich im angezogenen Zustand ihr Hintern befand, erkannte sie grüne Grasflecken.

Aber wie erklären sich der Dreck und die schmutzigen Füße? War ich doch dort draußen und folgte einer unheimlichen Stimme?

Sie erschauderte bei dem Gedanken.

Nein, die Erklärung muss naheliegender sein.

Nachdenklich senkte sie ihren Arm mit dem Hemd.

Leah ist schlafgewandelt. Was ist, wenn ich es auch getan habe?

Sie lächelte.

Das muss es sein.

Erleichtert sammelte sie nun auch ihre andere Wäsche auf, die sie gestern in der Erregung hatte fallenlassen und brachte sie in die Waschküche. Dort ließ sie sie in den Wäschekorb fallen. Nachher würde sie wohl die Waschmaschine starten müssen.

Aber warum hat Michael nichts gesagt, wenn ich doch nur schlafgewandelt bin?

Sie biss sich auf die Lippe.

Konnte es sein, dass er es nicht bemerkt hatte? Dass sie von allein den Weg ins Bett gefunden und er es einfach nicht mitbekommen hatte?

Diana wurde schwindlig und hielt sich an der Waschmaschine fest. Irgendetwas stimmte nicht, denn sie war schließlich wach geworden, als sie bei Leah schlief und die Kleine in der Nacht aufgestanden war, um zur Toilette zu gehen. *Und bin ich nicht in seinem Arm eingeschlafen und aufgewacht? So fest kann doch keiner schlafen. Warum hat er mir nicht die Wahrheit gesagt? Was verheimlicht er mir?*

Bereits im Eingangsbereich merkte man, dass es sich um eine Privatklinik handelte. Der Boden und auch die Säulen schienen aus Marmor zu sein, die die Decke stützten. Reiche Menschen wollen sich schließlich im Luxus erholen.

Rechts neben dem Eingang war eine Theke, die auch in einem Fünf-Sterne-Hotel hätte stehen können. Dahinter saß eine ältere Frau mit Hornbrille, deren weißblondes

Haar zu einem Dutt gesteckt war, und die anscheinend als Empfangsdame fungierte.

Unsicher sah Toni zu Paul hinüber, der ein ernstes Gesicht aufsetzte und seine Nase in die Höhe reckte. Von oben herab sah er die Empfangsdame an.

»Ich wünsche, meinen Großonkel zu sprechen.« Erstaunt stellte Toni fest, dass sein Ton keinen Widerspruch zuließ. Er war ein guter Schauspieler.

Doch die Empfangsdame schien solch ein Auftreten gewohnt zu sein.

»Erstens: guten Tag. Zweitens: sollten Sie wissen, dass unsere Patienten keinen Besuch empfangen dürfen. Sie sollen sich hier erholen, da darf der Alltagsstress sie nicht erreichen.«

»Gilt das auch für Dauerpatienten?«

Die Frau beugte sich vor und sah Paul prüfend über ihre Brille hinweg an.

»Und welchen Dauerpatienten möchten Sie besuchen?«

»Meinen Großonkel natürlich. Uwe Sieber. Er muss unbedingt meine Freundin Antonia kennenlernen. Sofort, denn wir werden heiraten. Sie ist schwanger.«

Toni errötete und hielt ihre Hand prüfend auf ihren flachen Bauch. Die Frau würde ihnen das nie abnehmen. Sie blickte auf und sah den abschätzenden Blick der Empfangsdame. Paul sprach schnell weiter. »Es ist noch ganz frisch. Onkel Uwe soll es als Erster erfahren. Ich stehe ihm sehr nahe, wissen Sie?«

Die Dame runzelte die Stirn und blickte Paul tief in die Augen. »Wenn er Ihnen so nahe steht, warum nur habe ich Sie hier noch nie gesehen?«

»Weil er in der letzten Zeit«, kam Toni ihm zu Hilfe, »sehr stark abgenommen hat und heute ganz anders aussieht. Und seitdem habe ich ihn zu viel beschäftigt. Dafür möchte ich mich bei seinem Onkel entschuldigen.« Toni blickte auf den Boden. Sie hasste es, zu lügen. Die Empfangsdame schien nicht überzeugt und sah die beiden einen Moment an.

Vermutlich arbeitet sie hier auch schon seit Jahren und erinnert sich vielleicht daran, dass kein Junge Uwe Sieber besucht hat. Wir sind erledigt.

Doch dann deutete die Frau auf eine Sitzgruppe. »Bitte setzen Sie sich. Ich werde sehen, was ich tun kann.«

Die beiden Jugendlichen gingen hinüber und ließen sich auf das weiche Leder nieder. Toni blickte zum Empfang und sah, wie die Frau angeregt telefonierte. Als sie auflegte, lächelte die Empfangsdame zufrieden, stand auf und kam zu ihnen herüber. Paul und Toni erhoben sich und sahen sie erwartungsvoll an. Doch die Frau schien die Situation auszukosten und blieb stumm.

»Was ist jetzt? Darf ich zu meinem Onkel?«

»Ich dachte, es wäre ihr Großonkel?« Ihre Augen blitzten bösartig auf. »Und nein, das dürft ihr nicht. Herr Sieber darf keinen Besuch bekommen, wenn man mal von seinem Bruder und seinem Neffen absieht. Der Neffe ist kinderlos. Ich weiß nicht, was ihr Kinder in Schilde führt, aber es wird nicht klappen. Herr Sieber hat kein eigenes Geld, also könnt ihr ein mögliches Erbe vergessen.«

»Aber ...« Toni riss die Augen auf.

»Warum er dann in der Privatklinik ist? Weil sein Bruder es bezahlt. Herr Sieber wohnt in psychiatrischen Einrichtungen, seit er ein Kind war. Da ist nichts zu holen. Verschwindet also, bevor ich den Sicherheitsdienst rufe.«

»Aber wir sind keine Erbschleicher ...« Toni spürte die Zornesröte in ihrem Gesicht.

»Wenn du das sagst, Kindchen. Es ändert aber nichts. Raus! Sofort!«

Paul öffnete den Mund, um etwas zu sagen, doch Toni zog ihn schon Richtung Tür. Sie hatte die Sicherheitskameras entdeckt.

»Es hat keinen Sinn«, flüsterte sie. »Wir müssen einen anderen Weg finden.«

18. Kapitel

»Wo bist du?«

Leah saß im Garten und schluchzte in ihr Stofftier. Jona war in einiger Entfernung auf der Terrasse in ein Buch vertieft. Toni saß mit Paul im Haus vor dem Laptop. Sie recherchierten, während ihre Mutter mit Michael einkaufen war. Sie wollten am Abend grillen.

»Warum kommst du nicht mehr?«, fragte Leah in den Garten hinein. »Ich dachte, wir wären Freunde?« Eine Träne lief ihr über die Wange. »Alle verlassen mich. Papa und jetzt du!« Die Kleine biss sich auf die Lippen, dann brüllte sie: »Warum? Was habe ich dir getan?«

Durch das Geschrei alarmiert hob Jona den Kopf. »Was brüllst du so herum? Alles klar bei dir?«

Leah seufzte. »Jona, ich sprech' nicht mit dir. Lass mich in Ruhe.«

Irritiert hob er die Augenbrauen. So ein Benehmen kannte er von seiner kleinen Schwester nicht. »Was ist dir denn über die Leber gelaufen?«

»Das geht dich gar nichts an.«

Jona resignierte. »Wenn du meinst.« Er nahm sein Buch hoch und las weiter. Leah würde sich schon wieder beruhigen.

Seine kleine Schwester stand auf und lief zu den Rhododendren. Sie blickte sich zu ihrem Bruder um, der erneut in seine Geschichte vertieft war.

Gut.

Schnell schlüpfte sie durch den Durchgang, kletterte die Steine hoch und setzte sich auf die kleine Ebene.

»Bitte, sag, dass du da bist.« Ihre Stimme zitterte. »Bitte, lass mich nicht allein.«

»Leah, ich bin ja da.«

Die Jungenstimme klang freundlich und Leah wischte sich die Tränen weg.

»Otto!« Das Mädchen strahlte und sah sich um. »Wo bist du?«

»Immer in deiner Nähe. Ich pass auf dich auf.«

»Aber warum versteckst du dich?«

»Weil deine Familie mich nicht sehen soll. Das hatte ich dir doch schon erklärt.«

»Ich vermisse dich. Wann können wir wieder miteinander spielen?«

»Bald. Ich werde dich bald holen und in Sicherheit bringen. Dann wird dir nie wieder etwas passieren.«

»Leah?«

Jona hatte sein Buch fallen lassen und war aufgesprungen.

»Leah, wo bist du?«

Das durfte nicht wahr sein. Seine kleine Schwester konnte doch nicht schon wieder abgehauen sein. Seine Mutter würde ihn umbringen, wenn Leah etwas passiert wäre.

»Leah!« Schnell atmend rannte er durch den Garten, sah in alle Richtungen. Doch von Leah fehlte jede Spur. Sein Herz hämmerte in seiner Brust und er spürte Panik in sich aufsteigen.

»Bin doch da.«

Schnell drehte er sich um und sah seine Schwester in dem Durchgang zwischen den Rhododendren stehen.

»Wo warst du?« Das klang barscher, als er wollte.

»Na oben auf der Wiese. Wollte meine Ruhe haben.« Trotzig sah sie ihn auffordernd an.

»Du weißt genau, dass du da nicht ohne uns hochdarfst.«

»Ich war ja nicht allein.«

Hatte sie das gerade wirklich gesagt?

»Und wer, bitte, war bei dir?«

»Mein Freund.« Sie hielt ihren Plüschlöwen fester.

Jona verdrehte die Augen. »Stofftiere zählen nicht und das weißt du genau.«

»Stofftiere. Du spinnst doch.« Mit rotem Kopf stapfte sie an ihrem Bruder vorbei und ging ins Haus. Jona zuckte mit den Schultern. Was ging nur in seiner kleinen Schwester neuerdings vor? So kannte er sie gar nicht. Seufzend ging er zurück zu seiner Liege auf die Terrasse und hob sein Buch auf.

»Und wenn ich mich um ein Praktikum bewerbe?« Toni sah Paul erwartungsvoll an. Aber er lächelte nicht einmal. Begeisterung sah anders aus.

»Wenn du dich vorstellen gehst, erkennt dich die Empfangsfrau und du hast keine Chance, hineinzukommen.«

Seit Stunden überlegten sie, wie sie zu Uwe Sieber vordringen könnten. Doch keine Idee schien sie ans Ziel zu führen.

»Probieren geht über Studieren.«

»Was für ein ausgeleierter Spruch.«

Toni zog einen Flunsch. »Das hat mein Papa immer gesagt.«

Sie wollte sich fortdrehen, doch er war schneller. Er hielt ihr Gesicht mit seiner Hand fest und strich über ihre Wange. »Entschuldige. Das wusste ich nicht.«

»Woher solltest du auch.«

Langsam beugte er sich zu ihr hinüber, ohne seinen Blick von ihrem abzuwenden. Millionen Schmetterlinge kribbelten in ihrem Bauch, als sie seinen Atem spürte. Würde er sie gleich küssen?

Nur wenige Zentimeter trennten sie noch und er kam immer näher. Sie schloss ihre Augen. Da fühlte sie seine Lippen auf ihren Augenlidern, erst auf der einen, dann auf der anderen Seite.

»Alles gut?«, flüsterte er und Toni sah ihn an. Sein Gesicht war ganz nahe und näherte sich erneut. Diesmal waren zweifelsohne ihr Mund sein Ziel. Sie schloss noch einmal ihre Augen. Konnte er hören, wie laut ihr Herz in ihrer Brust schlug?

Endlich spürte sie seine Lippen auf den ihren. Sie fühlten sich trocken an, aber gut. *Mein erster Kuss*, dachte sie. *Wie sanft es sich anfühlt.*

Langsam öffneten sie ihren Mund ein kleines Stück und es elektrisierte sie, als ihre Zungen sich berührten.

»Seid ihr eklig.«

Die Stimme ihrer kleinen Schwester beendete den Kuss. Erschrocken fuhren sie auseinander und, mit rotglühenden Kopf, blickte Toni zu Leah.

»Musst du so hereinplatzen?« Riesige Wut stieg in ihr auf.

»Müsst ihr so was Ekliges machen?« Leah verzog angewidert das Gesicht.

»Musst ja nicht reinplatzen und zuschauen.« Toni unterdrückte den Wunsch, auf ihre Schwester loszugehen und ihr eine schallende Ohrfeige zu geben. Sie biss sich auf die

Lippen und zählte innerlich bis zehn. Langsam beruhigte sich ihre Atmung.

Leah streckte ihr die Zunge raus, rannte zum Flur und die Treppe hoch. Ein Knall zeugte davon, dass sie in ihr Zimmer gestürmt war und die Tür hinter sich zugeschlagen hatte.

Toni schüttelte den Kopf.

»Es tut mir leid, dass sie eine Szene gemacht hat. Eigentlich benimmt sie sich nicht so.«

»Ach, dann ist sie gewohnt, dich so vorzufinden?« Er sah sie von der Seite an und Toni fühlte, wie die Röte auf ihre Wangen zurückkehrte.

»Ähm, nein, das nicht.« Sie schluckte. »Ich meinte, normalerweise ist meine Schwester nicht so frech.« Sie zwang sich zu einem Lächeln, doch Paul lächelte nicht zurück. Irgendetwas in seinem Blick verunsicherte sie. Bereute er den Kuss?

»Und jetzt?« Ihre Stimme zitterte.

»Sollten wir weitermachen.« Er setzte ein Lächeln auf, doch es schien nicht echt zu sein. Dennoch neigte sich Toni ihm wieder entgegen, Paul wich zurück.

»Ich meinte, mit unserer Arbeit.«

Scheiße!

»Ich weiß.« Seine Zurückweisung stach ihr ins Herz. Warum hatte ihre Schwester nur ihren ersten Kuss gestört und den Moment ruiniert? Und warum war er auf einmal so kühl? Sie nahm ihre ganze Kraft zusammen, um nicht in Tränen auszubrechen. »Aber ich muss vorher mal aufs Klo.«

Eilig stand sie auf, zwang sich, zu lächeln, und stürmte zur Toilette. Als sie die Badezimmertür hinter sich schloss, lehnte sie ihren Rücken an die Tür und rutschte auf den Boden. Nun ließ sie ihren Tränen freien Lauf.

»Irgendetwas stimmt mit Leah nicht.« Jona sah seine Mutter an, die gerade den Salat vermengte. Sie blickte auf.

»Was soll mit ihr nicht stimmen? Sie ist sechs.«

Er seufzte. »Ich weiß es ja auch nicht, aber sie verhält sich komisch.«

»Ganz genau«, mischte sich Toni ein. »Sie wird zunehmend frecher und hört nicht mehr, wenn man ihr etwas sagt.«

Diana sah ihre beiden älteren Kinder über den Tisch hinweg an. »Das nennt man älter werden. Solche Phasen habt ihr auch durchgemacht.« Sie lachte, doch die beiden stimmten nicht mit ein. Sie hob den Blick und sah zu ihrer jüngsten Tochter hinüber, die einige Meter entfernt auf einer Decke saß und ihr Stofftier ans Herz drückte. Leah schien ihm etwas zu erzählen.

»Schaut euch die Maus doch an. Jetzt spricht sie mit ihrem Kuscheltier. Mit ihr ist alles in Ordnung.« Sie schob den Gedanken weg, dass Leah vielleicht schon etwas zu alt war, um mit dem Plüschtier zu sprechen. Aber die Kleine hatte ihren Vater verloren. Da muss man nachsichtig sein.

»Aber Mama, du hast sie vorhin nicht erlebt. Sie hat mir die Zunge rausgestreckt und mich total vor Paul blamiert.«

»Ach, der wird sich von deiner kleinen Schwester schon nicht abhalten lassen, dich weiter zu treffen.«

»Wer wird sich nicht abhalten lassen?« Michael war gerade durch die Terrassentür getreten. In seinen Händen hielt er eine große Schüssel mit Grillfleisch und Bratwürsten, die er auf die Ablage neben dem Grillrost stellte.

»Paul. Toni hat Angst, dass Leah ihn verjagt hat.« Sie schmunzelten und auch Jona grinste. Toni stieg die Röte in die Wangen.

Wenn das so weitergeht, werde ich nur noch wie ein Leuchtturm rumlaufen.

»Das habe ich nicht gesagt.« Wütend sah sie in die Runde, was die anderen zum Losprusten brachte.

»Ihr seid doof.« Toni stand auf, ging in ihr Zimmer und rief ihre Freundin Nele an.

Etwas später stand Michael am Grill und Diana saß mit ihren Kindern am Tisch und warteten auf das Fleisch und Grillgemüse.

»Schade, dass Paul nicht zum Grillen geblieben ist«, ließ Jona fallen und sah Toni angriffslustig an.

»Halt die Klappe.« Tonis Augen funkelten ihn böse an.

»Hey, ich habe ihn nicht vergrault.« Jonas grinsen wurde breiter. »Was hast du nur gemacht, um ihn in die Flucht zu schlagen?«

Toni errötete. Als sie gerade ihren Mund für eine Erwiderung öffnete, fing Jona an, laut zu lachen.

»Jona, bitte«, mischte sich Michael ein. »Wir sitzen gerade so friedlich beieinander. Reiz deine Schwester nicht so.«

Toni schnaubte. »Rede du nicht so mit meinem Bruder. Auch wenn es richtig ist, was du sagst. Aber du bist nicht unser Vater.«

»Nein, bin ich nicht.« Michael blickte Hilfe suchend zu Diana, aber sie schaute abwesend zu den Rhododendren und schien den Streit nicht mitzubekommen. Seufzend sprach er weiter: »Aber ich bin ein Gast, der so nett ist, und für euch grillt. Also bitte, nehmt euch zusammen. Für eure Mutter.« Er deutete auf Diana. »Seht doch, wie erschöpft sie ist.«

Toni schluckte eine schlagfertige Erwiderung herunter. Er hatte ja recht. Sie drehte sich zu ihrer Mutter, um sich zu entschuldigen. In diesem Moment stand Diana auf, murmelte etwas davon, sich die Beine vertreten zu wollen. Sie ging hinüber zu den Rhododendren und durch die Lücke hindurch außer Sicht.

»Mama?« Doch ihre Mutter hörte nicht auf ihren Ruf. Achselzuckend sah sie Michael an, der nur die Schultern zuckte. »Das meine ich«, murmelte er, als er sich wieder dem Grill zuwandte.

Erst als er ein paar Minuten später rief, dass das Fleisch durch sei, kam Diana zurück. Toni bemerkte ihren erleichterten Gesichtsausdruck und fragte sich, was ihre Mutter dort oben nur gemacht hatte.

19. Kapitel

»Diana!«

Sie schlug die Augen auf. Es war dunkel und sie fühlte Michael neben sich liegen. Seine Brust hob und senkte sich langsam. Er schien fest zu schlafen.

»Diana!«

Erneut diese Stimme. Träumte sie schon wieder?

»Komm, ich warte auf dich!«

Wenn es ein Traum war, warum sollte sie sich dann gegen den Ruf wehren? Würde sie ihm nicht die Macht nehmen, wenn sie wüsste, was dahintersteckte?

Für einen Moment genoss sie noch einmal die Wärme, die Michaels nackter Körper ausstrahlte, bevor sie sich aus seiner Umarmung löste und von der Schlafcouch schlüpfte. Dieses Mal zog sie die kurze Hose und den Pullover über, die sie am Abend beim Grillen getragen hatte.

Die Taschenlampe lag griffbereit auf dem Couchtisch. Schon durchschritt sie zielgerichtet das Wohnzimmer und die Küche, bis sie im Garten stand und einen Augenblick den Sternenhimmel bewunderte.

»Komm!«

Seufzend wandte sie ihren Blick vom Himmel ab und ging über die Wiese zu den Rhododendren. Ohne zurückzublicken, durchtrat sie die Lücke zwischen den Büschen und stieg die Felsen hinauf. Oben angekommen, blieb sie stehen. Wieder sah sie die eiserne Gartentür. Das war der Beweis, dass sie träumte. Denn vorhin vor dem Grillen, war sie kurz hier heraufgekommen und hatte gesehen, dass es hier keine solche Tür gab. Erleichtert atmete sie tief durch.

Im Traum kann man alles, auch fliegen!

Sie lächelte, denn sie brauchte nun keine Angst mehr zu haben. Irgendetwas wollte ihr Unterbewusstsein mit diesem Traum mitteilen. Diana hatte nun die Zeit, das herauszubekommen.

»Diana, worauf wartest du?«

Das fragte sie sich auch. Sie ging auf die Tür zu und öffnete sie. Ein Quietschen durchdrang die nächtliche Stille. Diana trat hindurch. Hinter ihr schlug die Tür mit einem Knall zu, der sie zusammenfahren ließ. Mit klopfendem Herzen drehte sie sich um. Wie war der Traum weitergegangen? Ein auftretender Wind? Ein paar rotglühende Augen zwischen den Bäumen?

Diana drehte sich suchend um, doch weder setzte Wind ein, noch konnte sie irgendwelche Augenpaare im Wald erkennen.

»Diana, folge mir.«

Die Stimme klang fordernd, doch sie konnte die Richtung nicht ausmachen.

»Wohin soll ich dir folgen? Wer bist du? Wo führst du mich hin?«

»Folge dem Licht und du wirst es herausfinden.«

»Welches ...«

In dem Moment entdeckte sie es. Es war nicht mehr als eine Kerze, deren kleine Flamme zwischen den Bäumen auftauchte und zu schweben schien.

Es ist ein Traum. Nur ein Traum. Mir kann nichts passieren.

Wie ein Mantra wiederholte sie stumm diese Sätze. Dennoch spürte sie, wie das Blut durch ihre Adern rauschte und sich Gänsehaut über ihrem Rücken ausbreitete. Langsam ging sie ein paar Schritte auf die kleine Flamme zu, doch diese schien sich in gleicher Geschwindigkeit von ihr fortzubewegen.

Sie zeigt mir den Weg!

Zögernd folgte Diana dem Licht. Es war gar nicht so einfach, die kleine Flamme im Auge zu behalten, während sie sich bemühte, im Wald nicht über Wurzeln und Steine zu stolpern. Denn es war stockduster und nicht mal das Vollmondlicht drang durch das dichte Blätterdach der Bäume. Ohne Taschenlampe läge sie bestimmt schon längst auf dem Waldboden. Da blieb die kleine Feuerzunge kurz stehen und flackerte plötzlich auf. Diana trat näher und leuchtete nach vorne. Direkt vor der schwebenden Erscheinung tat sich ein großes, dunkles Loch auf. Kaum hatte sie es entdeckt, bewegte sich die Flamme um die Öffnung herum.

Als ob es mich vor dem alten Luftschacht warnen wollte!

Diana schüttelte ihren Kopf und beeilte sich, die kleine Flamme nicht zu verlieren.

Immer schneller musste sie hinter ihr herlaufen. Da passierte es: Sie stolperte über eine Wurzel und stürzte. Ein brennender Schmerz durchzog ihr Knie und Ellenbogen. Seufzend stemmte sie sich hoch und blickte noch vorne. Von der kleinen Flamme war nichts mehr zu sehen.

»So ein Mist«, fluchte sie und erhob sich. Unschlüssig stand sie im Wald und sah sich um. Wohin sollte sie jetzt gehen? Sie konnte nicht mal genau sagen, woher sie gekommen war oder in welche Richtung sie gelaufen ist. Sie griff nach der Taschenlampe, die sie eben fallen gelassen hatte, und atmete durch. Es war ein Traum. Irgendetwas würde schon noch passieren.

»Ey!«

Da rief jemand.

»Das sollte der Barthel nicht tun.«

»Das brauchst du mir net sagen. Er weigert sich ja eh.«

Diana folgte den Stimmen.

»Aber was soll der denn tun? Wenn der Jungkunz ihn doch rausschmeißen tut, wenn er sich weigert?« Diesmal hatte eine Frau gesprochen.

Jungkunz. Der Familienname meiner Mutter. Merkwürdig.

So laut wie die Stimmen waren, musste sie gleich dort sein. Sie beschleunigte ihre Schritte. Ein flackerndes Licht tauchte plötzlich zwischen den Bäumen auf, als brannte dort ein großes Lagerfeuer. Von dort mussten die Stimmen kommen.

Sie näherte sich einer kleinen Lichtung, doch kaum hatte sie diese betreten, verstummte das Gespräch und das Licht erlosch. Es war düster und leer. Eiseskälte überkam sie, als sie einen weiteren Schritt machte. Schnell leuchtete sie zwischen die Bäume, doch wer immer gerade noch gesprochen hatte, war fort.

Das Licht ihrer Taschenlampe flackerte und verlosch.

»Scheiße!«

Es war offenbar nur ein Traum, deswegen ließ sie die Lampe fallen. Das Vollmondlicht erleuchtete die Lichtung. Sie entschied, hier zu verweilen. Ohne Lampe zog es sie nicht in die Dunkelheit des Waldes zurück. Auf der anderen Seite befanden sich ein paar Felsen, auf die sie sich setzen und verschnaufen wollte. Ihre Knie und Ellenbogen brannten. Das war wirklich ein sehr intensiver Traum. Langsam überquerte sie die Lichtung.

Diana schrie, als der Boden unter ihr nachgab. Sie versuchte, sich noch festzuhalten, doch es ging zu schnell und sie fiel in die Tiefe eines Belüftungslochs. Als sie mit ihren

Füßen zuerst aufkam, zog sich ein stechender Schmerz durch ihr linkes Bein. Unsanft knallte auch der Rest ihres Körpers auf dem harten Steinboden auf und sie verlor das Bewusstsein.

Diana kam zu sich. Um sie herum herrschte totale Finsternis, so dass sie nicht einmal ihre Hand vor Augen erkennen konnte. Sie richtete sich auf allen vieren auf. Behutsam versuchte sie, aufzustehen, doch schon war der stechende Schmerz in ihrem Fußgelenk wieder da.

Hoffentlich nicht gebrochen!

Wie viel Zeit vergangen war?

Quatsch. Zeit. Das ist doch nur ein Traum!

Sie schüttelte ihren Kopf und tastete um sich. Vor ihr ragte eine Wand in die Höhe, die teilweise glatt, teilweise uneben war. Sie war von einer Flüssigkeit überzogen. Es roch muffig, nach Schweiß und Schwefel. Vorsichtig drehte sie sich um und setzte sich. Dann tastete sie weiter. Sie schien in einer Art Höhle zu sein. Wie war sie hierhergekommen?

Der Sturz!

Sie blickte nach oben, doch in der Dunkelheit konnte sie das Loch, durch das sie gefallen sein musste, nicht sehen.

Wie auch? Es ist ein Traum!

Plötzlich hallte ein regelmäßiges, leises Klopfen von den Wänden wieder. Diana drehte den Kopf und versuchte, trotz des Echos, die Herkunftsrichtung zu bestimmen. Vorsichtig tastete sie sich auf allen vieren nach vorn durch die Finsternis. Ein Luftzug ließ sie anhalten und nach den Wänden tasten. Neben ihr schien ein Durchgang zu sein. Sie hob ihren Blick und sah ein kleines, schwaches Licht etwa drei Meter entfernt. Ein Schatten bewegte sich und Diana unterdrückte einen Aufschrei. Ihr Herz raste. Sie hatte die Gestalt zuvor nicht wahrgenommen. Diana atmete hörbar ein, aber die Erscheinung schien sie nicht zu bemerken.

»Hallo?«

Ihre Stimme schallte von den Wänden, doch wer auch immer sich im Schatten bewegte, nahm keinerlei Notiz von ihr. Langsam gewöhnten sich ihre Augen an das schummrige Licht und sie bemerkte, dass dort ein kleingewachsener Mann war, der mit Hammer und Meißel die Wand bearbeitete.

Abermals schüttelte Diana ihren Kopf. Was war das für ein komischer Traum?

Da hörte sie weiter hinten im Hauptschacht ein paar Stimmen.

»Es ist alles vorbereitet. Aber ich sag' Ihnen, das ist zu gefährlich.«

»Wer ist hier der Steiger? Sie, Barthel, oder ich?«

»Sie, Herr Jungkunz.«

Jungkunz? Steiger? Das ist doch so etwas wie ein Vorarbeiter.

In der dunklen Erinnerung blitzte ein Eintrag aus der Ahnentafel vor ihrem inneren Auge auf: Jungkunz, Steiger der Goldmine.

Sollte sie jetzt ausgerechnet von ihm träumen?

Sie versuchte, zögerlich aufzustehen, und dieses Mal gelang es ihr trotz der Schmerzen. Langsam humpelte sie den Gang entlang. Nach einer Biegung erkannte sie abermals den schwachen Lichtschein. Es mussten die Grubenlampen sein, die früher die einzige Lichtquelle der Arbeiter waren. Diana sah zwei Leuchtpunkte und zwei wild gestikulierende Schatten.

»Wenn ich das mache, wird die Decke einstürzen. Ich sag's Ihnen!«

»Du kannst viel sagen. Mach die Arbeit, für die wir dich bezahlen, oder pack deine Sachen.« Die Tonlage des Vorarbeiters hallte bösartig von den Wänden. »Aber komm nicht in einer Woche angelaufen und willst deine Arbeit wieder. Und wenn deine Kinder verhungern – du wirst dann nie wieder deine Füße in diese Mine setzen.«

Diana hörte diesen Barthel seufzen. Irgendetwas an seiner Stimme kam ihr bekannt vor. Sie kam jedoch nicht darauf. Ärgerlich biss sie sich auf die Lippen.

»Gut, ich mach's.« Der Schatten sackte zusammen.

»So habe ich meine Arbeiter gerne. Also ran ans Werk.«

Der Schatten des Steigers setzte sich in Bewegung. Auch eine der kleinen Lampen bewegte sich zu Dianas Erstaunen direkt auf sie zu. Als die winzige Flamme dicht an ihr vorbeikam, konnte sie einen Blick auf sein Gesicht erhaschen. Der Vorarbeiter, der wohl ihr Ahne war, grinste fies vor sich hin. Sein Gesicht war rau und verdreckt. Seine Augen standen etwas zu weit auseinander und blitzten im Schein der kleinen Flamme. Auch er schien sie nicht wahrzunehmen und hätte Diana beinahe umgerannt. Im letzten Augenblick drückte sie sich an die Felswand und ließ ihn vorbei.

Einen Moment sah sie ihm nach, bis der Lichtschein seiner Lampe von der Dunkelheit verschluckt wurde. Das also war ihr Vorfahre. Merkwürdig, dass sie gerade von ihm träumte. Seufzend wollte sie sich wieder diesem Barthel zuwenden, als eine weitere Lampe dort auftauchte, wo ihr Ahne eben noch verschwunden war.

Kam er zurück?

Nein, die Person war viel kleiner. Ein Kind?

Ein Junge kam mit einer Grubenlampe näher.

»Geh lieber zurück«, sagte Diana zu ihm. »Hier wird gleich gesprengt!«

Aber der Knabe hörte sie nicht und ging einfach an ihr vorbei. Schnell griff sie nach ihm, doch ihre Hand glitt durch ihn hindurch. Sie spürte, wie ihr Gesicht die Farbe verlor. Ihr Herzschlag raste und sie wischte sich den kalten Schweiß von der Stirn.

Geister? Warum sehe ich Geister?

Sie brauchte einen Moment, bis sie sich wieder gefangen hatte. Dann atmete sie tief die modrige Luft ein und beim Ausatmen lief sie dem Jungen hinterher.

»Vater!«

Sie sah, wie der Junge an einem Nebengang vorbeiging. Schnell lugte Diana hinein.

Dort sah sie im schwachen Licht, wie Barthel aufstand, sich eilig umdrehte und an ihr vorbei den Gang entlang rannte, in dieselbe Richtung wie kurz zuvor noch der Steiger gegangen war.

»Vater!«

Die Stimme des Kindes ließ Barthel in der Bewegung erstarren. Er drehte sich um und sein Gesicht färbte sich weiß. »Komm da weg! Schnell.« Sein panischer Ruf hallte durch die Mine. Er lief zurück, packte seinen Sohn am Arm und riss ihn mit. Doch zu spät. Hinter ihm explodierte der Fels. Die Mine bebte und Diana hatte Mühe, ihr Gleichgewicht zu halten.

Nur ein Traum! Nur ein Traum!

Auch über ihr bröckelte das Gestein herab. Schnell versuchte sie mit den Händen, ihren Kopf zu schützen. Dabei sah sie noch einmal nach vorne. Barthel hatte sich schützend über seinen Sohn gebeugt, während immer größere Felsbrocken auf ihn niederfielen. Diana spürte einen festen Schlag am Hinterkopf und alles um sie herum wurde schwarz.

»Diana!«

Sie schlug ihre Augen auf. Hämmernde Kopfschmerzen durchfuhren sie und Diana schloss sie schnell. Doch die

Schmerzen hielten an. Sie spürte die Nässe auf ihren Wangen. Hatte sie geweint oder war es Blut?

»Was machst du denn hier?«

Michael?

Es war seine Stimme und sie spürte, wie eine Hand sanft über ihre Wange streichelte. Zaghaft öffnete sie die Augen und sah in sein besorgtes Gesicht im schwachen Schein einer Taschenlampe.

»Wo bin ich?« Ihre Stimme flatterte.

»In der Besucher-Goldmine. Warum bist du nur hierhergekommen?«

»Das ... weiß ich nicht.« Diana schüttelte ihren Kopf, als der heftige Schmerz in ihren Schläfen explodierte.

»Beweg dich nicht. Du siehst aus, als hättest du etwas gegen den Schädel bekommen.« Sanft streichelte er ihre Wange und Diana bemerkte, dass ihr Kopf weich auf seinem Schoß gebettet war.

»Ich hatte geträumt. Die Mine ... sie ist eingestürzt und hat einen Mann und ein Kind begraben.« Sie wollte sich aufrichten, doch Michael drückte sie wieder hinunter. »Erst musst du mir ein paar Fragen beantworten. Ist dir schlecht?«

Diana runzelte die Stirn.

»Nein. Warum?«

»Hast du Kopfschmerzen?«

»Ja.«

»Ist dir schwindelig?«

»Nein. Was sollen diese Fragen?«

»Ich will nur sichergehen, dass du keine Gehirnerschütterung hast.«

Er lächelte. »Aber zum Arzt sollte ich dich trotzdem bringen. Kannst du aufstehen?«

»Ich denke schon. Aber, was machst du hier?«

»Als ich merkte, dass du im Schlaf umhergingst, bin ich dir in einigen Abstand gefolgt. Schlafwandler soll man ja nicht aufwecken. Ich dachte, ich gehe lieber mit und pass auf dich auf. Ist mir nur nicht gelungen, wie es ausschaut.«

Vorsichtig half er Diana auf. Ihre Beine fühlten sich wie Wackelpudding an, doch er stützte sie.

»Lass uns hier verschwinden.«

Diana nickte und ließ sich aus der Mine führen.

20. Kapitel

Michaels Auto fuhr die kurvige Bundesstraße entlang, die mitten durch das Fichtelgebirge führt. Mit ihm im Auto saß Diana mit ihren Kindern und sie betrachteten die vorbeiziehende Landschaft. Irgendwo hinter ihm fuhr Paul auf seinem Motorroller. Michaels Vorschlag, ihn mit einzuladen, hatte Toni ein Lächeln auf das Gesicht gezaubert. Nach seiner Erfahrung lachte das Mädchen viel zu selten. Aber war das nicht verständlich, nach allem, was vorgefallen war?

Noch früh am Morgen vor dem Frühstück war er mit Diana beim Hausarzt gewesen. Doktor Weidner konnte eine Gehirnerschütterung ausschließen. Diana sollte sich etwas ausruhen und bei Bedarf eine Kopfschmerztablette nehmen.

Damit sie sich entspannen konnte, schlug er einen Ausflug zum Fichtelsee vor. Schnell besorgte er alles für ein spontanes Picknick und als er seinen Vorschlag am Frühstückstisch der Familie unterbreitete, waren alle begeistert. Endlich würden sie wirklich einen Ferientag verbringen. Toni rief bei Paul an, der nur zehn Minuten später mit seinem Motorroller angefahren kam.

Gerade fuhren sie an Bischofsgrün vorbei. Für einen Moment betrachtete Michael Toni im Rückspiegel, wie sie zu der psychiatrischen Klinik hinübersah, in der sein Onkel lebte.

Sie weiß, wo er ist, schoss es ihm durch den Kopf und sah erneut nach vorne.

Lange werde ich sie nicht von ihm fernhalten können.

Schnell lenkte er die Konzentration wieder auf die Straße.

»Wenn ihr nach rechts schaut, seht ihr den Ochsenkopf mit seiner Sprungschanze.«

»Man kann dort Ski fahren?« Jona war gleich Feuer und Flamme. »Warum waren wir dann noch nie hier? Ich möchte das doch schon seit Jahren lernen.«

»Weil wir hier nie hergefahren sind«, schaltete sich Diana ein und sprach leiser: »Ich hatte es Oma versprochen.« Sie seufzte und schaute gedankenverloren aus dem Fenster.

»Aber hier hätte ich Ski fahren können!«

Michael runzelte die Stirn. So bockig hatte er Jona noch nie erlebt. Vermutlich ist Skifahren ein lang gehegter Traum von ihm.

»Wo ich doch schon in der Schule die Skifahrt verpasst habe.«

Im Rückspiegel sah Michael, wie Jona einen Flunsch zog.

»Warum hast du denn die Reise verpasst?«

»Weil ich so eine dämliche Grippe hatte.« Er verschränkte die Arme vor der Brust. Michael wusste, dass er die Situation auflockern musste, sonst würde der schöne Ausflug enden, bevor er wirklich begonnen hatte.

»Dann verstehe ich deine Enttäuschung. Aber vielleicht kannst du mich irgendwann in den Winterferien besuchen? Wenn es mal passt und Diana nichts dagegen hat?«

Diana biss sich auf die Lippen und seufzte. Mit einem kurzen Seitenblick sah er ihr an, dass sie sich übergangen fühlte. Was sollte sie denn jetzt noch dagegen sagen?

Doch dann entspannte sie sich und zwang sich, zu lächeln. »Das werden wir sehen. Wenn du dich mindestens in zwei Fächern im kommenden Halbjahr verbesserst, dann fahren wir in den Winterferien her. Deal?«

Jona strahlte. »Deal!«

Michael lächelte nicht nur, weil die Stimmung schlagartig wieder ausgelassen wurde, nein, er würde Diana bald wiedersehen. Und wenn er selbst über Skype oder WhatsApp Jona Nachhilfe geben würde. Der Junge würde sich verbessern und die Familie im Winter zurückkehren.

»Warum grinst du jetzt so?«

Er spürte Dianas Blick auf sich. »Weil es ein toller Tag wird. Das spüre ich.«

Da setzte er den Blinker und bog rechts ab. Nun fuhren sie eine schmalere Straße entlang, die noch kurviger war.

»Mir wird schlecht!« Leahs jammernde Stimme ließ Michael den Wagen abbremsen. Hinter ihm war die Fahrbahn leer, also fuhr er nicht schneller als 70.

»So besser, Kleines?«

»Ja, viel besser.«

Endlich erreichten sie das Ortseingangsschild ›Neubau‹. Nach nur wenigen Metern fuhr er auf den Parkplatz, bezahlte ein Euro fünfzig Gebühren und parkte in der Sonne.

»Warum parkst du nicht im Schatten?« , fragte Toni.

»Weil die Sonne wandern wird. Wer jetzt im Schatten parkt, steht heute Nachmittag in der prallen Sonne. Ich mag keine Sauna im Auto. Du?«

Toni verdrehte die Augen, doch aus ihrem Blick sprach Belustigung.

Teenager!

Schnell stiegen sie aus. Die Sommersonne brannte erbarmungslos auf sie herab. Michael öffnete den Kofferraum und verteilte Decken, einen Picknickkorb, einen Wasserball und Handtücher an seine Begleiter. Dann nahm er zwei große Kühltaschen heraus und schloss das Auto ab. Ein Knattern kündigte Paul an, der sein Motorroller neben Michaels Auto abstellte. Er trug einen Rucksack und seinen Helm. So gingen die sechs an dem Campingplatz vorbei zum bewaldeten Ufer. Dort blieben sie einen Moment stehen und bestaunten die malerische Kulisse, die vor ihnen lag. Der See funkelte im hellen Sonnenlicht. Auf ihm fuhren viele Tret- und Ruderboote, und am anderen Ufer stand das Waldhotel umrandet von hohen Bäumen. Neben dem urigen Gebäude lag eine Terrasse, auf der zahlreiche Sonnenschirme emporragten. Davor führte ein Steg an die tiefergelegte Bootsanlegestelle.

»Wunderschön!« Diana atmete genüsslich die frische Waldluft ein und langsam wieder aus.

»Nicht wahr?« Michael lächelte.

»Aber wo können wir schwimmen?«, fragte Jona.

»Siehst du dort rechts die kleine Insel zwischen den beiden kleinen Brücken?«

Jona folgte seinem Blick. »Ja.«

»Dahinter geht der See weiter und auf der anderen Seite ist eine wunderbare Badestelle.«

»Worauf warten wir denn noch?« Jona sah Leah herausfordernd an. »Wer zuerst an der ersten Brücke ist.«

»Ok. Drei – zwei – eins – los!« Die Kleine begann zu rennen und auch Jona stürmte los. Dabei achtete er darauf, seine Schwester nicht abzuhängen. Schließlich wollte er sie nicht entmutigen.

Auch die anderen folgten ihnen in einem entspannteren Tempo.

Ein paar Minuten später saßen Michael und Diana auf der Decke, während die Kinder im kühlen See tobten. Jona hüpfte auf einem Wassertrampolin, welches ein paar Meter vom Ufer entfernt schwamm. Leah hockte in Ufernähe und bespritzte Paul mit Wasser, während Toni daneben stand und laut lachte.

Es war eine Weile her, dass Diana ihre älteste Tochter so ausgelassen gesehen hatte. Sie sah Michael von der Seite an und er erwiderte ihren Blick.

»Es war eine wunderbare Idee, hierherzufahren. Danke!«

»Dafür musst du mir doch nicht danken.« Mit einer Kopfbewegung deutete er auf die vier im Wasser. »Ihr Lachen ist mir Dank genug. Du hast wirklich drei tolle Kinder. Da kannst du sehr stolz sein.«

Diana spürte die Röte in ihren Wangen aufsteigen. Daher wandte sie sich von ihm ab. »Das bin ich auch.«

Er hob seine Hand und drehte ihren Kopf zu sich. »Du weißt, was für eine wunderbare Frau und Mutter du bist. Ich werde alles tun, was ich kann, um euch zu beschützen.«

»Aber wovor willst du uns denn beschützen?« Sie lachte laut auf. »Vor imaginären Freunden meiner kleinen Tochter oder meinen Albträumen? Wie willst du das machen?«

Michael verzog keine Miene und sah ihr weiter tief in die Augen. »Vor allen Gefahren, die auf euch lauern.« Dianas Lachen erstarb, als er weitersprach: »Ich liebe dich, Diana. Mein Leben würde ich für dich geben.«

Diana spürte eine ganze Packung Brausetabletten in ihrem Magen sprudeln und ein Kloß saß tief in ihrem Hals. Panik stieg in ihr auf, doch sie zwang sich zu einem freundlichen Lächeln.

»Red keinen Unsinn. Du kennst mich doch kaum.«

Michaels Hand ließ ihr Gesicht los. Mit großen, traurigen Augen sah er sie an. »Das brauche ich auch nicht. Ich weiß, dass ich dich schon immer geliebt habe.«

Unsicher biss sich Diana auf die Lippen. Wie sollte sie nur reagieren? Die Nächte mit ihm waren wunderschön und ja, sie spürte das Kribbeln im Bauch. Doch war das Liebe? Sie blickte zu ihren Kindern. Sie mochten Michael. Sehr sogar. Vielleicht würden sie ihn als einen neuen Partner akzeptieren. Aber was passierte, wenn das nicht klappen sollte und Michael schnell wieder weg wäre? Würde das ihren Kindern nicht das Herz brechen? Leah liebte ihn schon jetzt. Das durfte sie nicht riskieren. Seufzend stand sie auf.

»Ich denke, wir brauchen eine Abkühlung. Kommst du mit ins Wasser?«

Michael seufzte. »Du musst mir jetzt nicht darauf antworten. Ich werde warten.«

Diana hatte einen Kloß im Hals. Sie wollte ihn nicht verletzen. Aber ihre Kinder sollten auch nicht verletzt werden. »Ich mag dich wirklich, aber ...«

»Geh ruhig vor«, unterbrach er sie. »Ich komme gleich nach.« Michaels Stimme flatterte.

»Ok.« Sie drehte sich um, rannte ins Wasser und tauchte unter. Warum war ihr gerade zum Heulen zumute?

Etwas später saß Diana mit Leah und Jona in einem Tretboot, während Michael mit Toni und Paul mit einem Ruderboot fuhr. Erstaunlicherweise war es Toni gewesen, die diese Aufteilung vorgeschlagen hatte. Michael ahnte warum. Er saß auf der Bank und mit rhythmischen Bewegungen ruderte er über den See. Die Teenager saßen ihm gegenüber und schauten ihn erwartungsvoll an. Kaum waren sie aus der Hörweite des anderen Bootes, fiel Toni auch schon mit der Tür ins Haus.

»Schön, dass du mit uns gekommen bist. Wir müssen dich etwas fragen.«

Michael seufzte. »Worum geht es?«

Die Teenager sahen sich an.

»Warum dürfen wir deinen Onkel nicht besuchen?«, fragte Paul.

»Und warum interessierst du dich so sehr für uns? Du kennst uns doch nicht.«

Michael unterdrückte ein Lächeln. Toni war ihrer Mutter so ähnlich.

»Ich möchte euch beschützen. Je mehr ihr wisst, umso gefährlicher wird es für euch.«

Die beiden sahen ihn skeptisch an.

»Außerdem mag ich eure Mutter schon, seit wir als Kinder zusammen gespielt haben. Sehr sogar! Über all die Jahre habe ich sie nie vergessen. Alles, was ich will, ist euch zu beschützen.« Seine Augen funkelten feucht in der Sonne, als er an Dianas Abweisung dachte.

Toni betrachtete ihn prüfend und es fühlte sich so an, als wenn sie tief in seine Seele blicken konnte.

»Du liebst sie?« Es war eher eine Feststellung als eine Frage.

Michael wich ihrem Blick aus.

»Das würde einiges erklären«, meinte Paul.

»Tu ihr nicht weh«, stellte Toni klar, doch etwas an Michaels Blick ließ sie innehalten.

»Keine Sorge, Toni. Wenn ein Herz bricht, dann wird es meines sein.«

Toni runzelte die Stirn. Was sollte das schon wieder heißen?

»Du weißt, was hier vorgeht?« Paul krauste die Stirn.

»Ja, das weiß ich. Zumindest teilweise.«

Toni schnappte nach Luft.

»Was weißt du?«

Michael seufzte. »Dass ihr alle in Gefahr seid. Und wenn ich euch sagen würde, was los ist, würdet ihr nicht mehr mit mir reden. Vermutlich würdet ihr mich von den Männern mit den weißen Kitteln abholen lassen.«

Er blickte einen Moment gedankenverloren über den See.

»Aber«, begann Toni vorsichtig. »... wenn wir nicht wissen, in welcher Gefahr wir schweben, wie können wir dann auf uns aufpassen?«

Michael öffnete den Mund, doch Toni ließ ihm keine Zeit, etwas zu sagen.

»Du kannst uns nicht immer im Auge behalten.«

Er schüttelte seinen Kopf. »Nein, kann ich nicht.«

Nach dem Gespräch mit Diana muss ich froh sein, wenn ich überhaupt noch in der Nähe bleiben darf.

Warum musste er ihr auch seine Gefühle gestehen. So hatte der Plan nicht ausgesehen. Gut, sie waren sich nähergekommen und schliefen miteinander, doch heutzutage hatte das rein gar nichts zu sagen. Die körperliche Nähe half ihm bei der Bewältigung seiner Pflicht, diese Menschen zu beschützen, so wie es seit der Geschichte mit seinem Onkel als Aufgabe seiner Familie angesehen wurde. Aber ihr seine Gefühle zu gestehen, wo sie offensichtlich noch hinter ihrem Mann nachtrauert?

Wie blöd kann ich sein?

»Lasst mich darüber nachdenken, was ich euch sagen kann, ohne die Gefahr für deine Familie zu verschlimmern. Vielleicht sollte einer von euch die ganze Wahrheit wissen. Lasst uns heute Abend weiter reden, in Ordnung?«

Die beiden Teenager sahen sich an und lächelten. Dann blickten sie zurück zu Michael und sprachen im Chor: »Ok!«

»Diana, darf ich dich kurz sprechen?«

Sie hielt in ihrer Bewegung inne. Gerade war sie dabei, die Reste ihres Picknicks einzupacken. Mit großen Augen sah sie Michael an. Ihr Blick erinnerte ihn an ein Reh nachts im Scheinwerferlicht: ängstlich und in Schockstarre.

Michael schluckte, bevor er weiter sprach: »Es tut mir leid wegen vorhin. Ich habe alles ruiniert, oder?«

Ihre Erstarrung löste sich und sie schüttelte ihren Kopf.

»Nein. Ich meine, es ist schwierig. Ich mag dich. Wirklich! Aber«, sie sah zu den Kindern, die wieder im Wasser spielten und deren Lachen zu ihnen herüberschallte. »Es geht mir zu schnell.«

»Zu tun, als hätte ich es nie gesagt, ist sicher keine Option, oder?«

Traurig schüttelte Diana ihren Kopf. »Ich weiß es nicht. Ich kenne dich kaum und wir sind nur vorübergehend hier. Wie würdest du dir eine Beziehung denn vorstellen?«

»Wo ein Wille ist, ist auch ein Weg.« Michaels Stimme war belegt. Er spürte, wie seine Augen feucht wurden.

Nur nicht flennen. Dann ist alles verloren.

»Aber bitte, lassen wir das.« Seufzend erhob er sich. »Können wir uns einfach eine schöne Zeit machen, solange ihr hier seid? Wie bisher?«

Diana stieß die Luft aus. »Ich weiß nicht. Heute Nacht solltest du vielleicht lieber zu Hause schlafen.«

»Ich verstehe. Aber hältst du das wirklich für eine gute Idee? Nicht nur Leah schlafwandelt, sondern auch du. Über die letzte Nacht haben wir noch gar nicht gesprochen.«

Dianas Blick wanderte über den friedlichen See. »Eigentlich würde ich gerne diesen Traum vergessen.«

»Kann ich mir vorstellen. Lass uns ein Stück gehen.« Er hielt ihr den Arm hin, doch sie hakte sich nicht unter. Sie ging neben ihm an dem Waldhotel vorbei und den Waldweg am Seeufer entlang.

»Worum ging es in dem Traum?«

Diana ließ ihren Blick über das Wasser schweifen.

»Ich hörte eine Stimme, die mich rief. Also stand ich auf und folgte ihr.« Sie sah kurz zu Michael und schüttelte ihren Kopf. »Das ist lächerlich. Es war nur ein Traum.«

»Manchmal kann man aber auch aus Träumen lernen.« Wie gerne hätte er ihre Hand genommen, sie an sich gezogen und geküsst. Er ignorierte diesen Drang und sah seinerseits über den See. Am liebsten hätte er sich jetzt in die Fluten gestürzt, um sich abzukühlen und nicht daran denken zu müssen, wie sich ihre Haut auf seiner anfühlte.

Konzentriere dich. Es geht um ihre Sicherheit.

»Bitte, erzähl einfach.«

Für einen Moment dachte er, sie würde sich weigern, doch dann begann sie zu berichten.

21. Kapitel

»Ich ziehe noch eine Runde mit Paul um die Häuser.«

Diana sah ihre Tochter nachdenklich an. »Gut, aber komm nicht so spät zurück, in Ordnung?«

»Klaro.« Toni beugte sich zu ihrer Mutter und gab ihr einen Kuss auf die Wange.

Was war das? Das hat sie schon lange nicht mehr getan.

»Danke, Mama!«

Lächelnd sah Diana ihrer Tochter hinterher und seufzte, als sie durch die Tür verschwand. Sie selbst saß auf einem alten Ohrensessel und las »Stolz und Vorurteil« von Jane Austen. Es war ihr Lieblingsbuch und schon als Teenager ein gutes Mittel gegen Herzschmerz. Jona und Leah hatten es sich auf der Couch bequem gemacht und sahen einen Animationsfilm. Mit einem tiefen Seufzer versuchte Diana, sich auf ihr Buch zu konzentrieren. Doch dieses Mal wollte es ihr nicht gelingen. Ihre Gedanken wanderten immer wieder zu Michael. War sie ebenso stolz wie Mr. Darcy in dem Buch? Zu stolz, um sich ihre eigenen Gefühle einzugestehen und die Person, die sie liebt, so zu behandeln, wie diese es verdiente?

Habe ich gerade gedacht, dass ich ihn liebe?

Bei dem Gedanken waren die Brausebonbons wieder in ihrem Bauch. Die Erkenntnis traf sie wie der Blitz. Sie liebte ihn.

Aber ich muss auch an meine Kinder denken.

Gäbe es sie nicht, wäre das alles kein Problem. Zuhause hielt sie nichts. Aber sie konnte es doch ihren Kindern nicht antun, all ihre Freunde verlassen zu müssen, die Schulen zu wechseln und aufs Land zu ziehen. Toni würde sie umbringen, selbst, wenn sie sich in Paul verguckt haben sollte.

Und was würde unvermeidlich passieren, wenn ich es doch durchziehe?

In ein paar Monaten ist alles vorbei und sie säße mit drei Kindern in der Pampa fest.

Also welche Wahl hatte Diana?

Es fühlte sich an, als wenn ihr Herz zwischen einen Schraubstock geraten wäre. Wie gerne hätte sie Michael jetzt hier bei sich gehabt. Sie vermisste seinen Geruch und die Gänsehaut, die seine Berührungen in ihr auslösten. Warum nur hatte sie ihn heute weggeschickt? Warum hatte sie ihm nicht gesagt, was sie fühlte und was sie veranlasste, gegen ihre Gefühle zu handeln?

Als sie merkte, wie ihr Tränen in die Augen stiegen, legte sie das Buch zur Seite und stand auf. Mit leicht zittriger Stimme sagte sie: »Ich nehme ein Bad. Kommt ihr klar?«

»Sicher, Mama.« Jona blickte zu ihr herüber und sah sie besorgt an. »Alles mit dir in Ordnung?«

Sie zwang sich zu einem Lächeln. »Aber natürlich, mein Schatz.«

Seine gekräuselte Stirn deutete daraufhin, dass er ihr nicht glaubte.

»Wo ist eigentlich Michael?«

Die Frage stach ihr tief ins Herz. Ihre Lippen bebten und sie versuchte, den Kloß in ihrem Hals hinunterzuschlucken, der sich dort gebildet hatte. Langsam ging sie zur Tür.

»Heute ist er mal bei sich zuhause. Er kann doch nicht immer hier sein.«

»Schade.« Jona hörte sich traurig an, beinahe ängstlich.

»Habt ihr euch gestritten? Dann rede mit ihm. Vertragt euch wieder!«

»Mach ich.« Sie quetschte die Worte heraus und verließ fluchtartig den Raum.

»Da seid ihr ja.« Michael lächelte gezwungen und öffnete die Tür. »Kommt herein.«

Toni trat mit Paul ein. Sie hätte nicht gedacht, dass Michael in einem so großen Haus wohnte. Hier hätte eine Großfamilie genug Platz. Der Flur, in den sie trat, war lang und mehrere Türen gingen zu jeder Seite ab. In einer runden Nische befand sich eine Wendeltreppe, die nach oben führte.

»Kommt hier entlang.« Er führte sie über den Flur in das Wohnzimmer. Toni staunte nicht schlecht, als sie an der Wand den großen Flachbildschirm und darunter ein Sammelsurium verschiedener Spielekonsolen entdeckte.

Jona würde man hier gar nicht mehr rausbekommen.

Der Gedanke an ihren Bruder ließ sie lächeln. Gegenüber vom Fernseher war eine große, moderne bordeauxfarbene Couch in U-Form platziert worden. Auf dem gläsernen Couchtisch standen ein Glas und eine Karaffe Wasser. Die Wände waren in einem unaufdringlichen Gelb-Ocker-Ton gehalten. Neben der Couch spendete im Winter ein cremefarbener Kachelofen Wärme. Daneben befand sich ein Bücherregal, welches völlig vollgestopft war. Durch die Fenster konnte Toni in den Garten blicken. Sie erkannte eine Terrasse mit Grillplatz und weiter hinten …

Toni stutzte. Da standen eine Schaukel, ein Sandkasten und eine Rutsche.

»Ich wusste nicht, dass du Kinder hast.«

Michael seufzte. »Die habe ich auch nicht mehr.«

»Hat die Mutter sie dir weggenommen?« Sie drehte sich zu den Anderen um und sah, wie Paul ihr Zeichen machte und nun die Augen verdrehte.

»Nein, das bedeutet, dass sie nicht mehr lebt.«

Shit!

Glitzerten seine Augen?

Shit! Shit! Shit!

»Es ... tut mir leid. Ich wollte keine Wunden aufreißen.«

Er atmete tief durch und deutete ihr, sich zu setzen.

»Verzeiht, aber ich gehe kaum noch in den Garten, weil ich den Anblick nicht ertrage.« Er sah zu Boden. »Aber abbauen lassen kann ich den kleinen Spielplatz auch nicht.« Michael hob seinen Blick und sah Toni in die Augen.

Sie trat zu ihm und umarmte ihn kurz.

»Danke«, flüsterte er.

»Kein Problem.«

Sie setzte sich neben Paul auf die Couch.

»Möchtet ihr etwas trinken? Wasser, Cola, Tee?«

Die Teenager schüttelten ihre Köpfe. Also nahm Michael ihnen gegenüber Platz.

»Tja, wo soll ich jetzt nur anfangen?«

»Am besten am Anfang.« Paul grinste und Michael sog die Luft ein, um sie langsam wieder entgleiten zu lassen.

»Also, Paul, ich kannte deine Großmutter. Sie hat dir sicher das eine oder andere erzählt, oder?«

Paul nickte. »Irgendetwas von dem Erz hier im Berg und dass es die Energien speichert. Gute wie Schlechte.«

»Das hatte sie mir auch erzählt. Darum glaubte sie, dass es hier am Berg viele Geister geben würde«, erwiderte Michael.

»Ja, genau.«

190

»Du glaubst auch an Geister?« Toni lehnte sich zurück und verschränkte die Arme. »Ist das dein Ernst?«

Michael schmunzelte. »Ich sagte doch, dass du mich für verrückt halten würdest. Aber nein, eigentlich glaube ich nicht daran. Allerdings gehen hier am Berg merkwürdige Dinge vor.«

»Das glaube ich gern.« Toni zog eine Grimasse und schnaubte.

»Geister habe ich persönlich noch nicht gesehen«, stellte Paul fest.

»Da kannst du froh sein. Ob es Geister sind, ein Fluch oder eine Art Macht, das kann ich nicht sagen.« Michael schaute Toni an. »Aber Fakt ist, dass, seit mein Onkel als Kind diese Goldmine aus eurem Zeitungsausschnitt gefunden hatte, es für deine Familie hier sehr gefährlich ist. Meine Großmutter hat mir immer gesagt, weil Uwe damals mit seinen Freunden die Mine geöffnet und das Böse hinausgelassen hatte, wäre es unsere Pflicht, so gut es geht deiner Familie zu helfen. Allerdings ...«

Michael machte eine Pause und blickte sich um. »Ihr habt es uns durchaus nie leicht gemacht. Wie deine Großmutter zum Beispiel, die einfach diesem Ort den Rücken gekehrt hatte und wollte, dass ihr niemals hierherkommt. Was glaubt ihr, warum?«

Toni zuckte die Achseln. »Das weiß nicht mal Mama.«

»Ich weiß. Sie ist damals vor dem Fluch geflüchtet. Die Familie Jungkunz, eure Vorfahren, waren einmal eine der größten Sippen hier in Goldhain. Das habt ihr vielleicht auf der Ahnentafel gesehen, die Diana gefunden hat.«

Toni nickte stumm.

»Eure Oma hatte sehr viele Onkel, Tanten, Cousins und Cousinen. Sie sind alle durch mysteriöse Umstände gestorben. Und das begann 1952, nachdem Onkel Uwe in diese

Mine gegangen war. Solange sie offen ist, kann das Böse dort heraus und es scheint euch zu verfolgen und in jungen Jahren zu töten. Eure Mutter und ihr Kinder seid nun die Letzten, die von den Jungkunz abstammen. Zumindest, soweit Sophie es wusste.«

»Aber Oma ist an Krebs gestorben.« Es war eher eine Feststellung.

»Ja, weil sie Glück hatte und das Böse anscheinend an diesen Berg gebunden ist.«

»Aber ...« Toni riss die Augen auf und sah zu Paul. »Dann müssen wir hier doch weg!«

Auch Paul sah nicht glücklich aus. »Aber, was ist mit deiner Großtante? Sie starb doch ebenfalls an Krebs, oder?«

Toni atmete aus. Sie hatte gar nicht gemerkt, dass sie die Luft angehalten hatte.

»Stimmt. Was ist mit ihr?«

»Sophie. Das war etwas anderes. Sie wusste, was sie tat.«

Toni legte ihre Stirn in Falten. »Wie meinst du das?«

»Erst einmal hat sie die Freundschaft meiner Großmutter nicht abgelehnt. Sie ist hiergeblieben, weil dies die Heimat ihrer Familie ist. In der Mine hatten bereits eure Ahnen gearbeitet. So konnte zuerst meine Großmutter und nach ihrem Tod ich auf Sophie aufpassen.« Er griff nach der Karaffe und goss sich ein. Dann nahm er das Glas und trank es in einem Zug aus.

»Aber du konntest doch nicht immer da sein?«

»Oh nein, sicher nicht. Schon allein wegen des Tratsches. Die Leute im Ort haben eh schon geredet, weil sie unsere Freundschaft nicht verstanden haben. Sie hatte mir geholfen, als mein Kind starb, und ich half ihr, zu überleben, wie es meine Großmutter getan hatte.« Er stellte das Glas wieder ab. »Sophie hat viel recherchiert. Sie hatte in jungen Jahren Kontakte zu Medien und hatte sogar versucht, an diese bekannten Gespensterjäger in den Staaten, die Warrens, heranzukommen. Das Ergebnis war, dass sie eine Mischung verschiedener Kräuter in ihrem Haus geräuchert hatte. Solange deren Gerüche in der Luft lagen, war das Haus geschützt. Deswegen hat sie so lange überlebt.«

»Soll das ein Witz sein? Sie hat wirklich in diesem furchtbaren Gestank gelebt?«

»Ja, etwa fünfundzwanzig Jahre lang.«

»Das hätte ich nicht ausgehalten.« Toni war sich nicht sicher, was sie von all dem halten sollte.

»Und wie können wir uns den Geist, oder was es auch immer ist, vorstellen?« Paul war definitiv pragmatischer.

»Sophies Mutter erzählte, dass sie von einer dunklen, verdreckten Gestalt verfolgt wurde. Man hat nie herausgefunden, wer das war. Auch hat sie kurz vor ihrem Tod erzählt, die Person würde ein paar Meter weiter direkt vor ihr stehen, doch niemand anderes sah sie.«

»Verrückt«, entfuhr es Toni.

»Das haben auch die Einwohner hier gemeint. Ich sagte ja, du wirst mir das nicht glauben.«

»Nein, das meinte ich gar nicht.« Unsicher strich sie sich durch die Haare und biss sich auf die Lippen. Zögerlich sprach sie weiter: »An dem Tag, an dem ich Paul das erste Mal getroffen hatte ...«

»Umgerannt trifft es eher...«

»Da habe ich im Wald eine Gestalt gesehen. Genau wie es meine Uroma beschrieben hatte.«

Sie blickte Paul an.

»Erinnerst du dich? Ich bin vor jemandem weggerannt.«

Paul klatschte seine Hand gegen die Stirn.

»Ja, klar! Da hat der Geist dich schon bedroht!«

Michael sprang auf. »Und das habt ihr nicht erzählt?«

»Warum hätte ich?« Toni war sichtlich irritiert. »Woher hätte ich denn wissen sollen, dass das ein Geist ist, der mich umbringen will? Ich dachte, so ein Typ wollte mich einfach erschrecken. Ist ja nicht so, dass die Bewohner uns gegenüber sehr freundlich wären.«

»Dafür entschuldige ich mich. Sie haben halt Angst davor, zwischen die Fronten zu geraten. Toni, du musst wissen, dass es auch um eure Verwandten herum immer wieder eigenartige Todesfälle gab.«

»Wie dein Kind?« Sie schluckte, aber Michael schüttelte seinen Kopf und hob beschwichtigend die Hände. »Nein, das hatte nicht das Geringste mit euch zu tun.«

Ihr fiel ein Stein vom Herzen und sie lächelte.

Paul meldete sich wieder zu Wort: »Und was unternehmen wir nun gegen diesen Geist?« »Ich meine, es muss doch noch eine andere Lösung geben, als dass sie abreisen und nie wieder zurückkommen.«

Erwartungsvoll sahen die beiden Teenager Michael an. Wie gerne würde er ihnen sagen, dass er einen Plan hätte. Doch wie sollten sie gegen einen Geist ankommen?

Er zuckte mit den Schultern. »Ehrlich, ich weiß es nicht. Ich bin völlig ratlos.«

»Es muss einen Weg geben!« In Tonis Stimme klang Entschlossenheit mit. »Es muss einen Weg geben. Ich will hier nicht vertrieben werden. Es muss ein Ende haben und wir werden einen Weg finden. In Filmen finden sie immer erst einmal heraus, wer dieser Geist ist. Das sollten wir auch tun. Hast du Internet?«

Diana stieg in die dampfende Badewanne. Der Badezusatz roch angenehm nach Lavendel und sie fühlte, wie sie ruhiger wurde und ihre Muskeln sich entspannten. Durch ihren Bluetooth-Lautsprecher klang klassische Musik. Sie schloss

194

die Augen, atmete tief die Dämpfe ein und genoss das wohlig warme Wasser um ihren Körper herum.

Unwillkürlich stellte sie sich vor, wie Michael hinter ihr in der Wanne saß und sie liebevoll berührte.

Oh Gott, ich bin echt hoffnungslos verknallt.

Es war fast so, als wäre da wirklich jemand, der mit der Hand über ihren Körper streichelte. Ein leichter Luftzug erzeugte die Illusion, als würde Michael ihren Nacken küssen.

Was für einen Streich einem die Vorstellungskraft spielen kann, dachte sie und spürte den eingebildeten Berührungen nach. Sie beschloss, ihren Gedanken freien Lauf zu lassen. Seine Hände liebkosten ihre Brüste und wanderten langsam über ihren Bauch hinunter. Sie merkte, wie sich ihr Puls und die Atmung beschleunigten. Leise stöhnte sie auf, als Michaels Hand zwischen ihre Beine glitt und sie rieb, bis sie keuchend kam. Dann spürte sie seine sanfte Umarmung.

Schwer atmend genoss sie einen Moment die Nachwirkung dieser Fantasie. Wie sehr vermisste sie Michael jetzt schon.

Traurig ließ sie diesen Tagtraum los. Es war Zeit, wieder in die Wirklichkeit zurückzukehren. Langsam öffnete sie ihre Augen.

Das klare Wasser war verschwunden. Diana schrie auf. Sie lag in einer stinkenden Schlammbrühe. Es roch nach Moder und Schwefel. Der Gestank ließ sie husten.

Wie kann das sein?

Diana wollte aufspringen, aber irgendetwas hielt sie fest. Sie strampelte mit den Beinen und versuchte verzweifelt ihre Arme freizubekommen, doch es gelang ihr nicht.

»Wehr dich nicht. Eben hat es dir noch gefallen.«

Diese Stimme direkt neben ihrem Ohr ließ sie erneut aufschreien. Es gelang ihr, den Kopf zu drehen und erstarrte. Hinter ihr in der Wanne saß der mit Dreck und Blut verschmierte Minenarbeiter aus ihrem Traum und presste sich an sie.

Übelkeit stieg in ihr hoch und die Angst lähmte sie.

Das ist ein Traum, ein dämlicher Albtraum!

Während der eine Arm sie am Bauch fest im Griff hatte, wanderte die andere Hand an ihrem nackten Körper entlang.

»Nein!« Panisch versuchte sie sich aus der Umklammerung zu befreien, doch der Mann hatte sie fest im Griff. Keine Chance. Tränen rannen ihr über die Wangen, als seine Hand zurück in ihren Schritt wanderte. Angewidert schloss sie die Augen.

Oh Gott! Bitte nicht!

Plötzlich klopfte es an der Tür.

»Mama? Alles in Ordnung?«

Jona!

Panisch öffnete sie ihre Augen und starrte die Tür an.

»Schätzchen!«

Sie stutzte. Das Wasser vor ihr in der Wanne war klar wie zuvor. Sie sah an sich herab, doch keine Hände betatschten sie oder hielten sie fest. Schnell drehte sie sich um. Niemand da. Diana war allein im Bad. Nur das Wasser, welches auf den Boden gespritzt war, zeugte davon, dass sie heftig gestrampelt haben musste.

»Alles ok. Ich bin nur eingenickt und hatte einen Albtraum.«

»Das hat sich aber nicht so angehört. Es ist gefährlich, in der Badewanne einzuschlafen.«

Sie seufzte. Das Herz in ihrer Brust hämmerte heftig.

Was zum Teufel war das?

»Ich komm' auch gleich raus. Geh bitte zurück zu deiner Schwester. Ich möchte nicht, dass sie so lange allein ist.«

»Okay.« Er klang misstrauisch, aber Diana hörte, wie sich seine Schritte entfernten und er die Treppe hinunterging.

Sie schüttelte ungläubig ihren Kopf, als sie zum Handtuch griff und einen Fuß aus der Badewanne hob.

»Ich werde dich noch kriegen!«

Erschrocken rutschte sie aus und fiel zurück in die Wanne. Dabei knallte sie mit dem Kopf gegen die Wand.

Der Schädel und der Rücken taten ihr weh. Mühsam rappelte sie sich wieder auf, nachdem sie sich versichert hatte, dass sie immer noch allein war. Die Stimme hatte ihr direkt ins Ohr geflüstert.

Wie ist das nur möglich? Werde ich verrückt?

Mit Bedacht stieg sie aus der Wanne. Das Handtuch schwamm im Badewasser. Also ging sie vorsichtig über den nassen Boden zum Schrank und holte sich ein frisches Badehandtuch heraus.

»Wir sollten zu euch gehen, Toni.« Michael hatte aufgelegt.

»Ist etwas passiert?« Bei Toni klingelten sämtliche Alarmglocken. Mit weit aufgerissenen Augen starrte sie Michael an.

»Ich glaube nicht. Aber das war Jona. Er meinte, irgendetwas stimmt nicht und ich soll lieber gleich rüberkommen.«

Paul stand sofort auf, doch Toni hakte nach: »Und warum ruft er ausgerechnet dich an?«

»Weil deinem Bruder der Geist auch schon begegnet ist.« Michael sah sie ernst an.

Toni wurde blass.

»Und das sagt mir keiner?«

»Hättest du Jona oder mir geglaubt?«

»Deswegen warst du an dem Abend plötzlich da.« Sie hatte mehr mit sich selbst gesprochen. »Und was ist jetzt? Wir müssen sofort rüber!« Sie sprang auf.

»Das hat etwas Gutes«, meinte Paul. »Dann können wir dir auch gleich den geheimen Raum zeigen.«

Michael hielt in der Bewegung inne. »Geheimer Raum?«

»Ja.« Paul wurde ganz aufgeregt. »Vielleicht finden wir ja dort einen Hinweis, wer unser Geist war. Im Internet stand ja nichts.«

22. Kapitel

»Hallo Mama, wir haben jemanden mitgebracht!«

Auch das noch.

Dianas Beine fühlten sich wie Wackelpudding an und ihr Kopf schien mit einem Vorschlaghammer bearbeitet zu werden. Sie hatte sich die Treppe hinuntergeschleppt und sich zu ihren Kindern gesetzt. Besuch konnte sie jetzt gar nicht gebrauchen.

»Toni, das passt mir gerade gar ...«

Als sie Michael sah, verstummte sie. Ihr Herz machte einen riesigen Hüpfer und all ihre Instinkte wollten in seiner Umarmung Sicherheit und Geborgenheit suchen. Es kostete sie unheimlich viel Kraft, sitzen zu bleiben. Leah hingegen sprang auf und rannte um die Couch herum direkt in seine Arme. Die kleinen Ärmchen hielten ihn fest umschlungen.

»Was machst du denn hier?« Diana blickte ihn ärgerlich an.

Unsicher schaute er kurz zu Jona, der fast unmerklich mit den Schultern zuckte.

»Ich habe die beiden getroffen und dachte, ich begleite sie und schau noch mal nach dem Rechten.«

»Ich bin erwachsen und kann auf mich selbst aufpassen.«

Konnte er das Zittern in ihrer Stimme hören? Er sah sie prüfend an.

»Dann hast du sicher auch kein Problem mit meiner Anwesenheit.«

Immer wieder sah er von Diana zu Jona und zurück.

Da ist etwas im Busch. Jona hatte doch nicht ...

»Jona, sag bloß, du hast Michael angerufen?«

Schuldbewusst blickte der Junge zu Boden.

»Ich sagte doch, es war nur ein Albtraum. Halb so schlimm, wirklich!«

Sie lächelte gezwungen.

»Du hast geschrien. Da habe ich Angst bekommen.«

Sie rutschte zu ihm hinüber und nahm ihn in den Arm.

»Ist schon gut. Alles ist gut.«

Sie spürte Michaels Blick auf sich. Als sie aufblickte, sah sie, dass auch Toni und Paul sie merkwürdig ansahen.

»Mama, du hast im Schlaf geschrien?«

Es war mehr eine Feststellung und ihre Tochter tauschte mit Michael und Paul Blicke aus.

Haben sich jetzt auch meine Kinder mit Michael verschworen?

Diana fühlte sich unendlich müde. Dennoch stand sie auf und zog Michael in die Küche.

»Was ist hier los?«

»Wir machen uns Sorgen.«

»Sorgen? Warum denn? Wegen der Albträume?«

»Jona hat mich panisch angerufen. Hätte ich sagen sollen: Nein, ich komme nicht?«

Unsicher strich sich Diana eine Haarsträhne hinter das Ohr. Resignierend schüttelte sie ihren Kopf.

»Du hast ja recht. Danke, dass du gekommen bist.«

»Ich komme immer, wenn einer von euch mich um Hilfe bittet. Egal, was mit uns ist ... oder auch nicht. Das ist in Ordnung.«

Sie musste unwillkürlich lächeln.

»Das ist lieb von dir.«

Sie wollte sagen: Danke und bleibe. Bleib bei uns. Für immer.

Doch sie sagte: »Du siehst jetzt aber, dass es mir gut geht. Du kannst also nach Hause gehen, oder sonst wohin.«

Er trat auf sie zu. Beinahe konnte sie seinen Atem auf ihrer Haut spüren.

»Meinst du nicht, nach den letzten Nächten sollte ich doch lieber hierbleiben? Falls du wieder von der Mine träumst und durch den Wald schlafwandelst?«

Sie öffnete ihren Mund, um ›Nein‹ zu sagen. Doch sie besann sich.

Vielleicht hat er ja Recht. Sie seufzte. *Sicher hat er Recht.*

Zudem wollte Diana nicht, dass er geht. Aber das sollte er auf keinen Fall erfahren.

»Wenn du meinst, dann schlaf hier. Wir sind erwachsen, nicht?«

Wenig später gingen Toni, Paul und Michael nach oben in das alte Zimmer von Sophie, welches Toni gerade bewohnte. Toni schloss die Tür hinter sich, während Paul das Regal zur Seite schob. Als Michael in den geheimen Raum trat, stieß er einen kurzen Pfiff aus.

»Sophie hat mir nie davon erzählt.«

Er sah sich um, als Paul das Licht anmachte. Toni blieb im Eingang stehen. Sie fühlte sich nicht wohl in diesem Raum und von hier aus konnte sie Michael gut beobachten, wie er fassungslos an der Wand entlanglief und die Textschnipsel las.

»Wow! Warum hat sie mir das nur verschwiegen?«

»Keine Ahnung«, sagte Paul und zuckte mit den Schultern. »Vielleicht hat sie dir nicht genug vertraut?«

Michael lachte kurz auf. »Daran lag es mit Sicherheit nicht. Viel eher wollte sie mich vor der ganzen Wahrheit beschützen.«

»Welcher Wahrheit?«, fragte Toni.

»Dass das alles viel größer ist, als wir uns das vorstellen können.«

Er tippte auf den Zeitungsartikel über seinen Onkel. »Ach, hier hattet ihr den Artikel gefunden. Deswegen seid ihr auf Uwe gekommen und wolltet mit ihm sprechen?«

»Ja«, antworteten die Jugendlichen gleichzeitig und Michael seufzte.

»Ich weiß nicht, ob er sich wirklich erinnert, was zu jener Zeit passiert war. Uwe spricht ständig wirres Zeug. Deswegen lebt er, seit er damals wieder aufgetaucht war, in einer psychiatrischen Einrichtung nach der anderen.«

»Aber vielleicht kann er uns einen Tipp geben, wo wir mit der Identitätssuche beginnen sollten?« Toni sah ihn mit großen Augen an. Ihr Blick erinnerte an einen bettelnden Hundewelpen.

»Und mehr, als dass es Zeitverschwendung ist, kann doch nicht passieren, oder?« Paul legte seine Hand freundschaftlich auf Michaels Oberarm und sah ihn mit schiefgelegtem Kopf an.

Michael seufzte resignierend. »Da hast du Recht. Morgen ruf' ich in der Klinik an und mach einen Termin. Hoffe, ihr seid zufrieden?«

Die Teenager strahlten sich an. Toni war sich sicher, dass der Besuch bei Uwe nicht umsonst sein würde. Irgendetwas würden sie erfahren. Das konnte sie spüren.

»Erzählst du mir, was wirklich los war?«

Michael saß im Ohrensessel und blickte zu Diana, die mit herangezogenen Beinen auf der Couch saß und Löcher in die Luft starrte. Die Kinder waren bereits im Bett.

»Ich bin in der Badewanne eingeschlafen und habe schlecht geträumt.« Sie blickte ihn nicht an.

Vielleicht sollte ich ihm die Wahrheit sagen?

Wie gerne würde sie ihn bitten, sich neben sie zu setzen, um ihr Gesicht an seine Brust lehnen zu können, seine Wärme zu spüren und so das Gespenst des Minenarbeiters aus ihrem Kopf zu verbannen. Warum nur träumte sie immer von ihm?

»Das soll Jona so beunruhigt haben?« Michael musste nachbohren.

»Na ja, ich habe geschrien. Kurz. Das hatte er wohl gehört.«

Sie konnte ihn ansehen, dass er zwischen den Zeilen las.

»Du solltest sehr aufpassen, Diana.«

Drohte er ihr?

Irritiert schaute sie zu ihm hinüber, doch alles, was sie in seinem Gesicht sah, war ernsthafte Sorge. Ihr wurde warm ums Herz. Einmal mehr wünschte sie sich, er würde herüberkommen und sie berühren, um die Erinnerung an dieses Ding in der Wanne zu vertreiben. Allein der Gedanke daran, eingebildet oder nicht, ließ sie würgen.

»Geht es dir nicht gut?« Schnell war Michael aufgesprungen und zu ihr getreten.

»Vielleicht ein wenig erschöpft.« Sie zwang sich zu einem Lächeln.

»Dann solltest du schlafen.« Er war vor ihr stehen geblieben und sah sie nachdenklich an. »Keine Angst, ich schlafe auf dem Sessel.«

Diana öffnete ihren Mund, um zu antworten, doch ihr Hals brannte. Wie sehr sie sich jetzt auch seine Nähe wünschte, es wäre unvernünftig. Vier Wochen. Dann fing die Schule an und sie wären wieder daheim in Hamburg. Ohne Michael.

Warum tut Liebe nur so weh?

23. Kapitel

Diana schlug die Augen auf. Dunkelheit umgab sie.

Wo bin ich?

Sie lag auf einem harten unebenen Grund und sie spürte mit ihren Händen links und rechts von sich feuchtkalte Wände.

Die Mine, schoss es ihr durch den Kopf.

Schnell rappelte sie sich auf und tastete sich durch die dunklen Gänge, bis sie zu einem Hohlraum kam. Dort überkam sie das Gefühl, dass sie genau hier sein sollte.

Merkwürdig.

Sie setzte sich mit dem Rücken an die Felswand gelehnt neben dem Eingang hin und wartete. Schon bald erschien eine Gestalt, die direkt zum Ende des Hohlraums ging. In der Hand hatte der Fremde eine Lampe mit mattem Licht, wie bereits in ihrem anderen Traum.

»Dieser Jockel!«

Im schwachen Schein erkannte sie, dass er seine Lippen nicht bewegte. Konnte sie seine Gedanken lesen?

Das ist wieder ein Traum und im Traum kann man sogar fliegen. Warum also nicht Gedankenlesen?

Ihr Herz klopfte wild, als sie ihn betrachtete und die Bilder von der Gestalt in der Badewanne vor ihrem inneren Auge auftauchten. Übelkeit stieg in ihr auf, doch sie bewegte sich nicht. Sie atmete schnell und starrte auf Barthel, der die Lampe abgestellt hatte und mit Werkzeugen kleine Löcher in den Fels schlug.

Da kam ein weiterer Mann in diesen Nebenstollen. Wie beim ersten Mal war es der Steiger Jungkunz. Die beiden Männer führten exakt dasselbe Gespräch wie bereits zuvor. Der Vorarbeiter ging sichtlich zufrieden. Barthel wartete einen Moment, bis der andere außer Hörweite war.

»Wegen diesen Jungkunz und seiner Verbohrtheit muss ich diese gefährliche Sprengung durchführen. Ob ich rechtzeitig herauskomme, bevor dieser Stollen einstürzt? Hoffe nur, sie kümmern sich um meine Familie, falls ich draufgehe. Oh Gott, bitte!«

Die Verzweiflung dieses Mannes schnürte Diana die Kehle zu. Wo eben noch Ekel war, empfand sie tiefes Mitleid.

Nun erkannte sie, dass er etwas in die Löcher stopfte. An seiner Lampe entzündete er einen dünnen Holzstab, als Diana durch Geräusche abgelenkt wurde. Sie beugte sich zur Seite und sah, wie der schwache Schein einer Grubenlampe schnell näher kam und an der Öffnung vorbei den Hauptstollen entlang tiefer in die Mine wanderte.

»Oh nein. Junge, verschwinde!« Doch wie beim ersten Mal hörte er ihre Rufe nicht und ging unbeirrt weiter. Jetzt bemerkte sie im fahlen Licht den Eimer in seiner Hand.

»Vater!«

Der Junge suchte seinen Papa. Sie blickte zu Barthel, doch der bekam nichts mit. »Hoffentlich hat er wenigstens dafür gesorgt, dass ich hier hinten wirklich allein bin.« Er entzündete die Zündschnur, und eilte zum Hauptstollen und Richtung Ausgang, um sich in Sicherheit zu bringen.

»Vater!«

206

Der Minenarbeiter erstarrte in der Bewegung. Selbst im schwachen Schein konnte sie sehen, wie kalkweiß sein Gesicht unter dem Dreck war. Gänsehaut breitete sich über ihrem Körper aus.

Wie schon im Traum zuvor packte Barthel seinen Sohn und versuchte sie in Sicherheit zu bringen, doch es war zu spät. Der Fels explodierte, die Erde bebte. Felsbrocken fielen auf sie herab. Auch diesmal konnte Diana erkennen, wie sich Barthel schützend über seinen Sohn warf, als er von den Gesteinsbrocken begraben wurde.

»Mein Sohn! Verflucht sollst du sein, Jungkunz! Und deine ganze Familie!«

Seine Stimme in ihrem Kopf hallte wie ein Echo seiner Gedanken nach, als auch sie das Bewusstsein verlor.

»Diana! Diana!« Immer wieder hörte sie ihren Namen. »Diana!«

Michael?

»Diana! Wo bist du?«

Sie öffnete die Augen und sah in der Ferne den Schein einer Taschenlampe. Diana wollte ihren Mund öffnen, um zu rufen, doch kein Laut drang aus ihrer Kehle. Sie versuchte, sich aufzurappeln, doch ihr wurde schwarz vor Augen. Sie spürte, wie ihr Körper zurück auf den Boden prallte. Dann merkte sie nichts mehr.

»Diana!« Endlich fiel das Licht seiner Taschenlampe auf ihren Körper. Er war nur einen Moment nicht bei der Sache. Das hatte gereicht. Diana war erneut zu dieser Mine geschlafwandelt. Gott sei Dank hatte er richtig vermutet, dass sie wieder zu dem Besucherstollen gegangen war. Sein Herz blieb stehen, als er bemerkte, dass sie sich nicht bewegte.

Bitte lass mich nicht zu spät kommen!

Ohne darauf zu achten, wo er hintrat, rannte er die letzten Meter zu ihr. Das Adrenalin floss durch seine Adern und ließ ihn nur den leblosen Körper von Diana sehen, wie er auf dem kalten Boden des Minenschachts lag. Seine Schläfe pulsierte.

Oh Gott, bitte! Lass mich nicht zu spät sein. Lass sie leben!

Schnell kniete er sich neben sie und fühlte ihren Puls. Erleichtert atmete Michael auf, als er einen schwachen, aber deutlich vorhandenen Herzschlag spürte. Im Licht seiner Taschenlampe erkannte er, wie Dianas Brustkorb sich regelmäßig hob und senkte. Sie atmete. Diana war am Leben. Der Geist oder Fluch hat sein Ziel noch nicht erreicht.

Für einen Moment hielt er inne und schloss seine Augen, um sich zu beruhigen. Als er sie wieder öffnete, sah er, wie Diana eine Grimasse zog.

»Diana?« Er berührte sie sanft am Arm. »Komm zu dir. Verlass deine Kinder nicht. Verlass mich nicht.« Seine Stimme brach. Noch immer konnte sie unter dem Einfluss dieses Geistes stehen. Er musste sie aus der Mine schaffen.

Da neigte sie den Kopf zu ihm herüber und blinzelte.

»Michael!«

»Ja, ich bin hier.« Er spürte eine Träne an seiner Wange herablaufen, doch es störte ihn nicht.

»Was ... ist ... passiert?«

»Ich weiß es nicht. Nach der letzten Nacht wollte ich über dich wachen. Doch ich war so müde, dass ich mein Smartphone genommen und ein E-Book gelesen habe. Immer wieder schaute ich zu dir und sah, wie du tief und fest schliefst. Dann las ich ein Stück weiter. Als ich wieder hochsah, warst du plötzlich verschwunden.«

»Aber du hast mich gefunden!« Sie lächelte und versuchte, sich auf ihre Ellenbogen zu stützen.

»Warte, ich helfe dir auf.« Er stützte sie und es gelang ihr, sich zu erheben. Erschöpft lehnte sie sich an ihn. Als ihre Arme sich um seine Taille schlangen und ihn festhielten, schloss er die Augen und genoss für einen kurzen Moment die Intimität zwischen ihnen, auf die er nicht mehr zu hoffen gewagt hatte. Vorsichtig strich er ihr über den Kopf, der an seiner Schulter lehnte.

Dann schalt er sich. Sie war verletzlich und suchte in dem ganzen Chaos Halt. Mehr hatte das sicher nicht zu bedeuten. Er wäre ein Narr, wenn er da zu viel hineininterpretierte.

»Wir sind in der Mine?« Es war eine Feststellung, keine Frage.

»Ja.«

Zu Michaels Bedauern löste sie die Umarmung.

»Wir müssen hier weg.«

»Komm herein.« Michael hielt Diana die Tür auf. »Setz dich auf die Couch.«

»Meine Kinder?«

»Warte hier. Ich gehe nach oben und sehe nach.«

Sie lächelte einen Moment, bevor ihre Mimik wieder ihre Besorgnis ausdrückte. Ihre Pupillen bewegten sich unruhig hin und her, als er ihr auf die Couch half.

Sie steht unter Schock. Wie war das? Was macht man mit Schockpatienten?

Michael erinnerte sich nicht mehr. Zu lange war der Erste-Hilfe-Kurs her.

»Ich bin gleich wieder da. Schön hierbleiben, ja?«

Sie nickte und er verließ den Raum. Mit schnellen Schritten eilte er die Treppe hoch. Vorsichtig öffnete er die Tür des Zimmers, in dem Jona schlief. Und tatsächlich erkannte er im schwachen Licht den Jungen tief schlafend im Bett.

Leise schloss er die Tür und ging zu Leahs Zimmer hinüber. Die Tür war nur angelehnt und er schob sie auf. Knarrend gab sie den Blick auf ein zerwühltes Bett frei.

»Leah?« Ein ungutes Gefühl breitete sich in seiner Brust aus und umklammerte sein Herz. Er betrat das Zimmer, zog die Decke weg, doch von dem kleinen Mädchen keine Spur.

Scheiße!

Schnell hastete er aus dem Zimmer.

»Alles in Ordnung?«, schallte Dianas Stimme von unten herauf. Er ignorierte sie und ging zu Tonis Tür. Schnell öffnete er sie und gefror zu Eis: Auch Toni lag nicht in ihrem Bett.

Sie sind zusammen. Toni ist Leah bestimmt nachgelaufen.

Schnell polterte er die Treppe hinunter und betrat das Wohnzimmer, wo Diana schon auf Entwarnung wartete. Als sie Michaels Gesicht sah, entglitten ihre Gesichtszüge.

»Was ist los?«

»Ich weiß nicht, wie ich es sagen soll.«

»Schnell wie ein Pflaster.« Diana hielt den Atem an.

»Leah und Toni sind nicht in ihren Zimmern.« Er beobachtete ihr Mienenspiel. »Ich denke, dass sie zusammen sind und alles in Ordnung ist. Vielleicht suchen sie uns nur. Deswegen werde ich Jona wecken und wir alle gehen sie gemeinsam suchen.«

Ihre Lippen bebten und sie suchte nach Fassung, bevor sie sprach: »So wird es sein. Aber können wir Jona nicht schlafen lassen?«

Michael schüttelte den Kopf. »Ich glaube, es wäre besser, wenn wir zusammenbleiben. Nicht, dass er auch fort ist, wenn wir zurückkommen.«

»Du hast recht. Kannst du das übernehmen?« Ihre Schleusen öffneten sich und Tränen flossen ihr über das

Gesicht. Doch schon griff sie nach einem Päckchen Taschentücher, das auf dem Couchtisch lag. »Ich brauche einen Moment. Es ist alles etwas viel.«

»Klar.« Er spürte einen Stich in seinem Herzen und war darüber verwundert, dass es ihn so sehr mitnahm, sie so in Sorge und am Ende ihrer Kräfte zu sehen.

»Wohin sollen wir nur gehen?« Diana konnte keinen klaren Gedanken fassen.

»Richtung Wald.« Jona klang so sicher, dass Michael und Diana ihn fragend ansahen.

»Wohin sollten sie denn sonst gehen? Letztes Mal war Leah doch auch im Wald, oder?«

»Stimmt.« Diana sah Michael an.

»Ok, dann Richtung Wald.«

Sie gingen die dunkle Straße entlang. Es war gut, dass jeder von Ihnen eine Taschenlampe trug, denn hier draußen gab es keine Straßenbeleuchtung.

Stumm liefen sie nebeneinander her und leuchteten zur Seite, doch von Dianas Töchtern fehlte jede Spur.

Die Häuser ließen sie hinter sich und vor ihnen führte der Weg in den Wald.

»Hört ihr das?« Jona war stehengeblieben.

»Nein, ich höre nichts.« Dianas Stimme zitterte.

»Was hörst du?«, fragte Michael und sah Jona fragend an.

»Da ... ist Musik. Sowas ganz Altmodisches. Hört ihr es wirklich nicht?«

Diana fröstelte es. Sie befanden sich nicht weit von dem leerstehenden Hotel, wo sie den Tagtraum hatte.

»Moment, da ist etwas. Da vorne.« Michael kniff die Augen zusammen, um es besser zu erkennen.

»Du meinst das alte Hotel?«

»Nein, das ist noch ein kleines Stück weiter den Berg hinauf.« Er strich sich mit der Hand über die Haare. »Da steht wer.«

Bitte nicht Barthel!

Diana schalt sich für diesen Gedanken. Schließlich war Barthel seit mehr als hundert Jahren tot und ihre Begegnungen nur Träume. Falls er überhaupt einmal gelebt hat.

Dennoch. Irgendetwas sagte ihr, dass es gar nicht so unwahrscheinlich war, wie es ihr der Verstand weismachen wollte.

»Da ist Toni!« Jona hatte scheinbar die besseren Augen. »Und Paul.« Er verzog eine Miene. »Sie küssen sich. Bäh.«

Schnell gingen sie zu ihnen hinüber, doch die Teenager waren so sehr mit sich beschäftigt, dass sie ihre Umwelt gar nicht wahrnahmen. Entsprechend zuckten sie heftig zusammen, als Diana direkt hinter ihnen zu sprechen begann.

»Was bitte macht ihr hier um diese Uhrzeit?«

Ertappt sprangen sie auseinander.

»Mama? Was ... Warum ... ?«

»Es ist nicht Tonis schuld!« Paul stellte sich schützend vor sie hin. Diana pustete die Luft aus und zählte innerlich bis zehn. Sie zitterte vor Wut.

»Wo ist Leah? Warum nimmst du sie mit raus, wenn du mitten in der Nacht zu einem Stelldichein gehst?«

Toni runzelte die Stirn und sah fragend Michael und Jona an.

»Wieso Leah? Die liegt doch im Bett und schläft tief und fest? Warum ... Oh nein!« Toni wurde bleich, als sie endlich verstand, was los war.

»Du meinst, sie ist wieder weg?«

Diana ballte ihre Fäuste. Michael trat zu ihr und nahm sie beruhigend in den Arm.

Toni blickte verzweifelt zu Paul, der sich an Michael wandte: »Aber ihr wart doch zu Hause. Sonst wären wir doch nicht ...«

»Es ist doch jetzt egal. Mein Baby ist weg.« Diana hatte sich zu ihrer Tochter umgedreht und blaffte sie nun an.

»Es tut mir leid.« Toni sah ihre Mutter ebenfalls wütend an. »Wir helfen suchen. Vielleicht ist sie wieder dort, wo wir sie das letzte Mal gefunden haben. Ich hab die Koordinaten noch im Handy.«

Nachdem sich Diana wieder im Griff hatte, gingen sie weiter. Diesmal lief Toni mit Paul voraus quer durch den Wald. Dabei sah sie ständig auf ihre Navigationsapp.

»Wir haben es gleich geschafft.« Ihre inneren Zweifel, ob ihre kleine Schwester tatsächlich dort sein würde, verbarg Toni gut. In ihrer Stimme klang all die Zuversicht, die sie aufbringen konnte. »Du wirst sehen, Mama, gleich kannst du Leah wieder in die Arme schließen.«

»Dein Wort in Gottes Ohr«, murmelte Michael vor sich hin, so dass es Diana nicht mitbekam.

»Da vorne muss es sein.« Paul hatte über Tonis Schulter auf die App geschaut. »Wir sollten leise sein, um sie nicht zu erschrecken.«

Einen Augenblick später befanden sie sich am Rand der leeren Mulde. Von Leah fehlte jede Spur.

»Scheiße!« Michael hätte sich ohrfeigen können. »Ich glaube, wir sollten zurück zum Haus gehen. Vielleicht ist sie wieder da.«

»Ja, genau. Mama, sie ist sicher schon zu Hause und wartet auf uns.« Jona legte eine Hand auf ihren Arm.

»Und wenn nicht, holen wir uns Hilfe. Die Polizei wird sie schon finden. Keine Angst.«

»Sie ist nicht zu Hause und niemand wird sie finden.« Diana wusste nicht, warum sie das sagte, aber der Schmerz in ihrem Herzen glich einer düsteren Gewissheit.

24. Kapitel

Leah war nicht in Sophies Haus.

Die Polizei hatte fünfzehn lange Minuten aus Bayreuth hierher gebraucht, um die Vermisstenanzeige aufzunehmen. Der Kommissar erklärte ihnen, dass bei verschwundenen Kindern im Zweifel immer eine Gefahrenlage angenommen wird, so dass gleich mit einer weitgehenden Suche gestartet werden kann. Eine weitere Staffel der Bereitschaftspolizei wäre bereits unterwegs und ein Suchtrupp mit Hunden würde bald den Wald durchforsten. Vor dem Gebäude hielt gerade ein Journalist der örtlichen Lokalzeitung, der Diana befragen wollte, doch Michael hatte das Haus verrammelt. Für ihn war es ein Rätsel, wie die Presse so schnell Wind von Leahs Verschwinden bekommen hatte.

Nun saßen sie alle im Wohnzimmer auf der Couch. Links von Diana saß Toni, rechts Jona. Beide Kinder umarmten ihre Mutter und sprachen tröstend auf sie ein. Michael und Paul saßen etwas abseits.

Eine Polizistin hatte im Ohrensessel Platz genommen und leistete ihnen Gesellschaft. Die Unruhe war ihr anzumerken, denn sie konnte kaum stillsitzen.

»Soll ich nicht doch jemanden vom Kriseninterventionsteam holen?«

»Nein, danke. Wie soll mir das helfen? Ich will mein Kind!« Wieder brach Diana in Tränen aus, während ihre großen Kinder sie liebevoll trösteten.

»Die Polizei wird sie sicher finden«, flüsterte Toni ihrer Mutter zu.

Die Polizei denkt, dass sie entführt wurde, dachte Michael. *Damit dürften sie gar nicht so verkehrt liegen. Dieser verdammte Fluch.*

Durch die Fenster drang Tageslicht. Diana und ihre beiden Kinder waren irgendwann in der Nacht vor Erschöpfung eingeschlafen. Also hatte Michael Paul nach Hause geschickt. Nicht, dass dessen Mutter sein Fehlen bemerkte und ebenfalls die Polizei alarmierte.

Er selbst hatte nicht geschlafen. Zu sehr erinnerte ihn die Situation an das eigene Schicksal und er wusste, dass Leah aufgrund des Fluches in höchster Gefahr schwebte. Die beruhigenden Worte der Polizisten, dass die meisten Kinder innerhalb weniger Stunden wieder auftauchten, trösteten ihn nicht. Das Gleiche hatte man ihm damals wegen seiner Frau auch gesagt.

Er beobachtete die kleine, unvollständige Familie, wie sie dicht aneinandergekuschelt auf der Couch lagen, und ihm wurde warm ums Herz. Gerne wäre er ein Teil von ihnen.

Die Polizistin kehrte ins Wohnzimmer zurück und gab ihm ein Zeichen, ihr zu folgen. Vorsichtig erhob er sich, völlig darauf bedacht, die anderen nicht zu wecken. »Was ist? Gibt es etwas Neues? Haben Sie Leah gefunden?«

Die Fragen sprudelten nur so aus ihm heraus, während sein Herz einen Sprint einlegte.

»Es tut mir leid ...«, begann die Polizistin, doch Michael schnitt ihr das Wort ab:

»Oh Gott, sie ist tot?«

Die Polizistin zwang sich zu einem Lächeln. »Nein, verzeihen Sie, aber Sie haben mich nicht ausreden lassen. Wir haben sie noch nicht gefunden. Wir haben nun einen Hubschrauber mit Wärmebildkamera angefordert, mit dem wir den Wald absuchen werden. Das wollte ich Ihnen nur mitteilen. Wir haben gleich eine Lagebesprechung, an der ich teilnehmen werde.« Sie biss sich auf die Lippe. »Anschließend möchte ich Frau Fuchs gerne über den Sachstand informieren.«

Michael sah durch die offene Tür zur Couch, wo Diana unruhig schlief.

»Wann wird das ungefähr sein? Ich würde sie erst kurz vorher wecken. Dann kann sie noch so lange wie möglich schlafen. Es sei denn natürlich, es gibt etwas Neues.«

»In zwei Stunden bin ich wieder hier.« Sie nickte zum Abschied und öffnete die Haustür. Michael erblickte einen Moment lang die friedlich daliegende Straße im zarten Licht des Sonnenaufgangs. Ein Funke Hoffnung keimte in ihm auf, doch dann fiel die Tür zu und Düsternis umhüllte sein Herz.

Auch am Nachmittag saßen sie zusammen im Wohnzimmer. Michael hatte die drei nicht dazu bewegen können, auf die Terrasse zu gehen. Sie wollten in der Nähe des Telefons bleiben.

Die Polizistin hatte lange mit Diana gesprochen und sie schließlich überredet, die Presse mit ins Boot zu nehmen. Im Radio wurde halbstündlich die Suchmeldung durchgegeben und auf den Web- und Facebookseiten der ansässigen Zeitungen und Radiostationen nach Leah gesucht. Zudem wurden in ganz Goldhain Flyer mit Leahs Daten und ihrem Foto verteilt, doch niemand schien das Mädchen gesehen zu haben.

Michael hatte ihnen Spaghetti gekocht und eine Nachbarin brachte einen Marmorkuchen vorbei, als sie von Leahs Verschwinden hörte. Doch das Essen stand unangetastet auf dem Tisch und wurde kalt.

»Ihr solltet etwas essen.« Michael räusperte sich. »Es hilft Leah nicht, wenn ihr hungert.«

Toni wischte sich eine Träne weg und forderte Jona auf, mit ihr zum Esstisch zu gehen. Ihr Bruder öffnete den Mund, doch als er das Gesicht seiner älteren Schwester sah, schloss er ihn wieder und folgte ihr.

»Ich habe keinen Hunger.« Diana hatte nicht einmal aufgesehen.

»Ja, ich weiß. Aber dein Körper braucht Nahrung.«

»Du weißt gar nichts. Leah ist meine Tochter, nicht deine. Sie ist fort. Also lass mich in Ruhe.«

Michael wusste, dass aus ihr nur die Angst sprach, dennoch war jedes ihrer Worte ein Messerstich in sein Herz, denn natürlich konnte er nachvollziehen, wie sie sich fühlte, schließlich hatte er seine Tochter und seine Frau verloren. Möge Gott, oder wer auch immer da oben wacht, verhindern, dass sie auch den Rest durchmachen musste.

»Ich will nur dein Bestes.« Er presste die Lippen aufeinander.

»Mein Bestes? Dann hättest du mich nicht suchen sollen, sondern auf mein Kind aufpassen. Deinetwegen ist sie weg.«

Das saß. Seine Hände zitterten vor Wut.

»Ich geh wohl besser.« Er schluckte. »Diana, ich verstehe dich und deine Sorgen. Ich gebe dir die Zeit, die du brauchst. Aber ich komme wieder.«

Michael stand auf und ging zum Ausgang. Als er die Haustür öffnete, stand Paul davor. Michael trat neben ihn und schloss die Tür hinter sich.

»Paul, bist du sicher, dass du da rein willst?«

Irritiert runzelte Paul die Stirn.

»Es gibt noch immer keine Spur von Leah. Und Diana ist in ihrer Wut sehr angriffslustig. Und da du gestern mit Toni heimlich unterwegs warst ...«

»Danke für die Warnung. Ich werde ihr aus dem Weg gehen. Ich möchte aber nach Toni sehen.«

Michael nickte Paul zu, ging an ihm vorbei und blickte nicht noch einmal zurück.

Michael sah zur Tür. Es war Abend und er wollte gerade in die Küche gehen, um sich etwas zu essen zu machen, als es schellte.

Wer besucht mich zu dieser Zeit?

Langsam schlich er zum Eingang und linste durch den Spion. Seufzend öffnete er sie und nickte Toni und Paul zur Begrüßung zu.

»Gibt es Neuigkeiten von Leah?«

Toni seufzte und schüttelte den Kopf, während Paul ihr tröstend über den Rücken strich.

»Weiß Diana, wo du bist?«

Toni schüttelte schuldbewusst den Kopf. »Ich musste einen Moment dort raus. Die Polizistin ist gerade da, um ein paar Dinge zu besprechen. Jona weiß aber, wo ich bin.«

Michael runzelte die Stirn, sagte aber dennoch: »Na, kommt erst einmal herein. Ihr kennt den Weg ins Wohnzimmer sicher noch.«

Einen Moment später saßen die drei auf der Couch.

»Wir dachten«, begann Paul, »Du möchtest wissen, wie der Stand der Suche ist.«

»Das ist lieb von euch.« Michael beugte sich vor und stützte die Ellenbogen auf seinen Oberschenkeln ab. Gespannt sah er seine beiden Besucher an.

»Der Hubschrauber mit Wärmebildkamera ist den ganzen Tag über den Wald geflogen. Doch er konnte Leah nicht finden.«

»Das haben sie uns gerade mitgeteilt.« Toni schluchzte. »Es war der Geist, oder? Er hat meine kleine Schwester geholt.«

Michael stieß die Luft aus. »Wir müssen das annehmen, ja.«

»Es ist alles meine Schuld. Ich hätte nicht heimlich das Haus verlassen dürfen, um Paul zu sehen. Aber ich dachte, du passt auf die anderen auf.« Sie blickte mit verheulten Augen Michael an. »Ich versteh' nicht, warum sie mir die ganze Schuld gibt. Sie war doch auch daheim.«

Paul verzog das Gesicht, nahm ein Taschentuch aus seiner Hosentasche und gab es Toni. Dann strich er ihr erneut sanft über den Rücken und schaute zu Michael.

»Du hast keine Schuld, Toni. Deine Mutter gibt sie mir und wenn jemand hier Schuld hat, dann bin ich es.« Er deutete mit der flachen Hand auf seine Brust, als er fortfuhr: »Ich habe euch nicht früher gewarnt. Ich bin eurer Mutter hinterher und habe dir nicht Bescheid gegeben, dass du auf deine Geschwister achtgeben sollst. Ich bin schuld.«

Toni sah auf und schüttelte den Kopf. »Du bist nicht schuld, denn du versuchst doch nur, auf uns aufzupassen. Doch du kannst uns nicht alle gleichzeitig beschützen.«

Er blickte durch das Fenster auf die leeren Spielgeräte.

»Da hast du Recht, Toni. Aber du solltest dich auch nicht so fertig machen. Du dachtest doch, dass wir da sind. Also warum gibst du dir die Schuld?«

Sie lehnte ihren Kopf an Pauls Schulter. »Ich weiß es nicht.«

»Aber was sollen wir jetzt machen?«, fragte Paul vorsichtig.

Toni setzte sich auf und fixierte Michael mit ihren Augen. »Michael, hilf uns. Wir brauchen deine Hilfe mehr denn je.«

Michael biss sich auf die Lippen und nickte. »Morgen werden wir mit Onkel Uwe sprechen. Wir müssen sehen, ob wir diesen Geist bekämpfen können. Und vielleicht ...«, Michael blickte Toni in die Augen. »... kommen wir nicht zu spät, um deine Schwester zu finden.«

25. Kapitel

»Onkel Uwe!«

Michael trat zu dem grauhaarigen Mann, der auf der Terrasse der Klinik in einem Rollstuhl saß und über das Tal blickte. Uwe Sieber zuckte erschrocken zusammen. Misstrauisch beäugte er Michael und die beiden Teenager, die hinter ihm standen und ihn beobachteten.

»Wer ... sind ... Sie? Was ... wollen ... Sie ... von mir?« Er sprach sehr langsam mit vielen Pausen.

»Ich bin es. Dein Neffe Michael.«

In den Augen des alten Mannes blitzte ein Gefühl des Erkennens auf.

»Michael! Das ... ist ... aber ... schön.« Dann sah Uwe zu den Teenagern und deutete mit einer Kopfbewegung auf sie.

»Wer das ist? Das sind Antonia und Paul. Zwei Freunde, die dich gerne kennenlernen möchten.«

Der alte Mann beugte sich vor und sah Toni prüfend an.

»Er will ... dich. Ich spüre ... das. Du hast ihn ... gesehen!« Die letzten Worte brüllte er so, dass sich die anderen Patienten und das Pflegepersonal zu ihnen umsahen.

Ein Schauer breitete sich über Tonis Rücken aus und sie erstarrte.

»Er wollte mich ... töten, doch er überlegte ... es sich ... anders, um mich ... zu quälen. Warum nur ... hat er mich ... am Leben ... gelassen?« Er wurde weinerlich.

Toni sah fragend zu Michael hinüber, doch der zuckte nur mit den Schultern. Sie räusperte sich.

»Ich weiß es nicht.«

»Hah!« Der alte Mann hatte seinen Zeigefinger auf Toni gerichtet. »Und woher ... soll ich es dann ... wissen?«

»Er ist wirr«, flüsterte Michael dem Mädchen ins Ohr. Sie hatte gar nicht gemerkt, dass er an sie herangetreten war. Sie drückte ihren Rücken durch.

»Meine Schwester. Er hat sie. Ich brauche Hilfe.«

»Ja«, sprach der alte Mann plötzlich ganz ruhig und fuhr ohne Pausen fort: »Hilfe ist das, was du brauchst.«

»Dann können Sie mir sagen, was genau damals vorgefallen ist?« Hoffnung schwang in ihrer Stimme mit.

»Du willst mich ... aushorchen? Hat ER dich ... geschickt?«

»Nein«, schaltete sich Michael in das Gespräch ein. »Wir wollen ihn bekämpfen, loswerden, auf dass er niemandem mehr quälen kann.« Michael sandte ein Stoßgebet nach oben und hoffte, dass sein Onkel ihn verstand. »Wir müssen alles wissen, woran du dich erinnerst. Es ist wichtig.«

»Ja, das glaube ich.« Uwe überlegte einen Moment und starrte über das Tal. Dann seufzte er und die Haltung seines Körpers veränderte sich: Er saß plötzlich aufrecht, seine Augen glänzten dunkel und sahen ins Leere. Auch seine Stimme nahm einen dunkleren Ton an:

»Peter, Karl ... und ich fanden ... die Mine, deren ... Eingang fest verrammelt war. Überall ... waren seltsame ... Zeichen eingeritzt.«

»Was für Zeichen?«, fragte Paul dazwischen und erntete böse Blicke von Toni und Michael, da sie fürchteten, dass Uwe nicht weitersprechen würde.

»Ich erinnere mich ... an einen ... Kreis, in dem ... zwei Linien ... sich in der Mitte ... kreuzten. Auch ... an andere ... Symbole erinnere ... ich mich. Gebt mir einen Stift ... und ein ... Blatt und ich male sie ... auf.«

Toni kramte kurz in ihrer Handtasche und reichte ihm einen kleinen Notizblock und einen Kugelschreiber, den Uwe dankbar annahm und sofort zu kritzeln begann. Dann sprach der alte Mann weiter: »An das, was ... drinnen geschah, erinnere ... ich mich ... kaum. Ich ... hatte ... Todesangst, das ... weiß ich ... noch. Auch an ... den Minenarbeiter ... kann ich ... mich erinnern, von ... oben bis ... unten mit ... Dreck beschmiert. Er ... wollte uns ... töten, hat .... uns getötet!« Er schluckte. »Auch wenn er meinen Körper am Leben ließ, das Kind, das ich war, gab es nicht mehr. Warum nur hat er nicht auch meinen Körper ... getötet?«

Tränen rannen dem alten Mann über die Wangen. Dann klärte sich sein Blick. »Der Junge! Ja, der Junge hat ihn abgehalten!«

»Welcher Junge? Karl Eibl? Peter Purucker?« Michael hob erstaunt die Augenbrauen und flüsterte Toni zu: »Von einem Jungen hat er noch nie gesprochen.«

»Nein, nein.« Der Alte schüttelte vehement seinen Kopf. »Die waren ... doch schon ... tot. Nein, der ... Junge aus ... der Mine, ebenso ... verdreckt wie der ... Arbeiter. Mehr ... weiß ich ... nicht.« Er gab Toni den Block zurück, während er den Stift in seine Hosentasche steckte.

Soll er ihn behalten, dachte sie und blickte auf das Blatt. Unwillkürlich bekam sie eine Gänsehaut, als sie die Zeichen sah. Neben dem erwähnten Kreis sah sie einen senkrechten Strich. Das darunter liegende Symbol war ein großes X. Daneben bildeten drei Rauten, die sich in der Mitte trafen, eine Art Dreieck. Unter diesem Symbol hatte

Uwe einen fünfzackigen Stern gemalt. Dann gab es noch ein Dreieck. Das letzte Zeichen war ein kleiner Kreis, der auf einer waagerechten Linie lag. Am Berührungspunkt führte eine senkrechte Linie weg vom Kreis.

Sie schaute zu Paul, der ihr über die Schulter sah. Er nickte ihr zu und sie steckte den Block wieder ein. Sie würden später im Internet versuchen, ihre Bedeutung herauszubekommen.

»Woher wissen Sie, dass es ein Minenarbeiter war?«

»An der ... Art der ... Kleidung ... natürlich.« Er räusperte sich. »Meine Ahnen ... arbeiteten auch ... dort. Habe ... alte Bilder ... gesehen, als ... ich vom ... großen Goldfund ... träumte.« Er blickte wieder über das Tal. »Gold! ... Ich muss ... das Gold ... finden. Will ... Mama entlasten. Nie wieder ... Prügel von Klaus.«

Bei der Erwähnung seines Vaters zuckte Michael unwillkürlich zusammen. Er spürte Tonis Blick auf sich ruhen.

»Deswegen seid ihr in die Mine gegangen? Um Gold zu finden, damit Oma nicht mehr so hart arbeiten musste und mein Vater dich nicht mehr verprügelte?«

Uwe nickte geistesabwesend, denn er war schon wieder tief in der Vergangenheit versunken.

»Das passt zu Klaus.« Michael blickte zu den Teenagern. »Er war jähzornig. Meine Mutter hatte es geschafft, ihn rauszuwerfen, als ich acht Jahre alt war. Sie und meine Oma haben mich allein aufgezogen.« Er atmete tief durch. »Als die Todesfälle begannen und Oma einen Zusammenhang herstellte, wollte Klaus nichts davon wissen. Daher hat sie mir frühzeitig einiges beigebracht. Aber wie ihr wisst, hat das bisher nicht besonders gut funktioniert. Erst mit Sophie ...«

Toni tätschelte seinen Arm.

»Wo ist ... sie nur? Wo finde ... ich das ... Gold?«, brabbelte Uwe vor sich hin.

»Ich glaube, heute erfahren wir nichts mehr von ihm.« Michael beugte sich zu seinem Onkel runter, legte die Hand auf dessen Schulter und flüsterte: »Auf Wiedersehen! Ich komme bald wieder.«

Auch die Teenager verabschiedeten sich, doch Uwe ignorierte sie.

26. Kapitel

»Das ist also das Goldbergwerk-Museum?« Jona sah auf das zweistöckige, graue Gebäude. »Sollten wir da jetzt wirklich rein? Wäre es nicht besser, bei Mama zu warten?«

»Die Hausärztin hat ihr gerade ein Schlafmittel gegeben, damit sie endlich etwas Ruhe findet. Eine Polizistin ist dort und passt auf. Außerdem habe ich unauffällig ein paar von Sophies Kräuter im Wohnzimmer verteilt. Mach dir keine Sorgen um sie.« Michael war erstaunt, wie leicht es war, dies zu sagen. Natürlich machte Jona sich um seine Mutter Sorgen. Seit Leah verschwunden war, hatte sie nicht mehr geschlafen. Es hatte viel Überzeugungsarbeit gekostet, dass sie nun die Hilfe der Ärztin annahm. Im Gegenzug musste er versprechen, solange auf Jona und Toni aufzupassen. Michael lächelte an den Gedanken, wie sie sich am Morgen gemeldet, sich entschuldigt und kleinlaut gefragt hat, ob er zum Frühstück vorbeikommen würde. Klar wollte er. Nun sollte er Jona und Toni im Blick behalten.

Da sie ohnehin über den mysteriösen Minenarbeiter recherchieren wollten, kam Paul auf die Idee, sich das Museum anzuschauen. Vielleicht fanden sie ja dort einen Hinweis?

»Stell dich nicht so an«, schaltete sich Toni ein und sah ihren kleinen Bruder von oben herab an. »Was hilft es

Mama oder Leah, wenn wir die ganze Zeit bei ihr hocken und warten?« Ihr Blick wurde milder. »Lass uns doch einfach eine kurze Auszeit nehmen und versuchen, uns abzulenken.«

Jona seufzte und sah wieder zu dem Museum auf der anderen Straßenseite. »Na gut, ihr habt gewonnen.«

Toni nahm Pauls Hand und schlenderte über die Straße. Michael und Jona folgten ihnen, blieben aber vor dem Gebäude stehen, da Jona sich den Grubenwagen anschauen wollte, der davor stand. Dann gingen sie hinein und blickten auf einen kleinen Tresen, hinter dem ein älterer Mann saß und sie erwartungsvoll anschaute. Toni und Paul besahen sich eine schmale Vitrine, in denen Mini-Fläschchen mit Gold und andere Erinnerungsstücke zum Kauf angeboten wurden.

»Grüß Gott«, grüßte der Fremde.

»Grüß Gott«, antworteten sie fast zeitgleich.

»Was kann ich für Sie tun?«

»Ein Erwachsener und drei Schüler, bitte.« Michael zückte sein Portemonnaie.

»Das macht fünf Euro.«

Michael holte einen Fünf-Euro-Schein hervor und gab ihm diesen.

»Dann erkläre ich Ihnen mal kurz den Aufbau des Museums. Hier unten finden sie die Stadtgeschichte von Goldhain. Im letzten Raum beginnt es mit dem Goldseifen – heute sagt man wohl eher Goldwaschen.«

Er brach ab und hustete. Schnell hatte er eine Hand vor den Mund gehalten und drehte sich von ihnen weg. Es dauerte einen Moment, bis er weitersprach.

»Entschuldigen Sie bitte. Oben geht es dann richtig los: Geologie und die Bedeutung der fränkischen Linie, der historische Bergbau und die Nachstellung eines Stollens, um ein Gefühl für die Arbeitsbedingungen zu erhalten. Danach geht es um das Leben und vor allem die Arbeit der Bergleute, die Alchemie und die Verarbeitung des Goldes. Im Außengelände gibt es die Möglichkeit, selbst Gold zu waschen. Dazu brauchen Sie allerdings Waschsand, den Sie auch bei mir erwerben können.«

»Vielen Dank, aber wir gehen erst einmal durch die Ausstellung.« Michael steckte seinen Geldbeutel wieder ein.

»Wie Sie wollen. Dann wünsche ich Ihnen viel Spaß.«

»Danke«, sagten Michael und Jona gleichzeitig und lächelten sich an.

»Na dann, los geht's!« Michael blickte zu Paul und Toni hinüber, die sich von der Vitrine abgewandt hatten und ihn ansahen.

Die unteren Räume waren schnell durchschritten. Niemand von Ihnen wollte wissen, wann etwa die Schule gebaut wurde und wann die einzelnen Dörfer als Stadtteile eingegliedert wurden. Toni schnaubte frustriert.

»Ah, hier fängt es an!« Paul war in den nächsten Raum getreten. »Hier geht es um das Goldwaschen.«

Schnell folgte Toni ihm und besah sich die Felle und Teller, die vor vielen hundert Jahren einmal dazu gedient hatten, Gold zu finden. Dazu wurde Sand bzw. Erde in die Felle bzw. Pfannen getan, die unter Wasser mehrmals gedreht wurden, damit das schwere Gold sich unten absetzte, während der feine Sand herausgeschwemmt wurde. Dann wurde das Fell oder der Teller vorsichtig seitlich bewegt, so dass die leichteren Steinchen ausgeschwemmt wurden. Am Ende blieben die kleinen Goldflitter übrig.

»Eine wirklich mühsame Art, um an Gold zu kommen. Uff, was für ein Aufwand.«

Toni drehte sich zu Michael um, der mit Jona zu ihnen gestoßen war.

»All die Anstrengung für ein wenig Gold.« Toni schüttelte den Kopf.

»Toni, ich denke, oben werden wir noch viel schlimmere Dinge sehen, die Menschen für ein wenig Gold getan haben.«

»Dann nichts wie hin.«

Sie verließen den Raum und gelangten zu einer alten, schmalen Holztreppe, die in das obere Stockwerk führte. Toni ging als Erste und, obwohl sie schlank war, knarrten die Stufen unter ihr. Erleichtert atmete sie aus, als sie oben angekommen war. Hinter ihr knarzte die Treppe unter dem Gewicht der anderen. Ein Pfeil deutete nach links. Sie folgte ihm und betrat einen kleinen Raum, in dem verschiedene geologische Karten hingen. Hier ging es um die Fränkische Linie und das Erzvorkommen, welches das Gold enthielt.

Toni überflog die Informationstafeln.

Das Erz speichert die Gefühle.

Unwillkürlich kamen ihr Pauls Worte in den Sinn und ein Schauer erfasste sie. Sie blickte zu den anderen, die noch mit Lesen beschäftigt waren. Paul bemerkte ihren Blick und lächelte sie an, nahm ihren Arm und ging mit ihr in den nächsten Raum. Auch hier gab es verschiedene Vitrinen mit allerhand Ausstellungsmaterial. An der Wand hing eine metallene Schale, aus der ein mit Schrauben gesicherter Docht herausragte. Daneben hing ein ähnliches Modell, nur dass dieses Gefäß oben geschlossen war. Toni las die dazugehörige Tafel: »Frosch – oder auch Grubenfrosch. Ende 16. Jahrhundert. Öllampen, die im Bergbau als Grubenlampen gedient haben.«

Aus einem Gefühl heraus, zückte Toni ihr Handy und machte ein Foto davon. Mit einem Achselzucken steckte sie ihr Telefon wieder ein und sah zu Paul, der fragend zurückblickte.

»Informationen sammeln. Vielleicht ist uns das noch nützlich.«

Paul hob die Augenbrauen. »Wenn du meinst.«

Dann besahen sie sich die anderen Werkzeuge des frühen Goldabbaus. Auch die Infotafeln lasen sie sich durch.

»Wohoo«, stieß Paul aus. »Schau mal Toni. Da steht, dass im Mittelalter das Fichtelgebirge eine der Hauptgoldquellen in Europa war, bis Amerika entdeckt wurde.«

»Das kann man sich gar nicht vorstellen.«

Sie gingen langsam durch den Ausstellungsraum. Hin und wieder zückte Toni ihr Smartphone und schoss ein Foto. Michael und Jona folgten ihnen in einigem Abstand.

»Schau mal«, holte Paul Toni aus ihren Gedanken und deutete auf den Durchgang zum nächsten Raum. Es war ein extrem schmaler Gang von etwa zwei Metern. Die Wände sahen wie Gestein aus, die Decke hing niedrig. Paul griff ihre Hand und zog sie hinein. Obwohl es eben noch sehr hell war, war es im Gang dunkel. Tonis Herz begann zu klopfen und ein Gefühl der Enge drohte ihr die Luft zum Atmen zu nehmen. Sie war nie klaustrophobisch gewesen, doch der Gedanke in solch einem Tunnel zu sein, ließ sie Pauls Hand fester drücken. Endlich waren sie durch und zu ihrer Überraschung befanden sie sich in einem dunklen Raum. Vorsichtig sah sie sich im Dämmerlicht um. Auch hier sahen die Wände wie Felsen aus. Plötzlich erstarrte sie. Rechts neben dem Eingang stand ein Mann mit dreckigem Gesicht und ähnlicher Kleidung. Tonis Herz setzte einen Schlag aus. Die Angst lähmte sie einen Moment. *Der Geist*, schoss es ihr durch den Kopf. Würde er sie jetzt holen?

Dann löste sich ihre Erstarrung. In ihrem Kopf rasten die Gedanken, während sie dichter an Paul herantrat und sich an ihn klammerte.

»Da...da...«, stotterte sie und Paul drehte sich um.

»Was hast du?« Paul sah von der Gestalt zu Toni zurück. »Das ist nur eine lebensgroße Puppe. Kein Geist. Beruhige dich.«

Er holte sein Handy hervor und öffnete schnell die Taschenlampen-App.

Als er den vermeintlichen Mann anstrahlte, stoß Toni die Luft aus und entspannte sich.

»Eine Puppe. Mensch, hat die mich erschreckt.«

Im schwachen Licht sah sie, wie Paul sie anlächelte. Dann beugte er sich zu ihr herüber und küsste sie. Für einen Moment standen sie mit wild klopfenden Herzen da und genossen ihre Zweisamkeit. Paul ließ von ihr ab und deutete mit den Augen auf den Durchgang, durch den sich gerade Michael und Jona zwängten. Bedauernd gingen sie zu einer beleuchteten Vitrine, in der ein altes Buch lag. Zuerst lasen sie die Infotafel darüber. Es ging um das Leben der Bergleute, wie hart sie gearbeitet hatten und wie gefährlich es für sie in den Minen war: Da war die Dunkelheit, die sie stets umgab, denn ein Grubenfrosch spendete kaum Licht. Auch hatten sie immer wieder Probleme mit der Sauerstoffversorgung, dass sie bei viel zu schwerer Arbeit in den Stollen öfter bewusstlos wurden. Eine weitere Gefahr bestand darin, dass das Gestein teilweise so fest war, dass sie es sprengen mussten. Nicht nur einmal war der Stollen eingestürzt und hatte Männer und Kinder, die dort arbeiteten, begraben. Toni blickte vom Text auf und besah sich die Bilder.

Schweiß sammelte sich auf ihrer Stirn, als sie eine Zeichnung betrachtete. Darauf befand sich ein grimmig dreinblickender Bergmann, den Toni fassungslos anstarrte. Ihr Herz schmerzte, als wenn eine Hand es zerdrücken würde. Sie keuchte. Obwohl es nur eine Skizze war, war sich Toni sicher. Diese Gesichtszüge würde sie nie vergessen. Ohne jeden Zweifel zeigte das Bild den Geist.

Unwillkürlich trat sie einen Schritt zurück und starrte auf das Abbild.

Paul bemerkte ihr Entsetzen und sah sie fragend an.

Toni hob ihren Arm und zeigte auf das Bild.

»Das ... ist er.«

Interessiert trat Paul dichter heran und studierte es.

»Bist du dir sicher? Es ist nur eine Zeichnung ...«

»Ich weiß, dass er es ist.« Ihr Finger zitterte und sie senkte den Arm wieder, ohne das Bild aus den Augen zu lassen, als fürchtete sie, er würde herunterkommen und sie bedrohen, wie damals im Wald.

Paul räusperte sich. »Da ist noch ein Junge daneben. Siehst du? Sieht so aus, als wenn er auch in der Mine gearbeitet hatte. Viel älter als Leah ist er nicht.«

Er biss sich auf die Lippe, als er Tonis entsetzten Gesichtsausdruck sah.

»Gerade als ich den Gedanken an sie weggeschoben habe.«

»Sorry, ich ...«

»Was steht neben dem Bild?«, unterbrach ihn Toni, die ihre Konzentration wieder auf die Recherche lenken wollte.

»Barthel und Sohn, ca. 1615. Kurz nach Erstellung dieser Zeichnung sind beide bei einem Mineneinsturz ums Leben gekommen. Bist du wirklich sicher, dass er es ist?«

Paul sah Toni an. Doch an den schockgeweiteten Augen konnte er die Antwort eigentlich schon ablesen.

»Glaubst du mir nicht?«

234

»Doch, sicher. Es ist nur ein merkwürdiger Zufall, dass ausgerechnet er hier als Zeichnung hängt.«

»Ich glaube, mir wird schlecht und ich bekomme keine Luft.« Tonis Atmung beschleunigte sich und Michael sah besorgt zu ihnen herüber. Paul gab ihm ein Zeichen.

»Komm, lass uns in den nächsten Raum gehen.« Er packte Toni am Arm und führte sie hinüber. Das neue Zimmer hatte wieder Tageslicht und ein Fenster war angekippt, durch das frische Luft in die Ausstellungsräume drang.

Sie stand daneben und atmete tief ein. Erleichtert stellte Paul fest, dass sie langsam entspannte.

»Geht es wieder?«

»Ja.« Noch immer atmete sie tief durch.

»Kann ich dich hier einen Moment stehen lassen? Ich will nur kurz Michael Entwarnung geben. Der hat mitbekommen, dass es dir nicht gut geht und ich möchte hier nicht brüllen.«

»Ist in Ordnung.« Toni lehnte sich an die Wand und schloss die Augen.

»Ich bin gleich wieder da.« Widerwillig ließ er sie zurück und trat erneut in den abgedunkelten Raum.

»Wie geht es ihr?« Michael trat direkt zu ihm.

»Ich glaube, sie hat einen Schock.« Paul drehte sich um und konnte Toni durch die offene Tür am Fenster stehen sehen. »Sie hatte doch diesen Geist gesehen. Hier hängt eine Zeichnung von ihm.«

Erstaunt klappte Michael seinen Kiefer herunter.

»Wo?«

Mit einem letzten Blick auf Toni ging er zur Infotafel hinüber und deutete auf das Bild. Nun stand Michael davor und starrte es an.

»Barthel«, flüsterte er und sah hinab auf das Buch in der Auslage, in dem handschriftlich die Unfälle verzeichnet waren. Aufgeschlagen war der September 1614.

»Mist, das falsche Jahr.« Michael verzog das Gesicht. »Ich werde mal unten fragen, ob ich mir das mal genauer anschauen kann.«

»Ok, ich gehe wieder zu Toni.«

Michael blieb grübelnd vor dem Buch stehen.

»Was ist denn los?«

Er zuckte zusammen und drehte sich um. Er hatte Jona vollkommen vergessen.

»Na ja, hier ist nur ein Bild, welches deine Schwester erschreckt hat.«

Jona sah auf und betrachtete die Zeichnung. Die Farbe wich ihm aus dem Gesicht. Auch er las die Beschriftung.

»Das kann ich verstehen«, begann Jona. »Auch wenn der Mann total harmlos erscheint, aber wenn ich die Augen ansehe, dann ...« Er stockte.

»Was dann?« Michael sah ihn besorgt an.

»Ich weiß, es ist albern, aber ich spüre die Panik in mir aufsteigen.«

Freundschaftlich legte Michael seine Hand auf Jonas Schulter.

»Mir geht es ähnlich.« Er zögerte. Sollte er Jona den Rest der Geschichte erzählen oder würde er ihn nur beunruhigen? Hatte er ihm nicht schon zuviel anvertraut? Er seufzte. Von Tonis Erlebnissen und den Recherchen wusste ihr Bruder noch nichts. Wie gerne würde er seine Großmutter um Rat fragen.

»Es ist komisch«, sprach Jona weiter. »Aber weißt du noch, was ich dir erzählt hatte? Was passiert war, als Toni und Mama nach Leah gesucht hatten?«

Michael nickte.

»Irgendwie habe ich das Gefühl, die Person auf dem Bild ... Ach, das ist Blödsinn.«

Michael sah Jona im Halbdunkeln an. Die Schultern hingen ihm herunter. Auch so machte der Junge den Eindruck, als wäre er ziemlich am Ende. Der Junge sollte wissen, dass er nicht allein ist.

Michael nahm sich ein Herz.

»Ich glaube, du solltest etwas wissen ...«

27. Kapitel

Diana lag auf der Couch. Sie war allein und das war gut. Ihre Kinder besuchten gerade irgendein Museum mit Michael. Sie waren sicher. Die Polizistin war auf ihre Bitte hin gegangen. Ihren mitleidigen Blick konnte sie einfach nicht länger ertragen, auch wenn ihr klar war, dass die Beamtin vor dem Haus im Wagen wartete, in der Annahme, dass Diana durch das Medikament schlafen würde. Doch dort draußen war sie ihren Plänen nicht im Weg.

Wenn die wüsste.

Nein, Diana hatte nur so getan, als wenn sie das Schlafmittel genommen hätte. Sie wollte nicht schlafen, sie wollte zu Leah und sie hatte das sichere Gefühl zu wissen, wie sie zu ihrer jüngsten Tochter gelangen könnte. Es war die einzige Erkenntnis, die sie antrieb. Ansonsten lag ein Nebelschleier über ihrem Hirn, der keine anderen Gedanken zu ihr durchließ. Es durfte sie nur niemand stören.

Langsam erhob sie sich und ging nach oben. Ihre Hände waren zu Fäusten geballt. Die Tür zum Badezimmer stand offen und sie ging hinein. Für einen Moment blieb sie stehen und besah sich im Spiegel. Erschrocken trat sie einen Schritt zurück.

Bin das wirklich ich?

Die Haare hingen fettig und unfrisiert herab, ihr Teint war blass und kränklich. Tiefe Ringe umrahmten ihre rotgeweinten Augen. Langsam öffnete sie ihre linke Faust und legte ihre zittrigen Finger auf ihre Wange. Als sie sich versichert hatte, dass ihr Spiegelbild dieselben Bewegungen machte, sog sie die Luft ein und starrte es an.

Was ist aus mir geworden?

Mit einem Kopfschütteln vertrieb sie die Gedanken.

Das ist doch alles unwichtig. Leah. Es zählt nur Leah.

Sie wandte sich vom Spiegel ab und trat zur Badewanne. Mit links steckte sie den Badewannenstöpsel ein und öffnete den Wasserhahn. Heißes Wasser floss in die Wanne.

Für einen Moment zögerte Diana. Sollte sie einen Badezusatz benutzen? Das letzte Mal, als ihr diese widerwärtige Gestalt erschienen war, hatte das Wasser geduftet.

Ohne weiter darüber nachzudenken, schlüpfte sie aus ihrem Nachthemd. Das Wasser in der Wanne dampfte und sowohl das Fenster, als auch der Spiegel beschlugen. Mechanisch drehte sie sich weg.

Auf dem beschlagenen Spiegel erschienen Buchstaben, gerade so, als wenn eine unsichtbare Hand darauf schrieb. Die Buchstaben ergaben die Frage: Wo ist sie???

Diana aber nahm die Schrift nur am Rande wahr, ignorierte sie und starrte auf die immer voller werdende Badewanne.

Keine Ablenkung!

Das Wasser brannte auf ihrer Haut, als sie vorsichtig in die Wanne trat und sich niederließ. Sogleich stieg Dampf von ihrem Körper auf. Diana ignorierte auch das.

»Komm her«, flüsterte sie und öffnete jetzt das erste Mal ihre rechte Faust, in der mehrere Tabletten zum Vorschein kamen. Ohne auch nur einen Moment zu zögern, warf sie die Schlaftabletten in ihren Rachen und schluckte sie hin-

unter. Dann lehnte sie sich zurück, schloss die Augen und wartete auf das Einschlafen.

»Wo ist sie?« Die dunkle Stimme flüsterte in ihr Ohr. »Wo hast du sie versteckt?«

»Wie meinst du das? Leah? Hast du sie nicht zu dir geholt?« Ihre Gedanken rasten durch ihren benebelten Geist.

»Nein«, die Frage schien die Stimme zu überraschen. »Ihr könnt mir nicht entkommen. Kein Trick der Welt kann euch schützen.«

Erschrocken öffnete Diana die Augen, die ihr bleischwer vorkamen. An der Badewanne stand Barthel und blickte lüstern zu ihr hinunter.

»Es ist ja schön, dass du so schnell zu mir willst«, sprach er ruhig, bückte sich zu ihr hinab und strich ihr sanft über die nackten Brüste. »Du bist attraktiv und dein Körper erinnert mich daran, wie es war, zu begehren, zu fühlen, zu leben.« Er grinste. »Erstaunlich, dass eine Jungkunzschlampe das auslöst. Wenn ich dich bei mir habe, werde ich drüber hinwegsehen.« Er legte seinen Kopf schief. »Aber eigentlich wollte ich dich mit deiner kleinen Tochter holen. Also, wo ist sie?«

Diana war stocksteif und spürte, wie die Magensäfte sich ihren Weg nach oben suchten, doch konnte sie sich nicht bewegen. Ob es das Werk des Geistes vor ihr oder die Schlaftabletten waren, konnte sie nicht sagen.

»Leah«, flüsterte sie. »Ich weiß nicht, wo sie ist.«

Sie spürte ihre Tränen herunterlaufen. Was hatte sie sich nur dabei gedacht? Sie war sich so sicher gewesen, dass er ihre Tochter hatte. Sie war bereit gewesen zu sterben, um mit Leah im Tode vereint zu sein. So überzeugt war sie davon gewesen, dass es der einzige Weg war. Doch der Nebelschleier, der ihr Denken beeinflusste, fiel ab. War das nur der Schlafentzug, der ihr diese dumme Idee eingeflüstert

240

hatte? Versuchte sie sich tatsächlich umzubringen? Panik stieg in ihr auf. Wie konnte sie nur ihre Kinder im Stich lassen?

»Nichtsdestotrotz«, sprach der Geist weiter, während seine Hand an ihrem Körper hinunterwanderte. »... ich nehme dein Opfer an. Glückwunsch, du hast deinen anderen beiden Kindern noch ein paar Tage Leben erkauft.« Sein boshaftes Grinsen ließ Diana seine gelben Zähne sehen.

»Nein, ich will nicht ...«

Er packte mit beiden Händen Dianas Kopf und drückte ihn unter Wasser. Erschrocken versuchte sie sich zu wehren und ihn fortzustoßen, doch sie konnte nicht. Langsam glitt sie in die Bewusstlosigkeit und das Schwarz empfing sie mit offenen Armen.

Lustlos biss die Polizeioberwachtmeisterin Isabell Wagner in ihr mitgebrachtes Käsebrot und schaltete das Radio an. Sie hatte kein gutes Gefühl, dass sie Frau Fuchs allein im Haus gelassen hatte. Aber was hätte Isabell Wagner gegen den Willen dieser Frau schon machen sollen?

Isabell hatte sich freiwillig gemeldet, um bei der Familie zu bleiben. Sie zeigte sich sehr engagiert und wollte schnell Kommissarin werden. Sie wollte Menschen helfen und für Gerechtigkeit sorgen, so wie die Superhelden in den Comics ihres Bruders, die sie als Kind verschlungen hatte.

»Aus großer Macht erfolgt große Verantwortung«, murmelte sie ihr Lieblingsfilmzitat vor sich hin. Sie würde Menschen helfen und der Umgang mit Betroffenen wäre eine sehr gute Übung für sie. Allerdings hatte sie nicht erwartet, wie ereignislos diese Aufgabe war. Anstatt das vermisste Mädchen zu suchen, sah Isabell die ganze Zeit nur dabei zu, wie schlecht es den Angehörigen ging. Und jetzt war sie ins Auto verbannt worden.

Sie seufzte, biss ein weiteres Mal von der Brotscheibe ab und blickte nachdenklich zum Gebäude. Ihr Spinnensinn meldete sich. Irgendetwas war anders, doch sie konnte nicht sagen was. Mit gerunzelter Stirn starrte sie auf das Haus und kaute gedankenverloren auf dem Brot herum.

Da!

Jetzt erkannte sie, was nicht stimmte. Im oberen Badezimmer war das Fenster beschlagen. Frau Fuchs schlief nicht. Hatte sie ihre Tabletten nicht genommen? Das ungute Gefühl verstärkte sich. Schnell legte sie das Brot zurück in die Dose, griff nach dem Schlüssel, den ihr die älteste Tochter gegeben hatte, und stieg aus. Einen Moment hielt sie inne. Nur weil Frau Fuchs offensichtlich ein Bad nimmt, ist das kein Grund für Panik. Wenn doch ihre Intuition nicht etwas anderes sagen würde.

Ein Poltern schallte vom Haus über die Straße.

Hastig eilte Isabell Wagner zur Tür und öffnete sie. Knarrend ging sie auf.

»Frau Fuchs?« Schnell eilte die Polizeioberwachtmeisterin ins Wohnzimmer und stellte fest, dass ihre Vermutung richtig war. Frau Fuchs lag nicht mehr auf der Couch.

Es krachte erneut. Es kam von oben.

Die Oberwachtmeisterin kehrte in den Flur zurück und hastete die Treppe hinauf. Sie konnte aus dem Badezimmer das Wasser rauschen hören. Die Tür stand offen.

»Frau Fuchs?«

Keine Antwort.

Isabell Wagners Herz pochte wie verrückt. Ihre rechte Hand schwebte griffbereit über ihrer Pistole am Gürtel. Mit ihrem Zeigefinger strich sie über den Griff ihrer

Heckler-und-Koch-Selbstladepistole, eine Geste, die ihr Sicherheit gab und sie ruhiger atmen ließ.

Mit der linken Hand stieß sie die Tür weit auf und betrat das Bad. Die hohe Luftfeuchtigkeit brachte sie zum Husten, während sie sich umsah. Das Fenster und der Spiegel waren beschlagen. Immer noch lief Wasser in die übervolle Badewanne.

Die Oberwachtmeisterin schrie auf, als sie Dianas leblosen Körper im Wasser entdeckte, doch gleich besann sie sich und zog den schlaffen Leib heraus und ließ ihn auf den feuchten Boden sinken. Mit geübtem Griff versuchte sie am Hals einen Puls zu spüren, doch vergeblich.

»Scheiße!«

Schnell zog sie ihr Funkgerät vom Gürtel, drückte den Funkknopf und meldete sich mit ihrer Dienstnummer bei der Zentrale.

»Ich benötige auf der Stelle einen Notarzt an meinen Standort.«

»In Ordnung«, rauschte es aus dem Funksprechgerät und die Kollegin ließ sich die Adresse bestätigen. Dann begann Isabell Wagner mit der Herz-Lungen-Wiederbelebung.

28. Kapitel

Im Auto war es still, denn sowohl Michael als auch die Teenager hingen ihren Gedanken nach. Toni war nicht begeistert, dass Michael ihren jüngeren Bruder eingeweiht hatte. Er hätte sie vorher fragen müssen. Daher zeigte sie ihm die kalte Schulter. Noch schlimmer empfand sie, dass Jona sich ihr nicht anvertraut hatte. War sie so unnahbar geworden, dass ihre Geschwister nicht mehr zu ihr kamen, wenn sie Probleme hatten? Warum hatte er geschwiegen? Sie war doch die Ältere.

Jona saß auf dem Vordersitz und verarbeitete noch die Informationen sowie die Tatsache, dass ein Fluch über der Familie lastete. Auf eine merkwürdige Weise war er sogar erleichtert. Bisher hatte er Angst, dass er sich den Angriff in jener Nacht nur eingebildet hätte. Auch wenn Michael ihm etwas anderes gesagt hatte. So sehr er Geistergeschichten und Horrorfilme liebte, so war das doch Fiktion. Wirklich an Geister zu glauben fiel ihm schwer. So schlimm wie das Erzählte auch war, jetzt war er nicht mehr der Einzige in seiner Familie mit paranormalen Erlebnissen. Jona fühlte sich befreit.

Paul machte sich Sorgen um Toni und hielt ihre Hand. Er spürte, wie sauer sie war, weshalb er sie nicht ansprach.

Liebevoll strich er ihr eine Strähne aus dem Gesicht. Sie schien es nicht zu bemerken. Ihr durfte nichts geschehen. Er würde sie beschützen. Komme was wolle.

Michael überlegte, was er mit der Information anstellen sollte. Als sie alle Ausstellungsräume gesehen hatten und er die Kinder rausgeschickt hatte, fragte er den Mann am Tresen, ob er gegen ein Entgelt eine Abschrift des Jahres 1615 aus dem ausgestellten Buch haben könnte. Als diese nach dem Grund seines Interesses fragte, meinte er »Ahnenforschung.« Damit hat der Museumsmitarbeiter sich zufriedengegeben und sich seine E-Mail-Adresse aufgeschrieben. In ein oder zwei Tagen würde er die Seiten als Datei erhalten. Er hatte den anderen davon erzählen wollen, doch keiner wollte ihm zuhören. Dennoch spürte Michael diese wohlige Aufregung, endlich zu wissen, mit wem sie es zu tun hatten.

Gerade bog er in die Straße ein, als sein Blut in den Adern erfror. Vor dem Haus stand ein Krankenwagen. Sanitäter brachten einen Körper auf einer Trage heraus und schoben sie in das Rettungsauto. Michael schluckte.

»Was zur Hölle«, entfuhr es neben ihm Jona und im Rückspiegel konnte er sehen, wie angstvoll Toni hochsah. Schnell parkte Michael das Auto und die Insassen sprangen heraus und auf den Rettungswagen zu.

Eine Polizistin stellte sich ihnen in den Weg. Michael erkannte die Beamtin, die auf Diana aufpassen wollte.

»Was ist passiert?« Tonis Stimme zitterte.

»Das kann ich Ihnen noch nicht genau sagen. Sie wollte schlafen und bat mich um ihre Privatsphäre. Etwas später fand ich sie bewusstlos in der Badewanne. Ich weiß leider nicht, was passiert ist.«

Michael zog die Luft ein.

»Lebt sie noch?« Er sprach die Frage aus, die Dianas Kinder sich nicht zu stellen trauten.

»Ja, wir konnten sie wiederbeleben. Sie wird nun ins Klinikum gebracht.«

Erleichtert atmeten alle vier auf einmal aus.

Jona riss sich los und rannte zum Krankenwagen.

»Bleib hier«, befahl ihm Toni. Er hörte nicht auf sie. Von seinem Ungehorsam genervt folgte sie ihm. Paul trottete hinterher.

»Da ist noch etwas«, sprach die Polizistin. »Ich wollte es nicht vor den Kindern sagen, aber es macht den Anschein, als wenn Frau Fuchs versucht hatte, sich das Leben zu nehmen. Sie hatte ihre Schlaftabletten mit ins Bad genommen und geschluckt, als sie in die Wanne stieg.«

»Danke, dass Sie es mir gesagt haben.« Michael spürte, wie sich sein Herz zusammendrückte. »Ich werde sie wohl nicht mehr aus den Augen lassen können.«

»Sie kommt erst einmal ins Klinikum und wird dort physisch und psychisch betreut. Dann schaut man weiter.«

Michael blickte zum Krankenwagen, wo Jona dabei war, mit einem Sanitäter zu diskutieren, dass er gefälligst mitfahren muss, während Toni daneben stand und auf Jona einredete. Paul befand sich hinter ihr und wusste nicht, was er tun sollte.

»Vielen Dank, dass sie Diana gerettet haben.« Michael gab der Polizistin die Hand. »Aber ich sollte jetzt zu den Kindern gehen und mit ihnen dem Krankenwagen hinterherfahren.«

»Ich habe nur meinen Job getan, als ich ihr das Leben rettete.« Die Polizistin lächelte ihn an. »Aber wenn etwas ist, Sie Hilfe brauchen, dann rufen Sie mich bitte an.« Sie gab ihm eine Visitenkarte. »Über eine kurze Nachricht, wie es Frau Fuchs geht, würde ich mich auch sehr freuen.«

Michael nickte ihr zu und ging zu den anderen hinüber.

29. Kapitel

»Was will er von uns?«

Toni sah zu Michael hinüber. Er hatte sie früh am Morgen abgeholt, während Paul mit Jona zu Hause blieb, falls das Krankenhaus anrief. Zum wiederholten Mal antwortete er: »Ich weiß es nicht. Der Arzt rief an und sagte, wir sollen schnell in die Klinik kommen, da etwas mit Onkel Uwe nicht stimmen würde. Außerdem fragte er nach uns.«

Toni blickte hinaus und sah auf die Bäume, die am Autofenster vorbeizogen.

Wie gerne wäre sie bei Jona geblieben und bald zu ihrer Mutter ins Krankenhaus gefahren. Die ersten Informationen waren spärlich. Sie war bei Bewusstsein und wurde untersucht. Bis tief in die Nacht hatten sie dort gewartet. Ein Arzt teilte ihnen schließlich mit, dass ihre Mutter ruhig schlief und es ihr den Umständen entsprechend gut ginge. Sie braucht jedoch Ruhe, daher durften die Kinder nur kurz zu ihr rein, um sich zu vergewissern, dass Diana gleichmäßig atmete. Toni und Jona hatten ihre Mutter noch nie so verletzlich gesehen, wie in diesem Krankenhausbett. Toni trat zu ihr und nahm ihre Hand und streichelte sie.

»Mama«, flüsterte sie.

Eine Schwester, die gerade einen Tropf wechselte, bat sie freundlich, am Morgen wiederzukommen, wenn die Patientin wach war. Also traten die Kinder auf den Flur zu Michael, der draußen warten musste. Er fuhr sie nach Hause. Toni hatte ein paar Stunden wach gelegen und die Decke angestarrt. Paul telefonierte mit seiner Mutter und bekam die Erlaubnis, über Nacht zu bleiben. Er hatte mit Michael unten übernachtet, denn ebenso wie der väterliche Freund wollte er Toni und Jona nicht allein lassen. Natürlich hätte sie ihn lieber neben sich gehabt, wie sie ihm am Morgen berichtete. Sie hätte sich an ihn rangekuschelt und sich sicher gefühlt. Doch sie war zu müde gewesen, um mit Michael zu diskutieren oder um eine Zurückweisung von Paul zu ertragen. Daher hatte sie geschwiegen.

Am frühen Morgen wurden sie durch das Klingeln von Michaels Handy geweckt. Nun saß sie neben Michael auf dem Beifahrersitz, um erneut in die psychiatrische Klinik zu fahren und Uwe Sieber zu besuchen.

Michael bog von der Bundesstraße ab und fuhr den Berg hinauf, wo sich die Klinik befand. Endlich parkte er und sie stiegen aus. Für einen Moment atmete Toni die Höhenluft tief ein und gähnte. Sie hob die Arme in die Höhe und streckte sich.

Verdammt, ich habe noch nicht einmal einen Kaffee getrunken.

Einen Moment später wurden sie bereits vom Arzt begrüßt. Heute sah der sonst so akkurate Mann aus, als hätte auch er in der letzten Nacht wenig geschlafen. Seine Brille war verbogen, seine Haare ungekämmt und tiefe Ringe zierten seine Augen.

»Herr Sieber, welche Freude, Sie zu sehen.«

Michael runzelte die Stirn, zwang sich zu einem Lächeln.

»Guten Morgen! Warum sollte ich so schnell kommen?«

Dr. Schäfer seufzte und deutete ihnen, ihm zu folgen. Sie gingen die breite Steintreppe hinauf und durch eine Glastür, die der Psychiater ihnen aufhielt. Ein paar Schritte den Gang hinunter blieb er vor einer Tür stehen und öffnete sie.

»Bitte treten Sie ein und nehmen Sie Platz.«

Toni stellte fest, dass sie in einem Büro waren. Am Fenster stand ein großer Schreibtisch, der mit Papieren übersät war, so dass man den Monitor fast übersah. Die Wände waren mit Bücherregalen zugestellt. Rechts neben der Tür befand sich eine kleine Sitzecke mit einem Besprechungstisch. Darauf deutete Dr. Schäfer und fragte: »Darf ich Ihnen einen Kaffee anbieten?«

»Gerne«, antwortete Toni erleichtert. Kaffee war das, was sie brauchte.

»Ja, für mich auch«, sagte Michael. »Danke.«

Der Arzt verschwand einen Moment aus dem Raum.

»Äußerst merkwürdig.« Michael sprach mehr zu sich selbst als zu Toni.

»Was ist merkwürdig?«

»In all den Jahren war ich nicht einmal in diesem Büro. Ich hoffe, meinem Onkel geht es gut.«

Bevor Toni ihn beruhigen konnte, ging die Tür wieder auf und Dr. Schäfer kam herein, in der Hand ein Tablett mit einer Thermoskanne, drei großen Tassen, einem Milchkännchen und Zuckerpäckchen. Wortlos stellte er das Tablett auf den Tisch und reichte seinen Besuchern die Tassen. Dann verteilte er die anderen Gegenstände auf dem Tisch, nahm das Tablett zur Seite und lehnte es an die Wand.

»So ist es doch gemütlicher.« Der Arzt lächelte künstlich und goss den Kaffee ein. »Bitte bedienen Sie sich mit der Milch und dem Zucker am besten selbst.«

Endlich setzte sich Dr. Schäfer ihnen gegenüber und starrte einen Moment auf seine Tasse.

»Herr Dr. Schäfer«, begann Michael das Gespräch. »Geht es meinem Onkel gut?«

Der Arzt schaute auf.

»Ja, also, körperlich ja. Aber, ich fürchte, er hatte in der letzten Nacht einen Krankheitsschub. Er sprach immer davon, dass ein schwarzer Mann käme, um ihn endlich zu holen. Es waren die gleichen Fantasien, die ihn – laut seinen Unterlagen – damals nach seinem Verschwinden und Wiederauftauchen gequält hatten.« Der Arzt atmete tief durch und starrte einen Punkt auf der Wand an. »Irgendetwas muss ihn aufgeregt haben. Er schrie, wir sollten fernbleiben und er krampfte, so dass er aus dem Bett fiel. Plötzlich hatte er einen Kugelschreiber. Patienten, die wie er an schlechten Tagen eine Gefahr für sich darstellen, dürfen so etwas nicht auf dem Zimmer haben. Zurecht, denn dieses Mal wollte er sich den Stift in den Hals stechen.« Dr. Schäfer blickte nun Michael an. »Herr Sieber, ich versichere Ihnen, dass es bisher noch nicht passiert ist, dass ein Patient einen potenziell gefährlichen Gegenstand auf das Zimmer geschmuggelt hat.« Der Arzt wandte den Blick ab und fixierte erneut die Wand, als er fortfuhr: »Er war dabei, sich zu verletzen. Der Patient war außer sich und schlug um sich. Er entwickelte eine enorme Kraft und verletzte die Nachtschwester und zwei Pfleger, die ihm den Kugelschreiber entrissen und ihn zurück ins Bett hieven wollten. Als es endlich gelang, schlug er mit dem Kopf gegen die Wand, immer wieder. Daher sahen wir uns gezwungen, ihn zu sedieren. Bevor er einschlief, flüsterte er, dass er mit Ihnen reden müsste, bevor es zu spät ist. Wir verstehen nicht, was ihn so aufgeregt hat. Erst wenige Minuten vor seinem Ausbruch hatte die Schwester ihn auf sein Zimmer und zu Bett gebracht. Da verhielt er sich völlig unauffällig.«

Michael war der Kiefer heruntergeklappt. Nun schloss er den Mund und schluckte.

»Kann ich zu ihm?«

Dr. Schäfer nickte. »Ihr Onkel steht unter Beruhigungsmitteln und schläft.« Er stand auf, durchschritt den Raum und öffnete die Tür.

»Schwester Anja! Sind Sie bitte so freundlich und sehen Sie nach, ob Uwe Sieber wach ist?« Aus dem Flur schallte ein »Einen Moment.«

Dr. Schäfer kam zurück und setzte sich wieder. »Während wir auf die Schwester warten, dürften Sie genug Zeit haben, Ihren Kaffee zu trinken.«

Michael sah auf die Tasse in seiner Hand. Er hatte sie noch gar nicht angerührt.

»Haben Sie noch irgendwelche Fragen?« Der Arzt sah sie aufmunternd an.

Toni sah zu Michael. Sie sah ihm an, dass er ebenso wie sie tausend Fragen hatte. Aber keine, die dieser Mediziner beantworten könnte. Nein, er würde sie womöglich gleich hier behalten. Michael schüttelte seinen Kopf.

Dr. Schäfer erhob sich. »Die Schwester wird Sie zu ihm bringen, sobald er wach ist. Solange können sie sich in den Aufenthaltsraum zwei Türen weiter rechts setzen und ihren Kaffee in Ruhe trinken. Ich muss mich auf die Visite vorbereiten.« Er deutete ihnen ohne weiteren Gruß die Tür.

Toni und Michael sahen sich an, folgten jedoch seiner Anweisung.

»Was war das denn?«, fragte Toni auf dem Gang.

Sie hatten gerade ihren Kaffee getrunken, als sich die Tür vorsichtig öffnete und eine junge Frau im weißen Kittel hereinkam. Ihre blonden Haare glitzerten im Sonnenlicht.

»Guten Tag«, grüßte sie mit einem herzlichen Lächeln. »Ich bin Schwester Anja und Herr Dr. Schäfer hat mich gebeten, Sie zu Herrn Sieber zu bringen.«

Toni blickte zu Michael, der die Krankenschwester anlächelte. Für ihren Geschmack war sein Lächeln zu breit. Sie war die letzten Tage nicht blind gewesen und hatte erkannt, dass da etwas zwischen ihm und ihrer Mutter lief. Daher gefiel es ihr gar nicht, wie der eben noch verunsicherte Michael sich nun lächelnd erhob und die hübsche Pflegerin anstarrte.

»Schwester Anja? Anja Schott?«

Die Krankenschwester sah ihn prüfend an. Zögerlich antwortete sie: »Ja, kennen wir uns?«

»Kaum, aber ich bin mit Ihrem älteren Bruder in die Schule gegangen. Der heißt doch Felix?«

»Ja, genau. Das ist ja ein Zufall.« Die Frau strahlte ihn an.

»Bitte grüßen Sie ihn von mir.«

Toni verdrehte die Augen und stand auf.

»Wir sind nicht hier, um zu quatschen«, schaltete sie sich genervt ein. »Können wir nun das tun, weswegen wir so früh hergekommen sind?«

Verwundert sah Schwester Anja auf Toni. »Das ist bestimmt deine Tochter, oder? Die Ähnlichkeit kann man nicht leugnen.«

Toni begann zu lachen, trat an Michael heran, lehnte ihren Kopf gegen seine Schulter und sagte zuckersüß: »Er ist mein Freund.«

»Toni!« Michael war alles andere als amüsiert, doch Toni grinste nur.

»Aber Schatz, ich kann es nicht leiden, wenn jeder denkt, du wärst mein Vater.« Toni klimperte mit den Augen und hakte sich bei ihm ein. Sie sah zu Schwester Anja, die entrüstet zwischen Michael und ihr hin und her sah.

Strike, dachte Toni zufrieden.

»Warum machst du das?« Michaels Gesicht war in einer Mischung aus Wut und Scham rot angelaufen.

»Weil ich nicht mit ansehe, wie du hier herumflirtest, während Mama im Krankenhaus liegt und wir eigentlich etwas Besseres zu tun haben.«

»Ich flirte nicht«, entgegnete er und wendete sich wieder Schwester Anja zu: »Sie macht nur Spaß. Das ist Antonia, die Tochter meiner Lebensgefährtin. Sie findet so etwas unsagbar komisch.«

Schwester Anja zog eine Grimasse und blickte mit gerümpfter Nase auf Toni. »Sehr witzig. Wenn Sie mir dann bitte folgen würden?«

Mit diesen Worten drehte sie sich um und schritt den Gang entlang, ohne sich zu vergewissern, ob die Besucher ihr auch folgten.

Toni und Michael liefen hinter ihr her.

»Ich habe nicht geflirtet. Ihr Bruder ist ein Kumpel von mir gewesen.«

»Das sagen sie alle.« Toni rollte mit den Augen und wäre beinahe in Schwester Anja hineingelaufen, die vor einer Tür anhielt. Gerade noch rechtzeitig kam Toni vor ihr zum Stehen, erntete dennoch einen bösen Blick der Krankenschwester.

»Hier wären wir.« Die Schwester klopfte dreimal an und öffnete die Tür. Dann wandte sie sich an die Besucher: »Bitte treten Sie ein. Wenn er wieder einen Anfall hat oder sollte etwas anderes sein, drücken sie den roten Knopf an der Wand und ein Pfleger ist sofort da.«

»Danke«, murmelte Michael, der in seine Gedanken versunken war und in Uwes Zimmer eintrat. Erstaunt blickte er sich um. Seit er das letzte Mal diesen Raum betreten hatte, hatte sich dieser erheblich verändert. Das Bett stand auf der linken Seite, während der Schrank und ein Schreibtisch mit zwei Stühlen gegenüber aufgestellt war. Wachsmalstifte lagen auf dem Tisch verstreut. Diese stellten wohl keine Gefahr dar. Die Fenster waren verhangen, so dass es dunkel und stickig war. An den Wänden waren Zettel mit Kritzeleien geklebt worden, auf denen er die Symbole wiedererkannte, die Uwe für sie aufgezeichnet hatte. Aber auch ein finsteres Gesicht mit bösartigen Augen hatte sein Onkel aufgemalt. Gänsehaut breitete sich auf Michaels Rücken aus, als er die Gesichtszüge von Barthel erkannte.

Auch Toni besah sich die Zeichnungen und schrie auf. Michael drehte sich zu ihr um und bemerkte, wie sie kreidebleich wurde und ihre Hände zu zittern begannen.

Freundschaftlich legte er einen Arm um sie.

»Das ist nur eine Zeichnung, Toni. Hab keine Angst, ich bin bei dir.«

Das Mädchen schluckte und Michael holte für sie einen Stuhl von der anderen Seite des Raumes und schob ihn an das Bett heran. Dann stellte er einen Zweiten daneben und ließ sich darauf nieder. Erst jetzt blickte er zu Uwe, der noch still in seinem Bett lag. Das Auge war blau und an der Schläfe hatte er ebenfalls einen lilafarbenen Bluterguss. Um seinen Hals war ein Verband gewickelt.

»Na toll«, sagte Toni. »Er schläft. Sollte die Schwester uns nicht erst herbringen, wenn Uwe wach ist? Was sollen wir jetzt machen?« Unsicher schaute sie wieder auf die Zeichnungen.

»Sei nicht so hart. Vielleicht ist er wieder eingeschlafen. Wir können jetzt nur warten.«

Schweigend saßen sie da. Toni blickte auf die Hände, die sie auf ihrem Schoß wie zu einem Gebet verschränkt hatte, während Michaels Blick immer wieder von seinem schlafenden Onkel zu den Zeichnungen wechselte.

Plötzlich bewegte sich Uwe und Toni zuckte zusammen. Michael stand auf und streichelte seinen Kopf, bis er seine Augen öffnete.

Toni bemerkte Michaels Anspannung. Ihr klopfte das Herz wie verrückt. Würde Uwe wieder von Sinnen sein oder so freundlich, wie sie ihn kennengelernt hatte?

»Michael?« Seine Stimme klang gequält und erschöpft. »Bist du ... es wirklich?«

»Ja, Onkel. Und Toni habe ich auch mitgebracht. Du erinnerst dich doch an Toni?«

Uwe blickte an seinem Neffen vorbei und lächelte das Mädchen an, das zurücklächelte.

»Toni ... Schön, dass du ... da bist.«

»Was war denn gestern mit dir los? Du wolltest dich umbringen?«

Uwe runzelte die Stirn. »So ... ein Quatsch... Er wollte ... mich töten. Der schwarze Mann ... der Minenarbeiter ... Er war hier.«

Uwe sah zu Toni, die ratlos mit den Schultern zuckte.

»Ich habe ... mich gewehrt ... Ich muss ... dir doch noch ... etwas sagen, bevor ... er mich holen kommt.« Nachdenklich blickte er zur Seite. »Vielleicht ... will er mich ... deswegen holen? Damit ... ich es ... euch nicht sage?«

»Was willst du uns sagen?« Michael bemühte sich um einen unverfänglichen Ton.

»Erzähl schon«, sagte Toni schroff. Sie schob ein freundlicheres »bitte« hinterher.

»Ich erinnere ... mich wieder. Damals ... wollte er ... mich töten. Ich ... lief weg, aber ... er rief ... ich würde ihm ... nicht entkommen ... und die Mine ... niemals verlassen ... Seine Stimme hallte von den Wänden ... Ich machte mir ... vor lauter Angst ... in die Hose, als ich fiel ... und er sich über mir ... bewegte.« Uwes Hände zitterten, als er immer schneller und flüssiger sprach: »Da stand plötzlich ein Junge neben ihm, der ... meinen Arm packte, mich auf die Füße stellte ... und mich mit sich fortzog. Wir ... rannten durch die Gänge und irgendwann ... deutete er mir, durch eine Felsöffnung zu kriechen. Ich sagte ... ihm, er solle mit mir kommen, doch er ... schüttelte energisch seinen Kopf. ›Weder er noch ich können dir dorthin folgen‹, sagte er. Ich ... müsse allein dort durch, aber ich wäre dann ... in Sicherheit.« Uwe leckte sich über seine trockenen Lippen. »Als ich schon hinunterkletterte, fragte ich ... nach seinem Namen. Otto. Dann ... nahm ich noch wahr, wie ... der Minenarbeiter wütend ... angepoltert kam. Otto rief mir zu, ich ... solle mich beeilen, also kletterte ich ... hindurch. Einen Moment lang musste ich ... immer geradeaus kriechen. Dann ... ging es plötzlich nach oben und ich gelangte in ... eine Höhle. Überall waren diese ... Zeichen in die Wände geritzt.« Er deutete auf die Zeichnungen an der Wand. »Ich wagte nicht, mich zu bewegen, verkroch ... mich in eine Ecke und wartete voller Überzeugung ... darauf, dass der Minenarbeiter ... mir doch noch folgen und ... mich töten würde. Erst nach Tagen, als der Hunger und ... Durst unglaublich stark waren, kam ich aus meiner Ecke ... heraus und erkundete die Höhle, bis ich einen Ausgang ... fand.«

»Dann bist du wieder aufgetaucht.«

»Ja, und niemand hat mir ... geglaubt. Sie dachten, ich hätte ... Peter und Karl ... umgebracht, oder dass wir ... einen Unfall hatten und ... ich mir unter Schock diese Geschichte ... ausgedacht habe.« Er spuckte auf den Boden. Toni konnte gerade noch rechtzeitig ihren Fuß wegziehen.

»Und das wolltest du uns unbedingt erzählen?«

»Ja, die Zeichen! Er kann ... an ihnen nicht ... vorbei. Sie schützen ... uns.«

Uwes Augen funkelten vor Erleichterung.

»Ich bin alt. Lange werde ich ... nicht mehr leben, das ... spüre ich. Aber ihr, ihr müsst euch schützen! Geht! Bei mir ... seid ihr nicht sicher. Los!«

Uwe stieß Michael fort und forderte immer wieder, dass sie gehen sollten. Um seinen Onkel nicht weiter aufzuregen, deutete er Toni, hinauszugehen. Stöhnend erhob sie sich und trat zur Tür. Sie blickte zurück zum Bett. Michael war neben dem Bett seines Onkels stehengeblieben.

»Wo war diese Höhle?«, fragte er Uwe und Toni grübelte, warum das wichtig war.

»Gib mir einen ... Stift und Papier, ich zeichne es dir ... auf.«

Zögerlich gab er ihm einen Wachsmalstift und ein Blatt Papier vom Tisch. Schnell zeichnete der Onkel wilde Linien, Kringel und andere Zeichen. Dann malte er ein dickes X und nickte zufrieden. »Hier, da ist die ... Höhle. Geh zum X, denn da ... seid ihr sicher. Nur dort!«

Michael blickte auf das wirre Gekritzel. Wie nur sollte ihnen das weiterhelfen? Er seufzte, faltete das Blatt zusammen und lächelte Uwe an.

»Danke. Darf ich mir vielleicht auch eins dieser Bilder ausleihen?«

Er deutete auf die Skizze, die Barthel zeigten.

»Ja, nimm eines, dann ... erkennst du den ... Teufel«, brabbelte Uwe und schon schien er wieder wegzudämmern. Michael nahm eine Zeichnung von der Wand, faltete auch diese und steckte beide Zettel in seine Brusttasche.

»Danke«, sagte er und ging zu Toni hinaus.

30. Kapitel

»Mama!«

Jona lief im Krankenzimmer zu dem hintersten der drei Betten. Sie setzte sich auf und schloss ihren Sohn in die Arme.

»Jona! Toni!« Diana strahlte aus müden Augen.

»Wie geht es dir, Mama?« Unsicher trat Toni zu ihrer Mutter.

»Besser. Mir fehlt Leah so sehr.« Sie schluckte. »Aber ihr seid hier und ich danke Gott, dass es euch gibt.«

»Wann darfst du wieder nach Hause?« Jona griff nach ihrer Hand und drückte sie.

»Die Ärzte wollen mich noch ein oder zwei Tage beobachten.« Sie blickte zu Michael auf, der rücksichtsvoll an der Tür gewartet hatte. Sie winkte ihm mit der freien Hand, näherzutreten. »Kannst du dich solange um die beiden kümmern?«

»Aber natürlich.« Er lächelte, obwohl seine Gedanken umherschwirrten.

»Da bin ich aber froh. Und dankbar.« Erleichtert atmete sie auf.

»Mama, du weißt doch noch, dass wir gestern im Museum waren. Toni hat ein paar Bilder gemacht. Willst du sie vielleicht sehen?«

»Lass Mama doch. Ich glaube nicht, dass sie die jetzt sehen will.«

»Mensch, Toni. Spiel dich nicht so auf.« Jona schnaubte. »Mama kann doch selbst entscheiden, ob sie die Bilder anschauen will.«

Diana hustete. »Toni, schon gut. Ich sehe sie mir an. Aber bitte, streitet nicht.«

Widerwillig holte Toni ihr Smartphone heraus, tippte ihren Code ein und öffnete die Galerie-App. Dann gab sie es ihrer Mutter, die durch die verschiedenen Bilder scrollte.

Plötzlich wurde Diana noch weißer, als sie es schon war, und ließ das Handy fallen, als wäre es eine heiße Kohle.

»Was ist?« Toni nahm das Smartphone und blickte auf das Bild in der Anzeige. Irritiert runzelte sie die Stirn. »Das ist doch nur ein ... wie hieß es? ...Grubenfrosch.«

»Es ... hat mich an etwas erinnert.« Diana wischte sich Angstschweiß von der Stirn. »An einen Traum. Einen Albtraum. Entschuldige bitte.«

»Kein Problem.« Toni packte das Handy wieder ein und setzte sich auf einen Stuhl, der im Zimmer herumstand. Jona erzählte, was sie im Museum gesehen hatten. Das Bild des Minenarbeiters erwähnte er jedoch nicht.

Nach einer Weile räusperte sich Michael. »Wie wäre es, wenn ihr zwei euch kurz in der Cafeteria ein Eis holt?« Er zückte sein Portemonnaie und hielt Toni einen Zehn-Euro-Schein hin.

»Nein, danke. Ich mag kein Eis.« Das Mädchen lehnte sich zurück und verschränkte die Arme.

»Aber ich«, rief Jona und lief zu Michael, der sich zu Toni runterbeugte.

»Toni, geh doch bitte mit.« Die nächsten Worte flüsterte er: »Ich muss etwas mit Diana besprechen. Ihr seid doch gleich wieder da.«

Seufzend erhob sich Toni und griff nach dem Geld. »Na gut.«

Dann verließ sie den Raum. Jona folgte ihr. Michael wartete, bis die Tür ins Schloss fiel.

»Und nun zu dir: Du hast Schlaftabletten genommen und dich in die volle Badewanne gelegt. Was hast du dir dabei gedacht?«

Schuldbewusst sah Diana auf ihre Hände.

»Ich weiß auch nicht. Vermutlich war ich so übermüdet, dass ich nicht nachgedacht habe. Ich nahm die Tablette und dachte dann, dass ich seit Leahs Verschwinden nicht mehr geduscht oder gebadet hatte.«

»Rede keinen Bullshit. Du hast nicht nur eine Tablette genommen. Wolltest du dich umbringen?«

Entsetzt sah Diana zu ihm auf. »Nein, ich wollte nur in die Zwischenwelt, zu ihm. Ich war überzeugt, er hätte Leah, aber er hat mich reingelegt. Er wollte, dass ich sterbe.« Sie stockte. »Du musst mich für verrückt halten, dass ich meinen Albträumen zu viel Raum gebe.« Wieder starrte sie auf ihre Hände. »Es fühlt sich nur so real an.«

Michael trat näher und nahm ihre Hand in seine. Mit der anderen streichelte er sie, während er ihren Blick suchte. Es stach ihm ins Herz, als er die Tränen in ihren Augen sah.

»Nicht weinen.« Er setzte sich auf den Bettrand und legte sich neben sie. Dabei nahm er Diana in den Arm. »Keine Angst, du bist nicht verrückt. Es ist meine Schuld. Ich habe dir nicht alles gesagt. Ich hatte zuviel Angst, dass du mich als Irren abstempeln würdest.« Er traute sich nicht, sie anzusehen. »Dein Traum ... wie soll ich es dir sagen? Es ist ein Geist, der deine Familie seit Jahren heimsucht.«

»Ein Geist?« Diana rückte von ihm ab. »Das ist dein Ernst?«

»Denk daran, dass du eben noch gedacht hast, ich würde dich für verrückt halten.«

Diana schluckte. »Da muss ich erst drüber nachdenken.«

»Gut, mach das. Aber du musst schon zugeben, dass hier seltsame Dinge passieren.« Endlich wagte er es, sie anzusehen, doch er war nicht in der Lage, ihren Blick zu deuten. »Denk darüber nach und wir vertagen das Gespräch solange. Ist das in Ordnung?«

Entgeistert sah sie ihn an. Doch hatte sie eine andere Wahl? Sie kannte niemanden, der nach Jona und Toni sehen konnte, solange sie im Krankenhaus war. Und hatte sie nicht schon selbst gedacht, dass sie verflucht wäre?

»In Ordnung.«

Da klopfte es an der Tür und ihre Kinder kamen zurück. Nicht nur Jona hatte ein Eis am Stiel in der Hand.

»Danke für das Eis«, sagte Toni, als sie Michael das Wechselgeld geben wollte.

»Behalte es. Kauft euch davon die Tage noch mehr Eis.«

»Danke«, schaltete sich nun auch Jona ein, der Michael einen Moment argwöhnisch anschaute, da er immer noch neben Diana auf dem Bett saß. Der Junge überlegte einen Moment, entschied dann, dass Michael ein geeigneter Partner für seine Mutter wäre, und lächelte. Dann setzte er sich auf die andere Seite und kuschelte sich an Diana an. »Mama, ich hab solche Angst um dich gehabt. Ich bin so froh, dass es dir wieder besser geht.«

»Tut mir leid, dass ich dir Sorgen gemacht habe.« Liebevoll strich sie über seinen Kopf, während Jona weiter plauderte.

Erschöpft ließ sich Michael auf dem Gartenstuhl nieder. Jona war nach oben in sein Zimmer gegangen, um sich auszuruhen. Toni schob in der Küche Fertiglasagnen in den Ofen. Den ganzen Nachmittag hatten sie bei Diana im Klinikum verbracht. Nun waren sie zu müde, um zu kochen. Daher hatten sie am Supermarkt gehalten und für jeden eine Lasagne gekauft. Das musste reichen.

Michael lehnte sich zurück und schloss seine Augen. Dieser Geist war mächtig. So mächtig, dass er es beinahe geschafft hätte, dass Diana nicht mehr an ihre anderen Kinder gedacht und sich umgebracht hätte. Wie konnten sie ihn nur unschädlich machen?

»Hallo Michael.« Eine Stimme schreckte ihn auf. Als er die Augen öffnete, sah er Paul vor sich. »Wie geht es Diana?«

»So weit gut. Willst du mitessen? Dann sag Toni Bescheid. Wir haben extra eine Lasagne mehr gekauft.«

»Danke, sie hat schon eine für mich in den Ofen getan.«

»Natürlich, du bist ja durch das Haus gekommen.« Michael massierte sich einen Moment die Schläfe.

»Wollte sie sich umbringen?«

Erschrocken fuhr Michael hoch und sah sich um, doch weder Toni noch Jona hatten sich in den Garten gesellt.

»Ja, nein, nicht wirklich. Sie stand unter dem Einfluss des Geistes und konnte nicht klar denken.«

Paul stieß die Luft aus. »Wir müssen endlich was gegen dieses Ding unternehmen.«

»Ganz deiner Meinung. Doch die eine Frage bleibt: Was sollen wir tun?«

»Was wissen wir denn? Der Geist ist ein Minenarbeiter, der bei der Arbeit gestorben ist.«

Michael holte sein Smartphone heraus und öffnete seine Mails. Er hatte am Abend eine Nachricht vom Museum erhalten, doch er war noch nicht dazu gekommen, sie zu öffnen. Er las sie vor:

```
Hallo Herr Sieber,
anbei eine PDF der entsprechenden Sei-
ten des Unfallverzeichnisses. Ich hof-
fe, dass es Ihnen bei Ihrer Ahnen-
forschung helfen wird.
                Mit freundlichen Grüßen
                          Stefan Jäger
```

Paul sah auf. »Ahnenforschung?«

Michael lachte. »Irgendwie musste ich ja mein Interesse begründen. Was hätte dieser Stefan Jäger wohl gemacht, wenn ich gesagt hätte: Ich brauche diese Info, um einen Geist zu bekämpfen.«

Paul stimmte in Michaels Lachen ein.

»Was ist denn so lustig?«

Sie hatten nicht bemerkt, dass Toni auf die Terrasse gekommen war.

»Ach nichts.« Paul griente. »Michael hat nur einen Trick angewandt, damit wir die entsprechende Seite aus dem Buch bekommen. Wir wollen doch wissen, wie dieser Barthel gestorben ist.«

»Und hat es geklappt?« Erwartungsvoll schaute sie Michael an, der nickte.

»Sieht so aus. Ich denke, ich geh mal kurz in Sophies Arbeitszimmer und drucke die Datei aus.« Er erhob sich.

»Vielleicht bekommen wir jetzt einen Anhaltspunkt, wo wir ansetzen können.« Toni umarmte den vor ihr sitzenden Paul.

»Hoffentlich!«

Nach dem Essen saßen sie mit Jona zusammen auf der Terrasse. Vor Ihnen waren Uwes Zeichnungen und die Ausdrucke ausgebreitet. Toni hatte ihren Laptop vor sich aufgestellt.

Paul und Michael brüteten jeder über einem Ausdruck, denn der Mitarbeiter des Museums hatte nicht weniger als acht Seiten abfotografiert und in einer PDF-Datei zusammengefügt.

Toni gab derweil in die Suchmaschine »Wie vertreibt man einen Geist» ein und überflog die Ergebnisse.

»Es ist doch einfach. Man sucht seine Überreste, wo er vergraben wurde, und verbrennt ihn. Dann verschwindet der Geist.«

»Jona, das hier ist das echte Leben und keine Fernsehserie.«

»Aber ... das heißt nicht, dass es falsch sein muss.« Jona verschränkte die Arme. »Was hat den das Internet ausgespuckt?«

»Exorzismus oder mit dem Geist sprechen.« Toni seufzte resignierend. »Das Letztere können wir wohl vergessen, schließlich will er uns umbringen. Wo bekommen wir also einen Geistlichen her, der sich mit Exorzismus auskennt?«

Sie lachte verzweifelt und Michael sah auf.

»Heutzutage würde uns wohl jeder Priester auslachen.«

»Also müssen wir einen anderen Weg finden. Ich such' weiter.«

»Da«, rief Paul so plötzlich aus, dass die anderen zusammenzuckten.

»Barthel und Sohn Otto sind am 11. September 1615 bei einer fehlgeschlagenen Sprengung unter dem Gestein begraben worden.«

»Kein schöner Tod.« Toni sprang auf und sah über Pauls Schulter.

»Aber das macht Sinn. Es geht nicht um seinen Tod, sondern um den seines Sohnes. Ich habe zwar eurer Mutter versprochen, euch nichts von ihren Träumen zu sagen, aber unter diesen Umständen ... Sie hat von diesem Unglück immer wieder geträumt und ist im Schlaf zur Mine gelaufen ...«

Drei Augenpaare starrten ihn entsetzt an.

»Das hättest du schon früher erzählen sollen«, stellte Toni fest.

»Wie gesagt, ich hatte es eurer Mutter versprochen.«

»Trotzdem«, sagte Paul. »Aber es ist nicht zu ändern. Wir sollten vielleicht mal eine Liste machen, was wir wissen und was wir noch herausbekommen sollten.«

Jona sprang auf und holte einen Block und Papier.

»Was soll ich aufschreiben?« Der Junge setzte sich wieder und sah erwartungsvoll in die Runde.

»Na, was wissen wir? Der Geist heißt Barthel, ist am 11. September 1615 in der Mine gestorben. Sein Sohn hieß Otto«, fasste Paul zusammen.

»Und er hat damals unsere Vorfahren heimgesucht. Dann hörte es auf, bis 1952«, ergänzte Toni und tippte »Exorzist» und »suchen» in die Suchmaschine ein.

»Bis dahin war die Mine geschlossen. Mein Onkel und seine Freunde hatten den verrammelten Eingang wieder geöffnet. An den Brettern waren diese merkwürdigen Zeichen.« Michael blickte auf das Blatt mit den Symbolen, welches Uwe ihnen gegeben hatte. »Wir sollten vielleicht herausbekommen, was sie bedeuten. Toni, kannst du nach ihnen im Internet suchen?«

»Gleich, ich habe gerade nach Exorzisten gesucht. Angeblich kann man bei der katholischen Kirche auch als Nichtkatholik nach dem nächsten Exorzisten fragen. Vorher sollte man beichten, denn wenn man den Grund der Heimsuchung eingesteht, könnte es dem Geist reichen und er lässt uns in Ruhe. Doch dazu müssen wir wissen, warum er uns auf dem Kieker hat.«

»Was hattest du noch mal gesagt? Wie war Mamas Albtraum?« Jona sah Michael mit großen Augen an.

»Wenn der Traum die wahren Geschehnisse beinhaltet, dann hat euer Ahne als Vorarbeiter auf dieser Sprengung bestanden, durch die Barthel und sein Sohn umkamen. Der Geist scheint ihm auch die Schuld daran zu geben, dass der Junge noch im Sprengbereich war.«

»Deswegen der Hass auf unsere Familie!« Toni blieb der Mund offen stehen.

»Aber ... wir können doch nichts dafür?« Ängstlich schaute Jona von einem zum anderen.

»Nein, das könnt ihr nicht«, erwiderte Michael und strich sich über die Stirn.

»Es ist wie bei deiner Lieblingsserie«, versuchte Toni zu erklären. »Sie sind tot und das macht sie wütend, so dass sie wahnsinnig werden.«

»Uff.«

Toni atmete tief durch und schloss den Laptop.

»Wolltest du nicht noch nach den Symbolen forschen?«, fragte Paul.

»Ich habe keine Ahnung, was ich da als Suchbegriff eingeben soll. Aber bitte, tu dir keinen Zwang an und such selbst.« Sie schob ihm das Notebook hin und Paul klappte es wieder auf. Schon flogen seine Finger über die Tasten.

»Wo ist der Zettel mit den Symbolen?«

»Der muss hier irgendwo sein«, antwortete Michael und suchte in dem Haufen Blätter. »Da!«

»Ok, das Erste ist ein Kreuz in einem Kreis. Mal sehen, was das Internet dazu sagt.« Er tippte es ins Suchfeld ein und biss sich gespannt auf die Lippe.

»Da, im Wiki steht, dass man dieses Symbol Radkreuz oder auch Sonnenrad nennt.« Schnell überflog er den Beitrag. »Es symbolisiert wohl den Tag- und Nachtzyklus. Der Kreis ist der Weg der Sonne, die waagerechte Linie die Erde und die senkrechte symbolisiert Mittag und Mitternacht.«

»Mmh, das hilft uns jetzt nicht weiter«, stöhnte Toni und gähnte.

»Ich gebe mal Sonnenkreuz ein. Moment ... Oh Scheiße!«

»Was ist?« Michael sprang auf und Toni sah ihn ängstlich an.

»Der spuckt mir jetzt ganz viele Ergebnisse für Hakenkreuz aus. Anscheinend ist es eine Form davon.«

»Also ich denke, das können wir ausschließen«, meinte Toni und entspannte sich wieder.

»Na ja, eigentlich war das Symbol einmal positiv besetzt. Ich meine, bevor die Nazis es verwendet und für immer negativ behaftet haben. Irgendwann hatte ich mal einen Artikel darüber gelesen. Aber ich weiß auch nicht mehr, was es ursprünglich genau bedeutet.«

»Ich gehe mal davon aus, dass die Symbole irgendeine Schutz- oder Bannfunktion haben sollten. Daher versuch' ich es mal mit Radkreuz und Schutz.«

Wieder tippte er auf der Tastatur.

»Und? Was gefunden?«, fragte Jona.

»Ganz viele Radkreuze als Autozubehör.« Er seufzte resigniert und sackte auf dem Stuhl zusammen. Doch dann richtete er sich plötzlich wieder auf. »Da! Hier verkauft jemand einen Anhänger und nennt es keltisches Radkreuz.«

Er klickte es an. »Es ist ein Schutzamulett.«

»Such vielleicht einfach mal nach Schutzsymbolen«, schlug Jona vor und die anderen stimmten zu.

»Eine mythologische Seite. Ha!«, stieß Paul aus. »Da ist das Radkreuz und laut dieser Internetseite bietet es Schutz vor Geistern!«

Sie atmeten erleichtert auf.

»Und was ist mit den anderen Symbolen? Sind die auch auf der Seite?«

»Ja, da ist das Symbol, was so ähnlich aussieht wie das Logo von dieser Automarke mit den drei Rhomben, die sich in der Mitte treffen. Es soll angeblich Dämonen abhalten. Das Kreuz schützt vor Teufeln und der senkrechte Strich soll Untote abwehren. Das, was so aussieht wie das ägyptische Ankh, soll vor Todesmagie bewahren. Das Dreieck soll vor magischer Beeinflussung abschirmen und der Stern wirkt gegen jede Art von magischer Energie.«

»Wow. Vielleicht sollten wir die Symbole im Haus anbringen, bevor wir schlafen gehen?«, schlug Jona vor und sah Michael bittend an, der auf die Uhr schaute.

»Es ist schon spät. Wenn es für euch ok ist, schlafen wir alle in einem Raum und probieren die Symbole aus. Nur womit malen wir sie? Wir sollten sie wieder wegwischen können.«

»In Leahs Sachen müsste noch Straßenmalkreide sein«, erinnerte sich Toni und sprang auf.

Eine Stunde später lagen Jona und Toni im Bett ihrer Urgroßeltern. Paul war nach Hause gegangen, während Michael sich aus Decken und Kissen auf dem Boden einen Schlafplatz gebaut hatte. Jetzt stand er an der Tür und überprüfte die Symbole, die mit weißer und rosa Kreide auf das Holz gemalt waren. Als er von der Richtigkeit der Zeichen überzeugt war, ging er zum Fenster, um die dort angebrachten auch zu checken.

»Ob sie helfen?«, fragte Jona. »Können Geister nicht auch durch Wände gehen?«

»Nein«, seufzte Toni. »Bestimmt nicht.«

»Aber in allen Filmen, Büchern und Serien haben sie kein Problem damit.«

»Du solltest dir nicht so viele Horrorgeschichten reinziehen.« Toni stieß genervt die Luft aus.

»Aber können wir die Symbole nicht auch an die Wände malen? Nur zur Sicherheit?« Jona sah Michael mit großen, bittenden Augen an. Dieser seufzte und griff zur Kreide.

»In Ordnung, aber dafür solltest du dann schnell schlafen, ok?«

»Ok.«

Etwas rumste.

Jona öffnete seine Augen. Es war dunkel und der Mond erhellte durch das Fenster nur schwach das Zimmer. Er sah sich um. Neben ihm lag Toni, die fest schlief. Auch Michael schien den Krach nicht mitbekommen zu haben.

Still horchte der Junge in die Nacht, doch es war nichts mehr zu hören.

Vielleicht habe ich es mir nur eingebildet.

Er atmete tief durch und drehte sich auf die Seite.

Wieder knallte es.

Jona saß im Bett und starrte zur Tür. Das hatte er sich sicher nicht eingebildet.

Es krachte.

Jona zuckte zusammen. Es hatte sich angehört, als wenn es von unten kam. Der Junge krallte sich an seine Decke und schaute zitternd zur Tür.

Etwas klirrte.

»Toni!« Er versuchte, seine Schwester zu wecken. »Wach auf. Ich glaube, da ist jemand.«

»Du träumst«, quengelte Toni und drehte sich um. »Schlaf weiter.«

Unten schepperte es. Dann vernahm Jona das Geräusch von trampelnden Schritten auf der Treppe.

»Toni!« Mit beiden Händen griff er nach ihrer Schulter und schüttelte sie.

»Komm, ich brauche meinen Schlaf. Leg dich hin.«

Plötzlich rumste es an der Tür, als ob jemand versuchte, sie gewaltsam aufzustoßen.

Erschrocken setzte Toni sich auf.

»Da...«, stammelte sie.

»Ja, wie ich sagte. Da ist jemand im Haus.«

Es rumste.

»Aber... er scheint nicht reinzukommen.«

Wieder erzitterte die Tür unter lautem Rumsen, doch obwohl sie nicht abgeschlossen war, sprang sie nicht auf.

»Es wirkt«, riefen die beiden gleichzeitig. Jona kletterte über das Bett zu Michael und rüttelte an ihm.

»Wach auf. Es wirkt!«

»Was...?« Verschlafen öffnete er die Augen.

Ein Krachen erschütterte die Tür.

Augenblicklich saß Michael aufrecht und blickte dorthin.

»Ist mit euch alles in Ordnung?«, flüsterte er.

»Ja, uns geht es gut.« Nun setzte sich auch Toni zu ihnen auf den Boden.

Es knallte wieder.

»Jona!« Sie hörten eine tiefe Stimme. »Was hast du gemacht? Warum komm' ich nicht hinein?«

Der Junge klammerte sich an Michaels Arm, der ihn beruhigend über den Kopf tätschelte. Jona öffnete den Mund, hielt aber in der Bewegung inne, als er sah, wie seine Schwester einen Finger vor die Lippen hielt.

»Jona, ich bin dein Freund.« Die unbekannte Stimme buhlte weiter. »Ich weiß, wo deine Schwester ist. Die kleine Hübsche. Willst du nicht bei ihr sein?«

»Du lügst«, rief Jona.

Plötzlich rüttelte es an der Tür und ein höllischer Lärm ließ die Drei zusammenzucken.

»Lass mich gefälligst sofort zu dir, Junge. Hat man dir keine Manieren beigebracht? Du kleiner Wurm! Lass mich rein, Mistkerl!«

»Nein!«

»Doch, lass mich rein, oder du wirst es bereuen, du Arschfresse!«

Für einen Moment kehrte in das Haus eine beängstigende Stille zurück.

»Ist er weg?«, fragte Jona flüsternd.

»Bestimmt nicht«, antwortete Toni, bevor Michael etwas sagen konnte.

»Der plant etwas.«

Kaum hatte Toni ausgesprochen, hörten sie wieder die Stimme, die es noch einmal mit Freundlichkeit probierte: »Lieber Junge, es tut mir leid, dass ich so ausfallend war. Aber ich will dir doch zeigen, wo deine Schwester ist und du bist so stur und lässt mich nicht hinein. Vielleicht kommst du einfach einen Moment heraus, wenn du mich schon nicht hineinlassen willst?«

»Ich bin doch nicht verrückt!«, entglitt es Jona.

Da schepperte es auf der anderen Seite der Tür und der Junge zuckte erschrocken zusammen.

»Du Arschwarze«, polterte der Geist auf der anderen Seite weiter. »Du Hundsfott! Mach sofort die Bannzeichen weg, oder ich hol' auch deine andere Schwester.«

Irritiert schaute Jona zu Toni.

»Der hat noch nicht bemerkt, dass ich auch hier bin«, flüsterte sie ihm erklärend ins Ohr.

»Kannst es ja versuchen!«, antwortete er dem Geist.

»Dreckiges Lasterbalg! Das wirst du mir büßen!«

»Du machst mir keine Angst.«

Jona sah zu spät, wie Toni ihm gestikulierte, nicht mehr zu antworten.

»Dann hol' ich sie jetzt.«

Sie hörten, wie Schritte sich entfernten. Eine Tür knarrte.

»Wo ist sie? Wo ist die Frouwe, die Brodel?«

Die Schritte näherten sich wieder.

»Wo ist das verdammte Miststück?«

»In Sicherheit.« Jona lächelte. Es tat gut, nachdem, was er erlebt hatte, dieses Wesen so in Rage zu bringen.

Da verstummte die Stimme, doch für den Rest der Nacht schallte das Klirren, Scheppern und Poltern durch das sonst so stille Haus.

31. Kapitel

Keiner von ihnen hatte in dieser Nacht Schlaf gefunden. Barthels Geist hatte die ganze Zeit gepoltert, so dass sie kein Auge zumachen konnten. Immerhin schienen die sonderbaren Zeichen zu wirken.

Mit dem Sonnenaufgang verstummte der Krach und nachdem Jona doch endlich eingeschlafen war, ging Toni zur Tür.

»Wo willst du hin?«, fragte Michael flüsternd, um den Jungen nicht zu wecken.

»Ich muss mal aufs Klo.«

»Sei vorsichtig. Barthel spukt nicht nur in der Nacht, auch wenn seine Kraft da wohl am stärksten ist.«

»Ich weiß. Keine Sorge, ich bin vorsichtig.«

Wachsam öffnete Toni die Tür einen Spalt und sah hindurch. Sie erschrak, als sie das Chaos sah: Kein Bild hing mehr an der Wand. Die Rahmen lagen in Scherben auf dem Boden verteilt. Die alte Kommode, die im oberen Flur stand, war umgeworfen und der Inhalt, Handtücher und Waschlappen, waren überall verstreut.

»Ach du Scheiße«, entglitt es dem Mädchen und Michael trat hinter sie.

»Da hat der Geist aber ganze Arbeit geleistet«, seufzte Michael. »Wir sollten schauen, wie es unten aussieht.«

Toni nickte, öffnete die Tür ein weiteres Stück und flutschte hindurch. Unter ihren Latschen klirrten die Scherben bei jedem Schritt. Sie kletterte über die Kommode zum Badezimmer und blickte sich zu ihrem väterlichen Freund um.

»Da war er wohl mächtig sauer, dass er an uns nicht herankam.«

»Oh ja.« Auch Michael trat auf den Flur und schloss die Tür hinter sich. Toni sah ihn stirnrunzelnd an.

»Zur Sicherheit. Nicht, dass Barthel zurückkommt und Jona holt, weil wir mit Aufräumen beschäftigt sind.«

Der Teenager nickte und drehte sich zum Bad um. Die Tür stand einen Spalt offen. Unwillkürlich pochte ihr Herz schneller, als sie auf sie zu ging und die Hand hob, um sie ganz aufzustoßen. In dem Moment, als sie das dunkle Holz der Tür berührte, schlug diese auf und ein beißender Gestank strömte ihr entgegen. Es brannte in ihrer Kehle und sie musste husten. Trotz des Milchglasfensters war es ungewöhnlich dunkel im Zimmer. Ängstlich tastete Toni nach dem Lichtschalter und zuckte zurück, als sie bemerkte, dass er mit einer klebrigen Substanz überzogen war. Sie schluckte ihren Ekel herunter und schaltete das Licht an.

Ihr Schrei hallte durch das ganze Haus. Sie konnte nicht begreifen, was sie dort sah. Als Michael zu ihr trat, legte er beruhigend seine Hände auf ihre Schulter.

»Oh mein Gott!«

Nun sah auch er, wie das Bad zugerichtet war. Das Fenster und der Spiegel waren blutverschmiert. Die Badewanne war randvoll mit blutigem Wasser, auf dem ein lebloses Fellbündel trieb. Toni erkannte den kleinen Kater, mit dem Leah sich angefreundet hatte. Tränen bahnten sich den Weg über ihr Gesicht.

»Armer Kater«, flüsterte sie aus rauer Kehle. »Gut, dass Leah das nicht sehen muss.«

Sie wandte sich ab und flüchtete sich in Michaels Arme, presste ihr Gesicht an seine Schulter. Beruhigend tätschelte er ihren Kopf. Auch er war angewidert von dieser Brutalität. Dass der Geist nun auch Tiere angriff, war neu.

»Da steht was an der Wand«, sagte er mehr zu sich selbst, als er die blutigen Buchstaben entdeckte.

So viel Blut kann nicht nur von einer kleinen Katze kommen. Wer weiß, was für ein Kadaver noch in der Badewanne treibt.

Laut las er vor: »Du Fotze, ihr Hurenknechte, ich kriege euch!«

Er seufzte. »Ich glaube, wir haben Barthel wütend gemacht.«

Michael hatte Toni aus dem Bad herausgeschoben. Hier konnte sie nicht auf die Toilette gehen, daher führte er sie hinunter. Auch hier war alles verwüstet. Er schaute kurz auf die Gästetoilette, doch abgesehen vom zerschlagenen Spiegel und der abgerollten Klopapierrolle schien sie benutzbar zu sein. Während sie hineinging, wartete er vor der Tür, bereit ihr zu helfen, wenn es nötig wäre.

Derweil rasten seine Gedanken. Warum hatte der Geist so etwas getan und was würde er tun, wenn er sie wirklich in die Finger bekäme?

Erleichtert atmete Michael aus, als er die Klospülung und dann das Wasser im Waschbecken fließen hörte. Er hatte gar nicht gemerkt, dass er die Luft angehalten hatte.

Die Tür öffnete sich und Toni kam heraus. Erst jetzt fiel ihm auf, wie blass das Mädchen war. Aber nach dem Erlebnis oben war das ja auch kein Wunder.

»Das Blut. An meinen Händen. Es ging kaum ab.«
Weitere Tränen flossen ihr über das Gesicht. Er betrachtete ihre zitternden Hände, die kalkweiß waren. Blut konnte er keines auf ihnen entdecken. Dafür bemerkte er Blutflecken auf ihrer Kleidung.

»Bist du verletzt?«

Sie schaute ihn irritiert an. »Nein, ich denke nicht. Aber ich habe mich wohl dreckig gemacht. Oben. Das Blut ...«

Sie konnte nicht mehr zu Ende sprechen. Schnell drehte sie sich um und rannte die drei Schritte zur Kloschüssel, in die sie sich übergab. Er trat zu ihr und hielt ihre Haare. Als sie fertig war, nickte sie ihm dankend zu und wusch sich das Gesicht.

»Am besten du ziehst dir etwas anderes an.«

Sie nickte und er führte sie zur Treppe. Da schallte ein Schrei durch das Haus.

»Jona!«, riefen Michael und Toni gleichzeitig und hasteten die Stufen hoch. Oben fanden sie ihn vor der offenen Tür des Badezimmers, in dem das Licht noch brannte. Der Junge stand stocksteif da und starrte hinein. Schnell waren sie bei ihm und zogen ihn weg. Nun vergrub sich Jona in Michaels Arm, der ihn sanft streichelte.

»Keine Angst, es wird alles gut.«

»Deine Worte in Gottes Ohr«, entfuhr es Toni und biss sich auf die Lippe.

»Das ist nicht hilfreich«, zischte Michael. Doch als er ihr schuldbewusstes Gesicht sah, tat ihm die barsche Reaktion leid. Sie stand unter Schock. Auch ihn hatte der Anblick im Badezimmer nicht kaltgelassen. In einem versöhnlicheren Ton sprach er weiter: »Ihr solltet euch etwas anderes anziehen und dann verschwinden wir. Wir fahren zu mir. Ich denke, dort können wir alle klarer denken.«

Toni nickte, während Jona sich fester an Michael krallte.

»Ich begleite dich. Keine Angst.«

Endlich ließ Jona ihn los und er griff seine Hand.

Irgendetwas stimmte nicht. Diana konnte es fühlen. Jede Faser ihres Körpers sagte ihr, dass sie zu Hause bei ihren Kindern sein sollte. Unruhig warf sie sich hin und her, so dass eine Schwester, die an der offenen Tür vorbeikam, alarmiert war und näher trat.

»Frau Fuchs, was haben Sie denn?«

»Ich muss zu meinen Kindern.«

»Keine Sorge, Frau Fuchs. Ihr Nachbar kümmert sich um Ihre Kinder. Denen geht es gut und die beiden werden Sie nachher sicher besuchen.«

»Nein, ich muss jetzt zu meinen Kindern!«

Dianas Stimme wurde ärgerlich und sie stieß die Krankenschwester von sich fort. Die Frau taumelte und fiel auf das Nachbarbett.

»Sind Sie verrückt?«, schrie sie und blickte Diana ängstlich an.

»Das wollte ich nicht. Aber meine Kinder sind in Gefahr.«

Die Krankenschwester rappelte sich auf und ging ohne ein weiteres Wort hinaus. Diana rief ihr hinterher, sie möge zurückkommen und ihr helfen. Da schloss sich die Tür und Diana sackte auf ihrem Bett zusammen. Tränen stiegen ihr in die Augen.

Mit einem Ruck öffnete sich wieder die Tür und die Krankenschwester trat erneut in das Zimmer, dicht gefolgt von einer jungen Ärztin und einem Krankenpfleger.

Diana sah auf das Namensschild der Ärztin, als diese an ihr Bett trat.

Frau Doktor Annabell Nagel.

»Was haben Sie, Frau Fuchs. Warum haben Sie Schwester Sabine angegriffen?«

»Ich muss zu meinen Kindern. Sie sind in Gefahr«, versuchte es Diana noch einmal mit wilden Gesten.

»Sie sind ja hysterisch. Ich werde Ihnen ein Beruhigungsmittel verabreichen.«

Diana sah die Spritze in der Hand der Ärztin und versuchte, von ihr wegzurutschen. Als Frau Doktor Nagel ihren Arm greifen wollte, stieß Diana sie unsanft weg. »Helfen Sie mir lieber!«

»Das will ich ja. Sie müssen sich beruhigen. Lassen Sie mich meine Arbeit machen. Dann geht es Ihnen gleich besser.«

Diana schüttelte ihren Kopf, sprang aus dem Bett und schubste Schwester Sabine fort, die gegen den Nachttisch fiel. Diana wollte zur Tür sprinten, doch da packte sie der Pfleger und drückte sie zurück auf das Bett. Alle redeten auf Diana ein. »Beruhigen Sie sich. Sie verletzten sich noch.«

Diana wand sich und strampelte mit den Beinen. Sie schrie und biss den Pfleger in den Arm. Sie tat alles, um sich zu befreien, doch es gelang ihr nicht. *Es hat keinen Sinn.* Die Erkenntnis schnürte ihr Herz zu. Sie würden sie nicht nach Hause lassen. Hatten sie womöglich recht und sie phantasierte schon wieder? Diana stellte ihre Gegenwehr ein und nickte der Ärztin zu. Schon spürte Diana, wie er desinfiziert wurde und sich die spitze Nadel in ihren Arm bohrte.

»Schwester, rufen Sie bitte die Akutpsychiatrie im Bezirkskrankenhaus an. Wir haben eine suizidale Selbstgefährdung mit fremdaggressiven Verhaltensweisen.« Mehr konnte Diana nicht mehr hören, denn schon fühlte sich ihr Hirn an, als wenn es auf einer Wattewolke davon schwebte …

Mit klopfendem Herzen trat Toni in ihr Zimmer. Auch hier stank es eigenartig, unangenehm süßlich, ein Geruch, den sie so nicht kannte. Sie zitterte am ganzen Körper, als sie das Licht anknipste. Auch dieses Zimmer war durchwühlt. Sophies alte Kleidung lag auf dem Boden verstreut. Die Utensilien vom Frisiertisch lagen überall kreuz und quer herum. Ein Regal war umgeworfen worden, doch den geheimen Raum schien Barthel nicht gefunden zu haben. Tonis Sachen waren aus dem Koffer gerissen und auf dem Fußboden verteilt worden.

Na super.

Sie begann kniend den Boden nach Kleidung abzusuchen, die noch halbwegs sauber schien. Auf den meisten Teilen waren braune Flecke, die sie nicht zuordnen konnte. Sie versuchte, sich auf die Suche zu konzentrieren, doch irgendetwas stimmte hier nicht. Das hatte sie im Gefühl. Was konnte das bloß sein? Sie richtete sich auf und betrachtete das ganze Chaos. Dieses Mal blieb ihr Blick am Bett hängen. Dass es zerwühlt war, hatte sie bereits beim Eintreten bemerkt. Doch da war noch etwas anderes. Das Mädchen zog die Luft ein. Die Decke war gewölbt. Toni spürte, wie die Farbe aus ihrem Gesicht entwich und ihr Herz einen Schlag aussetzte. Es sah so aus, als ob jemand unter ihrer Decke lag. *Oh Fuck!*

Wie in Zeitlupe ging Toni auf das Bett zu. Ihr Puls hämmerte in ihrer Schläfe. *Darunter liegt Leah*, schoss es ihr durch den Kopf. *Bitte sei am Leben!*

Behutsam nahm sie eine Ecke der Decke. Mit angehaltenem Atem zog sie diese ruckartig fort, als wäre sie ein Pflaster.

Sie schrie auf und ihre Knie versagten ihr den Dienst. Übelkeit stieg in ihr hoch. Es war nicht ihre Schwester. Im Bett lag ein toter Hund, der sie mit leeren Augen anstarrte.

Sie erkannte, dass es ein noch nicht ganz ausgewachsener Husky war. Seine Kehle war aufgeschlitzt und man hatte ihn ausbluten lassen. Seine Zunge hing ihm aus dem schlaffen Maul heraus und sein Fell hatte jeglichen Glanz verloren.

»Was ist passiert?«

Michaels Stimme hinter ihr ließ sie zusammenfahren. Toni zeigte nur auf das Bett und begann zu schluchzen. Er trat zu ihr und sah auf den Tierkadaver hinab.

»Das ist Wolfgang, der Hund von den Henkes drei Straßen weiter.«

Für einen Moment rührten sie sich nicht. Jonas Stimme erklang aus dem Flur: »Was ist los? Können wir endlich von hier abhauen?«

Das löste Michaels Erstarrung. Er fasste Toni an den Unterarm.

»Ich ... habe mich noch nicht umgezogen.«

»Egal, wir gehen jetzt. Du kannst erstmal etwas von mir haben. Lass uns verschwinden.«

Eine Stunde später saßen die drei in Michaels Haus auf der Couch. Vor ihnen auf dem Tisch dampften Tassen mit Beruhigungstee, der den Raum angenehm mit Kräuterduft erfüllte.

Toni trug eine kurze Hose und ein weites T-Shirt von Michael. Jona stand immer noch unter Schock und fror, obwohl er sich in eine Fleecedecke gekuschelt hatte. Alle drei sahen blass aus und starrten ratlos auf die Tassen.

»Wenigstens hat Barthel nicht das geheime Zimmer entdeckt«, dachte Toni laut. »Sonst wüsste er, dass wir ihn ausschalten wollen. Nun denkt er sicher, dass wir uns lediglich versuchen zu schützen.«

»Ja, es war eine gute Idee von dir, die Unterlagen alle dort hineinzutun, auch wenn ich nicht weiß, warum er den

Raum nicht gefunden hat. Aber Sophie hatte ihre Geheimnisse. Bestimmt hatte sie mit irgendwelchen Kräutern dafür gesorgt, dass der Raum für ihn verborgen bleibt.«

Toni zückte ihr Handy und begann zu tippen. »Ich schreib' nur schnell Paul, was passiert ist. Er schläft sicher noch und ich will nicht, dass er sich Sorgen macht, wenn er uns nicht zu Hause antrifft.« Hatte sie Sophies Haus gerade ihr Zuhause genannt?

»Und was sollen wir jetzt tun?« Jona meldete sich so plötzlich zu Wort, dass die anderen erschrocken zuckten. »Sollten wir nicht die Polizei rufen?«

»Aber was sollen wir denen sagen? Wir können ihnen doch nichts von dem Geist erzählen.« Toni sah auf ihren Bruder hinab, der sich tiefer in die Decke verkroch.

»Jona hat recht«, meldete sich Michael. »Barthel hat die Tiere eurer Nachbarn in dem Haus abgeschlachtet. Bevor die Leute anfangen zu reden und sich wer weiß was zusammenreimen, müssen wir die Polizei anrufen.«

»Und was, bitte, willst du ihnen sagen?« Toni sah Michael auffordernd an.

»Die Wahrheit.« Sein Mundwinkel verzog sich zu einem leichten Lächeln, als er Tonis verdutztes Gesicht sah. »Jemand ist in der Nacht in das Haus eingebrochen. Ihr habt euch in Jonas Zimmer verbarrikadiert und am nächsten Morgen das Haus so vorgefunden. Dann seid ihr zu mir gelaufen und ich rief die Polizei.«

Er stutzte einen Moment. »Die Polizistin, die nach Leahs Verschwinden bei euch war, hatte mir ihre Visitenkarte gegeben. Bei ihr habe ich ein gutes Gefühl.« Er stand auf. »Ich such' mal die Karte.«

32. Kapitel

Polizeioberwachtmeisterin Isabell Wagner saß an ihrem Schreibtisch über dem Papierkram. Gerade hatte sie ihren Bericht über die Ereignisse in Goldhain beendet und sich eine weitere Tasse Tee eingegossen, der das Großraumbüro mit einem Duft aus Kardamom, Zimt und Orange einhüllte, zum großen Ärger ihres Kollegen. Sie liebte diesen orientalischen Tee und sah es nicht ein, während ihres Dienstes darauf zu verzichten, nur weil ihr Kollege alles, was nicht aus Deutschland kam, generell ablehnte. Er war der Meinung, eine Frau hätte so weit oben in der Hierarchie bei der Polizei nichts zu suchen und das ließ er sie jederzeit spüren. Polizeikommissar Rosenkranz rümpfte die Nase, als er vorbeikam.

»Müssen Sie dieses Gesöff denn hier trinken?«, begrüßte er sie.

»Sie trinken Kaffee und kurz vor Feierabend sogar ein Bier und ich muss auch mit diesen Gerüchen leben. Wenn Sie das unterlassen, bin ich bereit, auf meinen Lieblingstee zu verzichten.«

Rosenkranz murmelte etwas, was sich wie »dämliches Drecksweib« anhörte. »Und wie lange wollen Sie denn noch Ihr Spielzeug auf ihrem Schreibtisch stehen lassen?«

Isabell folgte seinem Blick und sah auf ihre kleinen Nerd-Glücksbringer: ein Mini-Bat-Signal und einen Miniatur-Dalek. Ihr Bruder Gabriel hatte ihr die beiden geschenkt, bevor er als Sanitäter nach Afghanistan geflogen war. Drei Monate später trat er auf eine Mine, als er ein verwundetes Kind verarzten wollte. Das war kurz vor ihrer Abschlussprüfung. Niemals würde sie die Miniaturen von ihrem Arbeitsplatz entfernen.

»Das sind Glücksbringer und wenn sich ein Kind hierher verirrt, dann werden sie sicher nützlich sein.«

»Dummes Zeug.« Rosenkranz schüttelte den Kopf, nahm eine Akte von seinem Schreibtisch und ging hinaus.

Isabell seufzte. Der würde heute nicht mehr arbeiten. Vermutlich ging er in die Kantine, holte sich sein Fast-Feierabendbier und tat so, als wäre er in die Akte vertieft. Wie ein Mann wie er es zum Polizeikommissar geschafft hatte, würde für sie wohl immer ein Rätsel bleiben. Er saß seine Zeit ab und die Arbeit blieb an ihr hängen. Selbst die Außeneinsätze versuchte er zu meiden. Dass er Isabell damit aber möglicherweise in Gefahr brachte, schien ihm egal zu sein. Warum musste sie ausgerechnet ihm zugeteilt sein? Sie war sich sicher, dass er der schlechteste Kommissar in Bayreuth, wenn nicht sogar in ganz Franken war. Mit Abstand.

Ihr Bruder dagegen hätte alles werden können, was er sich erträumt hatte. Doch er wollte als Sanitäter in Krisengebieten Erfahrungen sammeln, um nach seiner Dienstzeit zu Ärzte ohne Grenzen zu wechseln. Alles, was er wollte, war Menschen zu helfen. *Die Welt ist so unfair.* Gedankenverloren nahm sie das kleine Bat-Signal in die Hand und schaltete es ein. Isabell summte die Titelmelodie der alten Serie, die ihr Bruder so sehr geliebt hatte.

Da läutete ihr Telefon.

»Polizeioberwachtmeisterin Isabell Wagner. Was kann ich für Sie tun?«

Sie lächelte, als der Anrufer sich als Michael Sieber zu erkennen gab und es kribbelte in ihrem Bauch.

Das ist nicht professionell, dachte sie und lief rot an.

»Freut mich, Ihre Stimme zu hören, Herr Sieber. Warum rufen Sie an?«

Bitte ein Date ... Date ... Date ...

Ihr Kiefer klappte herunter, als sie hörte, welches Unglück die Familie Fuchs schon wieder heimgesucht hatte.

»Ich komme hin.« Sie blickte auf die Uhr. »In dreißig Minuten vor dem Haus?«

Als sie den Hörer auflegte, kam ihr ein Gedanke: *Die Familie ist verflucht.*

Eine halbe Stunde später fuhr sie mit ihrem Dienstwagen vor. Erwartungsgemäß hatte Kommissar Rosenkranz keine Muße gehabt, sie zu begleiten. Sie sah, dass Michael Sieber auf sie wartete. Er war bleich und kleine Falten hatten sich in den letzten Tagen um seine Augen gebildet.

Sie parkte und stieg aus.

»Guten Tag, Herr Sieber. Freut mich, Sie wiederzusehen.«

Nein, wie unsensibel in dieser Situation.

»Ich meine, wenn die Umstände besser wären.«

Michael sah auf den Boden.

»Na ja, wenn alles in Ordnung ist, ruft man normalerweise nicht bei einer Polizistin an.«

Sie runzelte für einen Augenblick die Stirn, lächelte aber gleich wieder aufmunternd, während sie sich fragte, wie er das gemeint hatte. War sie nicht sein Typ?

Er hat andere Dinge im Kopf, schalt sie sich.

Isabell Wagner atmete durch und schloss den kleinen schwärmenden Teenager tief in sich ein, dann räusperte sie sich.

»Die Spurensicherung sollte gleich eintreffen. Wo sind denn die Kinder?«

»Die sind erst einmal bei mir. Ich wollte ihnen diesen Anblick ein weiteres Mal ersparen.« Er hob den Blick und ihr Herz setzte aus, als er sie betrachtete, bis Isabell Wagner auffiel, dass er sie nicht wirklich ansah, sondern durch sie hindurch.

»Legen wir doch schon los.« Sie lächelte ihn erwartungsvoll an. Im Augenwinkel sah sie mehrere Polizeifahrzeuge die Straße entlangfahren. Sie hob ihre Hand zum Gruß. »Meine Kollegen von der Spurensicherung kommen auch schon. Also, wollen wir?«

»Nein, von ›wollen‹ kann keine Rede sein.« Jetzt sah er ihr wirklich in die Augen. »Und ich glaube auch nicht, dass Sie es wollen, würden Sie wissen, was Sie darin erwartet.«

Langsam weckte das ihre Neugierde. »Das lassen Sie mal meine Sorge sein. Aber das meinte ich gar nicht. Ich wollte ihre Aussage aufnehmen und sie nach dem Schlüssel fragen. Sie könnten die Spuren verwischen.«

»Wie Sie meinen. Hier ist er.« Er seufzte.

»Allerdings war ich bereits im Haus. Ich habe mich bemüht, alles so zu lassen. Richtig schlimm ist es übrigens oben.«

»Danke, das ist eine wichtige Info.« Sie lächelte ihn aufmunternd zu und schallt sich still dafür. *Warum kann ich nicht aufhören, zu lächeln?*

Ein Mitarbeiter der Spurensicherung trat zu ihnen und grüßte Isabell. Sie gab ihm den Schlüssel und wandte sich wieder Michael zu. »Die SpuSi wird drinnen nun ihre Arbeit verrichten. Dann nehme ich erst einmal ihre Aussage auf.«

Endlich war die Spurensicherung soweit und Isabell Wagner betrat allein das Gebäude. Es roch muffig und nach Verwesung. Isabell unterdrückte einen Hustenreiz. Durch die Fenster drang das Tageslicht und erhellte das Chaos. Wer auch immer hier eingebrochen war, hatte ganze Arbeit geleistet. Schränke waren umgekippt und entleert, Porzellan zerbrochen und Polster aufgeschlitzt. Der Beamte der SpuSi trat zu ihr und begleitete sie durch das Haus. Hin und wieder erklärte er ihr, was sie gefunden hatten. Ob das die Jugendlichen waren, die überall am Ort randalierten? Allerdings trieben sie bisher nur in öffentlich zugänglichen Orten ihr Unwesen. Es gab keinen Hinweis auf gewaltsames Eindringen. Diese Familie war schon merkwürdig. Erst verschwand die jüngste Tochter spurlos, dann der Selbstmordversuch der Mutter und nun wurde das Haus völlig verwüstet. Gab es einen Zusammenhang oder war es eine Ansammlung von Zufällen. Ein Stalker? Ein Ex? Doch die Familie Fuchs war nur kurz und vorübergehend in Goldhain. Wer konnte denn hier so einen Hass auf sie haben, dass er so einen Aufwand betreibt?

Ich sollte überprüfen, ob Frau Fuchs die Nacht über wirklich im Krankenhaus war. Nur um sie ausschließen zu können.

Isabell zückte ein Notizbuch und schrieb den Gedanken nieder. Dann folgte sie ihren Kollegen von Raum zu Raum.

Die Kinder müssen Todesangst gehabt haben, bei dem Krach, den der Einbrecher gemacht haben muss.

Sie notierte sich, dass sie unbedingt mit den Kindern sprechen musste. Dann ging sie zur Treppe. Wenn sie das Ausmaß geahnt hätte, was sie oben vorfinden würde, hätte sie einfach auf den Bericht der SpuSi gewartet.

Eine Stunde später folgte Polizeioberwachtmeisterin Isabell Wagner Michael Sieber nach Hause. Ihr Gesicht war kreidebleich und obwohl sie schon einige Meter hinter sich gebracht hatten, behielt sie immer noch den Geruch des geronnenen Blutes in der Nase. Er ließ sie würgen. Wie lange würde dieser Gestank sie quälen? Als sie an das viele Blut im Bad und im Schlafzimmer dachte, wurde ihr erneut schlecht. Hoffentlich würden diese Bilder sie nicht in ihre Träume verfolgen.

Michael betrat bereits sein Grundstück und kramte in der Hosentasche nach dem Schlüssel. Die Polizeioberwachtmeisterin folgte ihm in das Haus.

»Bitte treten Sie durch. Dahinten ist das Wohnzimmer, wo Sie die beiden finden werden. Ich mach mich mal frisch.« Mit diesen Worten lief er die Treppe hoch.

Langsam ging Isabell den Flur entlang. Eigenartige Geräusche drangen an ihr Ohr, die sie nicht zuordnen konnte. Sie kamen aus dem Zimmer. Erinnerungen an den einen oder anderen Horrorfilm trieben ihr den Schweiß auf die Stirn. Sie blickte zur Treppe, aber sie war allein. War es möglich, dass der Täter hier ist? Nervös öffnete sie die Tür.

Erleichtert atmete sie aus, als sie sah, dass die Geschwister vor dem Fernseher auf dem Boden saßen und in ein Videospiel vertieft waren. Mit einem »Guten Tag« machte sie sich bemerkbar. Die beiden zuckten zusammen und sahen zu ihr auf. Als sie die Polizistin erkannten, nickten sie ihr zu. Toni pausierte das Spiel.

Isabell schaute sich im Raum um, trat zur Couch und setzte sich, während Toni und Jona es ihr gleichtaten.

»Wie geht es euch?«, begann sie. »Ich habe das Haus gesehen. Ihr müsst furchtbare Angst gehabt haben.«

»Oh ja.« Jona nahm eine Decke und wickelte sich ein. Dann zog er seine Füße an und umschlang seine Knie.

»Möglicherweise hat derjenige etwas mit dem Verschwinden eurer Schwester zu tun. Ich will den Täter fassen. Daher muss ich wissen, woran ihr euch erinnern könnt.«

»Den kriegen Sie eh nie.« Jona hielt sich den Mund zu und sah seine Schwester an, die genervt ausatmete. Das entging der Polizistin nicht, die die Szene mit einem Stirnrunzeln quittierte.

»Jona, du kannst ihr schon etwas mehr zutrauen. Das ist unhöflich.« Dann wandte Toni sich an die Polizistin: »Ich bin mir sicher, dass Sie Ihr Bestes tun werden.«

»Ja, das werde ich. Also woran könnt ihr euch erinnern?«

»Ich wurde von einem Geräusch wach, dachte, dass es Jonas wäre, und stand auf. Als ich mich im oberen Flur befand, hörte ich es unten krachen. Ich wollte gerade runtergehen, um mit Jona zu meckern, da schaute er neben mir aus dem Zimmer heraus.« Sie machte eine Kunstpause, um die Worte wirken zu lassen. »Sie können sich vorstellen, wie erschrocken ich war. Als wir unten einen Schatten sahen, schob ich meinen Bruder ins Zimmer zurück und schloss die Tür hinter uns ab. Wir saßen auf dem Bett und hatten höllische Angst. Dummerweise lag mein Smartphone in meinem Zimmer und Jona hatte seines unten liegen gelassen. Als ich zur Tür schlich, um meins zu holen, hörten wir jemanden die Treppe heraufkommen. Wer auch immer es war, er hat versucht, unsere Tür aufzumachen und sich dagegengestemmt. Zum Glück hielt die Tür. Deshalb konnten wir nicht die Polizei anrufen. Die ganze Nacht krachte und schepperte es.«

»Ja, es war total gruselig«, quatschte Jona dazwischen.

»Als es am Morgen still wurde, lauschten wir erst eine Weile. Dann schlich ich mich aus dem Zimmer, während Jona sich wieder einschloss. Obwohl ich schon das Chaos im Flur gesehen hatte, bekam ich einen Schock, als ich in mein Zimmer ging. Nachdem ich wieder klar denken konnte, suchte ich mein Telefon und ging zu Jona zurück. Unter Schock riefen wir Michael an, der uns abholte und Sie dann verständigte. Das war alles.«

»Dann könnt ihr nicht sagen, ob es eine oder mehrere Personen waren?«

»Na eine«, sagte Jona, aber Toni schüttelte den Kopf.

»Richtig ist, dass wir nur einen Schatten gesehen haben. Aber keine Ahnung, ob nicht noch mehr beteiligt waren.«

»Habt Ihr irgendwelche Stimmen gehört?«

»J...«, begann Jona, doch Toni fiel ihm ins Wort: »Nein, haben wir nicht. Jona meint zwar, etwas gehört zu haben, aber das war eindeutig zerbrochenes Glas.«

Irgendetwas stimmt hier nicht, dachte Isabell und sah die beiden prüfend an. Die zwei verheimlichten ihr etwas, da war sie sich sicher. Nur was? Schützten sie jemanden?

»Alles klar bei euch?«, fragte Michael, der gerade durch die Tür kam. Isabell schaute zu ihm hinüber. In seinem frischen Hemd, der engen Jeans und den noch feuchten Haaren sah er zum Anbeißen aus.

Professionell! Bleib professionell!

»Ja«, antwortete Toni. Jona nickte.

Michael kam zu ihnen herüber und setzte sich neben den Jungen.

Ob sie ihn schützten?

Daran wollte Isabell Wagner nicht denken. Er sah so gut aus und ließ ihren Puls ansteigen, wenn er sie ansah. Doch waren bei Entführungen nicht häufig Personen beteiligt, die der Familie nahestanden?

Sie machte ein paar Notizen und verglich die Aussagen der Kinder mit denen von Michael. Doch auch wenn die Kinder sich widersprachen, er tat es nicht. Er bestätigte Tonis Geschichte, soweit es ihn betraf.

Als Isabell keine Fragen mehr einfielen, klappte sie ihr Notizbuch zu.

»Wenn Ihnen noch etwas einfällt oder jemand in Gefahr ist, zögern Sie nicht, mich anzurufen.« Sie erhob sich.

»Was passiert als Nächstes? Wann können wir wieder ins Haus?«

»Nach der Grundreinigung würde ich sagen.« Sie sah Michael an. »Ab morgen kann Frau Fuchs einen Reinigungsdienst beauftragen. Richten Sie es ihr bitte aus?«

»Was machen wir solange?« Toni sah Michael bittend an.

»Ihr könnt solange bei mir bleiben. Wir gehen euch am besten ein paar Dinge kaufen und besuchen anschließend eure Mutter im Krankenhaus.«

Er erhob sich. »Frau Wagner, ich begleite Sie hinaus.«

Sie verließen den Raum. »Wann werden Sie zu Diana Fuchs ins Krankenhaus fahren?«

Die Polizistin sah ihn verblüfft an.

»Woher wissen Sie, dass ich das vorhabe?«

»Es ist das Haus ihrer verstorbenen Tante, in das eingebrochen wurde. Es wird nach der Testamentseröffnung ihr gehören. Liegt das nicht auf der Hand, dass Sie auch sie befragen?«

»Mag sein.« Sie überlegte einen Moment. »Ich denke, ich fahr' gleich ins Krankenhaus.«

»Gut, aber bitte, sagen Sie es ihr so schonend wie möglich. Und richten Sie ihr aus, dass ich ihr die Kinder nach dem Mittagessen vorbeibringe.«

»Ja, das werde ich.« Sie zögerte einen Moment, als er ihr die Tür zur Straße aufhielt. »Warum tun Sie das alles?«

»Ich spielte als Kind immer mit Diana, wenn sie bei ihren Großeltern zu Besuch war. Und ich habe schon ihrer Tante geholfen, wo ich konnte. Einkaufen, sie zum Arzt fahren. So was alles. Irgendwie fühle ich mich verpflichtet.«

290

»Aha«, sagte sie und setzte in Gedanken noch hinzu, dass sie ihn überprüfen würde. Ihre Intuition sagte zwar, dass er nichts mit der Sache zu tun hatte, doch wäre sie nicht die erste Polizistin, die sich irrte.

»Da fällt mir ein: Die SpuSi hat mich darauf hingewiesen, dass auf dem Anrufbeantworter eine Nachricht vom Krankenhaus war. Diana Fuchs wurde ins Bezirkskrankenhaus verlegt.« Sie blätterte in ihrem Notizbuch. »Es soll geklärt werden, ob sie eine Gefahr für sich oder andere darstellt. Moment.« Endlich fand sie die richtige Seite. »Sie liegt in der Abteilung allgemeine Akutpsychiatrie auf Station A2. Es liegt ein Verdacht auf suizidalen Selbstgefährdungen mit fremdaggressiven Verhaltensweisen vor.«

Michael zog die Luft ein.

»Am besten rufen Sie dort noch mal an, ob und wann die Kinder zu ihr dürfen. Es tut mir leid, dass ich Ihnen nicht sofort Bescheid gegeben habe. Aber der Zustand des Tatorts ...«

»Kein Problem. Fehler passieren.« Nachdenklich kratzte sich Michael am Kinn.

»Dann auf Wiedersehen«, verabschiedete Isabella Wagner sich, drehte sich um und ging hinaus auf die Straße.

33. Kapitel

»Es wurde ... was?« Diana brüllte die Polizistin an, so dass die ihr zugewiesene Betreuerin in der Ecke von ihrem Buch aufblickte.

»Keine Sorge, Ihren Kindern geht es gut und Herr Sieber bringt sie nach dem Mittagessen her. Aber ja, es wurde eingebrochen.«

Isabell Wagner beobachtete Dianas Mienenspiel genau. Zunächst entwich ihrem Gesicht jegliche Farbe, nur um dann vor Wut knallrot zu werden.

»Aber er wollte auf die zwei aufpassen. Oh Gott, wenn ihnen was passiert wäre. Warum passt er nicht besser auf sie auf? Wo war der Mistkerl bloß? Man muss sie doch vor ihm beschützen?«

Überrascht hob Isabell Wagner ihre Augenbrauen und sah die Frau im Krankenbett prüfend an. »Vor wem?«

Diana erblasste. »Man muss sie vor ihm schützen. Schützen Sie sie. Bitte! Er steigt aus der tiefen Erde und wird sie mir auch fortnehmen. Bitte!«

Die betreuende Pflegerin trat zu Diana und überprüfte ihren Puls.

Dann holte sie eine kleine Flasche und füllte etwas in einen Messbecher.

»Trinken Sie das bitte, Frau Fuchs.«

Mit ängstlichen Augen schaute Diana von der Pflegerin zur Polizistin und wieder zurück.

»Nicht, dass Sie wieder einen Anfall bekommen. Sie haben der Polizei gerade mitgeteilt, dass Ihre Kinder in Gefahr sind. Jetzt ist es wichtig, dass Sie schnell wieder auf die Beine kommen. Dafür müssen Sie sich beruhigen.«

Diana nickte, nahm den Becher und trank.

»Und Sie«, die Pflegerin drehte sich zu der Polizistin um. »Sie gehen jetzt bitte.«

»Ich war noch nicht fertig«, schimpfte die Polizistin.

»Doch, das waren Sie. Auch wenn Sie die Polizei sind, ich musste ihr ein Beruhigungsmittel geben. Sie haben doch gesehen, dass sie sich zu sehr aufgeregt hat und wirres Zeug redete. Sie ist jetzt nicht vernehmungsfähig.« Ihre Stimme ließ keinen Widerspruch zu. »Sie können gerne mit dem diensthabenden Arzt sprechen. Ich bin mir aber sicher, dass er meine Einschätzung teilt.«

»Na ja, da haben Sie schon Recht. In einem Satz regt sie sich auf, dass Herr Sieber ihre Kinder nicht beschützt, im nächsten sagt sie, dass die Kinder vor ihm beschützt werden müssen. Und dann das mit der tiefen Erde. Das ergibt keinen Sinn.« Isabell Wagner seufzte.

»Sie hat immer wieder wahnhafte Anfälle. Vermutlich hat der Verlust ihrer Tochter eine Psychose ausgelöst. Die armen Kinder.«

»Wird sie am Nachmittag ansprechbar sein? Da wollten ihre Kinder sie besuchen.«

»Ja, ich denke schon. Eigentlich schotten wir in der diagnostischen Phase die Patienten gerne ab. In diesem Fall sind die Ärzte sich jedoch einig, dass es ihr helfen wird, zu sehen, dass sie wohlauf sind. Hoffe ich zumindest.«

»Gut. Meinen Sie, ich kann es morgen noch einmal probieren?«

»Versuchen Sie es. Vielleicht hat sie einen guten Tag.«

Dieser Fall warf immer mehr Fragen auf, anstatt Antworten zu geben. Seufzend erhob sich Isabell Wagner und nickte der Krankenschwester zum Abschied zu.

»Und du spendierst uns echt neue Klamotten?« Toni stand in einem schwarzen Kleid mit schwingendem kurzem Rock vor der Umkleide und sah sich im Spiegel an.

»Na ja, Sophies Haus ist gerade ein Tatort. Wer weiß, wann es wieder freigegeben wird.«

Toni drehte sich um. »Aber die Polizistin meinte doch, morgen.«

»Schon, aber ich würde mich nicht darauf verlassen. Wie ich schon sagte, spendiere ich euch jeweils drei Outfits. Dann kaufen wir Zahnbürsten und was Ihr sonst noch dringend braucht. Und dann fahren wir zu eurer Mutter.«

»Das ist wirklich sehr nett von dir.« Sie zögerte einen Moment. »Danke, dass du das alles für uns auf dich nimmst. Ehrlich gesagt weiß ich nicht, was wir gerade ohne dich machen würden.«

Michael lächelte sie an. »Das mache ich sehr gerne.«

Sein Lächeln steckte Toni an. »Meinst du, ich gefalle Paul in diesem Kleid?« Sie posierte vor ihm wie ein Model im Fernsehen.

»Er wird bezaubert sein.«

Seine Worte ließen Toni strahlen. »Dann würde ich es nehmen. Es ist auch nicht teuer.« Sie ging wieder in die Umkleide zurück. »Ich probiere die Hose und die beiden Shirts an.«

»Und wie sehe ich aus?« Jona war aus der anderen Umkleidekabine getreten. Die Hose war viel zu weit und hing ihm bis in die Knie. Auch das T-Shirt schlabberte. Es sah aus, als hätte er die Klamotten seines älteren Bruders an.

Michael unterdrückte ein Lachen.

»Ich glaube, ein paar Nummern kleiner tut es auch.«

»So laufen einige der coolen Jungs bei uns in der Schule herum. Wollte nur mal deine Reaktion checken.« Grinsend verschwand Jona in der Umkleide.

Michael lächelte in sich hinein. Es tat so gut mit den beiden einkaufen zu gehen. Jetzt fehlten nur Leah und Diana, dann wäre es, als hätte er wieder eine Familie. Das laute Ertönen eines Popsongs holte ihn aus seinen Gedanken.

»Es ist Paul«, hörte er Toni in der Umkleide. »Hey, was gibt es?«

Für einen Moment war es still. »Ok, wir sind unterwegs und gleich bei Mama. Ich melde mich, wenn wir wieder bei Michael sind, ok? ... Super. Bis später!«

Toni steckte den Kopf durch den Vorhang. »Paul hat eine Idee zu dem Plan, den dein Onkel gezeichnet hat. Er würde nachher vorbeikommen. Hast du die Zeichnung bei dir oder ist sie noch im verborgenen Raum in Sophies Haus?«

»Nein, die ist bei mir zu Hause. Dann bin ich ja mal gespannt, was ihm eingefallen ist.«

Eine Stunde später und mit vollen Mägen verließen sie das Einkaufscenter. Toni hatte nicht nur das Kleid, zwei Hosen und vier Tops bekommen, sondern auch BHs und Unterwäsche, die sie sich allein aussuchte, und zwei Paar Schuhe. Jona trug eine Tüte mit zwei kurzen und einer langen Hose, Sneaker, Unterwäsche und mehreren Shirts. Beide strahlten zufrieden und dankbar. Michael trug eine Tüte mit den nötigen Hygieneartikeln, einschließlich Lidschatten und Lippenstift für Toni. So würden die beiden die nächsten Tage bei ihm klarkommen. Für Diana hatte er eine Packung dieser Meeresfrüchte aus Schokolade gekauft. Toni hatte ihm den Tipp gegeben, dass ihre Mutter verrückt danach war. »Die und die goldenen Kugeln, aber die gibt es ja im Sommer nicht.«

Schnell beluden sie das Auto und wenige Minuten später und einigen falschen Fluren, waren sie endlich bei ihrer Mutter angelangt, die friedlich im Bett lag und fest schlief. Die Betreuerin stand auf und begrüßte sie leise.

»Wir sind ihre Kinder«, sagte Toni. »Ich bin Antonia und das ist Jona.« Die Betreuerin gab ihnen die Hand.

»Und das hier ist Michael Sieber. Er ist der Lebensgefährte meiner Mutter und unsere Stütze.«

Die Pflegerin schüttelte nun auch ihm die Hand. »Mein Name ist Michelle. Ich bin als Betreuerin für eure Mutter zuständig. Während der Eingewöhnung bin ich bei ihr. Die Diagnostik läuft noch. Der diensthabende Arzt wird sich mit ihnen in Verbindung setzen, wenn wir näheres wissen.« Dann fuhr sie fort, die Station und ihre Vorgehensweise vorzustellen. Die Kinder blickten fragend zu Michael und zu dem Bett ihrer Mutter. Da unterbrach Michael die Betreuerin und erlaubte ihnen, hinüberzugehen, während er den Ausführungen lauschte.

Jona legte sich gleich mit auf das Bett und kuschelte sich an sie, während Toni auf dem Stuhl daneben Platz nahm.

Als die Pflegerin endlich fertig war, schob Michael einen weiteren Sitz neben Toni und setzte sich.

»Sie müsste gleich aufwachen. Wir mussten ihr ein Beruhigungsmittel geben, damit sie zur Ruhe kommt.« Die Betreuerin seufzte. »Sie hat den Schlaf bitter nötig. Versuchen Sie bitte jegliche Aufregung zu vermeiden. Ich lass' Sie einen Moment allein. Ich bin gleich wieder zurück.«

296

Noch bevor Michael »in Ordnung« sagen konnte, war die Betreuerin durch die Tür verschwunden. Er schüttelte gerade seinen Kopf, als Diana sich bewegte.

»Kinder ... schützen ... bitte«, murmelte sie vor sich hin. Jona streichelte über ihr Haar und flüsterte: »Mama, wach auf. Wir sind hier. Toni und ich sind nicht in Gefahr.«

Diana riss die Augen auf und grinste, dabei sah ihr Gesicht jedoch wie eine Grimasse aus.

»Jona! Toni!« Da klappten ihre Augenlider schon wieder zu.

»Wie viel haben sie ihr nur gegeben?«, fragte Michael ärgerlich, natürlich ohne eine Antwort zu erwarten. »Sie ist ja noch völlig ruhiggestellt.

»Mama«, versuchte es nun Toni. »Wir sind hier. Es geht uns gut. Michael passt auf uns auf. Mach dir keine Sorgen. Wir wohnen jetzt erst einmal bei ihm. Hast du mich verstanden?«

Diana warf ihren Kopf zur Seite und fuchtelte mit den Armen, so dass Jona vom Bett rutschte und nervös von seiner Mutter zu Michael schaute. Diana schien derweil wieder wegzudämmern.

»Ich glaube, wir sollten morgen wiederkommen.« Toni stand auf.

»Aber Mama ...«, begann Jona.

»Mama schläft schon wieder. Hoffen wir, dass sie sie morgen nicht auch mit Medikamenten vollpumpen.«

»Aber ...«

»Kein aber. Michael, ich habe doch Recht? Wäre es nicht wichtiger, herauszubekommen, was Paul uns mitteilen will, als Mama beim Schlafen zuzusehen?«

Michael seufzte. »Du musst deinen Bruder aber auch verstehen ...«

»Das tue ich ja. Aber stell dir vor, wir finden tatsächlich Leah wieder. Hätten wir dann Mama nicht am meisten geholfen?«

»Na gut«, jammerte Jona. »Aber morgen kommen wir wieder her.«

Sie hatten unterwegs noch einen Stapel Pizzen geholt, die nun auf dem buchefarbenen Esstisch in ihren Kartons lagen und den Raum mit einem appetitlichen Duft füllten.

»Ich hab so einen Hunger.« Jona setzte sich an den Tisch und wollte gerade einen Pizzakarton öffnen.

»Nein, warte. Paul ist doch gleich da.« Toni sah auf die Uhr.

»Bis er da ist, ist die Pizza kalt«, beschwerte sich Jona und verschränkte seine Arme vor der Brust.

»Benimm dich nicht wie ein Kleinkind«, konterte Toni und blickte Michael an, der kalte Getränke aus dem Keller geholt hatte.

»Cola ist euch recht?«

»Klar«, antwortete Jona. »Können wir dann bitte anfangen? Mein Magen hängt schon in den Kniekehlen.«

»Dann siehst du ja jetzt endlich normal aus«, zog ihn seine Schwester auf.

Jona antwortete nicht, sondern streckte ihr nur die Zunge raus.

»Wie erwachsen«, konterte sie.

Es klingelte an der Tür und Toni sprang sogleich auf, um sie zu öffnen.

Einen Moment später kam sie mit Paul zurück.

»Hallo Paul, setz dich. Die Pizza wird sonst kalt und Jona droht uns schon damit, vor den duftenden Pizzakartons zu verhungern.« Michael grinste und alle, bis auf Jona, lachten.

»Das ist nicht lustig.«

»Doch, ist es«, sagte Paul und umarmte Toni, bevor er sich neben sie setzte. Michael goss allen Cola ein und schon fielen sie über die Pizzen her.

»Un wof wüllft du um fagen?«

»Jona, du weißt genau, dass man nicht mit vollem Mund spricht«, rügte Toni ihren Bruder, der sich beeilte, das Stück Pizza schnell herunterzuschlucken.

»Ich fragte Paul, was er uns sagen wollte. Dafür sind wir doch schließlich viel früher zurückgefahren, anstatt bei Mama zu bleiben.«

»Wie geht es ihr denn?«, fragte Paul.

»Wenn wir das wüssten. Die haben sie so stark unter Medikamente gesetzt, dass sie nicht richtig bei Sinnen war.« Toni seufzte. »Dann ist sie gleich wieder eingeschlafen.«

»Das tut mir leid.«

»Angeblich regt sie sich ohne die Medikamente zu sehr auf«, schaltete sich Michael ein. »Das hat zumindest die Betreuerin gesagt.«

»Dann«, begann Paul und setzte sich gerade hin, »... sollten wir zusehen, dass wir Leah wiederfinden.«

Die anderen sahen ihn erwartungsvoll an.

»Aber wie sollen wir sie finden?«, stellte Jona die Frage, die sich die anderen beiden auch gestellt haben.

»Das werde ich euch gleich sagen. Ich muss nur noch einmal einen Blick auf die gezeichnete Karte werfen. Darf ich?«

Michael stand auf und holte Uwes Plan, den er in eine Schutzhülle getan hatte, aus einer Kommode hervor und gab ihn Paul, der inzwischen seine Hände mit einer Serviette säuberte. Der Junge sah einen Moment auf die Zeichnung, bis sich seine Lippen zu einem Grinsen verzogen.

»Ja, dachte ich es mir. Ich weiß, wo die Karte ihren Anfang hat.«

Sie sahen ihn erstaunt an.

»Ich bin heute Vormittag durch den Wald gestreift und habe Hinweise gesucht.« Er grinste. »Seht ihr den ausgemalten Kreis hier? Das ist das eingezäunte Grubenloch in der Nähe der Besuchermine.« Er sah auf. Sein Grinsen wurde breiter.

»Sehr gut, Paul. Du könntest Recht haben. Doch woher wissen wir, in welche Richtung wir von dort aus gehen müssen?«, fragte Michael.

»Weil ich mich heute umgesehen habe und auch weiß, was dieses Zeichen bedeutet.« Er zeigte auf ein Dreieck.

»Und was ist das?« Toni sah ihn aufgeregt an.

»Ein Felsen, der wirklich wie ein Dreieck aussieht. Er ist nicht groß, er würde vielleicht Leah bis zur Schulter reichen, daher kann man ihn leicht übersehen.«

»Und hast du unsere Schwester gefunden?« Jonas Augen fixierten Paul.

»Ich dachte, wir gehen gemeinsam.« Unsicher blickte er zu Michael. »War das falsch? Hätte ich gleich weitersuchen sollen?«

»Nein, Paul. Bei allem, was passiert ist, sollten wir keine Alleingänge machen.«

Michael blickte auf die Uhr. »Es wird noch ein paar Stunden hell bleiben. Wenn Ihr mit dem Essen fertig seid, könnten wir los.«

»Wir sind fertig.« Toni stand auf und Paul tat es ihr nach. Nur Jona starrte auf das Stück Pizza auf seinem Teller.

»Wir können nachher noch essen.« Mit diesen Worten klappte sie die Pizzakartons zusammen und brachte sie in die Küche, während Paul die Teller stapelte. Schnell rettete Jona sein Stück Pizza, bevor Paul ihm den Teller wegnahm.

300

»Iss es halt unterwegs«, flüsterte Paul und zwinkerte Jona zu.

Eine viertel Stunde später standen die vier vor dem Minenschacht und schauten in die Tiefe.

»Irgendwie unheimlich«, stellte Toni fest. »Wenn man bedenkt, wie tief es hier in den Berg hinuntergeht.«

»Und wo lang müssen wir nun, Paul?«

Er blickte sich um und deutete dann nach rechts in den Wald hinein. »Kommt!«

Sie waren einige hundert Meter gegangen, als Paul auf einen kleinen Felsen zeigte.

»Ein Dreieck, du hast recht!« Vor Freude viel Toni ihm um den Hals und Paul lächelte.

»Sag ich doch.«

Michael schaute auf die Karte. »Wir müssen weiter in diese Richtung gehen und einen Baum finden.«

»Äh, hallo?« Jona zeigte um sich. »Wir sind in einem Wald. Hier gibt es jede Menge Bäume.«

»Zeig mal her«, sagte Toni und riss die Karte aus Michaels Hand. »Da ist ein Herz. Neben dem Baum. Das könnte ein Problem werden.«

»Warum?«, fragte Paul.

»Weil Bäume wachsen. Und dass Uwe diesen Baum mit dem Herzen gesehen hat, ist über 50 Jahre her.«

»Aber Uwe hat das Herz neben einen Baum gemalt und nicht darauf.«

»Ok, dann sollten wir nach einem alten Baum Ausschau halten und schauen, ob etwas Herzähnliches in der Nähe ist«, sprach Paul und lief los. Toni folgte ihm sofort. Michael sah Jona an. »Einen Versuch ist es wert«, sagte er und zuckte mit den Schultern, bevor sie den anderen folgten.

Sie gingen immer weiter zwischen den Fichten entlang, stiegen über die Felsen, die überall aus der Erde ragten, doch kein Baum sah alt genug aus. Langsam verlor Toni die Hoffnung.

»Schaut euch mal den dicken Baum da an!«

Toni blickte zu Jona. Er zeigte ein paar Meter nach links.

»Der könnte tatsächlich schon alt genug sein«, überlegte Michael. »Aber das wäre echt ein großer Zufall. Schließlich suchen wir hier die Nadel im Heuhaufen.«

»Wartet hier, damit wir die Richtung nicht verlieren«, meinte Toni, die auf den alten Baum zuging. Paul folgte ihr, während die anderen blieben, wo sie waren.

Die beiden Teenager suchten die Umgebung ab, doch nichts hatte auch nur im Entferntesten eine Ähnlichkeit mit einem Herzen.

»Es ist nicht hier«, rief Toni enttäuscht, als Paul mit ihr zu den anderen zurückkehrte. »So eine Scheiße.«

»Lasst uns weitergehen. Niemals aufgeben, niemals kapitulieren«, versuchte Michael, mit einem Filmzitat die Stimmung zu heben. Er blickte nur in missmutige Gesichter.

So gingen sie weiter.

»Was ist denn das da vorne?« Paul blieb stehen und kniff die Augen zusammen.

»Was meinst du?«, fragte Toni.

»Da sind doch nur dünne Bäume«, stellte Jona fest und schüttelte den Kopf.

Michael sah Paul fragend an, der zu grinsen begann und loslief. Die anderen folgten ihm.

»Schaut, den alten Baumstumpf. Hier hat auch mal ein sehr alter Baum gestanden.«

»Du hast recht«, sagte Michael.

»Na dann sollten wir mit Suchen anfangen«, warf Toni ein. »Bevor es dunkel wird.«

Unschlüssig schauten sie sich um. Der Waldboden war mit Moos zugewachsen. Einige Blaubeersträucher bedeckten den Boden. Wie sollten sie hier nur etwas finden, was an ein Herz erinnerte?

So begannen sie, die Sträucher zur Seite zu schieben und den Boden abzusuchen.

»Was ist, wenn das Herz auf dem Baumstamm war?« Jona sah die anderen fragend an.

»Dann haben wir keine Chance, die Höhle zu finden. An dem besagten Baum müssen wir nach Osten gehen.« Michael seufzte resignierend.

Auch Toni gab auf und setzte sich auf den Baumstumpf. *Wo kann dieses Herz bloß sein?*

Sie blickte an dem Stamm hinab zu den Wurzeln und stutzte. Zwischen den dicken Wurzeln entdeckte sie eine Erhöhung, die völlig mit Moos überwuchert war. Im Stehen war sie ihr nicht aufgefallen. Vorsichtig sammelte sie das Moos auf und japste überrascht nach Luft. Unter dem Moos zwischen den Wurzeln verborgen befand sich ein kopfgroßer Stein, der tatsächlich die Form eines Herzens hatte.

»Leute«, rief sie aus und deutete darauf.

»Du hast es gefunden«, schrie Jona aus und begann in seiner Freude auf und ab zu springen. Michael klopfte ihr anerkennend auf die Schulter, während Paul ihr von der anderen Seite einen Kuss auf die Wange gab. Sofort wirbelten wieder die Schmetterlinge in ihrem Magen herum und sie errötete.

»Das war doch nur Glück.«

»Ehre, wem Ehre gebührt«, zwinkerte Michael ihr zu und holte einen Kompass hervor. »Dort geht es lang. Wenn wir richtig liegen, dann kommen wir als Nächstes zur Höhle.«

»Ob Leah wirklich dort ist?« Toni wurde unsicher. Sie waren so weit gekommen. Wie würden sie reagieren, wenn alles zwecklos und die Karte von Uwe nur den wirren Erinnerungen eines verrückten alten Mannes entsprungen war?

»Wir werden es erst wissen, wenn wir die Höhle gefunden haben.«

Toni sah zu Paul. »Du hast recht. Auf geht's.«

Fünfzehn Minuten lang gingen sie schweigend und mit klopfenden Herzen den Berg hinauf. Den Hang ließen sie dabei nicht aus den Augen. Dann kamen sie zu einem hohen Felsen, der mit Efeu und Sträuchern bewachsen war. Michael blieb stehen und blickte auf die Karte.

»Schaut mal. Könnten diese komischen Kringel neben der gezeichneten Höhle Efeu sein?«

Toni blickte ihm über die Schulter. »Wäre möglich. Aber wenn tatsächlich hinter dem ganzen Wildwuchs eine Höhle ist, wie wäre Leah denn da reingekommen, ohne Spuren zu hinterlassen?«

»Gute Frage.« Michael dachte nach.

»Sie ist klein«, meldete sich Jona. »Vielleicht ist sie irgendwo drunter durch gekrochen.«

Toni blickte skeptisch auf die Efeuwand und auch Michael sah nicht gerade überzeugt aus.

»Wer weiß«, meinte Paul. »Wir sollten in jedem Fall diesen Felsen überprüfen.«

Er kletterte über einige Sträucher hinweg und begann, das, mit Efeu überwucherte Gestein, abzutasten. »Wollt ihr mir nicht helfen?«

Jona tastete am Efeu entlang. Das Gestein roch irgendwie modrig und fühlte sich feucht an. Das Gewächs bildete einen dichten Vorhang, der die Felsen bedeckte. Jona konnte sich nicht vorstellen, dass hier eine Höhle verborgen sein sollte. Dennoch suchte er weiter, denn jeder Hoffnungsfunke, sei er auch noch so klein, war ihm lieber als die Alternative, Leah abzuschreiben. Schließlich war er ihr großer Bruder, der immer auf sie achtgab. Er machte sich schon genug Vorwürfe, dass seine Schwester es geschafft hatte, fortzulaufen.

Gerade bückte er sich, um weiter unten den Felsen zu überprüfen, als dieser plötzlich nachzugeben schien. Um ein Haar wäre er hingefallen. Natürlich war es nicht der Fels, sondern der Efeu, der nachgab, weil an dieser Stelle auf der anderen Seite tatsächlich kein Gestein war.

»Ich hab etwas«, brüllte Jona viel zu laut, so dass Toni zusammenzuckte.

»Erschreck' mich doch nicht so«, maulte sie, dann erhellte sich ihr Gesicht, als sie verstand, was Jona da geschrien hatte. »Du hast was?«

Mit zwei Schritten war sie bei ihm. Er deutete auf den unteren Fels und schob den Efeu zur Seite. Toni quietschte. Inzwischen waren auch Michael und Paul zu ihnen gestoßen. Sie sahen sich an und erkannten, dass jeder von ihnen nervös war. Es war das Ende dieser Schnitzeljagd und gleich würden sie erfahren, ob ihre Suche Erfolg hatte. Ihre Herzen rasten, als Toni sich plötzlich als Erstes bückte und hindurchkroch.

Wie ein Pflaster, dachte sie.

»Warte!« Michael reichte ihr eine Taschenlampe, die er aus seinem Rucksack zog. Toni nahm sie dankbar an.

Hoffentlich renn ich nicht gegen ein Spinnennetz.

Ganz vorsichtig machte sie einen Schritt nach dem anderen auf dem unebenen Boden. Hinter sich hörte sie, wie die anderen ihr folgten. Nach etwa zwei Metern gelangte sie in einen Hohlraum, in dem sie gerade stehen konnte. Sie ging zwei Schritte weiter, um für den Rest Platz zu machen. Dann leuchtete sie die Höhle aus. Die Luft war besser, als sie es sich vorgestellt hatte. Als sie die Felswände anstrahlte, breitete sich Gänsehaut über ihrem Körper aus, denn überall waren diese Schutzsymbole gezeichnet oder eingeritzt.

»Und?«, fragte Jona. »Ist sie hier?«

Toni biss sich auf die Zunge. Ihr Herz wurde schwer. »Nein, ich habe sie noch nicht gesehen.«

»Leuchte mal an das andere Ende«, bat Paul und sogleich schwenkte sie die Taschenlampe in die gewünschte Richtung. Das Licht schien von der Dunkelheit verschluckt zu werden.

»Ich glaube, da ist ein schmaler Durchgang.« Michael hatte die Augen zusammengekniffen.

»Ich sehe nichts«, maulte Jona.

»Lasst uns rübergehen. Dann können wir besser sehen.«

Nach nur wenigen Schritten erkannten sie einen schmalen Durchschlupf. Michael lächelte zufrieden. »Seht ihr? Und meine Augen sind die ältesten.«

»Ja super, hast gewonnen. Nimm dir zu Hause einen Keks«, sagte Toni genervt. »Ich will Leah finden.« Sie musste seitlich gehen, um sich durch den Spalt zu zwängen. Jona und Paul folgten ihr, doch Michael passte knapp nicht hindurch.

»Mist«, fluchte er. »Ich kann nicht mitkommen. Passt bloß auf. Wenn euch etwas passiert, wird eure Mutter mich umbringen.«

»Ich passe schon auf sie auf«, antwortete Paul und zwinkerte ihm zu, bevor er im Loch verschwand.

»Leah!« Tonis Stimme schallte von den Wänden, als sie ein kleines Häufchen Mensch an der Seite auf dem Boden liegend entdeckte. Sie reagierte nicht, sie blieb einfach regungslos liegen. Mit einem Satz war Toni neben ihr und fühlte den Puls ihrer Schwester. »Sie lebt!« Sie spürte, wie Tränen der Erleichterung sich ihren Weg über ihr Gesicht bahnten und vom Kinn tropften. »Leah? Hörst du mich? Wach bitte auf!«

Auch Jona kniete sich neben seinen Schwestern und strich Leah über die Hand. Toni sah im faden Licht der Taschenlampe seine Augen feucht funkeln.

Plötzlich ging ein Ruck durch Leahs Körper. Sie streckte sich und rieb sich ihre Augen. Gähnend setzte sie sich auf und sah irritiert ihre Geschwister an. Ihr Kuschellöwe fiel ihr dabei auf den Schoß. »Was macht ihr denn hier?«

Toni rutschte die Kinnlade herunter. »Was wir hier machen? Spinnst du? Was machst du hier? Weißt du eigentlich, welche Sorgen wir uns alle um dich gemacht haben? Weißt du, wie es Mama geht? Die ist sogar im Krankenhaus!«

Leahs Augen weiteten sich vor Schreck. »Mama ist im Krankenhaus? Wegen mir?« Jetzt begann sie zu weinen.

Toni besann sich und nahm ihre Schwester in den Arm. »Nicht weinen. Sie ist krank vor Sorge. Doch jetzt wird es ihr schnell besser gehen, denn wir haben dich ja gefunden und nehmen dich mit nach Hause.«

»Ich kann nicht fort!« Leah lehnte sich an Tonis Schulter und blickte traurig zu Jona.

»Was sagst du da für einen Unsinn. Hier kannst du nicht bleiben.«

»Aber Otto hat gesagt, nur hier bin ich sicher vor ihm.«

»Und wo ist dieser Otto jetzt?«, meldete Paul sich zu Wort, der ein wenig abseits gewartet hatte.

»Keine Ahnung. Nicht hier. In diese Höhle können die Geister nämlich nicht hinein. Deswegen hatte er mich hierhergeführt, damit ich sicher vor seinem Vater bin.«

Wäre Leah älter gewesen, hätte sie sich bestimmt gewundert, dass die Erwähnung eines Geistes keine Fragezeichen in die Augen ihrer Geschwister heraufbeschwor. Doch so hielt sie es für das Normalste der Welt.

»Aber du hast nichts zu essen oder zu trinken. Du wärst verhungert, wenn wir dich nicht gefunden hätten«, sagte Toni.

»Ach quatsch. Hier ist alles da.« Sie deutete in eine Ecke und Toni beleuchtete diese mit der Taschenlampe. Erstaunt pfiff sie Luft aus. Dieser Teil der Höhle schien von Wasser überzogen zu sein. Und auf einem Felsvorsprung lagen lauter Kekspackungen und Beerenfrüchte.

»Die Kekse habe ich aus der Küche mitgenommen und die Beeren wachsen gleich am Eingang der Höhle. Und Trinken ist genug da, wie ihr seht.«

Toni schüttelte ungläubig ihren Kopf. »Lass uns erstmal nach vorne gehen. Da wartet Michael auf uns. Der hat nicht durch den Spalt gepasst.«

»Michael?« Schnell sprang Leah auf, rannte zum Spalt und schon war sie durchgeschlüpft.

34. Kapitel

Langsam öffnete sich die Tür. *Sicher kommt die Pflegerin von der Besprechung mit dem Arzt wieder zurück. Hoffentlich ohne Beruhigungsmittel.* Diana wollte sich nicht beruhigen. Alles was sie wünschte, war es, zu den Kindern zurückzukehren. Sie war zu erschöpft, um einfach aufzustehen und zu gehen. Dazu hatte sie Probleme, klar zu denken. Sie hatte den Arzt nicht richtig verstanden, doch er war wohl der Meinung, dass der Schlafmangel etwas mit ihrem Zustand zu tun hatte. Daher sollte sie zunächst viel ruhen. Damit sie dies konnte, bekam sie Medikamente. Das andere Gerede des Mediziners über den weiteren Behandlungsplan lag im Nebel.

Diana blinzelte, als sie mehrere Personen wahrnahm, die ihr Krankenzimmer betraten. Was war nur los?

»Mama?«

Das klang nach Leah, doch sie konnte es ja nicht sein. Schließlich war sie schon so lange verschwunden. Waren es Tage? Wochen? Oder schon Monate? Diese dämlichen Medikamente raubten ihr jegliches Zeitgefühl.

Da trat ein kleines Mädchen zu ihr ans Bett. *Sie sieht wirklich so aus wie Leah*, dachte Diana. Ob sie halluzinierte? Wäre ja nicht das erste Mal. Möglicherweise kam das von den Tabletten.

Diana schloss die Augen und zählte in Gedanken bis zehn. Als sie wieder aufblickte, stand dieses Mädchen immer noch neben ihrem Bett und starrte sie aus großen Augen an.

»Verdammte Halluzination«, dachte sie laut. »Oder bist du ein Geist? Ist meine Tochter tot?«

Eine Träne lief Diana über die Wange, doch sie beachtete sie nicht.

»Mama?« Die Stimme dieser Einbildung klang ängstlich. Weinte das Mädchen?

Da erkannte Diana, dass auch Toni und Jona an ihr Bett traten und sie sorgenvoll ansahen. War das ebenfalls eine Nebenwirkung der Tabletten? Oder waren sie tatsächlich hier?

»Mama«, sprach Toni und beugte sich stirnrunzelnd über ihre Mutter. »Wir sind es. Und wir haben Leah mitgebracht. Wir haben sie gefunden.«

»Nein«, sprach Diana mit vibrierender Stimme. »Das ist nicht möglich. Ich träume nur. Ihr seid nicht real.« Ihre Stimme wurde immer lauter. »Verschwindet, Traumbilder und quält mich nicht!« Diana wälzte sich hin und her. Tränen der Verzweiflung rollten über ihre Wangen und sie presste die Augenlider zusammen, Sie wollte nichts mehr sehen. »Ich ertrage es nicht. Meine kleine Tochter! Sie ist weg und kommt nicht wieder. Warum quält ihr Halluzinationen mich so?«

Eine männliche Stimme sagte etwas, doch Diana verstand es nicht. Sie öffnete die Augen und sah Michael, der sich auf ihren Bettrand gesetzt hatte. Die Kinder waren verschwunden.

»Psssst«, sprach er in einem beruhigenden Tonfall. »Reg dich nicht auf. Schlaf jetzt erst einmal und dann bist du wieder klar.« Er streichelte ihr über den Kopf, wie man es bei einem kleinen Kind tun würde. Es gefiel Diana. Sollte Michael ebenfalls ein Traumbild sein, so konnte er dableiben. Aber vielleicht war er sogar echt?

Ihr Herz schlug wieder im gewohnten Takt und langsam fiel sie in einen ruhigen Schlaf.

Leise schloss Michael die Tür hinter sich und sah in die entsetzten und verängstigten Gesichter von Dianas Kindern.

»Habt keine Angst. Eurer Mutter geht es gut und sie schläft jetzt.«

»Ist Mama«, sagte Jona zögerlich. »... verrückt geworden?«

»Nein!« Michael hob beschwichtigend die Arme. »Sie steht nur unter Medikamenten. Ich werde jetzt sehen, dass ich einen Arzt erwische. Sie sollten ihr keine Medikamente mehr geben, damit sie wieder klar wird und verstehen kann, dass Leah wieder da ist. Im Moment hält sie euch anscheinend für eine Einbildung.«

»Bin ich daran schuld?« Leah schluchzte und Toni legte ihrer kleinen Schwester eine Hand auf die Schulter. Michael kniete sich vor ihr hin, um auf Augenhöhe zu sein. »Schuld sind die Medikamente und nicht du. Dennoch solltest du nie wieder weglaufen, ohne vorher etwas zu sagen. Verstanden? Denn deine Mutter hat sich wahnsinnige Sorgen um dich gemacht.«

Leah nickte. »Mach ich nie wieder. Versprochen.«

Michael erhob sich und zückte sein Portemonnaie. Er gab Toni zwei Zwanzig-Euro-Scheine. »Geht schon mal vor in die Cafeteria, während ich mit dem Arzt spreche. Ich komme dann gleich nach. Holt euch eine heiße Schokolade. Und etwas zu essen.«

Toni nickte Michael zu und legte ihre Hände auf die Rücken ihrer Geschwister. Dann führte sie die beiden zum Fahrstuhl.

Gedankenverloren saßen die Drei an einem Tisch am Fenster und blickten stumm durch die Scheibe nach draußen auf die grünen Gärten.

»Könnt ihr euch vorstellen, direkt neben einem Krankenhaus zu wohnen?«, durchbrach Jona das Schweigen. »Ich meine, es fahren doch ständig Krankenwagen mit Tatütata durch die Straßen.«

Toni blickte ihn an. »Vielleicht sind die Häuser dadurch billiger?«

»Dann wohne ich lieber in Goldhain. Also, wenn es den Geist nicht gäbe.«

»Oh ja, ich möchte auch dort wohnen. Freue mich schon auf das kleine Katerchen.«

Jona und Toni wechselten stumm Blicke. »Leah«, begann Toni zögerlich. »Was den Nachbarskater angeht ... Wie soll ich das sagen?« Sie verstummte und blickte Hilfe suchend zu ihrem Bruder, der nun weitersprach: »Es tut uns sehr leid, doch der kleine Kater ist leider gestorben.«

»Was?« Tränen sammelten sich in Leahs Augen, die dann über ihr Gesicht liefen. »Aber er war doch so ein hübscher kleiner Kater!«

»Vermutlich war er krank gewesen.« Toni biss sich bei der Lüge auf die Unterlippe, doch Leah schien es nicht zu bemerken. »Und nun schnurrt er, während er um Papas Beine läuft. Im Himmel.«

»Dann hat Papa Gesellschaft«, schluchzte die Kleine und wischte sich tapfer die Tränen aus dem Gesicht. »Ob ich vielleicht eine eigene Katze haben darf? Das kleine Katerchen fehlt mir so.«

»Wir werden Mama fragen, wenn das alles ausgestanden ist. In Ordnung?«

»Ok«, flüsterte Leah und schob sich den letzten Bissen Schokocroissant in den Mund.

»Da seid ihr ja!«

Die Drei drehten sich um. Sie hatten gar nicht gemerkt, dass Michael an ihren Tisch getreten war.

»Ihr wollt sicher wissen, was der Arzt gesagt hat. Aber lasst mich bitte erst einmal einen Kaffee holen.«

Mit diesen Worten zwinkerte er ihnen zu und trat hinüber zur Theke. Einen Augenblick später kam er mit einer dampfenden Tasse Kaffee zurück und setzte sich zu ihnen.

»Du isst nichts?«, fragte Toni und Michael schüttelte den Kopf. »Keinen Hunger.« Er lächelte. »Aber danke, dass du fragst.«

Sie lächelte zurück.

»Und was sagt der Arzt?« Jona sah Michael von der Seite an.

»Also, sie steht tatsächlich noch stark unter Medikamenten. Darum denkt sie, dass sie halluzinieren würde. Die Wirkung ist in etwa drei bis vier Stunden vorbei und sie wird im Kopf wieder klarer sein. Dann können wir es noch mal probieren. Er hat die Schwestern jetzt angewiesen, erst einmal keine Medikamente mehr zu geben. Er will jetzt abwarten, wie sie auf Leah reagieren wird. Danach sehen wir weiter.«

»Das ist gut, oder?«, fragte Toni.

»Ja, hoffen wir, dass sie die freudige Nachricht gut aufnimmt. Ich möchte keine falschen Hoffnungen machen, aber wenn alles gut läuft, darf sie vielleicht bald nach Hause.«

»Hoffen wir es.« Toni nahm einen großen Schluck Kakao. Der schokoladige Geschmack war genau das Richtige für die Nerven.

»Wir müssen über etwas anderes sprechen«, begann Michael vorsichtig. »Wir müssen diese Polizistin benachrichtigen, dass Leah wieder da ist.« Er blickte das Mädchen an.

»Sie hat mit ihren Kollegen nach dir gesucht. Daher wird sie mit dir sprechen wollen.«

»Aber warum denn? Bin doch wieder da.« Leah schüttelte verständnislos den Kopf.

»Weil sie wissen will, wo du so lange warst.«

»Na dann sage ich eben die Wahrheit. Otto hat mich in eine Höhle gebracht.«

»Dann«, begann Jona, »bist du die Nächste, die im Irrenhaus landet.«

»Jona«, strafte ihn Toni. »Sag so etwas nicht. Du machst ihr Angst.«

Und tatsächlich kämpfte Leah erneut mit den Tränen.

»Leah, keine Angst. Wir überlegen uns etwas, was nahe an der Wahrheit liegt, aber für die Polizistin weniger ... unglaublich klingt. Ist das ok? Bekommst du das hin?«

Unsicher nickte sie.

»Gut. Also, bevor ich Frau Wagner anrufe: Was sollte Leah sagen?«

Eine halbe Stunde später betrat Polizeioberwachtmeisterin Isabell Wagner zusammen mit einer Sozialarbeiterin die Cafeteria des Krankenhauses. Da es dort ziemlich leer war, entdeckte sie sofort Michael Sieber und die drei Kinder. Eilig trat sie an den Tisch am Fenster.

»Guten Abend, Herr Sieber. Das ist die Sozialarbeiterin Frau Bär, die ich am Telefon erwähnt habe.«

»Guten Abend«, antwortete er und schüttelte beiden Frauen die Hände.

»Ich grüße sie«, erwiderte Frau Bär freundlich.

Isabell gab Jona und Toni die Hand, danach beugte sie sich zu Leah herunter. Tatsächlich war es das verschwundene Mädchen, das sie von den Fotos kannte. »Du musst Leah sein.« Es war keine Frage und die Kleine nickte schüchtern. »Michael Sieber hat mir am Telefon schon gesagt, was passiert ist und es dir gut geht. Können wir da rübergehen und uns ein wenig unterhalten?« Isabell Wagner zeigte auf einen Tisch in der Ecke. »Frau Bär und ich beißen auch nicht.«

Leah sah zu ihrer älteren Schwester, die ihr aufmunternd zunickte. Dann nickte die Kleine, stand auf und folgte der Polizistin, die sich nach ihr umdrehte und sie anlächelte. Am Tisch angekommen, deutete Isabell Wagner auf einen Stuhl und setzte sich selbst gegenüber. Frau Bär setzte sich zwischen die Beiden an die Seite.

»Da hast du ja deiner Mutter und deinen Geschwistern einen großen Schrecken eingejagt. Schön, dass du wieder da bist.« Die Polizistin zückte ein Diktiergerät und schaltete es ein. »Polizeioberwachtmeisterin Isabell Wagner spricht im Beisein der Sozialarbeiterin Frau Mia Bär mit Leah Fuchs, die am 25. Juli 2010 spurlos aus dem Haus ihrer verstorbenen Tante Sophie Jungkunz in Goldhain verschwand und gestern, am 4. August 2010, im Wald um Goldhain wieder aufgetaucht ist.« Isabell Wagner rollte grinsend mit den Augen und zwinkerte dann lächelnd Leah zu, um zu signalisieren, wie nervend diese Formalien waren. Das Mädchen lächelte zurück.

»Also Leah, bitte erzähle mir doch, was passiert ist.«

»Wo soll ich anfangen?«, fragte Leah unsicher.

»Warum bist du weg gewesen?«

»Na ja, mein Papa ist doch tot.«

Isabell Wagner runzelte die Stirn. Was hatte der Tod des Vaters mit dem Verschwinden der Kleinen zu tun?

»Seit er im Himmel ist, habe ich einen guten Freund. Er heißt Otto. Nur, meine Schwester sagt, es gibt ihn nicht. Er wäre mein imanigärer Freund.« Unsicher blickte Leah die Polizistin an.

»Du meinst sicher, er wäre dein imaginärer Freund. Ein Freund, den nur du sehen kannst, richtig?«

»Ganz genau!« Sie strahlte Isabell Wagner dankbar an. »Otto meinte, dass er mir etwas zeigen wollte. Ich sollte Kekse als ... wie war das Wort? Marschverpflegung einpacken und dann mit in den Wald gehen. Er führte mich hierhin und dorthin, und dann wusste ich nicht mehr, wo ich war. Ich wollte nach Hause, aber Otto wurde sauer und verschwand. Ich suchte den Weg zurück, aber mir ging es wie Hänsel und Gretel, als ihre Brotkrumen fort waren. Ich fand eine kleine Höhle und versteckte mich dort. Mein Papa hatte nämlich immer gesagt, wenn wir getrennt werden oder ich mich verlaufe, soll ich am besten bleiben, wo ich bin. Er oder Mama würden mich suchen und finden.«

Isabell Wagner hob verblüfft die Augenbrauen. »Aber es waren doch einige Tage und du siehst kaum hungrig aus. Was hast du gegessen und getrunken?«

»In der Höhle gab es so etwas wie einen Teich. Daraus habe ich getrunken. Und ich hatte die Kekse. Vor der Höhle wuchsen Blaubeeren. Die liebe ich.«

»Kluges Mädchen«, Isabell Wagner sprach mehr zu sich selbst und sammelte ihre Gedanken. »Du bist deinem imaginären Freund also einfach so gefolgt. Würdest du das wieder tun?«

Leah riss entsetzt die Augen auf. »Nein, ich bin ja nicht blöd.«

Die Polizeioberwachtmeisterin unterdrückte ein Lächeln. »Das ist gut. Und wie hast du am Ende wieder nach Hause gefunden?«

»Na ja, das war Zufall. Ich schlief und wurde wach, als ich leise Stimmen gehört habe. Eine habe ich sofort erkannt. Es war meine Schwester. Also stand ich auf und folgte den Stimmen und dann fand ich sie. Toni war mit ihrem Freund Paul im Wald spazieren. Dann brachten sie mich zu Michael und erzählten mir, dass Mama im Krankenhaus ist. Nun sind wir hier und warten, dass sie wieder klar wird, was immer das auch heißt. Eben hat sie gedacht, ich wäre ein Traum.« Leah sah traurig auf ihre Finger, die nervös herumzappelten.

»Das wird schon. Hast du eine Ahnung, warum dein imaginärer Freund dich in den Wald gelockt hat?«

Das Mädchen zuckte mit den Schultern. »Keine Ahnung. Er wollte mir etwas zeigen, hat er aber nicht.«

»Könnte es sein, dass er wollte, dass du fortläufst?«

»Keine Ahnung. Vielleicht. Sophie ist tot. Papa auch. Vielleicht wollte er mich beschützen?«

Ertappt biss Leah sich auf die Lippen. Nachdenklich sah Isabell Wagner zu Michael Sieber hinüber. Er war ein gutaussehender Mann. Ob Leah vor ihm weggelaufen ist? Er wirkte so nett, aber als Polizistin wusste sie, dass das nichts zu sagen hatte. Dennoch, ihre Intuition sagte ihr, dass er sauber war. Trotzdem, als sie ihn durchgecheckt hatte, war sie auf die Sache mit seiner Familie gestoßen. Die Akte war voller unbeantworteter Fragen. Sie würde ihn weiter im Auge behalten, genauso wie auch diese kleine Familie.

»Sind wir dann fertig?« Leahs Frage riss die Polizistin aus ihren Gedanken.

»Ja, erst einmal schon. Du kannst wieder zu deinen Geschwistern gehen. Sei aber bitte so gut und schick mir Herrn Sieber rüber.«

»Herrn wen?«

»Herrn Michael Sieber. Dort drüben?«

»Ach, Michael. Na klar.« Leah sprang auf, rannte hinüber und umarmte Michael kurz, während sie etwas sagte. Daraufhin strich er ihr über das Haar und stand auf. Einen Augenblick später setzte er sich an den Tisch zur Polizistin.

»Sie wollten mich sprechen?«

»Ja, ich habe eine Bitte. Wenn Frau Fuchs wieder klar denken kann, würden Sie ihr bitte sagen, dass sie sich bei mir melden soll? Leah Fuchs sollte unbedingt untersucht werden, um sicherzugehen, dass sie keine Schäden oder ein Trauma zurückbehält. Daher sollte sie mit einem Psychologen sprechen. Schließlich ist sie einem imaginären Freund in den Wald gefolgt. Das muss doch eine Ursache haben.«

»Ich richte es ihr aus.« Er zwang sich zu einem Lächeln.

»Danke. Dann verabschieden wir uns.«

Isabell Wagner nickte der Sozialarbeiterin zu, erhob sich und streckte Michael Sieber die Hand entgegen, die er zum Abschied nahm. »Ich bin froh, dass die Kleine wieder aufgetaucht ist. Auf Wiedersehen.«

»Leah? Bist du es wirklich?« Tränen bahnten sich über Dianas Gesicht einen Weg, als sie ihre jüngste Tochter in die Arme schloss. »Ich träume nicht?«

»Nein, Mama. Ich bin es wirklich.«

»Ich lass' dich nie wieder los. Ist das Ok?«

»Ja, klar. Aber was, wenn ich aufs Klo muss?«

Das erste Mal seit Leahs Verschwinden musste Diana herzhaft lachen.

Die Tür öffnete sich und eine Schwester trat ein. »Frau Fuchs, Ihr Besuch muss einen Moment hinaus. Doktor Lebedew macht gleich Visite.«

»Doktor ... Wer?« Leah saß neben ihrer Mutter auf dem Bett und sah ängstlich zu der Schwester hinüber.

»Doktor Lebedew. Ausgesprochen: *Le-bje-dew*«, wiederholte diese langsam und deutlich.

»Aber ich will bei Mama bleiben.« Sie klammerte sich fest an ihre Mutter, während Toni, Jona und Michael sich von den Stühlen erhoben.

»Leah, ist schon gut. Ihr wartet einfach draußen und wenn der Doktor Lebeden hinausgeht, kommt ihr wieder herein, ja?«

»Er heißt Lebedew«, verbesserte die Schwester Diana genervt. Die Patientin sah zu ihr hinüber.

»Verzeihung. Lebedew.« Dann blickte sie wieder zu ihrer Tochter. »Vielleicht kann ich dir dann schon sagen, wann ich hier rauskomme.«

Widerwillig löste sich Leah von ihrer Mutter und rutschte vom Bett. »Bis gleich«, maulte sie und folgte den anderen. Kaum schloss sich hinter ihr die Tür, wurde sie erneut aufgemacht und ein junger Mann im weißen Kittel betrat das Krankenzimmer.

»Guten Tag, Frau Fuchs.«

»Sie müssen Doktor Lebedew sein.«

»Natürlich. Erinnern Sie sich nicht an mich?«

»Na ja«, begann Diana. »Ich stand unter Medikamenten. Die Erinnerung an die ganze letzte Zeit ist nur verschwommen.«

Der Arzt schaute in die Akte und nickte. »Ach ja. Die Beruhigungsmittel. Bei der Dosis ist es auch kein Wunder. Jetzt sind Sie aber klar?«

»Natürlich. Heute habe ich ja keine mehr erhalten und ich fühle mich wirklich besser.« Sie lächelte. »Dazu kommt noch, dass meine Tochter wieder aufgetaucht ist. Gesund! Ich bin so erleichtert. Wann kann ich nach Hause?«

Der Arzt sah von ihrer Krankenakte auf. »Nach Hause? Vor ein paar Tagen wollten Sie sich umbringen. Und jetzt sprechen Sie davon, nach Hause zu gehen?«

Diana setzte sich auf. »Ich wollte mich nicht umbringen. Ja, ich war von Sinnen. Aber meine sechsjährige Tochter war verschwunden. Ist das denn nicht normal, wenn man zusammenbricht?«

»Depressionen, ja, aber bei Ihnen...«

»Haben Sie Kinder?«, unterbrach sie ihn.

»Ähm, nein, Frau Fuchs. Das geht Sie ja auch überhaupt nichts an.«

»Wenn Sie welche hätten, könnten Sie es nachvollziehen. Vertrauen Sie mir. Also wann kann ich hier raus?«

»Nun ja, wir werden Sie noch ein paar Tage beobachten und dann sehen wir weiter.«

»Ein paar Tage? Meine Kinder brauchen mich jetzt. In ein paar Tagen geht die Schule wieder los. Mir geht es wirklich gut. Ich will hier raus. Sofort.«

»Also gut«, begann Doktor Lebedew. »Wir können Sie nicht zwingen, hierzubleiben. Auf eigenen Wunsch können Sie das Krankenhaus jederzeit verlassen. Auf Ihr eigenes Risiko natürlich. Sollte etwas passieren, wird das Bezirkskrankenhaus nicht dafür haften, verstehen Sie?«

Lächelnd nickte Diana. Sie würde hier rauskommen, ihre Kinder nehmen und zurück nach Hamburg fahren. Wie ihre Mutter würde sie niemals wiederkommen.

»Aber ich beschwöre Sie: In den letzten Tagen haben sie starke Medikamente genommen. Bleiben Sie wenigstens eine Nacht hier, damit wir sicher sein können, dass es Ihnen auch ohne Medikamente gut geht und es keine Nebenwirkungen gibt. Für Ihre Kinder.«

Diana seufzte betrübt. »Wenn es sein muss.«

Dann hole ich morgen die Kinder und verschwinde.

»Diana!«

Da war sie wieder. Die Stimme des Minenarbeiters rief nach ihr. Sie öffnete die Augen und bemerkte mit einem Schaudern, dass sie immer noch in ihrem Krankenhauszimmer lag. Vor dem Fenster war es dunkel. Sie hatte geschlafen, bis der Ruf sie geweckt hatte. Ob es die Nebenwirkungen waren, von denen Dr. Lebedew gesprochen hatte? Oder war es erneut ein Albtraum? Einen Moment dachte sie an Michaels Worte. Könnte es wirklich ein Geist sein?

»Diana, du kannst mir nicht entkommen. Weder du noch deine Kinder. Flieht ruhig bis zum Ende der Welt, ich werde euch immer finden.«

Sie blickte zum Fenster. Dort erkannte sie im Schatten der Nacht eine Gestalt ... Barthel.

»Aber ... nicht schon wieder du!«

Die Gestalt am Fenster lachte bitter. »Du und deine Kinder werdet mich nicht los. Sophie ist tot. Jahrelang habe ich auf sie gelauert. Leider wusste sie zu gut, wie sie sich vor mir schützen konnte. Doch sie ist tot, deine Mutter ist tot und Ihr seid die Nächsten. Ich werde euch verfolgen, egal wo ihr hingeht. Also tu mir den Gefallen und flieh, Miststück! Dann kann ich dieses gottverdammte Nest hier endlich verlassen.«

»Lass meine Kinder in Ruhe. Wenn ihnen etwas geschieht, dann werde ich ...«

»Dann wirst du was?« Mit einem Satz stand er an ihrem Bett, die Hände an ihrem Hals. Langsam drückte er zu.

»Du kannst mich nicht aufhalten, Schlampe!«

Diana versuchte, sich zu befreien und schlug auf ihn ein. Doch der Geist lachte nur. »Ich werde sie mir holen und deiner Ältesten dann zeigen, wie man die Beine breit macht, bevor ich sie ausweiden werde.« Sie beugte ihren Kopf nach vorne und schaffte es, ihn zu beißen. Vor Schreck ließ er locker, so dass sie wieder zu Atem kam. Ihr Schrei hallte von den Zimmerwänden und sogleich wurde die Tür aufgerissen. Der Lichtschein des Flures fiel in das Zimmer. Die Silhouette der Nachtschwester war deutlich zu erkennen. Dann ging die Deckenlampe an und blendete Diana für einen Moment. Als sie die Augen wieder öffnete, stand die Schwester neben ihrem Bett. Von Barthel war nichts mehr zu sehen.

»Frau Fuchs, warum schreien Sie so. Haben Sie Schmerzen?«

»Ein ... Traum.« Diana schluckte und widerstand dem Drang, sich an den Hals zu fassen. »Ich ... habe nur einen Albtraum gehabt. Entschuldigen Sie bitte.«

Die Schwester brummte etwas Unverständliches, bevor sie lauter sprach: »Möchten Sie vielleicht ein Beruhigungsmittel?«

»Nein, danke. Wie gesagt, es war nur ein Traum. Es tut mir leid, dass ich Sie gestört habe.«

»Dann schlafen Sie wieder.« Grummelnd drehte sich die Schwester um, verließ den Raum und schaltete das Licht aus. Diana aber blieb mit klopfendem Herzen zurück. Schlaf fand sie in dieser Nacht nicht mehr.

»Da sind wir.« Michael lächelte Diana aufmunternd zu, als er das Auto vor seinem Haus parkte. »Deine Kinder warten drinnen auf dich.«

»Danke, dass du mich allein abgeholt hast.« Sie zwang sich zu einem Lächeln. »Sie sollen nicht mitbekommen, dass die Ärzte mir von der Entlassung abgeraten haben.«

»Ich dachte, so ist es ruhiger.« Sie stiegen aus und gingen ins Haus. Michael schloss auf und hielt Diana die Tür auf.

»Sie warten im Wohnzimmer auf dich.«

Langsam ging Sie über den Flur und betrat den Wohnraum.

»Überraschung!« Toni, Jona, Leah und Paul sprangen auf und ließen Luftschlangen fliegen. Über dem Panoramafenster war ein Bettlaken befestigt, auf dem »Willkommen zurück, Mami« gemalt war.

Tränen der Rührung rannen über Dianas Gesicht, als sie nacheinander ihre Kinder in den Arm nahm. Dann entdeckte sie auf dem Tisch eine Schoko-Bananen-Torte.

»Jetzt kann die Willkommensparty ja beginnen«, sagte Michael hinter ihr und stellte die HiFi-Anlage an.

35. Kapitel

»Oh Gott!« Diana wurde bleich. »Das ist er! Woher habt ihr das Bild?«

Sie gab Toni ihr Handy zurück.

»Aus dem Goldbergwerk-Museum.«

»Das ist echt unheimlich. Die Zeichnung sieht genauso aus, wie der Typ aus meinen Träumen.«

»Ehrlich gesagt«, begann Michael zögerlich, »sind wir uns da nicht so sicher, ob du wirklich geträumt hast.«

»Ja, Mama.« Toni legte die Hand auf den Arm ihrer Mutter. »Ich habe ihn auch gesehen. Im Wald. Am helllichten Tag.«

Diana blieb der Mund offen stehen. »Aber der ist schon seit einer Ewigkeit tot. Was bitte, soll das sonst gewesen sein als ein Traum oder Einbildung?«

Plötzlich spürte sie für einen Moment wieder Barthels Hände an ihrem Hals und erschauderte.

»Ein Geist.« Jona hatte es gesagt, als wäre es das Normalste der Welt. »Mir ist er auch begegnet.«

»Und der Junge auf dem Bild«, brachte sich Leah ein. »... ist mein Freund Otto. Er hat mich in eine Höhle geführt, damit ich vor seinem Vater sicher bin. Ist er nicht lieb?« Das Mädchen plapperte weiter. »Aber er hätte euch auch mitnehmen sollen. Dann wärst du nicht ins Kran-

324

kenhaus gekommen und wir wären alle sicher vor dem bösen Geist.«

Erschrocken sah Diana ihre Kinder an. Ihr Gehirn arbeitete auf Hochtouren.

»Vielleicht sollten wir einfach von Anfang an erzählen«, mischte sich Michael ein. »Also, von dem, was wir wissen. Du hast mir von dem Traum berichtet und es tut mir leid, doch ich habe mein Versprechen brechen müssen und deinen Kindern davon erzählt.«

Er sah einschätzend zu ihr, doch sie blickte ihn erwartungsvoll an, ohne ihn zu tadeln. »Die Ereignisse haben das leider erfordert. Damals, nach dem Grubenunglück, starben einige Mitglieder der Familie Jungkunz, doch dann hörte es plötzlich auf. Wir glauben, dass der Minenschacht in jenen Tagen stillgelegt wurde, weil sich dort die Unfälle häuften. Eine ganze Weile passierte nichts mehr und der Schacht geriet in Vergessenheit. Es gab ja noch genug andere. Doch dann entdeckte mein Onkel mit seinen Freunden den Eingang. Das war im Jahre 1952. Seine Freunde starben, als sie ihn betreten hatten. Onkel Uwe fand man später, doch er war verrückt geworden ...«

Weit nach Mitternacht trug Michael die eingeschlafene Leah auf eine Liege in seinem Arbeitszimmer. Jona und Toni gingen in seinem Gästezimmer schlafen. Dann kehrte er zu Diana zurück, die immer noch auf der Couch saß und über die neuen Informationen grübelte. Sie hatte ihnen von ihren Erlebnissen erzählt; warum es so ausgesehen hatte, als wollte sie sich das Leben nehmen. Auch, dass sie nur noch mit den Kindern fortwollte, nachdem Leah wieder aufgetaucht war. Aber die Warnung von Barthel hielt sie nun davon ab.

»Wir müssen ihn aufhalten.« Sie starrte ihre Hände an. »Wir müssen die Kinder retten.«

»Ja, das müssen wir.« Michael setzte sich neben sie und nahm sie in den Arm. Er roch ihren süßlichen Duft und spürte ihre Wärme, als sie sich schutzsuchend an seine Schulter schmiegte.

»Und dein Haus ist sicher? Wirklich sicher?«

»Wir haben die Zeichen überall angebracht. Dieses Haus ist sicherer als das deiner Tante.«

»Gut. Ich bin müde. Wo kann ich schlafen?« Sie löste sich ein Stück aus seiner Umarmung und sah ihn an. Ihre Gesichter waren sich so nahe, dass er ihren Atem spüren konnte.

»Nimm mein Bett. Ich schlafe hier auf der Couch.«

»Und wenn ich nicht möchte, dass du hier unten schläfst? Wenn ich dich in meiner Nähe haben möchte, damit ich mich sicher fühle? Wäre das ok für dich?«

»Bist du dir sicher?«

Zur Antwort küsste sie ihn, erst vorsichtig, dann immer leidenschaftlicher. »Lass uns ins Bett gehen«, hauchte sie in sein Ohr. Michael ließ sich nicht zweimal bitten und führte sie in sein Schlafzimmer.

Zwei Tage später saß die Familie mit Michael im Büro des Notars. Der Raum hatte nichts gemein mit den Zimmern, in denen im Film Testamente verlesen wurden. Es war ein einfacher, funktionaler Raum. Triste Regale mit Aktenordnern und Büchern standen an den Wänden. Der große Schreibtisch dominierte den Raum. Sie saßen an einem Besprechungstisch dem Notar gegenüber, der sich als Max Völkl vorgestellt hatte. Er war ein Mann mittleren Alters, dessen schwarze Haare einen ersten grauen Schimmer zeigten. Diana war dankbar gewesen, dass er so kurzfristig einen neuen Termin ermöglicht hatte, nachdem sie den ersten aufgrund ihres Krankenhausaufenthaltes und Leahs Verschwinden versäumt hatte. Er blickte freundlich über seine Brille, als er den Umschlag öffnete. Der Notar räusperte sich, bevor er laut zu lesen begann: »Mein letzter Wille und Testament. Ich, Sophie Maria Jungkunz, geboren am 21. März 1966, setze meine Nichte Diana Fuchs und meinen Nachbarn und guten Freund Michael Sieber als Erben ein. Diana Fuchs erbt das Haus mit Garten in Goldhain sowie zwei Drittel meines übrigen Vermögens und Michael Sieber, der mir in den letzten Jahren eine große Hilfe war, das andere Drittel des restlichen Vermögens.«

»Was?« Michael schüttelte den Kopf. »Ich habe ihr gesagt, sie soll mich aus ihrem Testament rauslassen.« Er sah Diana an. »Ich wusste davon nichts. Ich werde das Erbe ablehnen.«

Diana legte eine Hand auf seinen Arm. »Mach das nicht. Du kanntest sie besser als ich und warst ihr sicher eine große Hilfe. Nimm es an, denn sie wollte es so.«

»Bist du sicher?«

»Aber klar. Es ist ihr letzter Wille. So viel wird es sicher auch gar nicht sein.«

»Na ja«, schaltete sich Max Völkl ein. »Ich habe eine Liste mit den Vermögensaufstellungen zum Zeitpunkt, als sie das Testament hier aufgegeben hat. Das Vermögen umfasst insgesamt 721.666 Euro.«

Synchron klappten Diana und Michael die Kiefer herunter.

»Das kann ich wirklich nicht annehmen. Ich habe ihr nicht geholfen, um zu erben.«

Diana schüttelte ungläubig den Kopf. »Der Betrag ist egal. Sie wollte es so und du nimmst es gefälligst an, verstanden? Ich weiß, dass du kein Erbschleicher bist, also hab dich nicht so.«

Der Notar wartete geduldig, bevor er die übrigen Förmlichkeiten vorlas.

Nachdenklich saß Polizeioberwachtmeisterin Isabell Wagner in ihrem Auto und starrte auf das Haus. Eigentlich hatte sie schon längst Feierabend, doch diese Frau mit ihren drei Kindern beherrschte ihre Gedanken. Ein ungutes Gefühl hatte sie dazu veranlasst, anstatt nach Hause hierher zu fahren und zu schauen, ob alles in Ordnung war. Ein Auto fuhr vor und zwei Personen stiegen aus. Es waren Diana Fuchs und Michael Sieber. Isabell duckte sich, doch die beiden sahen auf das Haus, ohne die Polizistin zu bemerken. Leise hörte sie ihre Stimmen.

»Und das habe ich nun geerbt? Was soll ich nur damit anfangen?«

»Du musst es ja nicht jetzt entscheiden. Wir schauen erstmal Sophies Unterlagen durch. Vielleicht finden wir ja noch etwas Hilfreiches.«

»Na gut.« Diana ging zur Tür, schloss auf und die beiden verschwanden im Haus.

Merkwürdig, dachte Isabell Wagner, ohne zu wissen, was da so seltsam war. Es war mehr eine Ahnung, die sie innehalten ließ. Vorsichtig lugte sie aus dem Fenster ihres Wagens. Da huschte ein Schatten vorbei. Kurioserweise, denn es war ein warmer Sommerabend und die Sonne war noch lange nicht untergegangen. Vorsichtig hob sie den Kopf, um genauer zu sehen, was da vorbeigekommen war. Da stand ein Mann auf der leeren Straße und starrte das Haus an. Er war von Kopf bis Fuß verdreckt, so dass Isabell ihn lediglich für einen Schatten hielt. Doch seine Augen funkelten unheimlich. Normalerweise wäre Isabell Wagner ausgestiegen und hätte ihre Hilfe angeboten, doch bei diesem Mann schrillten sämtliche Alarmglocken und ihr Selbsterhaltungstrieb ließ sie erstarren. Langsam näherte sich der Mann dem Haus und rüttelte an der Tür. Er schrie und zeterte: »Du Drecksau und du Lausewenzel. Ihr könnt euch hinter den Zeichen verstecken, wie ihr wollt. Am Ende bekomme ich euch alle. Besonders dich, du Hure!«

Isabells Hand glitt automatisch zu ihrer Waffe, die im Holster steckte. Ungeachtet der Gefahr öffnete sie langsam die Autotür, um der Familie zu Hilfe zu kommen. Als sie wieder aufschaute, war der mysteriöse Mann verschwunden. Sie blickte sich um, doch sie konnte ihn nicht mehr entdecken. So schnell konnte er nicht fortgelaufen sein. Und bei der Hasstirade konnte es sich Isabell nicht vorstellen, dass er ins Haus gelassen wurde. Was hatte das zu bedeuten?

Plötzlich wurde sie herumgerissen. Sie spürte, wie sie an ihr Auto gedrückt wurde, und zwar so fest, dass sie kaum noch atmen konnte. Ein Geruch von Urin und Schwefel umgab sie. Ihre Hände wurden grob auf das Fahrzeug gepresst. Aus den Augenwinkeln konnte sie jedoch niemanden sehen, keine Person und keine Hände.

Was zur Hölle ist das?

Dicht an ihrem Ohr hörte sie die Stimme des Fremden flüstern: »Du Schlampe. Misch dich nicht ein, dreckiges Luder, oder ich zeige dir, was allen Jungkunzen passiert.« Sie spürte eine Hand an ihrem Körper entlang wandern und auf ihrer Brust verharren. Brutal drückte sie zu, so dass die Polizistin qualvoll aufschrie. »Ich töte dich, wenn du nicht machst, dass du wegkommst, Miststück!«

Übelkeit stieg in ihr auf und sie versuchte verzweifelt, sich zu befreien. Doch sie konnte sich kein Stück bewegen. Isabell Wagner wollte schreien, aber kein Laut drang aus ihrer Kehle. Tränen flossen über ihr Gesicht. Aus heiterem Himmel spürte sie einen starken Schmerz auf ihrer linken Wange. Es fühlte sich an, als würde ein scharfes Messer sich in ihre Haut ritzen. Blut rann über ihr Gesicht. »Hier«, sagte die dunkle Stimme. »Ein kleines Andenken an mich, damit du mich und meine Warnung nicht vergisst.«

Der Druck ließ nach und die Polizistin sackte zu Boden. Schnell zog sie ihre Waffe und sah sich um, doch niemand war dort. Ihr Herz klopfte wild in ihrer Brust und sie hatte große Mühe zu atmen. So saß sie auf der menschenleeren Straße. Da drang die Stimme erneut an ihr Ohr. Es war ein einziges Wort: »Verschwinde!«

Polizeioberwachtmeisterin Isabell Wagner sprang auf, kramte nach ihrem Schlüssel, stieg in ihr Auto und fuhr davon, ohne sich noch einmal umzudrehen.

Im Haus blieben die Vorfälle unbemerkt. Michael und Diana stiegen eine Leiter hinauf auf den Dachboden, den einzigen Ort, den sie noch nicht durchsucht hatte. Oben angekommen wirbelten ihre Schritte Staub auf, der sie zum Husten brachte. Durch die kleinen runden Fenster an den beiden Enden des Hauses drang kaum Licht ein, so dass der Dachboden dunkel vor ihnen lag. Michael leuchtete mit einer Taschenlampe die Umgebung ab. Kisten und verstaubte Möbel ragten als Silhouetten vor ihnen auf und Spinnennetze funkelten im Lichtschein. Da erkannte er eine Schnur, die vom Spitzdach herunterhing. Vorsichtig zog er daran und eine Lampe glühte auf.

»Hier war wohl schon lange niemand mehr oben«, stellte Diana fest. »Die Staubschicht ist so dick, dass man meinen könnte, sie wäre ein grauer Teppich.«

»Sophie war krank und konnte die Ausziehtreppe nicht mehr hochgehen. Schon seit Jahren nicht mehr. Es ist also kein Wunder, dass es hier so aussieht.«

Michael hustete.

»Ich gehe nach rechts, du nach links?«, fragte Diana und er nickte.

Unschlüssig ging sie auf ihre Seite und sah sich um. Alte, fast schon antike Schränke und Kommoden standen hier. Sie überlegte, wie sie einmal hier heraufgekommen sind. Sie passten weder durch die Luke noch durch die kleinen Fenster. Geputzt und poliert würden sie vermutlich gutes Geld einbringen, aber wie sollte sie diese Möbel nur vom Dachboden herunterbekommen?

Da zog eine alte Truhe ihre Aufmerksamkeit auf sich. Sie ging zu ihr hinüber, nahm ein Taschentuch, kniete sich davor hin und wischte sie ab. Auf dem gewölbten Deckel waren goldene Verzierungen angebracht. Sie sah sehr edel aus.

Was wohl darin ist?

Der Verschluss war angerostet. Sie ließ sich dennoch leicht öffnen. Als Diana hineinsah, zog sie überrascht die Luft ein, was jedoch bei ihr einen weiteren Hustenanfall auslöste. In der Truhe lagen alte Gewänder aus Seide, verschiedene alte Schuhe mit goldenen Schnallen, kostbar aussehende Kämme und Handspiegel sowie ein altes, ledernes Notizbuch. Diana streckte die Hand danach aus und blätterte durch handgeschriebene Seiten in altdeutscher Schrift.

»Michael?«

»Ja, hast du was gefunden?«

»Möglicherweise. Kannst du zufällig die altdeutsche Schrift lesen? Ich habe damit meine Probleme.«

Schnell kam er herüber und stieß sich den Fuß an einer Kommode. »Autsch.«

Den letzten Meter hüpfte er auf einem Bein und ließ sich neben ihr nieder.

»Ja, ich kann es lesen. Meine Mutter hat es mir beigebracht.«

Zögerlich gab sie ihm das Notizbuch. »Lies bitte vor.«

Michael schlug es auf und las laut:

Tagebuch von Wilhelmina Jungkunz
Goldhain im Jahre 1786,
ich schreibe die Geschichte auf als Warnung für die, die nach uns geboren werden. Mir ist klar, dass man mir kein Wort glauben wird, ist es ja selbst für uns, die alles miterlebt haben, kaum zu glauben. Dennoch verstehe ich es als meine Pflicht, diese Ereignisse niederzuschreiben.

Es begann lange vor meiner Geburt mit einem tragischen Unfall, für den mein Ahne sich zu verantworten hatte. Damals war meine Familie wohlhabend, da mein Ahne zwar nach außen als Steiger auftrat, in Wahrheit jedoch Miteigentümer dieser Goldmine war, deren Gold nach ganz Europa verkauft wurde. Warum er jedoch seine Arbeiter im Ungewissen ließ, kann ich nur mutmaßen. Vielleicht, um sie besser antreiben zu können, denn darin soll er wahrlich gut gewesen sein. Das verheerende Unglück ist sein Zeugnis. Er bestand auf eine Sprengung, obwohl seine erfahrenen Arbeiter ihm dringend abrieten. Warum er darauf bestand, wusste er seiner Frau selbst nicht mehr zu beantworten. Da geschah es und ein Schacht stürzte ein und begrub einen Minenarbeiter namens Barthel und dessen Sohn Otto im Berg. Meinen Ahnen hatte das sehr mitgenommen und er gab sich die Schuld. Erst mit der Geburt meines Ururgroßvaters hellte sich seine Seele ein wenig auf, so wurde es von Generation zur nächsten weiter erzählt. Denn nach diesem schrecklichen Unglück verfolgte meine Familie das Pech und seither sterben wir aus.

Heute, mit meinen fast zwanzig Jahren, bin ich die einzige Überlebende meiner Familie väterlicherseits. Ich lebe bei der Schwester meiner Mutter.

Ich wuchs in einer angstvollen Umgebung auf, denn meine vielen Geschwister, meine Mutter, Tanten und Onkel väterlicherseits starben einer nach dem anderen. Ich war überzeugt, schon von klein auf, dass es auch mich treffen würde. Doch ich hatte Glück, denn ein Junge gab auf mich acht. Sein Name war Otto und er warnte mich immer rechtzeitig, damit ich fortlaufen konnte, bevor wieder jemand sterben sollte. Nachdem ich die Geschichte von dem Grubenunglück kenne, weiß ich, wer dieser Junge war: der Sohn des Minenarbeiters. Sein Geist suchte mich heim und beschützte mich. Das Gespenst seines Vaters aber riss meine Familie in den Tod. Mal holte er nur einen, manchmal gleich zwei auf einmal. Woher ich weiß, dass es dieser Barthel war und kein Mörder? Ich habe ihn gesehen. Er trug die Kleidung der Minenarbeiter und war von oben bis unten schwarz vor Dreck. Aus seinen Augen funkelte es bösartig. Ich fand unter den Sachen meines Vaters eine Zeichnung des verunglückten Mannes mit seinem Sohn. Otto, meinen Freund aus Kindertagen, erkannte ich sofort. Doch auch den Geist, der meine Familie in den Tod begleitete, identifizierte ich.

Als ich sechzehn wurde, verließ mich Otto und Barthel lauerte mir auf, sobald ich allein war. Er triezte mich, peinigte mich, quälte mich. Er wollte wohl, dass ich mir selbst das Leben nahm. Doch zu dieser Zeit lernte ich Johan kennen. Wie stattlich er war! Mein Herz gehörte ihm, schon als mein Auge ihn das erste Mal erblickte. Und das Wunder war, er liebte mich ebenso und bat meine Tante um meine Hand. Sie willigte ein und ich war niemals glücklicher. Eines Nachts träumte ich von meinem Verlobten, als plötzlich zwei Hände mich berührten. Erschrocken erwachte ich und im fahlen Mondlicht erkannte ich zu meinem Schrecken Barthel, der auf mir lag. Ich schrie, doch kein Ton drang aus meiner Kehle. Er tat mir Unsägliches an und raubte mir die Unschuld. Blutend und allein ließ der böse Geist mich zurück und ich schämte mich. Wie sollte ich Johan je wieder unter die Augen treten, jetzt, da ich entehrt war?

Meine Tante schickte nach einem Diener, der einen Brief meinem geliebten Johan überbrachte, der die Verlobung beendete. Ich schrieb ihm, dass ich überfallen wurde und nicht länger in Ehre leben könnte. Den Geist erwähnte ich nicht. Kein anständiger Mann würde mich jemals ehelichen.

Doch Johan überraschte mich. Er ließ sich nicht abhalten und passte mich am Sonntag nach der Kirche ab. Er wollte wissen, wer dieser Unhold war, der mir meine Jungfräulichkeit gestohlen hatte, damit er ihn zu einem Duell herausfordern konnte. Er war gut mit dem Säbel und wie sollte er auch wissen, dass es ein Wesen gewesen war, dem eine solche Waffe nichts anhaben konnte? Immer wieder passte er mich ab und fragte, bis ich endlich nachgab und ihm die unglaubliche Geschichte von der Tragödie meiner Familie erzählte. Nun würde er mich für verrückt halten und nie wieder mit mir reden, da war ich mir sicher.

Ein weiteres Mal überraschte er mich, denn er bot mir die Hilfe seiner Tante an. Maria, die den Namen der Mutter Gottes trug, lebte im Wald nahe Goldhain und war der Hexenkunst mächtig. Er zeigte mir großes Vertrauen, als er mich einweihte, denn vor mehr als dreißig Jahren war eine vermeintliche Hexe in Goldhain nach einem Prozess erhängt und verbrannt worden. Davon spricht man heute noch hinter vorgehaltener Hand. Ich hätte sie verraten können, was ich natürlich nicht tat. Er nahm mich mit zu ihr und ich war überrascht, wie warmherzig die Hexe war. Sie hatte nichts mit den Hexen in den Märchen gemein, die man sich hier erzählte. Sie half mir und rettete damit mein Leben, auch wenn mein Herz am nächsten Tage starb. In dieser Nacht gab ich mich meinem Verlobten hin, denn Johan sollte Barthel zurück in die Miene locken und setzte sein Leben für das meinige ein. Unser Plan war, dass er rechtzeitig wieder herauskam. Es gelang ihm leider nicht. Der böse Geist hatte sich seiner bemächtigt und ihm den Schädel eingeschlagen. Maria und ich verschlossen die Grube in letzter Minute und die Hexe ritzte Bannzeichen in die verrammelte Tür, so dass Barthel niemals wieder herauskommen kann. Da ich die Erbin dieser Mine war, verfügte ich, dass sie auf ewig verschlossen bleibt. Schon im Folgejahr fand ich den Eingang zugewachsen vor, als ich mit Johans Baby auf dem Arm dort hinging, um ihm den Ort zu zeigen, an dem sein Vater sich für uns geopfert hatte.

Der übrige Plan war geglückt, denn Barthel ist nicht mehr aufgetaucht. Durch Zufall lernte ich seine Nachfahrin kennen, die nun einige Dörfer entfernt auf einem Bauernhof lebte, verheiratet mit einem Bauern namens Sieber, dem sie drei Jungen gebar. Ich wollte sie entschädigen für das damalige Unrecht, doch sie lehnte ab, denn sie war zufrieden mit ihrem Leben und dass die Unglücksmine nun verrammelt war, genügte ihr.

Das ist die wahre Geschichte der Ereignisse, so wie ich sie erfahren habe. Mir bleibt nur noch eine Warnung auszusprechen: Öffnet niemals diese Tür! Oder Barthel wird zurückkehren und sein Werk vollenden.

Gezeichnet,
Wilhelmina Jungkunz

»Sieber? Barthels Nachfahrin hat einen Bauern mit deinem Nachnamen geheiratet?«

Diana starrte Michael an, der fragend die Augenbrauen hob.

»Ob das ein Zufall ist?«, fragte er mehr sich selbst.

»In diesem Fall glaube ich nicht an Zufälle. Gruselig.«

»Vielleicht hat es Onkel Uwe deswegen lebend aus der Mine geschafft, weil wir mit Barthel und Otto verwandt sind.«

»Das würde einiges erklären. Auch, woher der Drang kommt, uns zu helfen.«

»Du meinst das, was ich meinen Familienauftrag nenne? Womöglich. Diese Verbindung ist auch für mich neu.«

Nachdenklich saßen sie einen Moment da, bis das Licht zu flackern begann. Michael sah auf und bemerkte, dass es draußen dunkel wurde. »Wir sollten gehen. Es wird schon dunkel. Bevor Barthel uns nicht mehr zu mir nach Hause lässt.« Er erhob sich und streckte sich. Sein Bein war eingeschlafen.

»Du hast Recht.« Diana zögerte. »Ich glaube, in mir nimmt gerade ein Plan Gestalt an.«

»Du willst, wie damals, den Geist in die Mine sperren?«

Überrascht sah sie zu ihm auf. »Woher weißt du das?«

»Liegt es nicht nahe? Aber erzähl mir lieber davon, wenn wir bei mir in Sicherheit sind und ein Glas Rotwein trinken.«

36. Kapitel

Eine Woche war vergangen. Die Kinder mussten bald nach Hause, da die Ferien endeten. Sie mussten handeln, wenn sie den Geist nicht mit nach Hamburg nehmen wollten. Diana betrachtete die in die Höhlenwand eingeritzten Symbole. »Hier seid ihr sicher. Wartet hier, bis wir Barthel gebannt haben.« Sie strich Leah über den Kopf, kniete sich hin und die Kleine schlang die Arme um ihren Hals. Diana küsste ihre Tochter und genoss einen Moment lang die Umarmung. Dann flüsterte sie »Ich hab dich lieb, vergiss das nie«, und löste sich von ihr. Anschließend umarmte sie Jona. »Sei mein starker Junge und pass auf, dass keiner hinausgeht, ok?«

»Ja, Mama.«

»Ich hab dich lieb!«

»Ich dich auch.«

Dann trat sie zu Toni und zögerte. Fühlte ihre Tochter sich schon zu alt für eine mütterliche Umarmung? Doch da kam Toni näher und schloss sie in die Arme. »Vergiss nie, wie lieb ich dich habe«, flüstere Diana ihrer Tochter ins Ohr. »Sollte es uns nicht gelingen, Barthel unschädlich zu machen und niemand von uns bis morgen zurückkehrt, nimm deine Geschwister und flieh mit ihnen nach Schottland.«

»Zu Papas Schwester?«

»Ja, zu Tante Aileen. Bekommst du das hin?«

»Aber klar. Lieber wäre mir allerdings, wenn ihr zurückkommt.«

Diana seufzte. »Glaube mir, das ist mir auch lieber.«

Dann löste sie sich und lächelte ihren Kindern aufmunternd zu. Michael, der nicht durch die Felsöffnung passte, nahm sie am Eingang der Höhle in Empfang und umarmte sie. Nach einem Moment sprach er sie an: »Abschied fällt schwer.«

»Oh ja, das stimmt. Vor allem, da sie nicht wissen, dass es ein Abschied für immer ist.«

»Ich halte es für unnötig, dass du den Lockvogel spielst. Lass es mich machen. Mich vermisst keiner.«

Diana blieb stehen und sah ihn an. »Doch, ich würde dich sehr vermissen und leben könnte ich nicht mit dieser Schuld. Außerdem«, sie blickte zu Boden, »weiß ich nicht, ob ich den Minenschacht verschließen könnte.«

»Willst du den Plan noch mal durchgehen?«

»Ja. Ich locke Barthel in einen der Seitenschächte, der nur einmal mit dem Hauptschacht verbunden ist.«

»Den Weg hast du im Kopf?«

»Ja, ich weiß, wie ich gehen muss. Hinter mir bringst du die Höhle zum Einstürzen und versiegelst sie mit den Schutzzeichen.«

»Ich hoffe, die Berechnungen meines Kumpels Gerhard stimmen und ich spreng' nicht gleich die ganze Mine in die Luft.« Er seufzte. »Aber als Sprengmeister im Bernecker Steinbruch sollte so eine Berechnung für ihn aber ein Kinderspiel sein.«

»Das hoffe ich auch. Wir haben nur diese eine Chance. Und du willst mir wirklich nicht verraten, woher du den Sprengstoff und den Zünder hast? Auch von Gerhard?«

Michael schluckte, biss sich auf die Lippen und schüttelte resignierend den Kopf. »Nein, das könnte Gerhard den Job kosten.«

»Wird er sich nicht denken können, dass du es warst? Ich meine, wenn entdeckt wird, dass ein Stollen eingestürzt ist?«

»Mag sein, aber er wird mich nicht verraten. Er schuldet mir einen riesigen Gefallen. Nach all den Jahren wird es Zeit, dass ich ihn einlöse.«

Diana blickte nachdenklich in die Ferne. Dann nickte sie. »Und woher kommt der Sprengstoff?«

»Die Materialien musste ich mir auf anderem Weg besorgen. Ich sag nur ein Wort: Darknet.« Er erschauderte, als er an die Übergabe dachte. Noch jetzt bekam er kalte Hände, wenn er an die unheimlichen Schlägertypen dachte, die er nachts in einem Berliner Park in Kreuzberg getroffen hatte. Michael vermutete, dass sie dem Akzent nach Angehörige der russischen Mafia waren und hoffte inständig, nie wieder ihren Weg zu kreuzen. Er war heilfroh, diesen Kurztrip nach Berlin heil überstanden zu haben. Michael schluckte. »Bitte keine weiteren Fragen.«

Diana blieb abrupt stehen und sah ihn mit aufgerissenen Augen an.

»Aber... Das ist illegal. Du hast für uns Gefängnis in Kauf genommen! Oder du hättest umgebracht werden können! Bist du verrückt, so viel zu riskieren?«

»Für dich und deine Familie? Natürlich! Ich würde mein Leben für dich geben. Übrigens finde ich immer noch, dass du nicht dein Leben aufs Spiel setzen solltest, sondern meins.«

»Du willst mein strahlender Retter sein und dich an meiner Stelle opfern? Das ist wirklich süß. Aber ich glaube nicht, dass er dir in den Schacht folgen wird. Er ist hinter meiner Familie her, nicht hinter deiner.«

Michael dachte einen Moment an seine Frau und sein Kind. Für einen Augenblick hielt er es für möglich, dass auch sie zu Barthels Opfern gehörten. Doch dann verwarf er diese Gedanken wieder. Sie passten nicht ins Bild. Da er nicht mehr wusste, was er erwidern sollte, blieb er stumm.

»Wir müssen ihnen hinterher.« Leah stand am Ausgang der Höhle und sah hinaus. Ihren Kuschellöwen Leo hielt sie fest im Arm.

»Nein, Leah. Wie oft denn noch.« Toni rollte genervt mit den Augen. »Wir sollen hier auf Mama warten. Hier hat uns Barthel nicht auf dem Radar. Schließlich wusste er nicht einmal, dass du hier warst. Hier muss ein größerer Schutz sein, als nur die Symbole oder Kräuter in Sophies und Michaels Häusern.«

Das kleine Mädchen drehte sich zu ihrer Schwester um. Im Licht der Öllampe sah sie plötzlich viel älter als sechs Jahre aus. Toni erschrak bei ihrem Anblick. Auch Jona sah ängstlich zu seiner kleinen Schwester hinüber.

»Wenn wir jetzt nicht zu ihr gehen, ist sie verloren. Mama wird sterben, ich weiß es. Otto kann sie retten, doch dafür braucht er meine Hilfe.«

»Ich denke, hier können keine Geister rein.« Jona sah sie von der Seite an. »Woher willst du das wissen?«

Diesmal rollte Leah unbeherrscht mit den Augen. »Weil er hier am Eingang steht und es mir sagt? Sie will Barthel eine Falle stellen und spielt selbst den Käse!«

»Den Käse?« Toni lachte verwirrt. »Warum Käse?«

»Na, wie bei der Mausefalle. Der Käse soll die Mäuse anlocken.«

»Ach, du meinst den Köder!« Jona atmete erleichtert auf, weil er Leah endlich verstand. Doch im nächsten Moment bekam er eine Gänsehaut, als er realisierte, was genau seine kleine Schwester gesagt hatte. Erschrocken sah er zu Toni, der es ähnlich ging.

»Kommt ihr jetzt? Wir dürfen nicht zu spät kommen.«

Etwas später betraten Diana und Michael die Gänge der Mine. Sie wunderten sich nicht darüber, dass die schwere Tür am Eingang nicht abgeschlossen war, obwohl es heute keine Führungen gab. Die Mine wartete mit ihren Geistern auf sie.

Beide trugen sie Taschenlampen, mit denen sie den Weg ausleuchteten. Endlich kamen sie zu dem Abzweig, wo der Nebenschacht abging, den sie sich für ihren Plan ausgesucht hatten. Michael nahm seinen Rucksack ab und holte ein Paket mit dem Sprengstoff hervor.

»Was ist das für ein Zeichen auf dem Paket?«

»Militär«, murmelte Michael. »Ich sagte doch: Keine Fragen.«

»Und die Spraydose hast du auch? Für die Symbole?«

Er holte sie hervor, bevor er den Sprengsatz nahm und ihn am Gestein befestigte. Als er fertig war, nickte er Diana zu. Tränen sammelten sich in seinen Augen, als sie die Hand hob und ihm über die Wange streichelte. Dann zog sie ihn zu sich und küsste ihn leidenschaftlich. Als sich ihre Lippen lösten, flüsterte sie: »Ich habe es dir nie gesagt, aber ich liebe dich.«

Überrascht hob er die Augenbrauen und wollte sie am Arm festhalten, doch sie drehte sich um und lief schnell durch den Gang.

»Kümmer dich um meine Kinder«, rief sie weinend, bevor sie in der Dunkelheit verschwand. Für einen Moment starrte er ihr nach, dann besann er sich. Er hatte eine Aufgabe zu erfüllen, ganz egal, wie schauderhaft die Auswirkungen sein mochten. Jetzt war der falsche Zeitpunkt, um über ihre Worte nachzudenken. Tief durchatmend griff er zu seinem Rucksack und holte die Sprengkörper heraus.

»Wir werden es nicht rechtzeitig schaffen. Ihr trödelt!« Leah nörgelte die ganze Zeit, obwohl sie selbst im fahlen Licht des Waldes nicht schneller laufen konnte.

»Wir gehen doch so schnell wir können.« Toni schüttelte nicht das erste Mal den Kopf. In der Hand trug sie die Öllampe, damit sie in der Mine etwas sehen konnten.

»Das ist nicht schnell genug«, warf Leah ein.

»Reg dich nicht auf«, sagte Jona, der etwas außer Atem war. »Da vorne ist doch schon der Mineneingang.«

Diana blieb stehen. Sie musste jetzt weit genug in den Nebenstollen hineingelaufen sein. Hoffentlich würde der Geist keinen Verdacht schöpfen. Ihr Herz klopfte wild. Angstschweiß perlte auf ihrer Stirn.

»Barthel«, rief sie ihn. »Such mich nicht länger. Ich bin hier. Komm und hol mich!«

Stille.

»Hörst du nicht, du Arschloch? Ich bin hier!«, schrie sie in die Dunkelheit. »Komm und beende das Ganze.« Ihre Stimme hallte von den Wänden, doch nichts rührte sich. Verzweifelt ließ sie sich auf die Knie fallen und versenkte ihr Gesicht in ihren Händen.

»Du hast gerufen, du Luder?«

Diana sah auf und ignorierte das Hämmern in ihrer Brust.

»Da bist du ja, Mistkerl.« Sie schrie die Worte laut heraus. *Hoffentlich hört mich Michael.*

Gerade hatte Michael den Zünder aus der Tasche gezogen, der per Funk mit den Sprengsätzen am Felsen verbunden war. In einigen Metern Entfernung wartete er hinter einem Felsvorsprung auf irgendein Zeichen, dass Barthel bei Diana auftauchte. Er hoffte inständig, dass ihr Plan fehlschlug und der Geist nicht kommen würde. Doch als er ihren Schrei hörte, wusste er, dass es Zeit war, loszulassen. Er setzte sich einen Schallschutzkopfhörer auf. Seine Hände zitterten. Der Zünder fiel ihm aus der Hand. Er bückte sich und griff nach ihm. Seine feuchten Hände umschlangen ihn. Er schloss seine Augen und zählte stumm einen Countdown herunter. Magensäure suchte sich ihren Weg nach oben. Tränen rannen ihm über das Gesicht.

Mit brechendem Herzen flüsterte er »Leb wohl, Diana!« Dann senkte sich sein Finger auf den Zündknopf.

Er öffnete die Augen in dem Moment, in dem er die Explosion auslöste.

»Nein!« Sein Schrei wurde durch den Knall der Detonation übertönt, als er Leahs Kuscheltier Leo im Hauptstollen liegen sah.

»Und was genau wolltest du mir alles antun, du Hurensohn! Was willst du meinen Kindern antun?« Diana fragte sich, wie lange Michael brauchen würde. Hoffentlich war nichts Wesentliches schiefgegangen. Eine Explosion hatte es zumindest noch nicht gegeben.

»Das werde ich dir gleich zeigen, Schlampe.« Barthel trat auf sie zu. Der Gestank nach Schwefel und Dreck brachte sie zum Husten. Wo blieb nur die Detonation?

Er hob seinen Arm und griff Diana an den Hals. Als wäre sie federleicht, hob er sie hoch und drückte sie an die Felswand. Sie stöhnte vor Schmerz, als er zudrückte.

»Mama!«

Dianas Blut gefror zu Eis, als Barthel sie losließ und sich umdrehte.

»Schau, deine Kinder sind auch zu unserem Fest gekommen.«

In diesem Moment dröhnte ein lauter Knall durch die Höhle. Es polterte und die Erde bebte. Diana rannte zu ihren Kindern, nahm Leah und Jona an die Hand und deutete Toni ihr zu folgen. Barthels Lachen verfolgte sie bis zu dem Steinhaufen, der vor wenigen Minuten noch der Ausgang war.

»Nein!« Diana brach weinend zusammen.

37. Kapitel

Endlich legte sich der Staub. Es dröhnte heftig in Michaels Ohren, als er versuchte, aufzustehen. Die Druckwelle war stärker gewesen, als Gerhard geschätzt hatte, aber vielleicht lag es auch am Sprengstoff. Michael befand sich zu nahe an der Explosion und wurde gegen die Felswand geschleudert. Nun saß er da mit dem Rücken zur Wand und einem kleinen Felsbrocken auf seinem rechten Bein. Ein paar Meter weiter konnte er immer noch Leahs Kuscheltier sehen. Seine Gedanken rasten. Wo war es plötzlich hergekommen? War es möglich, dass die Kinder an ihm vorbeigekommen sind, oder war dies nur ein Trick von Barthel, um ihren Plan zu verhindern? Er hustete bei der Anstrengung, den Felsbrocken wegzuschieben. Sein Bein schmerzte furchtbar, doch unter großen Qualen gelang es ihm, sich zu befreien. Vorsichtig stand er auf, ohne das Bein zu belasten, und humpelte zu dem eingestürzten Stollen. Seine Gedanken kreisten um die Kinder. Waren sie mit Diana auf der anderen Seite eingeschlossen? War es wirklich möglich, dass er nicht bemerkt hatte, dass sie zu ihrer Mutter gelaufen waren? Was hatte sich kurz vor der Explosion zugetragen? Er trug den Schallschutzkopfhörer, also hätte er sie nicht hören können. Der Zünder fiel aus seiner Hand. Er nahm ihn, schloss die Augen und ... Er schluckte. Es war möglich. Er riss sich den Hörschutz vom Kopf.

»Hallo?«, rief er, ohne die Hoffnung zu haben, etwas von den Eingeschlossenen zu hören.

»Michael? Geht es dir gut?«

Es war Dianas Stimme.

»Ich hab etwas abbekommen. Aber nichts, was mich umhauen würde. Und wie sieht es bei dir aus?«

Er suchte die Felswand ab und fand ein kleines Loch. Er schaute durch und entdeckte Diana, die davor hockte.

»Uns geht es gut. Aber warum hast du meine Kinder durchgelassen?«

»Das habe ich nicht. Also sind sie tatsächlich bei dir.« Er schluckte. »Ich habe es nicht bemerkt. Erst beim Auslösen sah ich Leahs Kuscheltier auf dem Boden.«

»Keine Angst«, hörte er Leah flüstern. »Otto hilft uns allen, hier herauszukommen. Er hat mir gesagt, dass er einen Weg kennt, den sein Vater nicht nehmen kann. Kannst du bitte solange auf Leo aufpassen?«

»Bist du sicher, dass er einen Ausgang kennt? Diese Höhle ist doch eine Sackgasse?«

»Natürlich bin ich mir sicher, Mama. Er steht doch neben mir.«

»Nur du kannst ihn sehen, mein Schatz.« Diana seufzte.

»Otto sagt, dass er schon einmal einen Jungen vor seinem Vater gerettet hat, indem er ihn da hinausgeführt hat.«

»Onkel Uwe!« Toni lachte erleichtert auf, was ihr einen irritierten Blick ihrer Mutter einbrachte. »Mama, erinnere dich, was wir dir über Michaels Onkel erzählt hatten. Er ist entkommen, weil ein Junge ihn einen Weg durch die Mine in die Höhle mit den Zeichen geführt hatte.«

Diana nickte.

346

»Apropos Zeichen: Michael, denk an die Symbole. Du solltest dann diese Lücke noch schließen. Sonst war alles umsonst.«

Michael zögerte. Er wollte sie nicht verlieren, sie nicht in die Ungewissheit gehen lassen. Auf seiner Seite bestand kaum Gefahr, doch auf ihrer Seite befand sich Barthels Geist.

»Ich liebe dich«, sagte sie auf der anderen Seite. Er hörte ihr an, dass sie weinte.

»Ich liebe dich auch. Wenn es nur irgendwie geht, kommt zurück zu mir!«

»Ich versuche es.«

Dann sah er durch die kleine Öffnung, dass sie sich entfernten. Nun war er allein. Michael suchte einen Stein und drückte ihn in die Lücke. Dann humpelte er zu seinem Rucksack und holte die Spraydose. Es war Zeit, diesen Durchgang für Barthel zu versiegeln.

»So, Leah«, begann Diana. »Was sagt denn nun dein Otto?«

»Wir müssen diesen Gang entlang.« Sie deutete nach hinten. Doch nur wenige Meter entfernt stand der lachende Barthel.

»Sehr freundlich, dass ihr mir die Arbeit abgenommen habt, euch zu suchen. So ist es natürlich viel einfacher, euch Flohbeutel zu töten, während der Rest zusehen darf. Ich werde euch meine Hölle zeigen und euch so quälen, wie ihr es verdient, ihr Miststücke.« Er grinste diabolisch und im schwachen Licht der Taschenlampe verdunkelten sich seine Augen. Er sah tatsächlich wie ein Teufel aus. Ein Schaudern breitete sich über Dianas Rücken aus.

»Aber wisst ihr was? Ihr seid hier mit mir gefangen. Ich habe Zeit, viel Zeit euch zu quälen.« Er stellte sie mit dem Gesicht zur Felswand. »Ich zähle bis fünfzig, dann hole ich euch. Lauft, kleine Mäuschen, lauft! Die Katze hat Lust zu spielen. Worauf wartet ihr?«

Barthels Geist drehte sich und verschwand vor ihren Augen. Diana sah ihre Kinder an. Leah nickte ihr aufmunternd zu und streckte ihr ihre Hand entgegen. Gefolgt von Jona und Toni ging sie wachsam auf die Stelle zu, an der Barthel eben noch gestanden hatte. Leise hörte sie ihn zählen. Sie spürte ihren schnellen Herzschlag am ganzen Körper, als sie sich mit Leah an den Platz vorbeischob. Einen Meter später blieb sie stehen, und achtete auf ihre anderen beiden Kinder, die es ihr nun gleichtaten. Endlich waren sie durch und ein Stein fiel von Dianas Herz. Aber sie waren immer noch in größter Gefahr.

»Weiter«, flüsterte Leah. »Otto ist schon vorgelaufen.«

Diana richtete ein Stoßgebet zum Himmel, dass Otto tatsächlich ein Geist und kein Hirngespinst ihrer Tochter war. Sonst wären sie verloren.

Sie rannten durch den Schacht. Zu beiden Seiten gingen Nebenschächte ab, doch Leah führte sie immer weiter den Hauptschacht entlang. Plötzlich blieb sie bei einer Abzweigung stehen. Beinahe hätten die anderen sie umgerannt.

»Du meinst das ernst, Otto?«

»Was?«, fragte Diana.

»Otto will, dass wir da reingehen.« Sie deutete in den Seitengang. Diana leuchtete hinein. Er führte hinab in den Berg, wie es Uwe beschrieben hatte. Doch was sie so entsetzte, war, dass der Gang völlig unter Wasser stand.

»Er führt uns nach draußen in die Höhle, meint Otto.« Leah klang weinerlich. »Aber ich kann doch nicht tauchen.«

Diana strich ihrer Tochter ratlos über das Haar. Inzwischen waren Toni und Jona zu ihnen gestoßen und sahen ebenso unschlüssig auf das Wasser.

»Otto spinnt«, sprach Jona mehr zu sich selbst, erntete jedoch einen bösen Blick seiner kleinen Schwester.

»Tut er nicht. Er will uns doch nur retten!«

»Ich komme!« Barthels bedrohliche Stimme hallte durch den Schacht.

»Ich werde euch finden, aber tut mir den Gefallen und lauft!«

»Deswegen ist der Geist sich sicher, dass wir nicht rauskommen. Was sollen wir jetzt machen?«, fragte Diana ihre Kinder. »Auf Otto hören oder nicht?«

»Ich vertrau' Otto.« Leah verschränkte demonstrativ die Arme und schaute die anderen auffordernd an.

»Ich denke, wir sollten erst einmal überprüfen, wie weit man hier tauchen muss. Vielleicht schaffen wir es gar nicht.« Jona sah zweifelnd auf die dunkle Wasseroberfläche. Dann griff er in seine Tasche und holte ein Paket Salz heraus.

»Ich verschaff' uns Zeit. In meiner Lieblingsserie halten sie so immer Geister auf.« Er rannte ein paar Meter den Gang zurück und schüttete das Salz quer über den Boden. Dann kam er zurück. »Wenn es kein Serienunfug ist, haben wir jetzt die Zeit, den Weg durch das Wasser zu überprüfen.«

»Jona hat Recht. Ich kann am längsten tauchen, daher werde ich zuerst gehen und die Lage überprüfen. Danach hole ich euch.« Toni zog Schuhe und Jacke aus, um durch sie nicht behindert zu werden. Dann schaute sie ihre Mutter an. »Ist die Taschenlampe wasserdicht?«

»Ja, aber ...«

»Ich komme wieder. Hab dich lieb, Mami!«

»Hab dich auch lieb, Kleines. Aber bist du ...«

Noch bevor Diana ausgesprochen hatte, nahm Toni ihr die Taschenlampe aus der Hand, glitt in das kühle Wasser, holte tief Luft und verschwand in der Dunkelheit.

»Jona!«

Der Junge drehte sich erschrocken um, doch Barthel war nicht zu sehen. Ängstlich sah er zu seiner Mutter. Weder sie noch Leah schienen den Ruf gehört zu haben. Es war wie im Garten, als er die Stimme in seinem Kopf vernommen hatte. Verängstigt blickte er wieder zurück auf den Gang. Die Öllampe in seiner Hand zitterte.

»Jona, Jona. Warum läufst du vor mir weg? Du gehörst doch schon mir. Wenn du mir hilfst, dann zeige ich Erbarmen mit dir. Also liefere mir deine Familie aus.«

Du willst mich wirklich gehen lassen?, dachte Jona mit pochendem Herzen.

Die tiefe Stimme lachte in seinem Kopf. »Gehen lassen? Wer hat etwas von ›gehen lassen‹ gesagt? Ich werde Erbarmen zeigen und dich schnell töten.«

»Nein!« Jona schüttelte den Kopf.

»Dann verrecke wie die anderen, du Hundsfott!«

»Jona?« Die Stimme seiner Mutter ließ ihn zusammenfahren. Er drehte sich zu ihr um. »Warum zitterst du?«

Er schluckte. »Ich habe Angst. Du nicht?«

Sie legte die Hand auf seine Schulter und gemeinsam warteten sie stumm auf Toni.

Einer Intuition folgend blickte der Junge zum Gang. Im Licht der Öllampe sah er, dass das Salz immer noch verstreut auf dem Boden lag. Doch was war das? Jona kniff seine Augen zusammen. Das Salz bewegte sich, als wenn eine Lücke hineingepustet würde. Jona erstarrte. Er wollte sich umdrehen, seine Familie warnen, aber er konnte sich nicht bewegen.

»Jona! Das bisschen Salz hält mich nicht auf«, lachte Barthel in Jonas Kopf. Schritte schallten zu dem Jungen herüber. Mit Schrecken erkannte er im Augenwinkel, dass seine Mutter sie nicht wahrnahm. Erneut versuchte er, etwas zu sagen, doch es gelang ihm nicht.

Abermals hörte er diese Stimme in seinem Kopf. Doch dieses Mal war irgendetwas anders. Als ob sie versuchte, seinen Geist in einer Ecke seines Inneren einzusperren und Kontrolle über seinen Körper zu übernehmen. Er wollte dagegen ankämpfen. Er wusste aber nicht, wie. In seinem Kopf hämmerten unsagbare Schmerzen und ließen ihn zusammensacken. Er hörte seine Mutter aufschreien und seine Schwester weinen. Da war nur noch diese Stimme: »Du wirst mir helfen, ob du willst oder nicht.«

Dann verlor er das Bewusstsein.

Endlich durchstieß sie die Wasseroberfläche und rang nach Atem. Es war höchste Zeit gewesen. Toni hätte für den Rückweg nicht mehr genug Luft gehabt. Sie hatte inständig gehofft, dass sie es bis zum Ende schaffen würde. Erleichtert und völlig fertig ließ sie sich einen Moment mit geschlossenen Augen auf dem Wasser treiben. Dann atmete sie tief durch und öffnete sie. Dunkelheit umgab sie. Mit der Taschenlampe leuchtete sie die Umgebung ab. Wo also war sie? In einem anderen Schacht? Hatte er wirklich einen Ausgang?

Sie stemmte sich aus dem Wasser und ging ein paar Schritte. Da knirschte es unter ihren Füßen. Toni bückte sich und hob eine Keksverpackung auf. Erleichtert atmete sie aus. Es war tatsächlich die Höhle, in der sie Leah gefunden hatten.

Sie stieg zurück ins Wasser. Ihr war nicht wohl bei dem Gedanken, erneut durch die Enge des überfluteten Schachtes zu tauchen, aber sie musste ihre Familie in Sicherheit bringen. Hoffentlich würden sie solange die Luft anhalten können. Ohne weiter darüber nachzudenken, sprang sie kopfüber in das Wasser.

»Jona?« Erschrocken beugte sich Diana über ihren Sohn. »Was ist mit dir?«

Ruckartig öffnete er seine Augen. Diana schreckte zurück, denn sie leuchteten tiefrot in der Dunkelheit. »Was zur Hölle?«, entfuhr es ihr.

»Nicht, was zur Hölle, Miststück.« Es waren Jonas Lippen, die sprachen, doch aus seinem fies grinsenden Mund schallte Barthels dämonische Stimme. »Was schaust du so, Hure?«

Er sprang auf und ging auf Diana zu, drückte sie mit unnatürlichen Kräften gegen die Wand, so dass ihr die Luft wegblieb. Hilflos trommelte sie gegen seine Schulter, doch der Dämon in ihrem Sohn ließ nicht locker. Da zuckte er plötzlich zusammen und blickte auf Leah hinab, die in der Hand die Gaslampe hielt und mit Tränen in den Augen die Jacke von Jona entzündet hatte. »Lass Mama in Ruhe und verschwinde aus meinem Bruder!«

Er ließ Diana los und wand sich aus der brennenden Kleidung, die er dann ins Wasser warf. Er packte Leah am Kragen und hob sie hoch. Hilflos strampelte sie mit den Beinen und schlug um sich. Diana war starr vor Schreck, als Jona sich umdrehte und seine Schwester über das Wasser hielt.

Das ist nicht Jona, sondern Barthel, der Leah bedroht.

352

Wie ein Mantra wiederholte sie diesen Satz in ihren Gedanken, als sie hinter ihn trat und versuchte, ihn niederzuschlagen. Doch Barthel schwankte nicht einmal. Er ignorierte sie, während er sich niederkniete und Leah unter Wasser drückte. Hilflos streckte Diana eine Hand nach ihrer Tochter aus, doch sie erreichte sie nicht. Leah schlug wild um sich und Luftblasen stiegen an die Oberfläche. Nicht mehr lang, und das Mädchen würde ertrinken.

»Bitte, Gott!«, schrie Diana verzweifelt, erntete jedoch nur ein furchtbares Lachen von Barthel. Sie nahm ihre Umgebung wie durch einen Tränenschleier wahr. Es war vorbei.

Plötzlich sah sie neben sich eine weitere Gestalt. Sie schimmerte schemenhaft, doch Diana erkannte den Jungen auf der Zeichnung: Otto.

»Lass sie in Ruhe!« Seine Stimme klang bestimmt. Irritiert drehte sich Barthel um und sah ihn ungläubig an.

»Otto?«, fragte er. »Bist du es wirklich?«

»Ja, Vater. Lass sie doch endlich in Ruhe!«

»Aber sie haben uns umgebracht. Sie haben dir dein junges Leben genommen!«

Ohne es selbst zu bemerken, ließ er das Mädchen los. Schnell packte Diana ihren Arm und zog sie aus dem Wasser. Leah spuckte und hustete. Barthel schien es nicht zur Kenntnis zu nehmen. Er ließ Ottos verschwommene Gestalt nicht aus den Augen.

»Nicht sie haben uns umgebracht.« Otto deutete um sich herum. »Die Mine war es! Erkennst du es nicht, Vater? Sie hat uns genommen und benutzt uns. Schau dich an, Papa! Du warst so ein lieber Mensch. Was ist noch übrig von dem Mann, der du mal warst? Was hat diese Mine aus dir gemacht? Spürst du nicht auch das Böse im Gestein?«

»Die Mine? Du beschmutzt die Mine?« Barthels Stimme nahm wieder diesen finsteren Ton an. Seine Stimmung kippte. In Jonas Körper trat er einen Schritt auf Otto zu, der keinen Zentimeter zurückwich. Vielmehr sah er seinen Vater herausfordernd an. Es zuckten Blitze durch den Stollen. Erschrocken warf sich Diana über ihre Tochter.

»Lass ... sie ... in ... Ruhe!« Auch Ottos Ton hatte sich verändert. Er klang wütend.

»Nein!«

»Du lässt mir keine andere Wahl, Vater!«

Diana blickte auf und sah, wie Jonas Körper durch die Höhle gegen eine Wand geschleudert wurde. Als er aufschlug, krachte es.

»Jona!« Tränen rannen Dianas Wangen herab, doch sie bemerkte es nicht. Ihre Glieder waren starr vor Schreck.

»Otto!«

Im Augenwinkel nahm Diana die Bewegung ihrer Tochter wahr. Sie stand auf und starrte in die Richtung, in der Otto sich eben noch befunden hatte. Diana aber lief zu Jonas leblosem Körper, der am Boden lag.

»Mein Junge. Warum?« Ihre Stimme brach, als sie ihn in die Arme nahm.

»Es tut mir leid, aber ich kann ihn nicht besiegen.« Ottos Ruf wurde immer leiser. »Ich habe nicht genug Kraft, aber ich konnte euch Zeit verschaffen. Geht durch das Wasser. Es ist eure einzige Chance. Vater kommt gleich zurück.«

»Ich gehe nicht ohne Jona.«

»Mama!« Leah weinte.

Ottos Geist schwebte zu Jona hinüber.

»Er lebt. Geht!«

»Otto! Bleib!« Unter Leahs Schluchzen löste sich Ottos Gestalt auf.

»Wo ist er hin?«, fragte Diana. Sie presste immer noch Jonas Körper an sich.

»Er ist fort.« Leah ging zu ihrer Mutter und umarmte sie.

Plötzlich regten sich neue Lebensgeister in Jona.

»Mama, schau!«

Diana ließ ihren Sohn los. Er atmete und bewegte sich. Nervös wischte sie sich den Schweiß von der Stirn. Würde ihr Jona wieder aufwachen, oder würde Barthel seine Rache bekommen?

Ihr Herz blieb stehen, als er seine Augen öffnete.

»Jona!« Leah umarmte ihren Bruder und küsste ihn auf die Wange. »Du bist wieder da!«

»Was ... Was ist passiert?« Fragend blickte er sich um.

»Keine Zeit, es zu erklären. Wie geht es dir? Hast du Schmerzen?«

»Mein Rücken tut weh. Aber ich erinnere mich nicht, warum.«

Erleichtert drückte Diana ihren Sohn, als ein plätscherndes Geräusch vom Wasser her kam. Sie blickten hinüber und sahen, wie Toni auftauchte.

»Ihr werdet mir nicht glauben, wohin dieser Weg führt.« Tonis Lächeln gefror, als sie ihre Familie erblickte. »Was war los? Ihr seht aus, als wäre jemand gestorben.«

»Es ist jemand gestorben«, quengelte Leah. »Otto hat sich für uns geopfert.«

»Und er sagte«, begann Diana, »dass er uns lediglich Zeit verschafft hat. Wir sollten machen, dass wir hier rauskommen.«

Sie erhoben sich und Toni streckte Leah die Hand entgegen. »Tauch mit mir. Halte dich an meinem Bauch fest, ok?«

»Ich habe Angst.« Mit großen Augen sah sie ihre ältere Schwester an.

»Ich weiß. Aber das ist der einzige Weg. Du musst nur tief Luft holen und anhalten, bis wir wieder oben sind. Kannst du das?«

»Ja, denke schon.« Leah folgte Toni ins Wasser und hielt sich an ihr fest.

»Am besten schließe deine Augen. Ich tauche so schnell, wie es geht, hörst du?«

Sie spürte an ihrem Rücken, wie ihre Schwester nickte. »Also jetzt einatmen und nicht ausatmen.«

Schon tauchten sie unter. Hoffentlich konnte Leah lange genug die Luft anhalten, dachte Toni und beeilte sich. Diesmal kam ihr der Weg kürzer vor. Doch die Seitenwände schienen enger und bedrohlicher zu sein, ganz so, als würde die Mine sie nicht gehen lassen wollen ...

»Schaffst du das?« Diana sah Jona besorgt an.

»Ja, werde ich.« Er stieg in das Wasser, als hinter ihnen aus dem Gang Barthels Stimme fluchte.

»Du Hure! Du hast meinen Sohn verzaubert, damit er sich gegen mich stellt. Du hast ihn auf dem Gewissen. Dafür wirst du bezahlen!«

»Beeil dich«, flüsterte Diana und Jona atmete tief ein, um dann im Wasser zu verschwinden. Ohne den Eingang aus den Augen zu lassen, folgte Diana ihm ins Wasser. Gerade sah sie Barthels Silhouette am Gang, als sie tief einatmete und abtauchte. Sein Fluchen war das Letzte, was sie in der Mine hörte.

Toni und Leah brachen durch die Wasseroberfläche und sogen die kühle Höhlenluft ein. »Alles klar bei dir?«, fragte Toni.

»Ja«, hustete Leah. Doch dann quietschte sie auf, als zwei Hände sie plötzlich packten und aus dem Wasser zogen. Auch Toni zuckte erschrocken zusammen. Sie erkannte, dass in der Höhle ein Licht brannte. In diesem Lichtschein zeichnete sich eine Gestalt ab, die sie nicht erkennen konnte. Ihr Lächeln erstarb, als sie sah, wie der Unbekannte Leah aus dem Wasser zog.

»Lass meine Schwester in Ruhe, Mistkerl!«

Der Unbekannte hielt inne und sah zu ihr herüber. Er ließ Leah los und reichte nun Toni die Hand. »Wie redest du mit mir?«

Toni atmete durch, griff Pauls Hand und als sie wieder trockenen Boden unter den Füßen hatte, küsste sie ihn leidenschaftlich.

»Kann mir mal jemand helfen?« Jonas Stimme holte sie wieder ins Hier und Jetzt. Schnell half Paul auch Jona aus dem Wasser. »Ich habe euch ein paar Decken gebracht und war erschrocken, dass ihr nicht da wart. Hätte ich gewusst, dass ihr eine Runde schwimmen wollt, hätte ich Handtücher mitgebracht.«

Er deutete auf einen Stapel Decken, in die sich die Geschwister dankbar einwickelten.

»Wann kommt Mama?« Leah sprach die Frage aus, die auch Toni und Jona beschäftigte.

»Er wird sie doch nicht erwischt haben?« Jona verzog das Gesicht.

Nicht atmen, dachte Diana, als sie sich tauchend den Gang entlang tastete. Gleich müsste sie es geschafft haben. Je länger sie unter Wasser war, umso mehr hatte sie das Gefühl, die Seitenwände würden sich ihr nähern. Noch nie zuvor hatte sie klaustrophobische Anfälle gehabt, diese Enge jedoch verbunden mit der Tatsache, dass sie tauchte, ließ ihr

Herz panisch pochen. Das kalte Wasser drückte auf ihre Brust. Schon spürte sie den Drang zu atmen. Lange hielt sie das nicht mehr aus.

War da vor ihr ein Lichtschein in der Schwärze des Wassers? Das musste die Wasseroberfläche sein. Toni hatte vermutlich ein Licht entzündet. Schlaues Mädchen.

Plötzlich packte etwas ihr Bein. Sie versuchte, es abzuschütteln, doch es gelang ihr nicht. Im fahlen Licht, das von der Oberfläche kam, erkannte sie den Schatten: Barthel. Er war ihr ins Wasser gefolgt und würde dafür sorgen, dass sie ertrank. Panisch versuchte sie, nach ihm zu treten, sich zu befreien, doch ihre Kräfte schwanden bereits. Als sie wegdämmerte, fühlte sie noch eine weitere Hand, die ihren Arm packte. Sie spürte, wie etwas an ihr vorbeiglitt und zu Boden sank. Da lockerte sich Barthels Todesgriff und Diana wurde fortgezogen. In ihren Ohren schallte Barthels Stimme: »Du verdammte Mezze! Du hast mir meinen Sohn genommen. Komm zurück, du Tümpel, du Hure! Ich finde einen Weg hier heraus und dann werdet ihr das bereuen, ihr Schmarotzer!«

Als sie endlich an die Oberfläche kam, japste sie nach Luft und spuckte Wasser. Wieder packten Hände zu und zogen sie heraus. Ihr Bein schmerzte an der Stelle, an der Barthel sie festgehalten hatte. Blinzelnd begann sie, ihre Umwelt wahrzunehmen. Da waren Toni, Leah und Jona, die ihr aufhalfen und eine Decke um sie schlugen. Hinter ihr stieg noch eine weitere Person aus dem Wasser. Sie erschrak. War Barthel doch in der Lage, durch das Wasser in diese Höhle zu gelangen? Aber das war nicht dieser Geist, der ihre Familie auslöschen wollte. Es war Paul. Wie kam er hierher?

»Das war knapp«, sagte er und nahm sich eine Decke.
»Beinahe hätte Barthel sie ertränkt. Ich bin gerade noch
rechtzeitig zu ihr getaucht.«

»Wie hast du mich gerettet?«, fragte Diana.

Er wandte sich ihr zu: »Es war gut, dass ich einen großen
Stein bei mir hatte, auf den ich diese komischen Zeichen
gemalt hatte. Daher konnte ich Sie befreien, Frau Fuchs.«

»Diana. Bitte sag Diana«, sprach sie noch immer außer
Atem.

»Ok, Diana. Und nun erzählt bitte, was an eurem Plan
schiefgelaufen ist und warum ihr durch das Wasser gegangen seid.«

Nachdem sie Paul alles erzählt hatten, machten sie sich
auf die Suche nach Michael, der jedoch nirgends zu finden
war. Mit klopfenden Herzen betraten sie abermals die
Mine. Dort saß er mit dem Rücken zur Wand und
schluchzte.

»Michael!«

Diana fiel ihm in die Arme und küsste ihn.

Als er sie hörte, erhellte sich sein Gesicht und als sie ihn
abküsste, fühlte er sich glücklich.

»Was ist mit deinem Bein?« Sie ließ von ihm ab und sah
an ihm herunter. Das Bein war lila angelaufen.

»Ein Felsbrocken ist bei der Explosion drauf gefallen.
Deswegen konnte ich die Mine auch nicht verlassen. Ich
konnte gerade noch die Zeichen aufsprühen, bevor mich
meine Kräfte verließen.« *Und meine Trauer mich überkam*,
fügte er in Gedanken hinzu.

»Jetzt bin ich ja da«, sagte sie sanft. »Wir bringen dich
gleich ins Krankenhaus.«

Paul und Toni halfen Diana, Michael aus der Mine herauszuschaffen.

Draußen verständigten sie den Rettungsdienst. Dann saßen sie wartend unter dem Sternenhimmel.

Diana legte ihren Kopf an Michaels Schulter.

»Ich kann es nicht glauben.«

»Was?«, fragte Michael. »Dass es jetzt vorbei ist? Barthel gebannt ist?«

Sie lachte. »Das auch. Aber eigentlich meinte ich, wie sehr ich dich liebe.«

»Ich liebe dich auch!«

Epilog

Der Möbelwagen hielt vor dem Haus. Neben ihm kam ein Skoda zum Stehen, aus dem Diana, Toni, Jona und Leah ausstiegen. Vor der Haustür standen Michael und Paul, um sie in Empfang zu nehmen.

»Willkommen in eurem neuen Zuhause!« Michael ging auf Diana zu, die ihn zärtlich küsste. »Ich freue mich, dass ihr jetzt immer hier sein werdet.«

Paul ging zu Toni. Ihr letzter Besuch in Goldhain war Monate her, da die Schule vorging. Verlegen sahen sie sich an, doch dann schubste Leah ihre Schwester, so dass sie gegen Paul rempelte. Gerade als sich Toni umdrehen und mit ihr schimpfen wollte, hielt er sie fest und küsste sie.

Jona verdrehte die Augen. »Geht das Geknutsche jetzt immer so weiter?«

»Ja«, antworteten die beiden Paare wie aus einem Mund und lachten.

»Und dir ist es wirklich recht, dass wir in Sophies Haus ziehen? Deins wäre schließlich größer.« Fragend sah sie Michael an.

»Keine Sorge, durch den Umbau hat jeder von euch ein eigenes Zimmer. Die Handwerker haben aus den drei Zimmern vier kleine Räume gezaubert. Wir richten uns schon ein. Hauptsache, wir sind alle zusammen und du musst nicht mehr unten auf der Couch schlafen.«

»Du meinst wohl, wir müssen nicht mehr auf der Couch schlafen.« Diana zwinkerte ihm zu. Er nahm ihre Hand, an der ein Brillantring funkelte. »Und für mich ist es ein absoluter Neuanfang. Und das ist gut so.« Er küsste sie wieder.

»Außerdem bin ich bereits auf der Suche nach Mietern für mein Haus.«

»Umso besser.«

»Ich habe auch noch eine Überraschung für euch.« Er griff zur Gesäßtasche und holte ein paar Eintrittskarten heraus. »Am Sonntag gehen wir alle zu den Wilhelminenfestspielen und sehen den Pumuckl.«

Sie jubelten und Diana küsste ihn.

Die Möbelpacker stiegen aus und öffneten den Transporter.

»Dann werden wir mal loslegen und ihnen zeigen, wo was hinmuss.«

Arm in Arm gingen sie ins Haus, gefolgt von den Kindern.

»Miau.«

»Was ist das?« Leah runzelte die Stirn.

Michael lächelte schelmisch. »Ich weiß nicht, was du meinst.«

»Miau«

»Da war es schon wieder.« Sie rannte ins Wohnzimmer und schrie entzückt auf. Sogleich kam sie in den Flur zurück, auf dem Arm eine kleine, schwarzweiße Miezekatze. »Schau mal, Mama!«

Nun lachte auch Diana, die natürlich eingeweiht war. Dennoch spielte sie die Überraschte: »Was hast du denn da auf dem Arm? Du darfst doch keine fremde Katze mit ins Haus nehmen.«

»Aber die war doch schon im Haus.« Die Kleine legte ihre Stirn in Falten.

»Na dann«, begann Michael, »solltest du ihr einen Namen geben. Und für die Zweite vielleicht auch gleich. Die müsste hier irgendwo herumlaufen.«

»Sucht ihr die?« Toni kam gerade aus der Küche mit einer rot-weißen Katze auf dem Arm.

»Oh danke!« Eine Freudenträne rann Leah über die Wange. Sie strahlte wie ein Honigkuchenpferd.

»Du heißt Amy und Toni, deine soll Rose heißen!«

Am Abend lagen die Kinder schon im Bett. Der Umzug und das Auspacken der ersten Kisten waren anstrengend gewesen. Diana und Michael saßen noch auf der Terrasse bei einem Glas Rotwein. Ihr Kopf lehnte an seiner Schulter.

»Bist du glücklich?«, fragte er und sie antwortete: »Unheimlich glücklich.«

Danksagung

Natürlich möchte ich es mir nicht nehmen lassen, einigen besonderen Menschen zu danken:

Tina und Torsten Low danke ich sehr für das Vertrauen in mein Buchprojekt und die wunderbare Zusammenarbeit während der Entstehung. Ich bin sehr dankbar, dass ich seit unserer gemeinsamen Anthologie zu eurer Verlagsfamilie gehöre. Ihr seid toll!

Herzlichen Dank an meine Betaleser, die mich im Schaffensprozess zu unterschiedlichen Zeiten unterstützten und durch ihre Anmerkungen halfen, meinen Roman zu verbessern: Danke an meinen Mann Thomas und meine Eltern Regina und Manfred, die dieses Projekt beinahe vom ersten Tag an begleitet und an mich geglaubt haben. Ich liebe Euch!

Ein besonderer Dank geht an meinen Autorenkollegen und Freund Jörg Fuchs Alameda, der die ersten Kapitel als Betaleser begleitete, bis ihm leider die Zeit fehlte. Nun erfährst du endlich das Ende dieser Geschichte. Sabine und Wolfgang Ernst danke ich ganz herzlich für ihre tolle Arbeit als Betaleser. Ihr habt einen wunderbaren Job gemacht!

Detlev Klewer hat in seinem Cover die Stimmung dieses Buches gekonnt eingefangen. Das Ergebnis begeistert mich. Ich liebe es wirklich sehr. Vielen Dank!

Meinen Lektoren Carolin Gymrek und Torsten Low danke ich von Herzen für die unkomplizierte und professionelle Zusammenarbeit. Durch euren respektvollen Umgang mit meiner Geschichte hat die Arbeit viel Spaß gemacht.

Meiner kleinen Tochter danke ich für ihre Liebe und ihren Glauben an mich: Irgendwann bist du auch alt genug, dieses Buch zu lesen. Ich liebe dich!

Meiner lieben Freundin und Autorenkollegin Vanessa Kaiser möchte ich für die mentale Unterstützung und den Glauben an mich von ganzem Herzen bedanken. Auch meinen Freunden Steffi F. A., Christina, Thomas und Sylvia sowie meiner Cousine Silvana möchte ich meinen Dank für die Unterstützung, den Glauben und das Mitfreuen aussprechen.

Einen besonderen Dank aus vollem Herzen geht an Andi, Matze und Don. Ihr hattet mir während einer dunklen Zeit das Lachen wieder geschenkt. Ohne Euch und Euren Humor wäre dieses Buch vermutlich niemals geschrieben worden.

Zum Schluss bedanke ich mich bei allen, die mein Romandebüt kaufen. Über eine Empfehlung und / oder Rezension bzw. Bewertung des Buches würde ich mich sehr freuen.

Sarina Wood

Über die Autorin

Sarina Wood ist 1981 in einem multikulturellen Bezirk in Berlin geboren und aufgewachsen. Bereits im Alter von 10 Jahren, gewann sie mit der Kurzgeschichte »Anna im Konzentrationslager« im Rahmen eines Wettbewerbs für Schüler einen der begehrten Plätze für einen Schreibworkshop.

Bereits während ihres Wirtschaftsrechtsstudiums entdeckte sie erneut ihre Vorliebe für das Schreiben. Im Genre Mystery / Horror fühlt sie sich zu Hause.

Bisher veröffentlichte sie Kurzgeschichten in Anthologien und ihr Herausgeberdebüt »Geister der Vergangenheit« gewann den Horror Award Vincent Preis 2019 in der Kategorie »Anthologie, Magazin & Sekundärwerk«.

Ihr Roman »Düsteres Fichtelgebirge: Die Mine« ist ihr Romandebüt.

Vincent Voss spielt auf der Klaviatur des Horrors wie kaum ein Zweiter. Selbst Alltägliches mutiert bei ihm zu einer Allegorie des Grauens. Meisterhaft!
(Thomas Finn)

Im Eis

von Vincent Voss

Amelie Fischer ist Professorin am Institut für Ethnologie in Hamburg und weiß alles über die dritte deutsche Polarexpedition 1878 zum Nordpol. Das denkt sie jedenfalls, bis ihr ein Dachbodenfund in die Hände gespielt wird. Nicht die Entdeckung einer eisfreien Passage, nicht die Erforschung des ewigen Eises war das eigentliche Ziel, sondern ein Schiff namens »Sirene« sicher ins Eis zu geleiten. Je mehr sie herausfindet, umso geheimnisvoller erscheint die Expedition in der Nachbetrachtung. Und als sie beschließt, selbst eine Gruppe von Wissenschaftlern in den Nord-Osten Grönlands zu führen, um die Sirene zu bergen, bringt sie ihr Leben in Gefahr …

400 Seiten Taschenbuch
ISBN 978-3-96629-018-0
Preis 14,90 Euro

»Im Eis« ist im Verlag Torsten Low erschienen und über den Verlag, den Buchhandel und amazon erhältlich.

Wo Gott eine Kirche baut,
baut der Teufel eine Kapelle daneben.
(Martin Luther)

Der Fliegenmann

von Vincent Voss

Amelie Fischer ist Professorin am Hamburger Institut für Ethnologie und belebt das frühere sogenannte Hexentelefon, bei dem sich alle Menschen melden können, die übersinnliche Phänomene beobachtet haben.
Im norddeutschen Wakendorf II wird die Jugendliche Mia bei einem Kirchenbesuch von einem Dämon umsessen. Er beginnt sie und ihre Familie zu quälen. Als Mia sich mehr und mehr verändert, die Familie nicht mehr weiter weiß, wendet sie sich an Amelie Fischer.
Gemeinsam mit dem katholischen Titularbischof für Austreibungen Markus Jakobus besuchen sie die Familie und müssen schnell feststellen, dass Mia und das, was in ihr wohnt, eine Gefahr für alle darstellt, die sie lieben.

448 Seiten Taschenbuch
ISBN 978-3-96629-029-6
Preis 17,90 Euro

»Der Fliegenmann« ist im Verlag Torsten Low erschienen und über den Verlag, den Buchhandel und amazon erhältlich.

Markus K. Korb verbindet Horror mit Historie und erschafft eine brilliant verstörende Melange, die wie ein brennender Stachel im Gedächtnis stecken bleibt.
(Vanessa Kaiser)

Die Saat des Hasses

von Markus K. Korb

Als er am Sterbebett seines Vaters den Schlüssel zu einem Schließfach in der Schweiz erhält, weiß Akoni noch nicht, dass dies sein Leben für immer verändern wird. Alles, was er über seine Familie zu wissen glaubte, erweist sich als ein Konstrukt aus Lügen. Und eine geheimnisvolle Bedrohung aus archaischen Tiefen erwächst zu einer zerstörerischen Gefahr für die gesamte Welt …

250 Seiten Taschenbuch
ISBN 978-3-96629-017-3
Preis 13,90 Euro

»Die Saat des Hasses« ist im Verlag Torsten Low erschienen und über den Verlag, den Buchhandel und amazon erhältlich.

Shioris Koffer

von M. F. Hakket

»Wut ist nicht gerecht. Wut ist niemals gerecht.«

Tim hielt es erst für einen Streich mit der versteckten Kamera oder für eine Sinnestäuschung, als dieses Mädchen mit dem riesigen Koffer in der Tür erschien.
Als sie sich zu ihm setzte, kamen ihm langsam Zweifel.
Als sie von den beiden Rockern bedrängt wurden, wurde ihm mulmig.
Und als das erste Blut regnete, verlor er beinahe den Verstand.

Tim musste akzeptieren, dass das Mädchen Shiori nicht mehr von seiner Seite weichen würde – und dass er und sie eine tragische Verbindung miteinander hatten.
Die nächsten zwei Tage sollten für das ungleiche Gespann ein grotesker Albtraum aus Wut und wahnwitziger Brutalität werden – an dessen Ende Tim und Shiori endlich Erlösung erfahren konnten. Jeder auf seine Weise.

318 Seiten Taschenbuch
ISBN 978-3-96629-025-8
Preis 14,90 Euro

»Shioris Koffer« ist im Verlag Torsten Low erschienen und über den Verlag, den Buchhandel und amazon erhältlich.